JN060363

聖星からの指輪 指輪誕生

永木屋あきら
NAGAKIYA Akira

文芸社

この物語を、いつも私を応援してくれる愛する家族と、
懸命に素敵な表紙画を描いてくれたイラストレーターの卵である姪に捧げます。

関連地図
ニダロス
イエイロ
ベルゲン
スタヴァンゲル
サーソー
クラスク
ウィック
ダンディー
パース
リンデール
バンボル
ロンドン
フランドル
パリ
バチカン(ローマ)
タンジュ
セペタ
マラケシュ

主な登場人物

フレイ　ノルウェー王国の王子　ウイリアムの養子

フレイヤ　ウイリアムの娘

アリヤーナ　フレイの妻

ウイリアム・ド・モルヴィア　サザーランド伯爵、フレイの養父

ジェネウェーヴ　ウイリアムの妻、フレイヤの母

ハーコン（エリック）　ノルウェー王の王太子、フレイヤの夫

エリカ　フレイヤとエリックの娘

マグヌス　ノルウェー王マグヌス五世、フレイの実父

エストリッド（エストリーネ）　マグヌスの娘、フレイの異母姉

サラ　マグヌスの側室、フレイの実母

ハーコン・ハーコンソン　エリカの異母弟、後のハーコン四世

インガ　ハーコン四世の母

ニールセン　モルヴィア家の執事

タマヤ　聖星より派遣されたバイオロイドの惑星調整官

目次

プロローグ

「タマヤよ、速やかに目覚めよ、目覚めて母神(ぼしん)ラン様の御前まで来るのだ」

休眠カプセルの中で長い眠りに就いていたタマヤの脳内に、管理者の機械音声が繰り返し響いている。いつ頃から響いていたのであろうか？　今は眠りに就いてからどれほどの時が流れたのであろうか？　前回はどこの惑星に勤務していたのだろうか？　考えても何も思い出せないままタマヤは開閉ボタンを押した。

カプセル内の養生液は徐々に排出され、やがて扉は開いた。タマヤが休眠カプセルから這い出て周りを見渡すと、室内にずらりと並ぶ休眠カプセルのうち、無事に帰還して養生中を示す赤色ランプは数個、帰還待ちの緑色が十数個点(とも)っているだけで、あとは全て消えている。

それは、この培養室で誕生し、各惑星に赴任した同僚の大半が既に消滅したことを示している。おそらく別の培養室では、次世代の同僚達の誕生も間近なのであろう。

眠りから起こされた理由は理解している。どこかの惑星に勤務していた同僚が老朽化したか、予期せぬ消滅をして連絡が途絶えたかにより、後任者として赴くようラン様がご判断なされたのだ。

ラン様のご指示は絶対である、そのために我々はバイオ工学によって創られ、生命を与えられたのだから。この銀河系内にラン様が調整すべき未熟で自滅しそうな星々が存在する限りは、我々の存在と使命が不要となることはないのだ。そう思いながら、タマヤがグレーの皮膚にピッタリと張りつく銀色のスーツを着込んで、大聖堂の母神像の前に片膝で跪(ひざまず)くと、管理者からの機械音声が再び脳内に響く。

「タマヤよ、心して聞くがよい。汝は今よりこの聖星を発(た)って辺境にある恒星の第三惑星へ赴くのだ。前任者は何らかの理由で連絡を絶った。しかし直前までの思考波は健全であったから、不慮の突発的事態により消滅したものと判断される。直前までの作業データ、およびその惑星の基礎データは、脳内に既に入力してあるゆえ、飛行中に再生して確認せよ。汝の能力で充分に管理できる程度の星ゆえ、汝が老朽化して交代の後任者が赴くまで、存分に使命を果たすのだ」

気の遠くなるような遥かな太古、当時実在した全能の人物を模(かたど)り、疑似生命という名の永遠の命を施されて安置された、コバルトブルーに輝く母神像に向かって、タマヤは跪いたまま、恭(うやうや)しく右手を胸に当て左手を横に伸ばした姿勢で頭を垂れた。

この聖星の最高礼のまま、心よりの敬意を込めて唱える。

「母神ラン様に栄光あれ！」

彼ら全てのバイオロイドの細胞には、太古より受け継がれたランの遺伝子が組み込まれており、それゆえに彼らはランを母神と崇めて呼ぶのであった。

像がわずかに頷いてタマヤに応礼すると、それが合図であるかのように、聖堂内の空間に銀色に輝く直径五メートルほどの円盤型飛翔体が実体化して浮かび、その底部から昇降用のシャフトが垂れてきた。タマヤがそのシャフトに入ると、シャフトは再び飛翔体に収まり、同時に聖堂の屋根が開き、飛翔体はわずかに振動したかと思うと、一瞬の煌(きら)めきを残し目的の惑星へと発進した。

自動航行の飛翔体内で、タマヤはまず目標の惑星の基礎データを脳内で再生する。ありきたりの平凡な規模の惑星である。次いで歴代の勤務者からの累積職務データと前任者が消滅するまでのデータも再生した。この惑星の生物に文明と呼べるものが芽生えてから現在までの期間、そのデータにより知り得た限りでは、その文明を起こした生物は、我々同様に左右対称の四肢を持ち、標準知覚である視覚、聴覚、味覚、嗅覚の各器官を有している。各個体間の意思疎通は主に音声を用いており、精神感応による疎通は未発達のようだ。

性格はかなり自己中心的で好戦的らしく、現在は大小数百の国々に分かれて互いに領土拡大に興じている。ただし、使用武器は現在のところ、主に運動エネルギーを用いた下等な武器と、火炎を利用する程度の熱エネルギー体が中心で、核兵器や反重力兵器の登場は当分先と思える。そのようなことを考えながら、睡眠の不要なタマヤは瞑想のまま、自動航行に身を委ねる。

予定通り二日後、飛翔体は目的の惑星に到達した。宇宙には珍しき液体の水を湛(たた)えた大洋を有し、穏やかな風や温暖な気候、緑溢れる森林にも恵まれた星に、次第に心が和むのを感じる。

この生命の活力に満ちた貴重なる星の平和は、ぜひとも守らねばと決意して、彼はとりあえず前任者のやり残した作業に取り掛かった。それは、地球暦では一一八二年の四月のことであった。

第一章　一一八四年六月四日「ベルゲンの決戦」

一二世紀の北欧ノルウェー王国。この国はまさに王権をめぐる激しい戦乱の嵐に見舞われていた。一一三〇年、第一次十字軍の英雄として、国民の絶大なる支持を受け、十字軍王と敬愛されていたシグルー世が没すると、各有力王族間の勢力均衡はもろくも崩れ去り、王族同士による骨肉の争いが各地で勃発したのだ。

しかし、一一六三年、シグルー世の七歳の孫を、教会が推してマグヌス五世として即位させると、内戦はいったんは治まったかに見えたが、その平和は束の間の幻でしかなかった。

一一七六年の夏、有力王族の一人で、遠く大西洋上のフェロー諸島で育ったスヴェーレ・シグルッソンが挙兵して北部に上陸、重税に喘（あえ）いでいた民衆や地方貴族らの支持を受けて、瞬く間に南部を残すほぼ全土を掌握し、教会の抗議も一蹴してマグヌスを国外に追放。スヴェーレはここに勝利を高らかに宣言し、民の圧倒的支持を得たノルウェーの正統なる新王たりと布告した。

それから六年、今や二六歳となったマグヌス五世は、父の代から親交のあったデンマーク王の庇護のもと、妃ラグンヒルドや側近達を伴って亡命生活を送っていた。しかし、王の代替わりによるデンマーク国内の状況変化もあり、王権を奪還して雪辱を果たすと決意した彼らは、ノルウェー南部に上陸、教会と一部貴族の助勢を受け一進一退の闘いを繰り広げていた。

そして、一一八四年の初夏、遂にノルウェー第二の都市ベルゲン北方での総力戦において雌雄を決すべく、両軍は小さなフィヨルドを挟み対峙したのだった。

白夜の対岸にはマグヌス軍を圧倒する数の軍旗がはためき、岸辺にはすでに幾百の小舟が係留され、今すぐにでも押し渡って来そうな戦場の殺気が、ピリピリと前線の将兵達の肌に伝わってくる。明日、軍神チュールの軍配がいずれかの陣に揚がることは、もはや疑う余地はないであろう。

「陛下、明日のご武運をお祈り申し上げております」

行軍用の王妃用幕舎に、前線視察と深夜に及ぶ作戦会議を終えたばかりのマグヌスを迎えた妃ラグンヒルドは、粗末な簡易ベッドに腰を下ろし、二歳の誕生日を迎えたばかりの幼き一人娘エストリッドの寝顔を見つめ、髪を優しく撫でながら呟いた。マグヌスの訪れを予感してか既に女官達は下がらせてある。

「勝つよ、勝つに決まっている。正義が負けるはずがないではないか。何も心配はいらぬよ、ラグンヒルド、作戦は完璧だ。この戦いが済めば、我々はニダロスに凱旋して、華やかな暮らしに戻るのだよ」

「もちろん、そうに決まっておりますが、ご油断をなされますなと申し上げたのです」

優しく微笑(ほほえ)んだラグンヒルドは、子を生(な)したとはいえ、その容姿は乙女の頃からいささかの衰えもなく、今もマグヌスの胸を熱く滾らせる。

「その通りだ、愛しい妃よ。何事も油断はいけないな」

マグヌスも微笑みながら片膝をつき、人差し指で娘の頬を軽く撫で、妻の手を取って立たせると金色の髪に覆われた頭部を両手で包み額に優しくキスをする。それはいつもと変わらぬ二人の甘い夜の始まりを望む秘やかなサインであるが、今宵は特に心が込められて長かった。

ラグンヒルドは目を閉じながら腕を伸ばしてマグヌスの黄金色の髪に指をくぐらせ、つま先立ちをして唇を近付ける。これは「了解」のサインのひとつではあるが、こちらもすでに唇と吐息はいつになく燃えるように熱かった。今まさに唇同士が触れ合おうとした瞬間、入口の垂れ幕が慌ただしく跳ね上がる。

「陛下、一大事でございます。アッ、こ、これは失礼を！」

慌てて目を伏せたのは武骨者の近衛隊長で、マグヌスが厚く信頼を寄せるハルデリックである。剣の技も武人の心得も、幼いときから全て彼に教え込まれたのだ。心の父とさえ思っている。

「チッ」軽く舌打ちしたマグヌスは、「しばらく待っていてくれ」と妻に目で言い聞かせるとハルデリックを促し幕外へ出た。

「ハルデリックよ、せめて入ってくる前に咳払いでもしてくれ。もう少しでそなたは大変な事態を目にして、不敬罪でその首を刎ねられるところだったぞ」

「申し訳ありません、陛下。陛下の幕舎にお姿がなく、侍従のハロルドの奴も見当たらず、歩哨が陛下はこちらだと申すものですから。いや大変な粗相を致しました」

「そうだったな、ハロルドには大事な用を申し付けてあった。まあ良い、どのみち後でそなたを呼び出すつもりだったのだ。それでそなたの申す一大事とは何のことだ？」

「はっ、ベルゲンの司教達の一行が急用が生じて教会に戻らねばならないと申しまして、馬車を仕立てて荷を山のように積み上げ、止めるのも聞かず先ほど出発されました」

よほど腹立たしいと見えて、口髭とこぶしがブルブル震えている。

「会議の折に、何やら外で騒がしき物音がしておったが……。そうか、かの者どもが逃げ支度をしておったのか」

マグヌスの脳裏には先ほどの前線視察の折に目にした光景が浮かぶ。白夜の薄明かりの下、フィヨルドの対岸にはこちらの三倍を超える篝火（かがりび）と軍旗が立ち並び、角笛の音もひっきりなしにこだまして、明日の決戦は容易なものではないと誰の目にも明らかだった、もちろん司教らの目にも。

ハルデリックの不愉快な報告を聞いても、不思議とマグヌスの胸に怒りは湧いてこず、逆に口許には苦笑いさえ浮かんだ。

立腹の気配も無いマグヌスの様子に、悪い酒でも大量に呷（あお）ったのであろうかと小首を傾げたハルデリックは、さらに付け加える。

「陛下、このままでよろしいのですか？　部下達には追いかけて連れ戻すように待機させております、戻らぬとか抜かしたら首だけでも引き連れて来ますから、なにとぞご命令を！」

「よい、捨ておけ。あとは思慮深き神が、かの者共に相応の罰をお与えになるだろう」

「しかし、しかし陛下、司教が居ないのでは、大事な決戦の祈りはいったい誰が？」

なおも食い下がるハルデリックに、「ハルデリックよ、首を連れて戻って来たところで、その首が祝福の言葉を唱えるとは思えぬではないか。それに何より今の我が軍には、腰抜け司教の祝福よりも全能なるオーディン神の助勢の方がよほど必要だ。狂戦士ベルセルクを三人ほどと、フィヨルドの底にクラーケンも一匹欲しいところだな」（両者とも北欧神話上の怪物）などと戯言を言う。

「陛下……」ハルデリックは言葉も無く肩を落とした。

「ハルデリックよ、そう気を落すな。そなたを見込んで、そなたにしか為し得ぬ、この国の未来を託す使命を与える」

改まったマグヌスの声に、沈み込んでいたハルデリックの目が俄かに輝き出した。

「陛下！　この私の命に代えても必ず果たさせて頂きます、ぜひスヴェーレの目玉をえぐり出し、心臓を持ち帰れとお申し付けくだされ」

意気込んで片膝をつき、胸にこぶしを当てて言葉を待つ。

「そなたの命など要らぬが、この使命は必ずやり遂げてもらう。もちろん、主神オーディンの名に誓ってたとえ親兄弟であろうと口外はならぬぞ」

「無論にございます、陛下」

では耳をかせと小声で内容を伝えると、目を剥くハルデリック。

「陛下、では先ほど仰せのハロルドへの用事とは、側室のサラ様とお世継ぎのことで？　しかし、それは……。さ、さようなことはとても私にはできませぬ、無論お二人も大事ですが、私は命ある限りお側を離れとうはございませぬ」

　謹厳実直な武人である彼は、王子はともかく、好き嫌いの激しい側室のサラをあまり良く思っていないのは、マグヌスも承知している。だが、王子フレイを一人前の武人として育て上げ、国の未来を託せるのは、父とも想う彼を置いて他には考えられない。

「勘違い致すな、無論、明日の決戦では久々にこの剣の腕前をスヴェーレ達に存分に見せつけ、必ずや勝ってみせるとも。しかしな、ハルデリック、勝負は時の運とも申す。王として万が一の場合の世継ぎの身の安全も考えておかねばならぬ。この国を決して彼らの好きにはさせぬために、そなた達二人にサラと王子の全てを任せるのだ。四の五の言わずに命を賭けて為し遂げろ」

「ですが、陛下！　私には、私には陛下の御身の方が……」

　何もそこまでと、ハラハラと落涙するハルデリックの肩に、マグヌスは、老いた親を労わるように手を置いて微笑んだ。

「分かっておる、もう何も申すな。二、三日もすればこの合戦の勝敗も知れ渡るだろうから、それを聞き及んだなら、そなた達二人で図らって、必ずやこの使命を果たせ。万が一の場合の私の身は案ずるな、王として神と民に恥じることは致さぬ」

　天晴なる武人の言葉だ。

「さあ、手だれの騎士を何騎か連れてハロルドと共に早々に発つがよい、二人の隠れ家は彼に伝えてあるし、充分なる銀貨も持たせてある。そこでサラが王子と共に待って居るだろう。今宵はオーロラの明かりが、道を照らしてくれようほどに」

「承知致しました、陛下。必ずやサラ様とお世継ぎのご無事をお約束致します。目処(めど)が立ちましたら後はハロルドに任せて、私は必ず陛下のもとへ戻ってまいりますから、それまでご無事でおられますように」

今は王の覚悟に観念して不承不承に立ち上がったハルデリックは、それでも命を長らえよと縋る。マグヌスはその言葉には答えず、身振りで早く行けと示して、幕舎の中へと入って行った。

「待たせたな。大した話ではないのだが、いつものことながら、年寄りは話が長くていかん」

すでに東洋の薄絹で織られた夜着に着替え、櫛をかけた金髪を腰まで長く垂らし、薄く紅を引いた唇は再びマグヌスの心を誘う。知り合った頃と変わらぬ初々しく美しいラグンヒルドがそこに居る。

オスロの近くに広大な領地を有する父を持つ彼女との婚姻は政略的な結婚である。だがマグヌスは、一六歳になったばかりのラグンヒルドの可憐な美しさと明敏な頭脳に、一目見た時から心を掴まれており、結婚後は周りの女官や侍従達が顔を赤らめるほどの夫婦仲であった。燭台の淡い光の中、何も語らずともただ互いの瞳を見詰め合うだけで、二人の息遣いは次第に熱く、またせわしくなっていく。

「陛下の菫(すみれ)色の瞳が好き」

ラグンヒルドが呟くと、「私こそ、初めて会った時から、そなたの夜色の瞳に、何度心をときめかしたことか」と額に軽くキスをして、「エストリッドは？」と囁く。

「あの子は一度寝ると朝まで起きませぬ。親孝行な娘ですこと」

含み笑いをしながら頬を赤らめ目を伏せる。

もう言葉は要らない、どちらからとも無く唇はしっかりと合わせられ、やがて二人は草の上に敷かれた毛皮の上に横たわる。

夜着をはだけられ胸乳を優しく弄られて喘ぐラグンヒルドの二本の腕は、二度と離さじとばかり愛する夫の背を固くかき抱くのであった。嫋々たる忍び泣きの声と、荒々しき喘ぎ声の重なりを、大仰に鳴き立てて隠してくれるのは夏の虫の細やかな気遣いであろうか？　それとも愛を司る女神フレイヤの思いやりであろうか。やがて妻の喜悦の声に、マグヌスは一声高く咆哮して応じると、愛しき妻の上に突っ伏した。

初夏とはいえ夜半を既に過ぎた夜気はひんやりと二人を包み、やがて息遣いを戻したラグンヒルドは、まだ覆い被さったまま激しく息づくマグヌスの髪を優しく撫でながら囁き掛けた。

「陛下、王子はちゃんと逃がされました？」

マグヌスは一瞬ハッと身震いをして顔をあげると、妻の黒き瞳を覗き込みながら答えた。

「そなたは前々からそのことを知っていたのか？」

「そりゃあ夫婦ですもの、旦那様の考えていることは全て承知しておりますわ、そのためにハルデリックとの話が長引いたのでしょ？」

それくらい知らなくてどうするのと妻の目は笑っている。

「降参だよ、気高き妻よ」

「ええ、許して差し上げますわ、愛しいあなた。世継ぎのフレイ王子はこの国の希望の証で、私の息子でもあり、エストリッドの弟でもあるのですから、必ず生き延びて無事に育つように、手を打つのは当然でございます。昨日まで陛下のこの指にあった王家のシグネットリング（印章指輪）が、今は消え失せておりますから、察しておりました」

マグヌスの手を撫でながら、ラグンヒルドは優しく囁く。

「もう一度降参させてくれ、愛しいラグンヒルド。いつものことだが、やはりそなたには隠し事などは通用せぬな」

そう言って額へ口づけると、ラグンヒルドも軽くマグヌスの指に口づけて、「何度でも許して差し上げますわ、愛しい旦那様」と微笑んだ。

「ローマの教皇から送られた、あの印章が刻まれた指輪は、祖父である十字軍王伝来の宝剣と共にハロルドに託して、王子の手許に届くように取り計らった。気付け薬としてワインも一緒に袋に入れておいたから、長旅の役に立つはずだ。ハロルドは既にハルデリックや配下の騎士達と共に出発している。だが案ずるな、これは万が一の場合の処置にすぎぬ。明日はスヴェーレに目にもの見せてくれるが、もし仮にわが軍が敗れても、あの宝物が奴らの手に渡らぬ限り、絶対に神と教会は奴らを正式な王とは認めぬ。これは私の意地でもあるのだ、最後に泣くのはスヴェーレ・シグルツソンだ」

　誰にも明かしたこともない胸の内を、マグヌスは初めて明かす。

「ああ、私の父と兄が流行り病で斃れさえしなければ、もっと陛下のお役に立てたものを……、それで王子は今、どなたのもとに？」

「たっぷりと寄進をはずんでスタヴァンゲルの司教に頼み、教区内のさる教会へ預けた。ベルゲンの司教らは皆、腰抜け揃いで信用できぬからな。それが証拠に敵が我が方の三倍の勢力だと知るや、さっさと逃げ出しおったわ」

「今まで散々面倒を見てきた司教様ともあろうお方が！　人の心とは地位や見かけでは量れぬものなのですね」

　ラグンヒルドは溜息と共に目を閉じ、愛しい夫の厚い胸にしばし頬を預けた。

「愛しいラグンヒルド、今だから正直に申すが、そなたを初めて見た時から、そなたを恋慕い、是が非でも我が物にしたくて、いろいろと策を弄したよ」

　誰に語るともなく天幕を見上げながら呟く。

「マグヌス・エルリングソン、それを私が知らぬとでも？　亡き父からは散々陛下に脅されたと聞きました。兄からも、陛下を亡き者にしても良いかと度々問われました」

　ラグンヒルドもまた呟く。

「それで、そなたどう答えた？」

「フフッ、陛下はまだご存命ではありませぬか」

「まったく、そなたに掛かれば、この私など童（わらべ）も同然だ。あの麗しき可憐な乙女が、ひとたび馬に乗れば男勝りの早駆けをし、馬車さえも御すると知った時は、本当に驚いたぞ」

「兄にいつの日か必ず役に立つであろうと、無理やり仕込まれましたの。決して私が望んだわけではございませんわ」

「そう受け取っておこうか、このお転婆めが」

　再び夫の手が妻の胸乳に伸びる。

　毛皮を敷いただけの褥（しとね）には、明日の決戦に慄（おのの）く王と王妃の姿などは、どこにも見当たらない。ただ互いの心を相手に預け合い睦み合う、ありふれたひと組の夫と妻の姿があるのみであった。

　だが、軍神チュールの非情なる宣告は、夏虫の心優しき鳴き声の中でしばしのまどろみに浸る二人の耳に突然降ってきた。おとなしく眠っていたエストリッドの、激しい泣き声に替えて。

「一度寝たら朝まで起きぬはずと言わなかったか？」

　なんとも不審気なマグヌス。

「まあ、どうしたのかしら？　いつもはこのようなことはないのですが、本当にどうしたのかしら？　こんなに泣き叫ぶのは、以前に騎士達の閲兵の際、たくさんの軍馬の駆け回る響きを聞いて、揺り籠から跳ね起きた時以来ですわ」

　慌てて娘をあやすラグンヒルド。

「何！　今、なんと申した？　駆け巡る軍馬の馬蹄の響きに怯えて泣いたと？」

「ええ、でも、まさかそのようなことなど？　まさか馬が、軍馬がこちらへ駆けて来るとでも？　だってあなた、敵はまだフィヨルドの向こう岸のはずでは？」

　マグヌスは瞬時に容易ならぬこの事態を悟り跳ね起きる。「しまった、夜討ちだ。敵は既にこちら側に回っていたのだ。あの篝火や旗や舟は全てまやかしの偽装だ、まんまと騙された！」

　まやかし、偽装、まさにその通りであった、既に敵の本隊はフィヨルドを大きく迂回しており、昨日のうちに谷間や森陰に兵を伏せ、密かにマグヌス軍が寝静まるのを待ち構えていたのである。

　マグヌス達は敵が舟でこちら岸に渡り終え、隊列を整えて押し寄せて来るのは早くても午後と踏んでいた。急峻なフィヨルドの崖をよじ登るのに手こずる敵兵の頭上から矢を射かけ、岩を落とせば簡単に敵を潰すことができると考え、早朝より崖上に布陣して待ち伏せる作戦であったのだ。

「この、戦下手の大間抜けめが！」

　マグヌスは己を罵り、慌ただしく衣服を着けながら叫ぶ。

「姫を連れて何も持たずに馬車に乗るのだ、荷馬車でも構わぬ、急げ！」

「でも陛下、どちらへ向かえば？」

　ラグンヒルドも行軍用の軽装に着替え始めながら問う。

「おそらくベルゲンまでの街道は既に抑えられているだろう。フィヨルドに沿って海の方へ向かえ！　海岸まで辿り着ければなんとかなる、私もすぐに追いかける。よいか妃よ、必ずまた二人は会える、無論姫も一緒だ」

そう叫ぶと垂れ幕を払い外に飛び出して行った。

しかし、幕舎の一帯はもう既に混乱の渦中であった。迫りくる馬蹄の響きや、大きく轟き渡る突撃の角笛や鬨（とき）の声に狼狽し、慌てふためいてテントから這い出た兵達は、甲冑をまとう暇とて無く、剣や弓などの武具も互いに奪い合う始末。そして、ついに凄惨な殺戮が始まり、白夜の薄闇の中、歴戦の兵達は為す術もなく次々と切り伏せられていく。

「お妃様あ」

絶叫と共に王妃の幕舎に飛び込んで来たのは、エストリッドの乳母のマリーネである。

「姫を、早く姫の支度を！」

ラグンヒルドも叫びながら、まだ泣き続けるエストリッドを乳母の腕に渡し身繕いを急かす。だが、何を思ったのか、「あっ、ちょっと待って」と着替えを始めようとした乳母の手を途中で止めた。

「ベビードレスは着せなくていいわ、その代わりその辺の粗末な毛布で包むだけでよいから」

「は？　なんと仰いましたか？　大切な姫様に貧しき下々の子の身なりをさせるのですか？」

仰天して目を剝く乳母に、ラグンヒルドが問う。

「そなたは確かベルゲンの近くの村の出であったな、親は息災でおるのか？」

「は、はい、ふた親ともまだ元気で百姓をして暮らしておりますが、それが何か？」

訝しがる乳母に、ある重大な決意をラグンヒルドは告げた。

「たった今からこの子は王女エストリッドではない。この子はそなたの死に別れた夫とそなたの間の娘よ。そなたの両親にはこの子の素性は伝えず、しかるべき時まで父を亡くした哀れな孫娘として育ててもらいなさい。この子に運があれば慈悲深きマリア様が、きっとお守りくださるはず」

「お、お妃さま、何を仰います！　そのような畏れ多いことなど私には到底できませぬ。第一私には死に別れもなにも、最初から夫など……」

その抗議を遮り、ラグンヒルドは重ねて命ずる。

「マリーネ、私と陛下は運が強い。この合戦が済めばスヴェーレ殿と和睦して、すぐに陛下と共にそなた達を迎えに参るから、それまでの短い間だけの話じゃ」

その言葉に顔を上げた乳母は、縋る思いで念を押す。

「まことでございますね、まことに国王陛下と共に姫様をお迎えに来て頂けるのですね」

「まことじゃ、私が嘘を言うはずが無いではないか。さあ、これをその日までのそなたと姫の日々の暮らしの糧に」

手籠の中のベビードレスや人形を、首飾りや指輪などの詰まった宝石箱と入れ替えて乳母に押し付けると、『ああ、可愛いエストリッド・マグヌッスドッテルよ、私の愛しい娘、私の命、これよりはただの百姓の娘として、末長く達者で平穏に暮らすのですよ』と念じ、父親譲りの菫色の瞳を持つ娘の額に、今生の別れとばかり激しく口づける。

その間も幕舎の外では、あちこちから剣戟の音や断末魔の悲鳴などが絶え間なく続き、それが次第にこの幕舎へ近づいて来る気配だ、もうマグヌスの生死すら定かではない。

次々と悲鳴を上げながら幕舎に逃げ込んで来る狼狽した女官や召使い達を叱咤し、てきぱきと指示を与えながら、未だ躊躇する乳母を叱りつける。

「マリーネ、何をぐずぐずしておるのです！」

「お妃さま、それでは私の里でお待ち申しております。くれぐれもお約束をお忘れなきよう」

乳母がしっかりと抱くボロ布の中身が、王女エストリッドであると気付く者は誰一人として居ない。

「分かっておる。それまでそなたも息災でな」

ラグンヒルドはわざと平静に乳母を送り出した。

「姫よ、一緒に行けぬこの母を許して。母はこの身を陛下とそなたのために使わねばなりませぬ」

堪えていた涙を拭いながら、声もなく呟くのであった。

早朝の淡い光の中、阿鼻叫喚の陣中を突っ切って、王妃用の華麗なる二頭立て白塗りの馬車が、敵味方の区別なく兵達を跳ね除けながら、フィヨルドに向かって疾走する。それを目にした敵軍の騎士達は、「あれは王室の馬車だ、王妃らが乗っているはずだ！」、「それ！　追いかけて生け捕りにするのじゃ」、「逃がしてなるものか。人質にして宝物と交換だ」などと口々に喚きながら、一斉に怒涛の追撃を始めた。そして、手薄になったその一瞬の隙に、ラグンヒルドに指示され、幕舎内で震えながら待機していた女官や召使達が、眦を決し一斉に四方八方へと飛び出す。

その頃マグヌスは、チェーンメイル（鎖帷子）や鎧を着ける暇も無きまま、王妃の幕舎からそう遠からぬ位置を保って、王妃達の幕舎に向かわせまいと敵兵を引き付け鬼神の如く奮戦していた。身辺を守るべき近従達は、既に一人、また一人と斃され、今や彼だけが残るのみである。

彼自身も数か所の手傷を負って激痛が走るが、その剣の凄まじき勢いはいささかの衰えも見せず、さらに多くの敵を切り伏せてゆく。

王旗も無く、王家の家紋付きの鎧もまとわずに、ただ一介の兵士の身なりで全身に返り血を浴びて赤鬼の如く刃をふるう彼を、敵もまた王とは気付かずに、これほどの勇猛な戦士が敵軍に居ようとはと、賞賛の心を抱きながら攻め立てる。

激戦のさなか、マグヌスは一瞬目のはしに、邪魔者を蹴散らしながら駆け行く白塗りの馬車を捉えた。血と汗にまみれた口元には、思わず安堵の微笑が浮かぶ。

「逃げよ、愛しき妻よ！　エストリッドと共に無事逃げおおせてくれ。私は約束した海辺には行けそうもないが、ヴァルハラ（北欧神話上の楽園）から、そなた達の幸せを見守っていく」と呟き、さあ来いと次なる敵に向かい合った刹那、飛来した一筋の遠矢が非情にもマグヌスの胸を貫いた。

「ウッ」、一瞬冷たく鋭い衝撃を胸に感じて、何が起きたのかさえ分からぬまま、力が一気に失せて景色が回り、気付くといつの間にか草の上に倒れ込んでいた。周りのあちこちから間断なく続いていた怒号や悲鳴は、もはや彼の耳には響かず、ただ静寂だけが広がり、「ラグンヒルド、エストリッド」と叫ぶ自分の声すらも聞こえぬ。「ラグンヒルド」もう一度愛する妻の名を叫びながら彼の視界と意識は、次第に慈悲深き闇に包まれて行った。

フィヨルドの狭き崖道を、海辺とは逆に山手を目指し疾走する一台の白き馬車。その御者台で脚を踏ん張り、女とは気取られぬようにとマントで服を覆い、フードを目深に被って手綱をさばいているのは、誰あろう王妃ラグンヒルドであった。すでに愛しき夫の魂はヴァルハラの女神ヴァルキュリアの御許に在るとはもちろん知る由もなく、ただこの身が敵に捕らわれて、王である夫の恥とならぬよう、また娘の脱出のための時を少しでも稼ぎたい一心で、恐怖と闘い馬を奔らせているのだ。

「お兄様、散々叱られながら仕込まれたけど、やっと役に立つ時が来ましたわ」

亡き兄への感謝を独りごちながら後方に目を遣ると、予想通りに相当な数の騎士達が、「止まれ、止まらぬか」、「逃げても無駄だ」などと、怒声を張り上げながら追い縋って来ている。

だが、幸運にも道幅が狭くて馬車の前へは回り込めない。業を煮やした若い騎士が、強引に回り込もうと何度も試みたが、遂には弾かれて絶叫と共に、冷たき水面めがけて墜ちて行った。

「フフッ、少しは陛下のお役に立ったようね」

ラグンヒルドは自らを誇らしげに褒める。

しかし、いつまでもその幸運が続くはずもなく、やがて次第に道は広くなる。ついに、馬車のすぐ脇まで馬を寄せた騎士が、「死ね、この忌々しき御者めが」と、叫びながら切りつけた。その鋭き刃はラグンヒルドの肩口をかすめ、彼女はその衝撃と痛みに思わず悲鳴を上げそうになるが、女と悟られてはならじと、かろうじて堪える。

「これまでね。あなた、海辺に行けなくてごめんなさい。でも、よく頑張ったと褒めてね」

固く目を瞑って渾身の力で手綱を操り、馬車を海側に急旋回させた。

「アッ、待たんか！」、「馬鹿者、落ちるぞ」狼狽した騎士達の声を背に、馬車は哀れな馬を道連れに、轟音をとどろかせながら崖を転がり落ちて行く。


そして騎士達は見た！　高々と水柱を噴き上げ、激しく水面に叩き付けられた馬車が、車輪や扉の破片を残しながら沈み行くさまを。崖の上に立ち並んだ騎士達は、たった今目にした光景が信じられず、呆然と言葉も無きまま、未だ波紋の残る水面を覗き込むばかりであった。

第二章　一一八四年六月八日「スタヴァンゲルに黄昏の迫る頃」

ノルウェー南部の港湾都市スタヴァンゲル。この港町は八世紀頃から北海対岸のスコットランド、イングランド、アイルランドなどとの交易で栄えて来た。一二世紀の当時は、それなりの荷揚げ岸壁や石造りの倉庫なども整備され、大型のロングシップやカナール船などが出入りする、今やノルウェーでも指折りの港として栄え、近郊の住民達は早くからカトリック教に改宗し、すでに数ヶ所の教会も建っていた。その中の一つの教会に、マグヌスの側室サラと、北欧神話の豊穣と繁栄の神にちなみフレイと名付けられた乳飲み子の王子が司祭や修道女達の手により匿（かくま）われていた。

「母君殿、客人がおいでです」

司祭が説教堂の奥の隠し部屋の扉を叩く。愛しきマグヌスが迎えに来てくれたのかと期待に胸を弾ませるサラの前に姿を現したのは、侍従のハロルドと近衛隊長ハルデリック、およびその配下の騎士数名であった。

「手短にお話を」

司祭が客達に目配せをして燭台を残し部屋を出て行くと、彼らは突然、揺り籠にスヤスヤと眠る赤子に深々と臣下の礼を執り、「サラ様、いや王母様、お気を確かにしてお聞きくだされ、フレイ様はこの国の至宝であり王権の証でもある宝剣と王印を引き継ぎ、新王となられました」と告げた。

サラは半狂乱となる、マグヌス王は妃や王女共々に、数日前に既にこの世を去ってしまったと聞かされては、無理は無かろう。

「どうして、どうしてなの？　ハルデリック殿。あなたは陛下のお傍に居て、陛下のお命をお護りすべきはずでは？　それにハロルド殿！　あなたもなぜお妃様や姫様をお連れして逃げなかったの？」

　驚愕のあまり涙も忘れて烈火の如く怒るサラの詰問に、その場の者は皆、悪戯（いたずら）を見つかり母に叱られる童の如く、言葉も無く項垂（うなだ）れるばかり。

「王母様、陛下が我らにお二人のもとへ向かえと命じられた時には、周りに敵の気配もなく、我々はお二人のお世話をした後に、すぐにでも引き返すつもりだったのでございます」

　やっとの思いでハルデリックが口を開くと、「ええ、さようですとも」とハロルド。

　二人はサラのあまりの剣幕に顔を上げる勇気も無く、俯いたまま懸命に訴える。

「では、なぜ？　何がその後に起こったと言うのですか？」

「はい、我々が陣を去って間も無くして、卑劣なる敵の夜襲を受け、不意を突かれた我軍は壊滅したのです」

　武骨者のハルデリックは、怒りで全身を震わせ悔し涙を滲ませながら語る。さらには如才なきハロルドも身振り手振りをまじえて大仰に述べる。

「亡き陛下は狂戦士のベルセルクが如く暴れ回り、数百人の敵を討ち取りましたが、恐れをなした敵が遠矢を射かけ、遂にはお斃れになられたとか。その折りには敵将のスヴェーレも盾打ちの礼で、稀代の英雄として亡き陛下に哀悼の意を表したと聞き及んでおります」

「ああ、なんとお悼わしきご最期であろうか」サラは身を捩りながら袖を目に押し当てて、「それで、お妃様と姫様のご最期は？」と重ねて問えば、「そのことでございます。お妃様と姫様は馬車にてその場を逃れたらしいのですが、御者の腕が未熟で車輪を滑らしてフィヨルドの崖を転げ落ち、そのまま水面に突っ込んだらしゅうございます」沈痛な面持ちでハロルド。

「まっ、なんという愚かで罰当たりな御者でしょうか！　でもひょっとして、命拾いをされて、どこぞに隠れておられるのでは？」

　その御者が妃本人とも知らず、サラは儚い望みに縋りつく。

「いいえ、サラ様。その後すぐにお妃様のご遺体が浮かんだそうで、捕えられた女官の一人がそのお姿を見るなり、お妃様と泣き叫び気を失ったとか。姫様のご遺体はとうとう見つかりませんでしたが、ご愛用のおもちゃの人形と服が浮かんでいたらしく、不憫ながら御者や馬と共に、フィヨルドの底で安らかな眠りに就いたようだと敵の兵達が申しておったのを、私の手の者が、しかと聞き及んでおります」

　したたる涙を拭おうともせずにハルデリック。

「なんともおぞましきお話。ご聖母様、お三方の御霊になにとぞお救いを」

　しばし袖を目に押し当てていたが、「で？」と続きを促す。

　二人はしばし顔を見合せながら迂闊にも、「で、と申されますと？」と聞き返した途端、サラの罵声が襲う。

「ご遺体の行く末に決まっておりましょうが！」

堪えていた怒りがここで爆発、今にも火を吹きそうな目で睨み付けられている二人は知らないのであろうか？　大地主の地方貴族を父に持つサラは、幼き頃から愚昧な召使を叱る時は、苛酷で容赦しないと地元では評判なのに。

「アッ、そのことでございましたか？　これは失念しておりました、平にお許しを！」

八つ当たりの刃をまともに浴びた男達は、たちまち恭順の姿勢。勇猛なるバイキングの子孫であるノルウェーの男達も、世間の例に漏れず激怒した女性には、からきし弱いとみえる。

「手の者の報告では、陛下と妃殿下のご遺体と、姫様の代わりとして人形をご一緒にフィヨルドのほとりに埋葬されたそうでございます」

ハルデリックは答える。さらにハロルドも、「ご葬儀はスヴェーレ自身が、カトリックの最高儀礼にて国葬並みに取り行ったと聞き及んでおります」と口を添えた。

「スヴェーレ殿は司祭でもありますから、葬儀はさぞかし手厚くなされたのでしょう。でも、だからと言って、私はあの方達を決して許しなど致しませぬ」

目を瞑りながらサラは断固として誓う（当時の欧州の王族の子弟は慣例上、司祭の名誉称号が与えられていた）。

「ご尤もでございます、許してなるものですか！」、「もちろんですとも王母様！」

男達は一斉にサラを宥め、しばしこのままでと互いに目で頷き合う。

涙の泉も枯れたと見えて、ようやく落ち着いたサラが、「それで、新王のフレイ様と、この私の身は、この先如何なりますの？」改まった口調で二人に目を向けると、「はっ、その件ならば、既にハルデリック殿と計らっております。まず、とりあえずいったん国外に逃れ、充分に力を蓄えた後に再興を図るべく挙兵して本国へ戻るのが最善かと存じます」ようやく嵐の鎮まりを感じ、ホッとしたハロルドの言葉に、「さよう、さよう」とハルデリックや騎士達もすかさず頷く。

「国外と言ってもいずこへ？　もうデンマークは王が交代され当てにはできぬはずでは？」

「王母様のおっしゃる通りでございます。ですからオークニーか、ヘブリディーズ辺りの島が適当かと考えております。あの辺りは本国とも近く、まだまだ我が方の勢力が優勢で、軍資金も先を読まれた亡き陛下より充分に賜ってございますれば、必ずや力になってくれるはずでございます」

「さすが陛下、このことのあるを見越して、新王の行く末まで考えておられたとは！　それにハロルド殿の申されることにも納得致します。並びなき知恵者のそなた様と、武勇誉れ高きハルデリック殿が傍に居て頂ければ、何の心配も要りませぬ」手を叩きながらサラは二人を持ち上げ、さらにもう一言、「頼もしきお二方！　今日より新王様と私はお二人を、心の支えにさせて頂きます。それでは、出発はいつ頃になるのですか？」

「船の手配と衣食の準備に三日もあれば充分かと」

ハロルドとハルデリックは同時に答えた。

「まあ、なんて手回しの上手な、頼りになるお方達でしょう、お二人は」

自分でもここまで言うかと、こみ上げてくる失笑を必死に堪えながら、しばし二人に花のような作り笑顔を与える。ああ、まことと強きは、実のところ男よりも母親ではなかろうか？

煽てられて舞い上がったハロルドはもちろん、武骨者のハルデリックでさえも思わず、「新王様、万歳！　王母様、万歳！　この命を王に！」と声を張り上げて、何も知らず眠り続けるフレイに、今一度臣下としての忠誠を示し合い、「明後日必ずお迎えに上がります、もうしばらくのご辛抱を」と仰々しい捧剣の礼をして走り去って行く蹄の音を聞きながらサラは粗末なベッドに泣き崩れた。

「ああ、マグヌス様、さぞかしご無念でしょう？　今すぐに陛下のお側に行ってお仕えしたい！」

身を捩って愛する男の名を叫び、悲嘆にくれるサラの脳裏を走馬灯のように幸せだった日々が駆け巡る。父の邸を初めて訪れた時のマグヌスの笑い顔。初デビューした王宮で労ってくれた優しい顔。少しはにかみながら私を美しいと言ってくれた真剣な顔。初めて抱かれたあの夜の情愛に満ちた男の顔。産まれたての赤子を抱きながら、「この王子の名はフレイだ、私の跡取りだ」と泣いて喜んだ顔。

それらの全てが、もうこの世から去り、二度と再び出会うことも叶わないのだ！

どれほど泣いていたのであろうか？　ふと気が付くとフレイも目覚めて泣いているではないか。サラは慌てて身頃を押し下げ豊かな乳房を与えながら、父親譲りの菫色の瞳を見詰め、黄金色の髪を撫でながら自らに固く言い聞かせる。

「でも、この子のために私は生きます。愛しいあなたの血を絶やさぬために。それが私の使命ならば、どこででも」

　しかし、サラは知る由もなかった。非情なる軍神チュールの仕打ちは終わった訳では無い、それどころか容赦無くその身に迫っていたのだ。


　スヴェーレは、マグヌスを倒し権勢を誇示した後、王権の証となる宝剣や王印を必死に探し回ったが、甲斐も無くどこにも見当たらず、またマグヌスの側室や王子の行方も不明なのを知り、即時に四方八方へ密偵を放ち、自らもベルゲンの司教を尋問すべく教会へ出向いた。

「ようやく会えたなベルゲンの司教よ。さて、まず同じ聖職者として訊く、神に誓いて嘘偽りなく返答なされよ。そなたはあの決戦の前夜、卑怯にも散々世話になっていたマグヌス殿を見捨てて逃げ帰り、それゆえ戦死した兵達の魂は神の救済も得られぬまま、未だに戦場を彷徨（さまよ）って居ると訴える者が居るがまことか？　まこととなれば慈悲深きイエス様もさぞかしお嘆きになり、決してお許しはなさらぬであろうぞ」

　穏やかな口調ながら、血も凍るほどの冷たき眼差しで見据えたスヴェーレの言葉は、初っ端から司教の自尊心と虚栄心を易々と打ち砕く。

「い、いえ、それは濡れ衣です、スヴェーレ殿。私はニダロスの大司教様から、夏至の夜祭の準備を行えとの強いご指示で、心を残して立ち戻ったのです」

声を震わせながらの懸命の訴えだ。

「ほう、さような事情であったか。大司教殿のご指示とあれば、そなたには致し方も無きことよのう。私もまことならば考えねばならぬ仕儀がいくつかあったが、濡れ衣とあればその件はさて置いて、もう一つ訊ねるが、貴殿が、戦場を大慌てで逃げ出し、いや失礼、心ならずも教会に戻った際に、マグヌス殿から何かを預かったりしなかったかな？」

「は？　あの折、マグヌス殿は会議中にて、退去のご挨拶もできぬまま戻りましたが、いったい何のお話でしょうか？」

少々顔を赤らめて答える司教の目を、スヴェーレはしばし見続けた。

「いや、ご存じなければよろしい。さて、こうしてお近づきになったからには、粗末ながら酒肴の席も整えてある故、ぜひこのスヴェーレと共に城にお越し頂いてゆるりとご堪能くだされ」

喋るまでは逃がさぬぞと言いたげな誘いに、その酒と料理には毒などは仕込まれてはおらぬのかと は怖くて聞けもせず、「いやいや、スヴェーレ殿、まだ多くの用事を残しておりますれば、その宴は ぜひとも次なる機会に」と固辞し掛けた時、ふと気付く。

『彼は何か大事な物を捜している、この不愉快な対面の真の目的はきっとそれに違いない』

そして幸運にも、今朝方偶然に、スタヴァンゲルから来た使いの僧と下女が交わす噂話を小耳に挟んだことを思い出し、遠くを見るような目で呟いた。

「スヴェーレ殿、そう言えば隣のスタヴァンゲル教区のさる教会に数日前より、かの地には不似合いな見知らぬ高貴な母子が訪れ、密かに留まっておると耳にしたような気が致します。なに単なる噂、真偽のほども定かではござらぬゆえ、お聞き流しくだされ」

それだ！　スヴェーレは即座に察したが何食わぬ顔で、「民衆はくだらぬ噂話が好きですからな。ああ、うっかりと忘れていたが、前々から些少ながら寄進をと考えていたので、後で侍従を来させましょう」と、お得意の砕けた笑顔で司教を煽てたスヴェーレは城へと戻って行った。


帰城してからのスヴェーレの動きは素早かった。近衛隊を除く全部隊を数十に分け、各々スタヴァンゲル近辺の街道や港を隈なく捜索すべく即刻出撃させたのだ。各隊長達には、教会といえども遠慮なく家捜しして、マグヌスの側室と遺児を、生死に拘わらず必ず捕縛せよと厳命する。

神の家の家捜し！　生死に拘わらず！　この前代未聞の非情なる命令の重さを胸に、彼らはひた走りに散って行き、サラ達一行を捕えるべく、水も漏らさぬ鉄環の包囲網が、張られつつあった。

三日後の黄昏が迫る頃、ハロルドは急遽手配したマグヌス派の船頭と二人、粗末な桟橋に係留されたカーグ（小型の帆船）に荷物を運び終え、イライラと気を急かせながらサラ達の到着を今や遅しと待っていた。人目を憚る国外脱出ともなれば、目立たぬ所からとのハロルドの案により、港より少し離れた入江から出帆することにしたのだ。

「来られた」船頭の叫びに手をかざして眺めたハロルドの目に、森を抜けた小道をこちらへ早駆けで荷馬車を急がせるハルデリック、その荷台には乳飲み子をしっかりと抱えたサラの姿。さらにその周囲を守る騎士達の姿が映る。そして、そしてさらに後方には、ああ何としたことか、砂塵を巻き上げ迫り来る騎士の一団が姿を現したではないか！「栄光のスヴェーレ軍」と黒々と記された軍旗を掲げた数多（あまた）の追っ手。敵との間隔は三〇〇メートル、いやもう二〇〇メートルくらいか？

「しまった、追っ手だ！　どうして？　なぜバレた！」船頭の驚愕と絶望の混じる声が響き渡る。

少し時を戻せば、今朝の明け方、サラとハルデリック達が、行き先は告げずに謝辞のみを述べて立ち去ると、その後間も無くして突如として目を血走らせた兵達が押し寄せて家捜しを開始。

そして目敏く客が滞在していた痕跡を見付けると、司祭達を引き据えて「真実を述べぬと反逆者として今すぐ地獄へ送る」と宣告。司祭がその神をも恐れぬ悪行を諫めると、物も言わずに殴り倒し、果ては剣を振りかざして「客の行き先を隠し、地獄へ行きたい者は順に並べ」と口々に吠えた。

あまりの剣幕に泣き叫ぶ修道女の一人が口を割る。「母親と乳飲み子のお客様のことなら、既に護衛の騎士様とご一緒に先ほど出て行かれました。司祭様も私共も、その方々のご身分も行き先も存じません。何卒、何卒、命ばかりは」涙ながらに申し立てるとそのまま気絶した。

兵達はそれを聞くや神へ詫びるでもなく、倒れ伏している司祭を踏み付け、振り返りもせずに馬を飛ばして隊長のもとへと走る。

報告を受けた隊長は即座に兵を数騎ずつの分隊に分け、四方八方へ放ち、その中の一隊が、遠目に逃げ行くサラ達の姿を捉え、すぐさま伝令が隊長のもとにと駆け戻ると、たちまち一帯には集合を告げる太鼓が鳴り響き、そして総勢での追跡劇が始まったのであった。

老練なハルデリックは、既に迫り来る馬蹄の響きを森を抜ける前から気付いており、敵の勢力をほぼ正確に掴んでいた。そして前方の桟橋との距離を推測すると、随伴の騎士達に、「今こそ新王様に忠義の心をお見せする時じゃ、置き石の陣を張れ」と号令を発した。

ああ、置き石の陣！　その置き石の陣とは、等間隔に石の如く置かれた兵が、その位置で命の続く限り敵の進行を妨げ、己の命と引き換えに数分間の時を稼ぐという、討ち死に前提の壮絶な防御戦法で、騎士達はその命令に一瞬体を強張らせて緊張する。

しかしさすがはハルデリックが厳選した一騎当千の騎士達、すぐに躊躇なく「おう！　敵に死を！」「友よヴァルハラで再会だ」などと口々に叫びながら、道に沿って二〇メートルほどの間隔で下馬して、見事な死に花を咲かすべく静かに敵を待ち受けた。

最前列の石の辺りから、敵の兵との激突音と怒号が聞こえ始めた頃、ハルデリックは荷馬車を止め、ことさら平静にサラに語りかける。

「王母様、私共がここで追っ手を防ぎますれば、お二人はあの船で待っているハロルドのもとへとお急ぎくだされ。我々も敵を片付けたらすぐさま後を追いますから」

「ハルデリック殿、かたじけのうございます。それでは無事の再会をお待ち申しております。ご武運を！」

そして、ハルデリックの頬に口づける。

「おおっ、これは！　このハルデリック、一生の良き思い出でございますぞ、王母様」

この世での再会など無きことは、両人共百も承知している。

ハルデリックは荷馬車を横倒しにして剣の鞘を払う。

「さあて、サラ様から思いもかけぬ餞別ももらったことだし、ぼちぼち死出の旅とやらに赴くとするか、ヴァルハラではなるべく亡き陛下のお傍近くでと願わねばなるまいて」

もう石の数は、前方の一つを残すのみであった。


サラは走った。生まれてこのかた、こんなに速く走ったことなどあっただろうか？　しかも乳飲み子まで抱えて。

「サラ様、お早く！」

手を振り回して叫びながら待ち構えていたハロルドに我が子をいったん預けて、崩れるようにへたり込み、激しく息づきながら後ろを振り向けば、十数人の騎士を相手に、さながら狂戦士の如く荒れ狂うハルデリックの姿があった。

「さあ側室様、お早く船に乗って下せい、もうギリギリだ！」

船頭の叫び声に、ハッと我に返ったサラは、再び我が子を受け取ると船に飛び乗った。船頭は素早く綱をほどき自らも飛び乗る。

「侍従さんはどうするだ？」

その声でハロルドがハルデリックの方を見遣ると、ちょうど棹立ちになった敵の巨大な軍馬の前脚に兜を蹴られた彼が崩れ伏す姿が目に映る。

「船頭、構わず行くがよい。私は最後の務めを果たさねばならぬ」

武人でもないハロルドの、その崇高なる捨て身の覚悟を察し、初めて彼に心を強く打たれたサラは、「ちょっと待って、今少しだけ」押し留めようとする船頭の手を振り払って桟橋に飛び移るとハロルドのもとへ駆け寄り、「ハロルド殿、ご無事で」と、彼の両の頬に素早く唇を押し当てた。

「サラ様も！」嬉し気に叫ぶハロルドの声を、袖口で涙を抑えて背中に聞きながら素早く船に戻ると、目で船頭を促す。純朴な船頭も目を赤くして帆綱を引くが、もうその時はハルデリックが守る最後の石を突破した敵は、すぐそこまで迫っていた。

ひと振りの短剣さえ持たないハロルドは、ニヤニヤと顔をほころばせながら、さあ、誰でも相手になるぞとばかり、素手のまま騎士達の前に両腕を大きく大の字に広げて立ち塞がった。

常軌を逸したそのあまりの異様さに騎士達は互いに見遣る。当時は狂人を殺せば、次は己がその狂気に取り憑かれるとの迷信が広く信じられており、恐怖のあまり正気を失ったらしきこの哀れな狂人を、誰があの世へ送るのかと、互いに無言で押し付け合っている。

「何をしておる、馬鹿者が」

隊長の叱咤に、歳若き騎士の槍がしぶしぶハロルドの胸を貫く。貴重な数分の時を稼ぎ、石畳にうち伏した彼の顔には、命火が消えてもなお、満足の笑みが浮かんでいた。

　船は徐々に桟橋を離れ行く。気高き男達が自分と我が子のために身を捨て、その命で贖（あがな）ってくれた貴重な時間のおかげで、間一髪で脱出が叶ったのだ。そのあまりにも切なく重過ぎる事実にサラの瞳には涙が溢れる。だが、軍神チュールの氷の心臓はその涙をもってしても溶けるには至らない。

　まもなく夕凪となり船足が停まると案じた船頭が、精一杯ロープを引いてはいるが、まだ帆は上がり切らず、充分に風を捉えられぬ船足は遅く、入り江の中ほどまでも達してはいない。

　置き石の陣に手こずり、思わぬ無駄な時間を取られて、みすみす船を逃がしてしまったことに歯噛みした隊長が、「弓兵！」と怒鳴る。すぐさま駆け寄った弓兵に、「まだ、間に合う。射よ！」と一か八かの運に賭けて命じた。

　即座に百戦錬磨の弓兵達が放った幾十筋もの矢は、風に乗ってアーチを描き、狙いを違（たが）えず船を捉えた。帆揚げに手間取っていた船頭は背を一気に貫かれて、呻き声も上げれずに、水しぶきと共に海へと沈む。サラは思わず「お慈悲を！」と叫ぶと、固く目を閉じ自らの背を盾に我が子をしかと抱き寄せるが、ああ何という運の悪さか、そのサラの肩にも非情なる矢が襲い、「アッ」と叫んだサラは我が子を庇ったまま甲板に崩れた。

　黄昏時の黄金の光の中、それを見た隊長は小躍りする。

「やった！　船頭と女を仕留めたぞ。ガキの命は不明だが、なあに、ガキの身では一日とて生きてはおれまい、果ては北海の底に沈み魚の餌となるだけだ、早速、スヴェーレ様にご報告じゃ。たんと褒めて頂けるぞ」

彼らは次第に沖へと流され行く船を眺めながら死傷者を収容しつつ、勝鬨を上げて意気揚々と凱旋の帰途に就く。

しかし、彼らは知らない。船には宝剣と指輪の二つの宝物、さらには数千の兵を半年以上賄える金額の軍資金が積み込まれており、おまけにフレイはもちろん、サラでさえまだ息が確かなことを。

第三章　一一八四年六月一〇日「パースよさらば」

「陛下、ゆゆしき大事件が発生致しましたぞ。とても私の手には負えそうもないので、ご相談に参りました。早急に善処願わねば、教皇様はもちろん、至上の神もお嘆きになられましょうぞ」

早朝、突然押し掛けて来た、このスコットランド内のカトリック教区を牛耳るパースのアントニオ司教との会見は、昨夜奮闘し過ぎた愛妾との「懇談」の疲れを癒すべく、いつもの如く朝寝を楽しんでいた国王ウイリアムには、少々重荷だったが、相手が司教では邪険にもできず、「仕方あるまい」とぼやきつつ、まだ眠気の残る目をしょぼつかせて訊ねる。

「何事でござるか、司教殿？　その教皇と至上の神が嘆く大事件とは？」

「はい、あまりにもおぞましき出来事にて、耳にした折には、この私の心臓も凍り付きました。これは間違いなく悪魔の仕業ですぞ」

十字を切り、「御救いを」と唱えながら、司教が語り出した嗚咽（おえつ）と読経混じりの難解な話をなんとか聞きまとめると、その事件は半月前に遡るらしい。

ケイスネス北方の小さな漁村サーソーに在るハイランド北東部唯一の教会に赴任していた司祭が、何者かに誘拐され行方不明だったが、先頃首の失せた死体となって発見され、教会も荒らされて備品なども盗まれ、このままではせっかく根付いたキリストの教えも元の木阿弥となってしまうので、とりあえず司祭の後釜はこちらでなんとか探すから、しっかりした行政権限を持つ管理者を速やかに派遣して、現地の治安の維持に尽力して欲しいとの強い要望であった。

当時、マレー湾より北方のケイスネスやサザーランドの地は、ローマ時代以前からの原住民であるピクト人や気ままな北方の自由民であるノース人などの蛮族が跋扈し、年の半分は寒風が吹き荒ぶ厳しい土地で、王はもちろんのこと貪欲な貴族達ですら足を踏み入れるのを拒む辺境の地である。

王は司教を慰め、善処を約束して見送ると、さっそく侍従長のランダースを呼び付けて、「善きに計らえ」と命ずる。王の役目はその一言で終わったとしても、さて困ったのはランダース。

早速、十数人の候補者を選び密かに打診したが、既にかの地で起きた惨劇は知れ渡っているとみえて、誰一人として承諾する者はなく、あのような地獄へ行けと申されるなら、家族共々夜逃げするしかないと仄めかす者さえ出てくる始末。

頭を抱えたランダースが司教に面談すると、あちらも似たり寄ったりで、数人いる手すきの司祭達は皆申し合わせたように返事を渋り、近年持病の腰痛が進み、とてもお役に立てそうもないなどと逃げ回るばかりだとか。

嘆息したランダースが、何気無くその辺にあった聖職者名簿と記された巻物を広げて眺めていると、なんとその末尾に助祭（司祭見習い）として、聞き覚えのある「ウイリアム・ド・モルヴィア」の名があるではないか！

「司教殿、これはいつ頃の名簿で？」

「ああ、その名簿は五年ばかり前の名簿で、その者は以前ラテン語の勉強か何かで短期間だけ神学校に在籍していた修士生と耳にしたことがある。私と同じく三七、八のはずだが、礼拝の作法さえも知らぬ名ばかりの助祭じゃよ。それが何か？」

「何かどころではありませぬぞ司教殿、これで全て解決。めでたし、めでたしです」

わけが分からぬままの司教の手に口づけて、「この名簿を二、三日お借りします」と返事も聞かず走り去る。

「陛下、素晴らしき解決策が見つかりましてございます」

得意気な侍従長の言葉に、王は今回も朝寝の途中を起こされ、あまり機嫌がよろしくない様子で、「うむ」と頷き、「いかなる策じゃ、そなたの自信の策とは？」と全く気乗りも無い様子で問うた。

ランダースは例の巻物を広げ、「まず、これをご覧ください。かの厄介者のモルヴィアはなんと以前から助祭でありますぞ」と指し示す。

王は首を傾げる。「モルヴィア？　能無しのモルヴィアか、それがどうしたと申すのじゃ？」

まだ機嫌悪そう。それに王の頭の中にはどうも当人の顔が浮かんで来ないらしい。だが、その細君のやや丸顔で輝くばかりに麗しき笑顔は、たちまち目の前に浮かび、大きな瞳と紅い唇で王にニコリと微笑み掛けた。ランダースは王の鼻の下が段々と延びるのを見えぬふり。

「お分かりになりませぬか？　司教殿が、そなたは今日より司祭に昇格したと申し渡せば、彼にその価値があろうと無かろうと、彼は正式な司祭となるのです。その上で、現地へ赴き民の魂を救えと命ずれば、神の僕（しもべ）たる司祭となった彼は拒めませぬ、教会の権威とはそう言うものですから。それで教会の問題は万事解決です。お次は難題の行政管理者の方ですが、現在我が国の国民ではない彼は、当然我が国の爵位は持っておりませぬ。ですからこの際彼を、長年イングランドと我が国との間の懸橋となり友好に努めた陛下の臣民の一人として、その功績を称え叙勲してやり、あの価値の無い不毛の土地を領地として与えて、しっかりと領地と領民を守って来いと陛下が激励なされば、彼は奮って新領地へと旅立つことでしょう。拒めば反逆者となりますから」

　王は少し分かりかけて来たようで、眠そうな目も多少醒めて来た様子。

「だが、ランダースよ、問題があるぞ。他の臣下共が妬んで、とても納得はするまい」

「無用のご懸念です陛下、現にあのような野蛮で不毛の土地の領主になりたいなどと考える者は、一人としておりませんでした。そのような大役を彼が引き受けてくれたなら、貴族達の全員が自分の首が繋がり、胸を撫で下ろして彼に感謝の意を捧げましょう」と一笑に付すランダース。

「まあ、その通りじゃな。しかし爵位と申しても、何を与えればよいのだ？」

「現在は食客ながら男爵の身分なので、この際は伯爵に叙する他は無かろうかと……」

「な、何！　あの能無しが伯爵？　そなた気は確かか？」

　激昂した王は、口から泡を飛ばした。

「もちろん正気ですとも。ですが陛下、あちらは蛮族の徘徊する未開の地、不慣れで愚かな領主では、ひと月もせぬうちに首を失うやも知れませんが、無論陛下の責任ではござりませぬ。陛下と司教殿は未開の民の幸せを願い彼を遣わすのですから、ハッタリを利かせて、いや失礼、つい言い間違いました。国家として精一杯の名誉と権限を与えて送り出すべきかと」

このランダースの立て板に水の理屈に王はいたく感心して二度ばかり頷く。

ランダースはさらに、「それにもし、この度も不幸にして、モルヴィア卿までもが神に召されたともなれば司教殿も諦めて、もう二度と次なる者を、とか申しては来ないでしょう。ここだけの話ですが国家としても結果的には、無用の荷物が一つ減るかと存じます」

そして最後の一撃とばかりに、誰に語るともなく天井の絵を眺めながら呟いた。

「ですが、不幸にも伯爵未亡人となった可哀想な奥方には、誰かしっかりとしたお方が後見して差し上げねばなりますまい。いやいや、そのような事は決してあってはならぬのですが」

最後の方は、ほとんど聞き取れぬほどの小声だが、その声はたちまち王の耳から心臓まで届いた。

『ふむ、伯爵未亡人なあ。その身分ならばたとえ毎晩でも、あの美女を傍に侍らせて慰めたとしても、釣り合わぬことも無かろう？』

今や完全に眠気を醒ました王は、厳かに告げる。

「当然じゃぞ、ランダース！　不幸な伯爵未亡人には、その身分にふさわしき邸宅と待遇を与えて慰めてしかるべきじゃ、儂もその労は惜しまぬ」

何をどう慰めるつもりなのかは知らぬが、もう既に哀れなウイリアムの魂は、神に召されてしまったかの如くに、王の胸はバラ色の期待と夢に躍る。

侍従長ランダースの腹案は、司教の大賛同と共に正式に決定され、ウイリアムは突然司教のもとへ呼び出され、「助祭ウイリアム・ド・モルヴィアは本日付で司祭へ昇格し、赴任地はサーソーなる土地の教会である」と告げられた。そして別室で待ち構えていたランダースからは、ウイリアムが司祭として現地に赴くのであれば、広大な領地と伯爵位も授けるから領主として、その領地と領民の管理もついでに行うべしとの国王の内示も伝えられる。

司祭？　伯爵？　領主？　当のウイリアムは事前に何の話も聞かされず、ケイスネスやサザーランドなる土地がどこに在るのかさえ、はっきりとは知らぬままに、翌日教会での司祭任命式、ついで王宮での叙勲式と無理やり引っ張り回され、周りからは心の籠らない祝辞を気の毒そうな目で告げられ、詳細を訊ねようものなら、そそくさと逃げられる始末で、ただまごつくばかりであった。

だが、新伯爵夫人のジェネウェーヴに対する王宮内での対応は真逆と言えた。

ウイリアムが密かに自慢して止まない、ノルマン貴族の従順な娘で、二三歳になったばかりの若妻は、白い肌や長い黄金の髪と海色の目、豊かな胸を持ち、その華麗なる容姿は王宮の女達の中でも際立ち、さらにはフランス社交界直伝の最新の礼儀作法や言葉遣いも、賛美の的となっていた。

王の催す祝賀会は連夜に渡り、王家の馬車が王命と称して、当主のウイリアムに何の遠慮も無くジェネウェーヴを連れ去り、趣向を凝らした歌舞音曲の宴は明け方まで続くのであった。

宴の苦手なウイリアムにとっては招待が無いことは一向に気にならぬが、どうにも忌々しきことには、いつの間にか任地へは彼のみが単身で赴くらしいという話が漏れ聞こえて来ることである。そんな馬鹿な話はなかろう。大切な妻を残してなど行けるものか。誰がそのような戯言を？　訳が分からず途方に暮れるウイリアムに、見かねた学者仲間達がことの真相を伝えた。

曰く、この度の司祭や領主就任は出世話とは程遠く、実態は単に誰も望まぬ役目を押し付けられただけにすぎない。曰く、サザーランド（南方の地）とは冗談好きの神が名付けた土地で、実態は北の果てのそのまた果てである。曰く、サザーランドやケイスネスには文明人はほんの一握りしか住んでおらず、残りは全て異国語を話す蛮人であり、他人の首を切り落とすのを唯一の娯楽としている。曰く、その土地はひどく痩せており、ヒース（ツツジ科の低木）しか育たず穀物の収穫などは期待できぬ。但し魚は取れるらしい。云々……。学者仲間達は、人が好くて学問好きの彼を、王宮とは別の目で好意的に見ており、今回の彼への一方的な仕儀に憤慨し、同情していたのだ。

真相を耳にして驚愕したウイリアムは、翌朝、早速王宮に駆け付けランダースに面会を求めた。取り次ぎの衛士よりただならぬ彼の様子を聞いたランダースは、とりあえず彼専用の接見室に通すように指示し、『ははあ、ようやくあのボンクラも真相に気付きおったか？　だが少しばかり遅かったがな』と、わざとゆっくりと支度をし、秘書官や従者らを同行させて入室。

「これはこれは、モルヴィア卿。今日はなんともお早きお運びで。何ぞお急ぎのご用件でもお有りですかな？」

さすが王宮随一の狐と噂され、王さえも裏で操ると陰口を叩かれているランダース、相手の気勢を削ぐ穏やかなる口調。だが今朝のウイリアムはいつもとは違うようだ。

「何、簡単なるお願いでござる。先だってせっかく伯爵位を頂き、広大な領地まで頂きましたが、よくよく考えまするに私には分不相応過ぎますし、ましてや妻を残して単身で赴く気もさらさらござらぬゆえ、すべてお返しして本国へ戻ろうかと思いまして」

「ほう、で、卿のおっしゃる本国とはいずれの国のことで？」

「言わずと知れた英国です！　私は英国貴族の端くれでありますからな」

「英国の貴族？　その国の貴族名鑑なら横の本棚にもございます。しかし卿のお名前は載っていなかったように思いますが？」

すかさず後ろに控えている秘書官に名鑑を確認させると、「卿のお名前はどこにもございません」と秘書官は大声で答えた。

登録無しとの返答におもむろに頷いたランダースは、「先だって我が国に来られた英国の高官殿からも卿のお名前はお聞きした憶えはございません。何かのお間違いでは？　いずれにしても先だって陛下より、めでたくも伯爵の爵位を賜った時点で、卿は我が国の立派な臣民の一人であることを広く公認されたのですから、臣民としての義務に従って潔く王命に服すべきではございませんか？　それに先だっては司祭にもご昇格され、かの地でカトリックの布教に努めると、主とお約束されたことをぜひとも思い出して頂きますよう」

しかし、今日のウイリアムは、しぶとく詰め寄る。

「ここ何年かは本国と連絡は取れておりませんが、私が英国人であることは先祖に誓ってまことです。違うとおっしゃるなら、妻を連れて故郷へと帰国の旅に発つまでです。まだ故郷には親戚縁者が多少は残っておりましょうから、温かく迎えてくれるはずです」

「ほう、卿は陛下と司教殿に無断で出国されると？　その場合の刑罰はどうなっているのかな？」

「死罪です！」と秘書官はきっぱりと即答。

「たとえ捕えられて夫婦共々死罪となっても構いません。どうせあちらの蛮族達に首を盗られてしまうわけですから。主とのお約束を違える罪は、私共夫婦の命を捧げることでお詫びとさせて頂きます」

ウイリアムは臆することなく、彼には珍しく断固とした言葉を吐く。

「何か大変な誤解をされているご様子、国家としてはお一人で赴任して頂くつもりはございませぬぞ。もちろん、奥方のジェネウウェーヴ殿が希望されれば同行頂いて結構。さらに警護の者達も多数派遣して、卿のご一家のお命はお守り申し上げます。その点はご安心くださってよろしいかと」

「いや、それだけではござらぬ。そのサザーランドとケイスネスなる土地では、ヒースしか生えぬと聞きましたぞ。そんな収穫も無きありさまでは食料にも不自由して、冬を迎える前にも妻や護衛共々に飢えて死ぬばかりです」と抵抗を続けた。

「それはまた意外なお話、不肖私が知る限りでは、穀物の収穫は確かにやや少のうございますが、それに替わってあり余るほどの魚が獲れるようですが？」

ウイリアムはいささか声を落し、「しかし、私も妻も魚はあまり好きではなく、その……」と口ごもって呟いたが、かろうじて肝心な要点を思い出した。

「そうそう、陛下への上納税についてですが、穀物の収穫が見込めぬとあっては、いかが致したものかと？　それと私の任期は期間が定まっていて、しかるべき時期に誰かと交代してパースへ戻れるのでしょうな？」

いったん領主に定められたからには、血筋が絶えるまで途中交代などあり得ないのだが、そこは政治音痴、場違いな質問と気が付かない。


ランダースは軽く舌打ちしてしばし黙考していた。

「では、そのご懸念がすっきりすればよろしいのですな？　しばらくこのままで待たれよ」

秘書官を従え王の執務室へと向かった。逼迫した論議でもあったのか、随分と待たされた末、ランダースは巻物を手に戻って来た。そして、「王命！」と厳かに発し、ウイリアムを立たせる。

「サザーランド並びにケイスネス領主ウイリアム・ド・モルヴィア伯爵に命ず。卿は王権の執行代理人として速やかに領地に赴き、領主の権限と責務において、民心の安定と治安の確保に尽力すべし。また、その身分は子々孫々に至るまで国家はこれを保証するものなり。なお上納すべき税も諸般の事情に鑑みて当分の間これを猶予する。スコットランド王国国王ウイリアム」

朗々と王の意を述べた後、はたとウイリアムを睨み付けるように言った。

「さあ、ド・モルヴィア卿、貴殿の権限と地位は王室の続く限り末代まで保証されましたぞ、これでもう卿のご家族の行く末は安泰です。安心してとくと職務に励まれよ。なお、当面は多忙であろうから、着任後は王宮への参内（さんだい）や報告などは無用とも陛下は申されました。出発は五日後の夕刻、陛下の特別のご配慮により、王室の御用船にて港より現地までお送り致します」

要するに、逃げ出せぬよう船で連れて行くから、道中で逃亡を図っても無駄と釘を刺された訳である。

「一言言わせて頂ければ、これらはまことに異例の処遇ですぞ。いかに陛下が卿に期待しておられるか努々（ゆめゆめ）忘れず、この王命書を末代までの心の拠り所として、早々に出発のご準備をなされ」

もはや否やとは言わせぬぞとばかり一段と語気を強めて言い放つ。

いやいや、儂の望みはそんなことではなくて、単に行きたくないだけだと、未だ納得しきれぬ様子のウイリアムは、「卿はお帰りである」と追い払われてしまった。

騒動を治めたランダースの脳裏には、先ほどの王の怒り狂った声と遣り取りが甦ってくる。

「とにかく陛下、まずは、あの男をかの地へ遣ってしまわねばなりますまい、それが肝心でございましょう？　なに、彼の命が尽きるまでの、ほんの飾りだけの覚書ですよ。懸念といえば、娯楽などは何もない土地ですから、退屈のあまり奥方殿が間違って跡取りでも孕まぬように、同行を阻止する必要はありますが、対策は何か考えましょう。それに警護兵の名目で、牢獄で無駄飯食っている罪人を何人か付けてやれば、食い扶持が減って一石二鳥というものですよ」

　こんな調子で四十男を子供でもあやすように宥めすかして、無理やり王印を押させたのだった。まあ、いつもながらの遣り取りではあったが、ワインで喉を潤しながら自分の手腕に杯（さかずき）を捧げる。


　王宮からの帰路、ウイリアムは自分に腹立っていた。いったい儂は何のために早朝からはるばる出向いたのだろうか？　侍従長のランダースに強硬なる抗議をして、赴任辞退、爵位返還を堂々と宣告するはずが、まんまと口車に乗せられ、魚料理がどうのこうのと丸め込まれ、自分でも気付かぬうちに、受諾する羽目になってしまったではないか。どこで計算が狂って言い負かされたのだろうか？

　そして、彼が邸に戻り使用人達に、早急な転任の準備を告げてから、目を覚ました次の日の朝までに、邸内では実に様々なことが起こった。

　まず、先祖伝来の銀器と共に料理人や皿洗いの下女が逃亡、高価で貴重な収集品と従僕達も同じく行方不明。メイド達も行く当ての無いアイルランド人の洗濯女を除いて全員、めぼしい調度品と共に蒸発してしまった。残ったのは先代からの老いた執事と、そして、他では勤まりそうも無い、片目にアイパッチを当てた馬丁、ああそれから、同行せよと聞かされて、不機嫌をあからさまに隠そうともしない妻と、フランス語しか話せず、詳しき事情の分からぬまま狼狽しきった侍女と洗濯女のみであった。

その代わりと言ってはなんだが、万が一の場合に備え伯爵の身辺をお守りするとの名目で数十人の兵士が、隙間なく邸を取り巻き目を光らす。だがなぜか監視の目は邸側を向いている。

そんなウイリアムをいたく感激させたのは、懇意にしている同年配の学者仲間アライアスの来訪であった。挨拶もそこそこに、「ウイリー、いやもうウイリアム伯爵様か。俄かの栄転で新領地へ赴任と聞いて飛んで来たが寂しくなるな。まあ、栄転とあれば仕方ないがな。いずれまた戻って来るんだろ？　その日を心待ちにしているよ」

彼もやはり世事に疎き学者、戻れる事などないとは理解していない。

ウイリアムもあえて触れずに、「まったく同感だよ、ライアス。なるべく早く戻るから、その時はまた仲良くしてくれよ」と手を握り、肩を叩き合う。「もう会えない」とは意地でも言いたくはない。

「手紙を書くよ、ウイリー。どうせ向こうでも研究ばかりだろうから、足りない学術書とか資料が欲しければ何でも言ってくれ。他の仲間にも頼んで、できる限りかき集めて送るから」

「ああっ、ライアス！」今生の別れとなるやも知れぬ真の友の言葉に、ウイリアムは目を潤ませながら頼み込む。「実は、留守の間の邸の管理を、引き受けてもらえぬだろうか？」

「何のそれしき、喜んで引き受けるよ。他に希望があれば遠慮なく頼ってくれ、ウイリアム伯爵様」

おどけて仰々しく辞儀をする友の顔を見れば、友もまた笑いながら泣いていた。この時、二人は知る由もないが、このアライアスこそが、後々力強き支援者となってくれるのだ。

さて、ウイリアムが、彼の言うところの従順で優しき妻ジェネウェーヴに、任地同行を伝えた際に巻き起こったささやかなる嵐の話も、やはり語る必要があるだろう。

「聞いたわよ、あなた！　サザーランドとかケイスネスとか言う島は、世にも恐ろしき首狩り族と強盗団のたまり場なんですってね。それで、前の司祭様も首を盗られちゃって、お可哀想に未だにイエス様の御許へも行けずに、夜な夜なご自分の首を一軒一軒捜し歩いて、たとえ扉に鍵が掛かっていようが毎晩深夜になると、こじ開けて入って来るそうではありませんか？　それに、その後ろを泥棒達がゾロゾロと付いて来て金を出せと、それはそれは恐ろしい声で吠えるとか、お金が無い時は、若妻や娘を掠め去るそうよ、そんな恐ろしい土地へ一緒に来いと？」

ジェネウェーヴが興奮して、ウイリアムの苦手な早口のフランス語で一気にまくし立てると、横で控えていた侍女のマリアンヌが突然、「モン・デュー」と叫びながら失神して床に崩れた。

「それご覧なさい！　そんな恐ろしい島の話なんかなさるから、マリアンヌが死んでしまうではありませんか、私も侍女も絶対一緒には参りません！」

その後もレディには到底不似合いな罵詈雑言（ばりぞうごん）が、立て続けに彼の耳を責め立てる。

「だから、島じゃなくて……」と呟きながら隣の客室へ逃げ込むと、そこには執事のニールセンと、馬丁のアダムス、それに洗濯女ベスが、額を合わせて何事か話し合っていた。

「お手上げだよ、ニールセン。妻があれほど頑固だとは思いもしなかった。サザーランドへなど行こうものなら、首が胴と離れてしまうと、すっかり信じ込んでいる。侍女のマリアンヌに至っては、好色なる野蛮人の肉欲の餌食となるとばかりに、気を失ってぶっ倒れる始末だ。そなたに限っては、そのような心配は無用だとは、彼女の名誉のために口に出して言えないのが、なんとも残念だ」

「旦那様、マリアンヌのことは別として、奥様に関してはそれは無理と言うもの。ベスが耳にした街の噂では、奥様にその話を吹き込んでいるのは、もっぱら国王陛下本人とのことでございますから、奥様は何の疑いも持つはずはございません」

当然のことのようにニールセンが言うと、アダムスもベスも即座に頷いて賛同した。

「なんと！　なぜそのような途方も無い話を妻の耳に？」

三人は俗世に疎い主人を憐憫の目で見詰めて、「分かりきってますよ、奥様を引き留めようって魂胆ですよ。他に何の理由があるって言うんですかい？」と、少しハイランド訛りのあるアダムスが、年端もゆかぬ子供を諭すように言った。

「引き留める？　なぜ？」

ウイリアムが聞き返すと、今度はベスが、目の前に間抜けなロバが服を着込んで立ってでもいるかの如く、もう一度しげしげと当主を眺めて声を張り上げる。

「なんてお可哀想な旦那様、ご自分の奥様をスケベ男に盗まれそうなのに、まだお気付きでないなんて、どう育ったらこんな世間知らずのお人好しが出来上がるんだろ？　こんな純情な旦那様がもしもアイルランドに生まれていたら、この私が絶対にモノにしていたのに！」

その理論には大いに疑問は残るが、ほぼ三人の言い分、いや世間の見方は彼にも理解できたらしい。

「なんてこった！　全くなんてことなんだ、国王ともあろうお方が臣下の妻を。いや国王だからか。このまま見過ごしてなるものか、だが、妻はすっかりその話を信じ込んでいるから、私の説得には応じないだろう。出発は明日だと言われているのに、主よ、私はいったいどうすれば良いのか？」

ウイリアムが嘆息しながら、神はどこに居るのだと天井を仰いでいる間に、他の三人は再び額を寄せ合って何やら小声で相談し合う。

「旦那様、今宵はベスが料理の腕を振るいますから、奥様と仲良く召し上ってください。その席で奥様達には、私がかの地の魅力をたっぷりとお話ししてみましょう。なに、きっと誤解が解けて安心して同行されますよ。お任せのほどを」

自信たっぷりにニールセン。他の二人もにこやかに頷く。

先ほどの妻の反応からは、とても信じられる話ではないが、先代から仕えている古株のニールセンなら、ひょっとして自分とはまた違った説得の技を持っているのかも知れぬと、淡き期待を抱いてウイリアムは自室へと籠った。

晩餐はニールセンの独断で異例の席となった。この邸での最後の食事とあって、当主ウイリアムと、ドレスに着替え相変わらず美しいが、ただ今無言の行を断固実行中のジェネウェーヴ。そしてどうやら立ち直ったらしき侍女と、忠義にも主人を見捨てず残ってくれた三人組が顔を揃えての宴である。テーブルには既に、とても洗濯女が作ったとは思えない上等のアイルランド料理を盛った皿が並べられ（あいにくと銀器ではないが）、どこに隠してあったのか、高価そうなフランス産高級ワインの瓶もいくつか並んでいる。

ウイリアムが、今はベスの手料理を皆で楽しもうと、あえて同行の話は繰り返さず、にこやかにベスに命じて全員の杯にワインをなみなみと注がせ、「イエス様とご先祖に献杯」と発し、全員がそれに唱和してささやかなる宴は始まった。

ベスの味付けは、なかなか美味である。フランス料理とは違い、アイルランド料理はジェネウェーヴには不向きかと思われたが、意外と妻の口に合ったのか、味わっているうちに次第に妻の口許には笑みが浮かび、会話が弾んでベスへの褒め言葉さえ聞こえる。

侍女のマリアンヌも、酒にはいささかの拘り（こだわ）を持つらしく、目の縁を真っ赤にして、しきりにワインへの賛辞を並べ立てているが、呂律の回らぬフランス語だから誰も聞いてはいない。そのうちに酔ったのであろう、目がトロンとなり黙り込んだと思ったら、椅子に座ったまま鼾をかき始めている。ふと見れば、妻のジェネウェーヴも同様だ。少し酔いが回るのが早すぎるなとウイリアムが思い始めた頃、例の三人組が互いに目配せをしてニヤニヤと笑い出したではないか？

「上出来だよ、ベス。お前さんの眠り薬は本当によく効くよ」

ニールセンが褒めると、「死んだおっ母さんの直伝だけど、私なりにちょいと秘密の粉を加えて一工夫してあるから、まあ明日の夜までは、おとなしくおねんねさ。雷が落ちても起きゃしないよ」

「それで、いつの間に盛ったんだい？　みんなも同じ物を飲み食いしているのに、奥様とマリアンヌだけ効くなんておかしいだろが？」

「知りたいかい？　本当は誰にも教えたくないんだけど、外ならぬアダムス閣下の頼みだから教えてあげるよ。お二人の杯の内側に塗っておいたんだよ。酒好きのマリアンヌにはちょっと濃いめにね」

　知らなかった。やっぱりマリアンヌは酒豪だったのか？　ウイリアムが変な所で感心していると、銀髪を撫でつけ咳払いをして、執事が厳かに告げる。

「旦那様、準備はこれで整いました。まず馬車で我々三人が荷物を船まで運び、アダムスとベスを下ろして、また戻ってまいりますから、それまでに旦那様と奥様の当座の衣装や身の回りの物もまとめておいてください。奥様が目覚める頃はもう海の上ですから、たとえ王と言えども、どうにもなるもんですか」

「ああニールセン。お前って奴は、全く最高の執事だよ。あのランダースや王を出し抜くとは、なんたる大胆な男だ。どうやって妻を説得するのか不思議だったが、悪魔でもあれ以上の方法は考えつかないはずだ。それに馬車まで操れるとは」

　ウイリアムはただただ感心するばかり。

「当然です。この国には、私ほどの賢い執事はおりません。本人が言うんだから間違い無いですよ、旦那様。旦那様があの侍従長とのやり取りを嘆いておられた時から、考えておりました」

「ん？　儂はお前に喋った憶えは無いが？」

「いいえ、お顔にちゃんと書いてありました。でも結局、旦那様は彼等に勝ったのでございます」

主人への自信の付け方まで一流の腕である。

「ニールセン。お前は死ぬまで、いや死んでからも儂の傍で最高の執事で居てくれ。他の二人も儂のもとを離れることは断じて許さんぞ」

その言葉に三人は、大きく頷きながら目を潤ませた。


白夜の薄明りの中、熟睡する妻や侍女を乗せ、衣類と貴重な蔵書を満載した老執事ニールセンが操る馬車は、静々と邸の門を抜ける。その辺りにはニールセンから、ベスご自慢の薬入りワインを差し入れられて、幸せそうに高鼾で眠る不寝番の警備兵達が転がっている。ランダースから、ウイリアムがもしジェネウェーヴを連れて馬車に乗り込もうとしたなら、必ずジェネウェーヴを確保するようにと指示されていることを、とっくにニールセンは察していたのである。

ニールセンを執事として雇っていた父が臨終の際に、必ず自分が死んだ後も彼をずっと雇い続けるようにと遺言したことを、神と天使に感謝して、白夜の下で眠る首都パースの街並みを眺めながら、ウイリアムは涙と共に別れを告げるのであった。

港では、すでにアダムスとベスが船に荷物を運び終えて待機していた。驚いたことには、明らかに使い古しと思われるボロボロの軍服を身にまとった、物乞いかと思うような七、八人の男達もたむろしており、聞けば自分達の護衛兵だと言うではないか？　しかも軍隊に居たこともなく、昨日の夜突然に、ぶち込まれていた牢獄から急に引きずり出されてここへ連れて来られ、獄吏から「伯爵と共に船で旅立て。その後は自分で勝手に生きろ、ただし、伯爵に要らぬからと言われて取り残されたり、無断で勝手に戻ったりすれば家族もろとも縛り首だ」と脅されているらしい。

彼らの縋り付くような目に、この乞食もどきの罪人達が護衛？　と困惑しながら、執事を脇へ呼び小声で問いかける。

「こんな得体の知れない連中は無視して置いて行くべきではないか？」

ニールセンも、さてどうしたものかと首を傾げて思案していると、横からアダムスが口をはさんだ。

「旦那様、こいつらは見たところ物乞いと変わりませんが、ちょっと事情を聞いた限りでは、そんじょそこらの兵士より、よっぽど役に立ちそうでさあ。罪人と言っても、皆この近くの掃きだめ住まいで、しかも飢えた家族のためにパンを盗んだとかの罪でしょっ引かれた哀れな家族思いの連中ばかりですよ。まあ、あっしにしばらくお預けください」

そう言えば彼らはどこかアダムスと似た雰囲気がある。それにニールセンやベスの隠し技の例もあるから、いつかは役に立つだろう。なによりも今、儂が今この連中を見放せば、このまま縛り首か一生牢獄だろうと思い直す。

「ではアダムス、この連中は今からお前の手下で、お前が隊長だ。妻や他の女達にちょっかいを出さぬように、よく躾て面倒を見てやれ。ああそれから、嘘と盗みもいかんぞ」

ウイリアムの言葉に、俄か護衛兵達は皆、大きく溜まっていた息を吐きながら、感謝の眼差しと尽きぬ謝恩の言葉を彼に捧げるのであった。

実は神のみが知ることであるが、彼が憐憫の情にほだされて善行を施したに過ぎぬこの哀れなボロボロの連中が、後々彼の家族と領民達を大いに助けて、幸せと富をもたらしてくれるのだ。

「旦那様、一つお願いがございやす。いやなに、大したことではないんですが、あっしの嫁とガキがこの近くに住んでおりやしてね、旦那様さえ良ければ、一緒に連れて行こうかと思いやして。料理は上手いし裁縫も上手で、きっとお役に立つんじゃないかと？」

言い方はどうでも良さそうな、さりげない口調なのだが、目は明らかに切望と懇願を語っている。ウイリアムが、「お前の名は？」と問えば、「へい、エルリックと申しやす」彼の俄か護衛隊の中でも一番の大柄な男は答えた。

「では、エルリックよ。お前の隊長のアダムスに、まず頼んでみろ、彼が分かったと言えば儂に異存はない。他にも希望者が居るなら同様だ」

たちまちアダムスの周りには乞食もどきが群がる。

「旦那様、ありがとうございます。この男達は一生旦那様のご恩を忘れませんぜ。半日だけ時間を下せえ、あっしが馬車で一回りして、手下共の母ちゃん達を、一軒ずつ掻き集めて来やすから」

アダムスは自分の部下ができたのと、ウイリアムが彼の立場を立ててくれたことが嬉しくて仕方がないようだ。「行くぞ」の張り切った声と共にまずエルリックを連れて馬車に飛び乗り、彼の家族のもとへと砂埃（すなぼこり）と共に走り去って行った。

残った者達で、熟睡しているジェネウェーブと侍女を船室のベッドに寝かせ、ついでに二日分の水と食料、それにおまるも放り込み外鍵をしっかりと掛けて待っていると、昼過ぎに最後の家族を積んで馬車は戻ってきた。

「旦那様、終わりやした。いえね、皆あっちへ行きたがる者ばかりで苦労しやした。ジヨックって野郎のかみさんなんぞは、狂喜してずっとマリア様の名を叫び続けていやしたぜ」

総勢二五人、つまり全ての家族が新領地行きを希望したのだ。それぞれが期待と希望に顔を輝かせており、今までの過酷な生活を慮ったベスなどは、目を潤ませて皆を鼓舞し励ましている。


総出で苦労して馬車や馬を船に積み込み、家財道具の固定も完了すると、ウイリアムは早速船長室へ出向き、即刻の出航を促した。

「船長、聞いておろうが儂はウイリアム・ド・モルヴィア伯爵だ。国王陛下直々のご命令にて、一刻も早くサザーランドへ向かわねばならぬ。一刻も早くだ！　すぐさま錨を揚げて出航しろ」

「しかし、ウイリアム卿。出航は侍従長のランダース殿が、確認に来られてからと、我々はお聞きしておりますが？」

「何！　ランダースだと？　儂の話を聞いていなかったのか！　儂は陛下直々のご命令で出向くのだぞ。ランダース如きに口を出される筋合いなどないわ」

「しかし、陛下直々の急ぎのご命令という確かな証が無いと、私にはどうすることもできません」

「おお、それはもっともな話だ。その王命書は当然持っておるゆえ、しかと確認されよ」

ウイリアムは仰々しく例の巻物を取り出すと、ゆるゆると開帳して船長の目の前にかざす。船長は一字一句目で追って王印までも確認すると、「確かに陛下の王命書であります、ド・モルヴィア卿。直ちに出航致します」と承諾。水夫達に出航準備を促す。

ウイリアムは鷹揚に頷きながら言った。

「妻はいささか船酔いの癖があり、船に乗っている間は誰にも会いたくないそうだ。目的地に着くまで寝かせてやってもらえないだろうか?」

「それはお可哀想に。承知致しましたとも、誰も船室に近づかぬよう固く申し渡します」

「かたじけない。今度陛下にお会いした折には、貴殿の仕事ぶりをよろしく伝えておくぞ」

嘘ではないが、次に国王と会うのは、いつの日か分からぬとまでは敢えて伝えなかった。

「ありがとうございます、感謝致します、伯爵殿」

船長は恭しく、踵を合わせて最敬礼をする。


まるで、口から先に生まれたランダースの魂が乗り移ったかのような弁舌で、易々と定刻前に船を出させたウイリアム。先日の訪問でランダースの討論テクニックを学んだとしたら、さすが学者、たいしたものだと言わざるを得ないが、その判断と行動はまことに適切だった。

邸の警備隊長から緊急事態の報告を受けたランダースが、大慌てで兵と共に駆け付けた時には、既に御用船の姿は影も形も無く、ただ彼らをあざ笑って飛び回る海鳥の姿があるのみ。

ランダースは、地団駄を踏みながら手当たり次第に鳥に物を投げ付け、不埒にも酒に酔って寝込んだ不寝番達と、厳命を破って定刻前に出航した船長を罵る言葉を繰り返し、必ずや厳しく処罰してやるぞと、神はもちろんのこと、あろうことか魔王や悪魔にも固く誓いを立てるのであった。

第四章　一一八四年六月一五日「ウイックの渚にて」

スコットランドの北の果てとも言うべきダンカンズビー岬に近いウイックの入り江の船着き場に、錨を下ろした王室御用船の甲板でケイスネスとサザーランドの新領主にして、初代サザーランド伯爵として叙されたばかりのウイリアムは、やや造りの粗い顔をしかめて深く溜息をつく。

「ハァーッ、とうとうここまで来てしまったか」

華やかな首都パースの街並みに涙の別れを告げ、嫌がる妻を薬で眠らせ、誘拐同然に船室に閉じ込めて出航したのは、つい二日前のことである。

「なぜこの儂が、四十路近くもなってから、このような僻地へ飛ばされねばならぬのだ？　儂が何をしたと言うのだ？」

王宮では誰からも期待されることもないが、疎まれることもなかった。つまり、王宮においては、人畜無害な居ても居なくても変わらぬ、価値の乏しき人材と思われていたのだ。

しかし、出世意欲の無いウイリアムには、そのぬるま湯に浸かるような王宮の雰囲気が、逆に身に合っていた。気が向けば月に一、二度宮宰（きゅうさい）に挨拶し、「何か用事など無いだろうか？」などと一言か二言、言葉を交わしてお茶を濁しておれば、余った時間を気の済むまで好きな語学や民俗、歴史などの研究に没頭できるのだから、何の不満もなかった。

まあ、強いて言えば、遠縁で二〇歳を期に結婚してパースへ住まわせていた妻のジェネウウェーヴが、王宮内でもて囃され、さらにウイリアム王から、色目を遣われていたことが唯一の悩みだったが、それももう過去の話となった。

さて、そのジェネウウェーヴであるが、昨日の正午、船がマレー湾を横断している頃、何だか息苦しさを覚えて目覚めた彼女は、自分が邸に居るものと思い込んでいた。しかし、見たこともない部屋の狭いベッドに、侍女のマリアンヌと二人で寝ており、しかもマリアンヌの脚が自分の腹の上を占領しているではないか。これは一体何事なの？　何で侍女が私の部屋まで押し掛けて来て、太い脚を私のお腹に乗せ、安らかなる眠りを妨げなきゃいけないの？　それにどうして揺れているの？

「マリー、マリーってば。ちょっとマリー、早く起きて、起きるのよ」

ペタペタと侍女の頬を叩く。

「ウーン、えっ、ミニョンヌ？　私の部屋で何をなさっておいでです？　おまけに昨夜のドレスのままで、お行儀が悪いですよ。あらまぁ、私もだわ」

幼き頃は乳母であり、成長して年頃となってからは侍女として仕えて来たマリアンヌは、二人だけの時は未だに「ミニョンヌ（おチビちゃん）」と呼ぶ。

「ここは私の部屋よ、たぶん？　でも見たこともないお部屋なの、それに揺れているのよ」

「まあ、本当ですわね、確かに揺れておりますわ。なんて不思議なの？　まるで、お船にでも乗っているみたいですわね」

「マリーったら馬鹿みたい！　この部屋がお船みたいに海に浮かんでいるとでも言うの？　冗談もほどほどに……」

二人は顔を見合わせた。そう言えば明かり取りの小窓から聞こえるのは波の音のようにも聞こえる、おまけに潮の香りまで。

ジェネウェーヴは、故郷のフランスから遥々スコットランドまで嫁いで来た折、乗った客船の狭い船室を思い出した。そう、あの時もちょうどこんな感じだったわね。たしか、家族達と離れ離れになった寂しさで泣いている私の傍に、マリーが付き添って慰めてくれたのだ。

まるであの時と一緒ねと、ここまで思い出して、また侍女の顔を見る。彼女もおそらく同じことを考えていたのであろう、二人はしばらく無言で見詰め合う。

「マリー！」

「ミニョンヌ！」

同時に叫びながらドアに突進、押し開けようとするが開かない。引いてももちろん開かない。つまり閉じ込められているのだと悟るまでそれほど時間は掛からなかった。いったい全体誰がこんな酷いことを？　そして、ついに腹立たしき結論に至った。「ウイリアム？」「旦那様が？」

「ああっ、ウイリアム、なんて卑劣な男なの！　この、か弱き二人の女を悪辣にも船に乗せて閉じ込めるなんて、いったいどうしようと、いえどこへ連れて行こうと言うの？」

「ミニョンヌ、考えるまでもありません。この船はあのサザーランドとかいう幽霊と泥棒が住む島へ向かっているのです。もう私達はおしまいだわ、泥棒達の餌食になった末に、誰にもお別れの挨拶もできぬまま、首をちょん切られて死ぬしかないのよ」

「マリー、殺される前の別れの挨拶なんてどうでもいいの。そんなバカなことを言ってないで、なんとかこの部屋を抜け出すのよ」

ドアをバンバン叩き、声を限りに叫ぶ。

「ちょっとお〜、誰か居ないの〜　ああ早く誰か早く助けて〜」

船長からの指示で水夫達は、この船室に寄り付かないとは、当然ながら二人は知らない。二人が小一時間ほど叫びながら叩き続けて疲れ切った頃、ようやく誰かの声が聞こえた。

「奥様、お目覚めでございましょうか？」

執事の声とも思える声がドア越しに聞こえる。

「ニールセン？　ニールセンなの」

「はい、奥様。執事のニールセンでございます。ぐっすりとお眠りになられましたでしょうか？」

「ええ、ええ。あなた方のお蔭で、素敵なお部屋でぐっすり眠れましたとも。さあ、このドアを開けてちょうだい、主人に伝えたい話が山ほどあるんだから。早く開けるのよ！」

「あの、それが旦那様も今お休み中でございまして、もしお伝えすることがお有りなら、この私が承って旦那様がお目覚めの折に、お伝え致しますが？」

「いいえっ！　結構です。私と侍女の二人が直接にこの歯と、それからこの爪を使って丁寧にお伝えします。さあ早く開けなさい」

「まあまあ奥様、おそらくまだお食事をされていないと存じますが、ベスがご用意した食べ物とワインが、籠に入っておると思いますので、どうか先にお食事を済まされてくださいませ。私は適当な時間にまた戻ってまいりますので、どうぞごゆっくりと」

「ニールセン！　何がごゆっくりとよ、誰が食事の話なんかしてるの、バカじゃないの？　首になる前に早く開けなさい」

ニールセンはとっくにその場を退散していたのだが、喚き声とドアを叩く音はまだ続いており、甲板まで響き渡っていた。もちろん、水夫達は何も聞こえぬふり。

そして、夕刻頃ニールセンが約束通り戻って来ると、船室内は静まり返っており、明らかに侍女のものと思われる高鼾が、ドア越しにもはっきりと聞こえる。

「相変わらずあの薬は効果抜群だな」

ニヤリと笑ったニールセンが、早速主人にベスを伴って、手柄の報告に向かったのは言うまでもない。ベスの才覚と手際の良さを聞いて感心したウイリアムからは、逃亡した家政婦の代わりとなって、家政を執り仕切ってくれないかとまで褒められて、元洗濯女のベスの鼻が一段と高くなったのは当然であろう。

今やウイリアムの主従六名と、完全に彼に心酔してド・モルヴィア家の私兵と化した護衛兵とその家族達の三〇名ほどに膨れ上がった一行は、遂に新天地のケイスネスに到着したのであった。

御用船が停泊した入り江は、現在はウイックと呼ばれる漁業を中心とする港町となっているが、当時は粗末な船着き場と十数軒の舟小屋以外何も無い鄙びた浜辺であった。

とりあえず今日はこの地で休養して、明朝アダムスが部下や女房達と共に先行してサーソーへ向かい、まず教会の様子を見た後、見張りを数名残してアダムスが荷馬車などを調達して残りの者を迎えに来るという計画を提示。

未だに熟睡中のジェネウェーヴと侍女を除く全員の賛意のもとに、馬や馬車、それにそれぞれの家財道具を船より降ろす作業が終わったのは午後を回っていた。

新家政婦のベスの指揮のもと、奥方と侍女を寝かせたまま、手近な舟小屋へと運んでいる間にウイリアムは船長室へと出向く。

「船長、今回は世話になり申したな」

「いやいや、別にどうってことはございませんよ。陛下や伯爵殿のお役に立てて光栄です」

こうして落ち着いてみれば、なんとなく気品のある顔立ちの船長である。

ウイリアムはしばし思案の後、正直に伝えることにした。

「実は貴殿に言おうか言うまいか迷ったのだが、儂は望んでこの地へ参ったのではない。むしろ押し付けられた任務だ。だから王と次に会うのはいつになるか、生きている間に会えるかどうかも分からぬ。会った折にはもちろん貴殿に申した通り、貴殿のことは褒め伝えるつもりだが、いつ頃とは言えぬのが心残りだ」

「存じております。この私にも耳がありますから、おおよそは獄吏から聞き及んでいました。しかし、伯爵殿から正直にその話をお聞きして、嬉しゅうございます」

まことに意外な返答である。

「ではなぜあの時は何も言わずに儂の話に乗ってくれたのだ？」

「たぶんそれは、私が侍従長のランダース殿を嫌いなせいでしょう。それに伯爵殿のお話は筋が通っており、あの王命書も本物には違いありませんでしたから、あなた様の策に乗ってみようかなと思いましてね」

にこやかに微笑みながら平然と言ってのける。背格好はウイリアムとそう変わりはないが、肝の据わった、それでいてなかなか相手への気遣いもできる海の男である。

「船長のお名前は？」

ウイリアムは相手の穏やかな目に問い掛けた。

「はい。世間ではオネスト・ジョンと呼ばれております。本名は忘れました」

「ではジョン船長。どうやら貴殿とは気が合いそうだ。はっきりと申せば、この件でランダースには必ず疎まれるだろう。もしも免職された折には、いつでもサーソーの儂の所に寄ってくれ。ランダースの話では魚だけは旨いそうだ」

ウイリアムはこのオネスト・ジョンが、何だか気に入ってしまった。

「どうも近いうちにまたお会いできそうな気が致しますな、閣下」

ジョン船長もどうやらウイリアムと同様らしく、二人はがっしりと握手をして、無言で再会を約して別れを告げ、名残惜しそうにパースへと回航して行った。


浜辺の舟小屋からは、ぞろぞろと漁師とその家族が出て来て、不審そうにこちらを窺っていたが、ウイリアムが話し掛けると、英国語やフランス語では無い言葉が返ってくる。ベスがゲール語で話し掛けたが、似てはいるがゲール語でもない。すると執事のニールセンが聞きなれぬ言葉で話し掛けると今度は通じたようだ。

「旦那様、彼らはノース人ですよ。夏の間だけこの入り江に逗留して魚や海獣をとって秋に国へ戻るらしいです。旦那様が新しい領主様だと伝えると、どうか追っ払わないでくれと申しております」

「追っ払うつもりはないが、儂の研究に付き合ってもらうかも知れぬ。だが、なぜお前はその国の言葉を知っているのだ?」

「私がノース人の言葉であるノルド語を話すのが不思議だとおっしゃるのですね。それはたぶん私がノース人だからではないでしょうか?」

驚いた！　なんとニールセンはノース人だったとは。また一つ自分の執事に関する謎が深まって思わず訊く。「亡き父や母はそのことを知っていたのか?」

「当然でございますとも。お父上が私の国へ来られた折に、知り合いましたから。奥方様もご承知でした。でも、それが何か問題でも？」

当時ノース人は英国やスコットランドにおいては、憎むべきバイキングの子孫として、侮蔑と嫌悪の対象であったが、なんてこともなさそうに、平然と答える。

「いや、驚いただけだ。どこの出であろうと、お前は大事な儂の執事だからな」

ニールセンは目を細めて頷く。

「それでは旦那様、この漁師達も交えて今宵は大いに食べて飲み明かすと致しましょう」

男達は流木などを集めて焚火の支度、女達はベスの采配で料理に掛かる。

とれたての魚や干し魚、それに干し肉は漁師が喜んで提供、そしてアダムスが手品の如く上質のワインをどこからか何箱も出して来ると、たちまち浜辺では飲めや歌えの酒盛りが始まった。

腹が満腹になり酔いが回ると、後は恒例の歌の出番となり、ベスが先頭を切って流行り唄を歌い出し、アダムスがそれに続き、男達が手を叩き、女達が囃し立てる。

　鳥よ　鳥よ　海鳥よ　父ちゃんの舟は　今どこに居るのか教えておくれ
　舟にはいっぱい　魚を積んでるかい　浮かれた女は　積んじゃいないだろうね
　もしも女を乗せているなら　私も男を乗せちまうよ　この腹の上にだよ
　それを父ちゃんに　きっと伝えておくれ　それ鳥よ　鳥よ　海鳥よ

鳥よ　鳥よ　山鳥よ　大事な母ちゃんは　今どこに居るのか教えておくれ
籠にはいっぱい　木の実を積んでるかい　おかしな男は　隠しちゃいないだろな
もしも男が隠れていたら　おいらも女を隠しちまうよ　自慢の竿の後ろにさ
それを母ちゃんに　きっと伝えておくれ　それ鳥よ　鳥よ　山鳥よ

その後も陽気な歌が続き大人達は皆笑い転げ、子供達は走り回ってトンボ返りを打つ。笑い声は白夜の下、夜半まで続き、ダンディーから移って来た女達はこんなに腹一杯食べて飲んだのは初めてだと喜びのあまり涙に咽ぶ。

ウイリアムも手を叩き大笑いだ。こんなに笑ったのはいつの日以来だろうか？　子供の頃には確かに笑った憶えはある。しかし成長し、大人の仲間入りをした頃からは記憶にない。だが、これからはこうやって笑いと共に暮らして行けるだろう。いや、必ずそうしなければならない。たとえ国王に盾突き疎んじられても、この痩せた貧しき土地を笑い声で満たさねばならぬと心に誓う。

やがてニールセンの指揮で、ノース人達が異国の唄を歌いながら輪になって踊り出すと、その場の大人も子供も、ウイリアムまでもが一斉に立ち上がって踊りの輪に加わり、浜辺は嬌声が飛び交う、オーロラの下での大舞踏会と様変わりした。

「あれまっ、奥様だ！」舟小屋を指差したベスの声に、皆が一斉に目を遣れば、扉の陰に隠れてこっそりとこちらを窺っているのは、間違いなくジェネウェーヴと侍女マリアンヌの、まん丸の目をした顔であった。

「マ、マリー、あれは間違いなく蛮族よね？」

「ミニョンヌ、私にもそうとしか思えませんわ。焚火を囲んで何やら叫びながら踊り狂っていますが、あれこそ噂に聞く例の首狩り族ではないでしょうか？」嫌悪と恐怖で顔が引き攣るマリアンヌ。

「それにしてもここはどこなの、なぜ私達はこんな所に居るの？　船の船室に居たはずなのに、起きたら野蛮人に囲まれて、この魚臭い小屋に閉じ込められているなんて、一体どういうこと？」

「ミニョンヌ、私は次に起きたら天国に居るのではないかと怖くて……」

「アラッ、あそこでこちらを見ている女は、うちの洗濯女のベスではないかしら？　ほら、あそこ」

「ベスですわ。彼女も捕まって、きっとこれから野蛮人達に凌辱されるのですよ」

「アッ、ベスがこちらへ逃げて来るわ。早く早く、もっと早く走るのよ、ベス！」別に慌ててる風でもなく、ニコニコ笑いながらベスが二人のもとへと寄って来た。

「奥様、マリアンヌ。もう船酔いは醒めましたか？　お二人ともご気分はいかがですか？」

「ベス、何を言ってるの！　気分の話なんかどうでもいいのよ。早くここから逃げないと殺されてしまうわ。主人はどうなったの？　きっと王様の仰る通り首をちょん切られて、そのまま死んじゃったんでしょ？」どうも、ハイランドの男達の娯楽は他人の首をちょん切ることだけだと、固く信じ込んでいるらしく、顔も目も必死の形相だ。

「ご心配なく、ちゃんと生きておられます。今はあちらで踊りを楽しんでおられますよ。さあ、奥様もマリアンヌも、ご一緒に美味しいワインと料理をどうぞ。私達の自慢料理ですよ」

「私達？　私達ってどう言うことなの？　ベスの他にも誰か捕まっているの？」

「とんでもございません、誰も捕まってなんぞおりませんですよ奥様。国が寄越した旦那様の護衛兵のご家族ですよ。皆、いたって気の良い人達ばかりです」

「エッ、そうなの？　それじゃ、あの気味の悪い野蛮人の一団は何なの？」

「ああ、あの人達は偶々（たまたま）この入り江に逗留している漁師さん達で、秋になったら本国へお帰りになるらしいですよ。まあご近所さんとでも申しましょうか、一緒に旦那様と奥様の歓迎パーティを開いていてくださっているのですよ。さあ奥様、早く来てご挨拶なさってくださいまし」

「パ、パーティ？　私達の歓迎パーティですって？　本当なの。行った途端に殺されてしまうんじゃないの？　もう、何が何だかさっぱり分かんないわ」二人とも絶対行くものかと、断固拒絶の姿勢。

「何を仰っているんですか、そのために護衛兵が居るのではありませんか。ご心配なく」

全くベスは頭も口もよく回る賢い女である。嘘とごまかしがポンポン出て来る。しかも日頃洗濯ばかりしていたせいか腕の力も強くて、足を踏ん張って必死に抵抗するジェネウェーヴとマリアンヌを、苦も無くズルズルと舞踏会の場へと引きずって行き、嫌がる二人を焚火の前に据えて、皆に披露した。白夜の薄明りと焚火の焔に浮かび上がった伯爵夫人ジェネウェーヴの姿は、本当に美しかった。三日目ゆえに多少の皺はあるが、最新のフランス製の白いドレスで身を包んだ、神々しいほどの容姿をその目で見た男達は、みな魂を抜き取られたかの如く、あんぐりと口を開けたまま固まり、女達も呼吸さえ忘れて、音も無く静まり返る。

ウイリアムが静かに妻のもとに歩み寄って手に口づけをし、ニールセンが改めて新しい領主夫妻だと護衛達に紹介し、ノルド語でも漁師に伝えると、溜息と共に全員が跪いて頭を垂れ、一斉に恭順の意を表す。後々領地全体に広まったジェネウェーヴ崇拝の神話はこうして始まったのであった。

「ノース人の漁師達にはこの入り江の居住権を与える、税は当分免除するが、罪を犯した者は我が国の法に従って処罰される。また永住を希望する者は善良なる民に限り、その希望を認め保護されるが、早急に我が国の言葉と習慣を学ばねばならない。その教育は妻のジェネウェーヴと執事が担うであろう」気を良くしたウイリアムの最初の行政処置である。

それをニールセンが漁師達にノルド語で伝えると、感激した漁師達は「領主様万歳！」、「奥方様万歳！」と口々に唱え、ジェネウェーヴに駆け寄り、競ってその華奢な手に何度も口づける。

ジェネウェーヴも当初はウイリアムへの怒りで身も震えんばかりだったが、こうして皆から「美の女神様」だと持ち上げられては、どうでも良くなりマリアンヌと顔を見合わせて苦笑いするばかり。

宴はたけなわで、ジェネウェーヴの俄か崇拝者達は、まだまだ余興が足りぬと見えて、彼らの美しき奥方様を取り巻き、声を張り上げて歌の披露を所望。こうもせがまれては仕方がないと、しぶしぶながらもジェネウェーヴは、頭に浮かぶ詩を即興のメロディーで歌い始めた。

　もしもカラスが白いなら　私はカラスの羽根を撫で　貴男のもとへ飛ぶように
　優しく頼むことでしょう　そして貴男に届けてと　愛の言葉を紙に書き
　その白い脚に結び付け　飛べよとお空に放つのよ　蒼いお空の真白きカラス
　貴男はきっと見えるはず　そして私の愛の言葉も　貴男はちゃんと読めるはず
　白いカラスよ早くお戻り　愛しい貴男の心を連れて　そして私に話しておくれ
　震える私の肩に止まって　返事を早く教えておくれ　恋する私に白いカラスよ

　心のままに歌うジェネウェーヴの恋の歌は、夜の渚の静かなる波音と相まって、聞き入る者達の心の中まで沁み渡り、遠い昔の娘の頃を思い出したのであろうか、女達の目には涙が溢れている。

　胸を揺するアルトの甘き歌声が終わると、しばしの静寂の後、天も割れんばかりの歓声と喝采の嵐が、白夜の浜辺に沸き起こり、終わることなくいつまでも続いた。どうやら彼らの領主夫人は「美の女神」の他に「恋の歌姫」の称号も手にしてしまったようだ。

「奥様のお歌は初めてお聞き致しましたが、なんて素晴らしいお声なんでしょ！　難しいことは存じませんが、あれはマリア様から授かった特別な才能に違いありませんわ、旦那様」

　涙を拭いながらベスは天賦の才だと褒め称え、侍女のマリアンヌと言えば、フランス語で何やら賛美しながら、手放しで喜んでいる。

ウイリアムさえも初めて耳にする、妻の美しい歌声。自分の妻にはこんな隠れた才能があったのかと感心するとともに、そう言えば、自分は妻のことをどれだけ知っているのだろうと考える。

妻のジェネウェーヴは、彼女がまだヨチヨチ歩きを始める前から、彼の婚約者となった。それは彼の亡父すなわち先代の男爵が、没落した遠縁のノルマン貴族の負債を肩代わりする代わりとして、学問にしか興味を示さぬ息子の伴侶にと、娘の一人を頂くとの契約を結んだ結果であった。

以来、その娘に関する生活費や教育費は全て先代が援助し、結婚後の生活にすぐに馴染めるようにと英国語の専任教師まであてがって育んだ末の婚姻で、ウイリアムが妻となるジェネウェーヴと初めて会ったのは、実に婚礼の数日前という有様であった。

そのような事情で未だに妻の性格や習慣については不明な部分が多く、妻のおそらくは多種多芸な能力にもさほどの関心も持たずに、軽んじていた自分を恥じ入る。

私は変わるのだ、いやもう変わったのだ。これからはもっと妻には敬意をもって接して、互いに慈しみ合わねばならないと、独りごちて心に誓うと同時に、亡き父の自分への深き愛情と先見の明に、心から感謝の言葉を捧げた。そして早速、妻を木陰に呼び寄せ語りかける。

「ジェネウェーヴ、即興とはとても信じられぬ素晴らしい歌だったよ。私の伴侶にこんな素晴らしき隠し芸があるなんて、神に感謝する他は無い。儂の自慢の奥方様だ。これからも時折その素晴らしき歌声を聞かせてもらえないだろうか？　いや、これから赴任する教会でも、ぜひ讃美歌を披露して、領民の心を和ませてもらえると嬉しいのだが、どうだろうか?」

「初めてですわ、旦那様。あなたがそのような言い方でこの私に接してくださるなんて、全く世の中はどうなってしまったのでしょう?　今までは単に、ああしろこうしろと命令なさるだけで、ご相談ではありませんでしたから、嬉しく存じますわ。もちろんよろしくてよ」

初めて心から褒められて満更でもないようで、ほんのりと頬を染めて素直に承知してくれる。

そのウブさがウイリアムには嬉しく感じた。そこでもうひと言。

「それから、この二、三日のことは本当に済まなかった。実を言うと、そなたに同行を断られるのが怖くて、つい策を弄してしまったのだ。二度とこんな真似はしないから、今度だけは許すと言ってくれないだろうか?」

とても今までのウイリアムからは想像もできぬ言葉だ。

「まあ、あの無礼の数々を簡単に許せとおっしゃるの?　それは私の一存ではお答えできなくてよ。侍女のマリアンヌがどう言うかしら?　彼女も被害者ですからね、分かっていらっしゃるのかしら?」

すでに返事は決まっているらしく、目は笑っているのだが、ここは妻を立てねばと、困ったような顔付きで問い掛ける。

「この埋め合わせはどうすればマリアンヌが許すと言ってくれそうだろうか、できればそなたから聞いてはもらえぬか?　儂はあまりフランス語は得意じゃないから」

「まあ、何着かドレスをプレゼントすれば、ひょっとしたら今回に限り勘弁してくれるかも知れないわね。ひょっとしたらよ。私はお気持ちだけで良いのだけれども、あなたがそれでは片手落ちだから、私にも数着受け取って欲しいと懇願なさるのなら、お断りはとてもし辛くてよ」

どうだろう、この説得力。あのランダースさえも赤面して跪くほどのテクニックではなかろうか？ウイリアムのややいかつい顔も崩れるほどである。

この後、ウイリアム夫妻の影は、しばらく一つに融け合っていたのだが、やがて腕を組みあって、まだ赤々と焚火が燃え、笑い声が途切れぬ宴の場へと戻って行った。果たしてこの勝負、勝ちを得たのはいったいどちらなのであろうか？

もう一つ、是非とも伝えておかねばならぬことがある。それは護衛隊長のアダムスと新任家政婦のベスの姿が、宴の最中にいつの間にか消え失せてしまっていたことである。まあ消え失せてしまったと言っても、次の日の朝にはアダムスはサーソーへの旅の支度、ベスは他の女達と朝食の用意と、二人共ちゃんと仕事に取り掛ってはいたのだから、別に何の問題も無いのではあるが……。

ウイックからサーソーへの道のりは、およそ四〇キロ。徒歩で一日の行程だが、ありがたいことに不慣れな一行のために、漁師の一人アンデールが道案内に就いてくれることとなった。もうすでに家臣の一員のつもりなのであろう。彼の話によると、サーソーの漁港には一〇〇戸ほどの掘立小屋に四、五〇〇人のノース人漁民とその家族が住んでおり、時には山岳に住むピクト人、そして海を挟むオークニー諸島からのノルウェーの商人達が交易のため訪れるという。スコットランド人などは、年に数人見掛ける程度で、もちろんかの地ではノルド語しか通じないらしい。

おおよその現地情報を仕入れたウイリアムは、護衛隊とニールセン、そして馬車には新天地を早く見たいから、ぜひ連れて行けと騒ぐ母親達数人を詰め込み、先行させることにした。

「ニールセン、これは当座の資金だ。スコットランドの通貨だから使えるかどうか分からぬが、これで当面の食料を確保して、荷馬車も二、三台借りて来てくれ」

銀貨が詰まっているらしき袋を託されたニールセンは一瞥して、今主人が持ちうる資金の全てだと悟り、「旦那様、少し多すぎるのでは？」と躊躇するが、「いや、儂と違ってお前にはこの金を有効に使うだけの才覚がある。とすれば儂が持っているよりお前が持っているべきだよ、ニールセン」

ウイリアムは事も無げに言うが、今後は伯爵家の財産を任せるから、上手く管理しろということだ。かつてそこまでの信用を与えられた執事が居たであろうか？　ここ数日で明らかに大きく成長した主人の器量と、自分達に対する信用の厚さに、驚きと喜びで目を潤ませながら、ニールセン達は残った漁師や家族達の歓声に見送られて出発した。


先発隊が去って静まると、ウイリアムは浜辺を散歩しないかと妻を誘った。

「たまにはのんびりと景色を楽しみながら、歩いてみたいがどうだろうか？」

「あら、珍しいお誘いね。と言うか初めてのお誘いじゃないかしら？　私の記憶にある限りでは」

「そうだったかな？　そうだとすれば、もっと早く誘うべきだった。今まで学問ばかりしていて、そなたに寂しい思いをさせてしまい申し訳無い、夫として失格だな」

「まぁ、そのお言葉！　どうした風の吹き回しかしら？　お散歩の途中で雪でも降ったらどうしましょう。傘も無いから、せっかくのお誘いだけど行かないでおこうかしら？」

「愛しき妻よ、この国では夏には雪が降らないことを、儂が歩きながら説明しよう」

「マリアンヌがきっと心配しているわ。それに付き添いが居ないと私の評判は台無しだわ」

酒好きの侍女は大酒をくらって、高鼾でまだ寝ていることは二人とも承知している。

「ここは王宮ではない、貴族は我々二人だけだ。だから誰もそなたを尻軽女と呼ぶ者はいない。それに、マリアンヌもたまには一人になりたい時もあるだろうから、そっとしておいておやり」

「尻軽女なんて下品な言い方はよして。愛情深き女性と言うべきだわ。もちろん私のことじゃないけど、私は誰にも負けぬ貞淑な妻なんですからね！」

その貞淑な妻が、もう少しで罠にはまって、あの国王の囲われ者になるところだったと全く気付いていないとは、いやはや何とも。

「分かっているとも、そなたほど貞淑な妻は居ない。さあ、あの高台に登ってみよう。きっと素晴らしき景色が拝めるだろう」

妻を激昂させずに機嫌を取ることにもどうやら慣れて来たとみえる。

「今日はお天気も良いから、フランスも見えるかしら？」

「まあフランスは無理だろうが、もしかしたら沖にフランスへ向かう船が見えるかも知れないよ」

足が痛いと愚痴るジェネウェーヴを、なだめすかして手を貸しながら小高い丘を登ると、眺望は一気に開け、どこまでも続く青い空と、キラキラ輝く海が広がる素晴らしい景色だ。

残念ながらジェネウェーヴが切望する、故郷のフランスは見えなかったが、ウイリアムの言葉の通り、確かに船は見えた。ただし沖合ではなくて、すぐ目の下のエメラルド・グリーンの遠浅の渚に、小型の帆船が、乗り上げていたのだ。そして、その船の甲板には女性らしき人影が打ち伏していた。

「あなた、もしかしたらあれは難破船じゃないの？」

「そのようだね。しかも中に人が倒れている、どうもご婦人のようだ」

「まぁ、すぐ助けて差し上げなくちゃぁ。さあ早く下りるわよ！」

つい先ほどまで、足が痛いとか、もっとゆっくりとか愚痴っていた割には、早い早い！　木々の間を潜り抜け砂浜に下り立って、なんとか二人が舷側をよじ登ると確かに女性だ。上等そうな衣服を着てはいるが、肩口にはおぞましい矢が突き刺さっており、その辺は流れ出た血で染まっている。さらには乳飲み子とみられる子供を、しっかりとその腕に抱いており、ジェネウェーヴが慌てて子供を抱き上げると、弱いながらもまだ息はしっかりしているようだ。

「まぁ、可愛い赤ちゃん！　生きていて良かったわ。そちらのお方はお母さんかしら、それとも乳母かしら？　生きているのだと良いけれど」

ウイリアムが女性に近づいて、少し体を揺すると薄っすらと目を開ける。体温はほのかに暖かいが、何日も海を漂っていたとみえて、ぐったりと衰弱しきった様子だ。そして我が腕の中に子供が居ないことに気付くと、必死で探ろうとする。可哀想だがもう目もほとんど見えないようで、美しかったであろう顔には、既に死相もあらわれている。

「大丈夫よ、子供は助かるわ。安心してゆっくり休んでね」

ジェネウェーヴが優しく話し掛けると、女性の優しげな声に安心したのか、表情が和らいだ。

「どこから来たのかね？」

ウイリアムが問い掛けるが、言葉が理解できないらしく、首を振るばかりだったが、ようやく落ち着いてきて、少し目が見えるようになって来たのか、ジェネウェーヴが抱く子供に手を延ばして抱きたがった。ジェネウェーヴが子供を渡すと頬ずりをして、か細い声で「フレイ、フレイ」と愛おしそうに話し掛ける。

ウイリアムはそれが子供の名ではないかと気付くと、「フレイ？」と指差して訊ねる。女性は嬉しそうに頷くと、続けて何やら話し出したが、彼も妻も理解できなかった。

そこで自分を指差して「ウイリアム」、妻を指して「ジェネウェーヴ」、周りを指して「スコットランド」と話すと今度は通じたようで、「スコットランド、ジェネウェーヴ」と呟いた。そして子供を指して、「ジェネウェーヴ、フレイ、フレイ」と繰り返す。ジェネウェーヴにはそれが、「もう私は駄目だから、あなたがこの子を育ててください」と言っているように聞こえて思わず、「ウィ、ウィ」と頷くと女性は嬉しそうに何度も何度も頷く。

そして今度は、ウイリアムの顔を見ながら船の後部の荷物を何度も指差す。ウイリアムはたぶんこの荷物を持って来いと言ってるのだと思いながら袋を持ってくると、女性は中を見ろと手振りで示すので、中の品を取り出すと、なんとそれは立派な剣であった。

刀身の木目模様は明らかにヨーロッパ製ではない、もっと遠いイスラムのダマスカス鋼ではないかと思われる。柄頭（つかがしら）には大粒のルビー、鍔（つば）の両端にも大粒のサファイアが嵌め込まれており、とても並みの貴族クラスが持つような剣ではない。さらに探ると、非常用の備えと思われるワインがひと瓶と粗末な古ぼけた大理石の杯、そして絹の小袋が出て来て、その中身は純金の指輪で、その表面には紋様と鏡文字のラテン語が彫られていた。つまりこの指輪は印章指輪なのであろう。

ラテン語はどうも「神は汝に力を授ける」と彫られているようだ。もしそうだとするとローマ教皇の唱える神授説の一文とも考えられる、これまた大変な代物だ。彼はこの二つの品は絶対に人目に晒してはならぬと決意した。

ジェネウェーヴは早速瓶の中のワインを杯に注いで女性に飲ませる。咽びながら少しばかり飲み込んだ女性は、今度は舳先（へさき）の方の袋の山を指した。ウイリアムがその袋を持ち上げようとしたが、ずっしりと重くて何やら石のような物が詰まっているようだ。苦労して結び紐を解くと、なんとそれは銀貨である。驚いて女性を見ると、頷きながら袋と子供を交互に指差す。

ウイリアムは理解した。これらの荷は全てフレイのための物であり、彼のために役立てろと彼女は言っているのである。ウイリアムが「分かったよ」と大きく頷くと、女性は初めて安心したらしく、もう一度フレイに頬ずりして額に口づけをすると、まるでロウソクの灯が消えるかのように目を閉じ、「マグ……」と言い掛けて息が途絶えた。

おそらく、大量の出血でとっくに尽きるべき命を、幾日も幾夜も精一杯子供のために保たせ、信ずるに足る相手に託したことで、ついに力尽きたのであろう。ウイリアムとジェネウェーヴは無言のまま十字を切って、母親と思われるこの女性の御霊に賞賛と鎮魂の祈りを捧げた。

「この子はたった今からあなたと私の子よ、誰にも渡したりするものですか！」

ジェネウェーヴは名も知らぬ亡き女性の腕から乳飲み子を抱きとると、嗚咽しながらもきっぱりと宣言する。

「そうとも、儂とそなたの大事な子供だ、誰にも負けぬ幸せな子に育て上げる」

ウイリアムもまた流れる涙を止めようともせずに、神と亡き貴婦人に誓うのであった。

宝や銀貨の袋を苦労して人目に付かぬ所に隠し、漁師や兵の家族達が居る浜辺へ戻る道すがら、託された孤児を庶子ではなく嫡男として世間に思わせて育てていくために、彼と妻は今後の作戦を慎重に練った。その内容はこうである。

「ウイリアムは実は稀代の放蕩者で、領地赴任にかこつけて、愛人と庶出子をこっそりと舟で先回りさせたが、運悪く海賊に見つかって水夫達と愛人は殺され子供だけがかろうじて生き残った。彼が地に頭をこすりつけて泣いて頼むので、妻であるジェネウェーヴは涙ながらに、しぶしぶ嫡男として育てることに同意するが、憤懣この上無き話なり」

と、まあこのような筋書きの芝居である。

芝居は浜辺に戻るなり始まった。子供を抱いたジェネウェーヴがワッと泣き叫びながら、心配して捜していたマリアンヌの胸に縋り付き、事細かに偽の事情をまくし立てると、烈火のごとく怒った侍女はウイリアムに掴み掛かる。

何事かと集まった護衛兵の女房達にもジェネウェーヴが偽情報をばら撒くと、途端に女達は彼女と子供を悪魔から守るように取り囲み、ウイリアムを睨み付けて罵詈雑言の嵐。

マリアンヌの平手打ちと爪先蹴りの猛攻をかわしながら、「早くなんとかしてくれ」とばかりに、目で妻に救いを求める。しかるに何たる薄情な仕打ちか、妻は素知らぬ顔のまま。これは絶対に先日までの悪行への報復に違いないと彼が悟るまで、そう時間は掛からなかった。

言葉の分からぬ漁師達もなんとなく察したのであろう、「旦那、そりゃやり過ぎだろう、あの天使のような奥様が居るのに、他の女に手を出して、おまけに子供まで押し付けるとは」とばかりに全員が非難の眼差し。

この調子では先が思いやられるとばかりに、ウイリアムが長嘆息（ちょうたんそく）の後、漁師達を従えて丘の向こうの難破船の所へと戻り、丘の頂きの見晴らしの良い場所に女性を懇ろに弔い埋葬した。冥土への旅で喉を潤せるようにとワインと杯も墓に埋め、彼女が嵌めていた腕輪は、息子となったフレイに、後々母の形見として渡そうとポケットにしまい込む。この時になって彼は初めて気付く、この女性の名前も国名も聞いていなかったのだと。

だが、国名の方は漁師達が知っていた。この小型帆船は彼らの祖国では一般的な交易や漁業に用いる船のようで、「ノルウェー、カーグ」との声が飛び交う。そして、全員で船を渚から押し出して入江へと回航させた。船着き場であらためて見直すと、帆や甲板には何本もの矢が刺さり、甲板は血に塗れて、いかにも海賊に襲われたようにも見え、女達は恐怖の面持ちでホラ話を信じ込む。

夕刻の食事時となってもウイリアムの舟小屋には、誰も食事を持って来てくれない。女達は浮気な男を天敵と位置付けて絶対許しはしないのだ。

浮気のうの字も経験したことがない彼には、真にもって辛い仕打ちである。当分すきっ腹で我慢するしかないのかと萎れていると、妻とマリアンヌが気の毒そうにやって来た。もう既にマリアンヌは妻から真実を聞き及んでいたらしく、詫びのつもりか手の込んだフランス風の魚料理とスープの皿をそっと差し出して、もごもごと懺悔めいた言葉を呟いた。

やっと分かってくれたかと彼が笑顔で頷くと、ポッと頬を赤らめる。どうやら彼女の内側には純な乙女の一面が存在するようだ。

「ごめんなさい、あなた。でも、ああしないと誰も信用しないかと思って」

ジェネウェーヴも、もっともらしく詫びる。ウイリアムにも言いたいことはあるが、家庭の平和は何よりも大事と、グッと堪えて言った。

「もちろんだよジェネウェーヴ、あれで良かったんだよ。そなたには悪意などあるはずが無い」

そうそう、良き夫とは常に妻に折れるべきなのだ。

翌朝も女達のご機嫌は極めて斜めで、誰もウイリアムには近付かない。ただ、菫色の瞳を持った乳飲み子のフレイにはなんの罪もないとばかりに女達は世話を焼きたがり、つい先頃風邪で夫と赤子を亡くしたばかりの、まだ乳の出の豊富そうなジネットという名の若い母親が、ジェネウェーヴの代わりにフレイに乳を与えてくれているようだ。


サーソーへ行っていた先発隊は、その日の夕刻入り江に戻って来た。サーソーの教会には警備として三名の兵とその女房達を残し、ニールセンの馬車には残りの女房達と調達した日用品、アダムスと漁師のアンデールの荷馬車には、当座の食料や飲み物が積み込まれている。

「ご苦労だった、ニールセン。スコットランドの銀貨では断られるかと案じたが、どうやらお前の才覚で事なきを得たらしいな？」

「はい旦那様、たまたまオークニー諸島からノルウェーの貿易商人が来ておりまして、なんとか少量だけノルウェーの銀貨と交換できたので、サーソーの住民達と交渉できました。ですが、毎回というわけには行きますまい。何か手段を考えねばなりませぬな」

彼が出まかせと脅迫の末にそれを為したのだろうとは、ウイリアムにも容易に想像がついた。

「その件については既に考えてある。後でそなた達三人に相談しようと思っているが、念のためにその銀貨を見せてくれないか？」と、一枚もらってポケットにしまい込む。

「さようでございますか？　では食事の後に三人で旦那様の舟小屋へ寄らせて頂きます。それから船着き場に見かけぬ船が停泊しておりますが？」

「うむ、それも後でゆっくり話す」

難問は既に解決済みだとでも言いたげな主人の言葉に、今度はベスが質問した。

「旦那様、残っていた人達の様子が、何だか少しぎこちないのですが、留守の間に奥方様に何ごとか起こったのでしょうか？」

「うむ、それも後でな。疲れただろうから、まず食事を先に済ませてから出向いてくれ」


ニールセン達の奮闘のお蔭で、心持ち豪華になったその日の夕餉を、妻とマリアンヌと三人で堪能しながらウイリアムは訊いた。

「ジェネウェーヴ、フレイはどうしたんだ？　姿が見えぬし、泣き声も聞こえぬが」

妻は侍女と目を交わすと、「はい、ジネットという、赤子を亡くしたばかりの女性に預けてお乳を与えてもらっておりますの。私もマリーも、そのう、お乳は出ませんから」

ウイリアムは、これは早急に妻にも母乳が出るようにせねばと、余計な気を回し始めた頃、三人組がやって来た。もう他の者は寝静まっただろうから、小屋の陰で聞き耳を立てる者もおるまいと、中へ招き入れて座らせて、それではと話を始めようとするや否や、ベスが血相を変えて喚き出した。

「この浮気者！　奥様を何だと思っているの。こんな所まで愛人を呼び寄せて、海賊にその女を殺されると、厚かましくも平然と奥様に、その愛人が産んだ子供を育てろと申し渡すなんて、一体どの口がそんな厚かましいことを言うんだい！」

「まあまあ、ベスよ、落ち着けって。旦那様だって男だから、たまには他の女にも目が行くってもんじゃないのかい？」

アダムスが忠義にも主人の肩を持った途端、さらにベスの怒りが爆発。しかも今度はなぜかアダムスの横っ面を思いきり張って喚き出す。

「何だって？　男だから他の女にも目が行くだって？　それじゃ何かい、あんたも私にちょっかいを出したのは、他に女が居るってことかい。それともこの私と所帯を持った後でも、堂々と浮気をするって魂胆なら、みんなの前ではっきりと、そう言ってもらおうじゃないか」

いやはや、大変なスキャンダルが暴露されたもんだ。そっぽを向いているアダムスと、怒りを隠さずふてているベスの間に、ニールセンを座らせてウイリアムの話は始まった。一通り昨日から今日に掛けての出来事を話し終えると、無言で聞き入っていたベスがまず口を開いた。

「それじゃあ、あの子は本当は旦那様の子じゃなくて、お二人はそれでも跡取りとして育て上げると仰るのですか？」

「その通りよベス、私達はその女の人に誓ったの。だからその方も安心して天国へ旅立つことができたのよ。旦那様はあの子のために進んで浮気者の役を演じているのよ」

ここでベスはしゃくり声をあげて泣き出す。

「お許しくださいまし旦那様、私が浅はかにもあんなことを申し上げてしまい本当にバカでした」

「それじゃあ、あの船はどうなるんでやんすか？」

弾んだ声でアダムスが問い掛ける。

「たぶん、元の持ち主の女性は亡くなったのだから、その息子であるフレイの物だろうな。どちらにしても今は、モルヴィア家の持ち船と言うことだ」

「じゃあ、これからはあの船でどこへでも行けるってことで？」と、ますますアダムスの声は弾む。

「おいアダムスよ、どこか行きたい所でもあるのか？　お前は帆も扱えないだろうが」

「いえね、先ほど漁師のアンデールの野郎が、ニールセンの親父さんとあっしに申すには、もう魚釣りは飽いたから、旦那様に船乗りとして雇ってもらうよう、口を利いてくれないかなんて言っとるもんで、あっしも海は嫌いじゃないし、大陸へも行ってみたくて」

それを聞いたベスが少し肩を落としたのを見逃さず、ウイリアムが言った。

「だったら、あの船の船頭だな。水夫も要るだろうから他に希望者が居れば募ってくれ。責任者はニールセンだ。お前には商才がありそうだから、交易でしっかりと稼いでもらわないとな」

「旦那様は私の才能をよくお見通しのようで。ご期待に沿えるように、せいぜい知恵を絞ります」

「アダムスよ、お前は海へは出さぬぞ。お前は儂と儂の家族を守るという大事な仕事がある。それに、近々どこかの別嬪と所帯を持つと、ごくごく最近耳にしたような気がするんでな」

ウイリアムのその言葉を聞くや、ベスはホッと安心したように顔が明るくなり、恥ずかしそうに頬を染めながら、主人に精一杯の感謝の眼差しを送る。

アダムスもその言葉に最後の迷いも醒めたようで、その場に片膝をつき厳かに言う。

「エリザベス・オーエンス、お願いだから俺と一緒になってくれないか？」

愛しい恋人からの求婚の言葉に目を潤ませながらベスは答えた。

「アダムス・シンプソン、一生私の傍を離れないと誓い、何があっても他の女に目を向けないとも誓うのなら、こんな女で良けりゃ、あんたの嫁さんになってあげるよ」

もちろん、アダムスは誓い、その場は婚約確定の場と化して、女達は歓声を上げて泣きながら抱き合い、男達は肩を叩き合って祝福と愛への賛辞を口ずさんだ。


一通りの興奮が収まり、婚約者同士が隣り合わせで手を繋いで座り直すと、ニールセンが改まって一番気掛かりの件を口にした。

「それで旦那様、先ほどの通貨の件は、いかがなさるおつもりで？」

「おお、うっかり忘れておった。実は先ほど申した荷の中に、お前から見せてもらった硬貨と全く同じ硬貨が、ぎっしりと詰まった袋が二〇袋ほど有ってな、あれも当然フレイの金だが、少しばかり今後のために使わせてもらおう。まあ少しばかり減ったとしてもフレイは文句を言わぬと思うが、帳簿はしっかりと付けておけよ」

「だ、旦那様。銀貨がぎっしり詰まった袋が二〇袋と申しますと、小さな国なら丸ごと買えるほどの金額ですぞ！　それはつまり旦那様はスコットランドでは一、二を争う財産家ということになります」

めったに感情を見せないニールセンが興奮して、素っ頓狂な声を張り上げた。もう金輪際資金繰りに悩まなくても済むのだから、その喜びは隠しようがない。

普段冷静な執事でも興奮する時があるのかと、ウイリアムが感心しながら言った。

「だから、儂の金ではなくて、モルヴィア家の、いやこの一族全体の資産だ。ニールセンは交易の元手に、アダムスは警備のための武器や馬と兵達の装備、特にあの軍服は酷いからなんとかしてやれ。ベスは住まいの維持管理にと、三人で相談しながら有効に使え。ああそれから、妻と侍女のマリアンヌには最新のドレスを五着ずつと靴や傘も、揃えてやってくれ」

途端にジェネウェーヴとマリアンヌが喜びの声を張り上る。

ウイリアムは続けて、「ここまで儂を見捨てずに付いて来てくれた見返りに、アダムスには銀貨三〇枚と専用の馬、ベスには婚礼の支度金として同額と花嫁衣装と部屋着を、ニールセンにも同額と執事用礼服を何着か受け取ってもらう、四人とも給金も倍にするが足りなければまた言ってくれ」

主人のあまりの気前よい大盤振る舞いに、その場の全員が、自分の幸運を信じられずに呆然としているとウイリアムが、「運が良いのは儂の方だよ、これから儂は好きな学問に没頭できるのだからな。気の毒なのは本来儂のやるべき仕事を押し付けられた、お前達の方だ」とニヤリと笑う。

気持ちとしてはそうかも知れぬが、結局彼自身は何も得ていないのは明白なので、四人はこの主人のためならば、身を粉にして働かねばなるまいと互いに無言で頷いて誓い合う。こうして幹部達の忠誠心は一層高まり、大いに得をしたのは、結局ウイリアムなのかも知れない。

翌朝、全員が集められ、ウイリアムからアダムスとベスの婚約が発表され、乳飲み子のフレイを正式に嫡男として認知し、名を「フレイ・ウイリアム・ド・モルヴィア」と称すと告げられた後、ニールセンから各人の役割が告げられた。

サーソーの邸のメイドや従僕は後日取り決めるとして、主だったところでは、フレイ号と名付けられたカーグ船の船方は船頭のアンデール以下水夫数名、フレイの乳母としてジネット、馬丁頭としてエルリック、そして執事付きとして事務の経験があるというジョックが決まり、早速アンデールの指揮のもと水夫達は船の清掃に取り掛かった。

結局、全ての漁師が漁業を捨ててド・モルヴィアの家臣を希望したわけで、ここでもウイリアムは気前よく、漁師達の小舟と舟小屋を買い取って喜ばれた。

特にウイリアムが安堵したことには、もう男達はもちろん、女達も誰一人として、ウイリアムを放蕩者と非難しなくなったことである。それは、彼が気前よき雇い主であると認識したこともあろうが、ジェネウェーヴ当人が、もう拘った素振りを全く見せなくなったことが大きかったようだ。

二日後の朝、整備が済んで荷を満載したフレイ号は、大慌てでジェネウェーヴとマリアンヌが縫い上げた、モルヴィア家の家紋の旗を誇らしく靡かせ、元漁民達を載せて海路で、残りは荷馬車二台に分乗して陸路でサーソーへと向かった。ウイリアムの家族と三人組は馬車での別行動となり、フレイの母と思しき婦人の墓に詣でることにした。

フレイを抱いたジェネウェーヴが「あなたに代わって、必ずこの子を立派に育て上げます」と墓前に誓うと、頭上を舞っていた一羽の海鳥が彼女達の前に降り立ち、しばらくじっとこちらを見詰めていたが、やがて大きく頷いて大空へと舞い戻って行った。

人影に餌を求めるただの海鳥なのだろうが、ジェネウェーヴにはどうしてもその鳥に、あの女性の魂が宿っているように思えて、涙を抑えることはできなかった。

人目を避けて隠してあった銀貨の詰まった袋は、全部で二二袋もあり、全員で歓声を上げながら馬車に積み込む。ウイリアムは、あの剣と指輪の入った袋を広げて、皆に固く口止めを誓わせて剣を見せた。あらためて見てみると木目模様に鍛え上げられたダマスカス鋼の刀身と、柄と鍔に嵌め込まれたクルミ大の目の覚めるような美しい紅と碧の宝玉の素晴らしさに、見詰める皆は感嘆のあまり声も出せない。だが、ニールセンが、ふと思い出したように話し出した。

「旦那様、まだ私が子供の頃の噂話ですが、第一次十字軍の英雄のシグル一世様が、イスラムの王と決闘の末相手から分捕った宝剣を持ち帰り、以来国の宝となったと耳にした憶えがあります。何でも途轍もない大きさの宝石がいくつも鏤めてあるとかで、それを見た者はまぶしさで目が潰れてしまうという話でした」

「それだ！　その噂の宝剣がこれに違いない。ダマスカス鋼はイスラムの産だからな。もう一つある、この黄金の指輪だが、家紋と思われる紋様の周りにラテン語の鏡文字で「神は汝に力を授ける」と彫ってある。つまり高貴なる身分の者が指に嵌めて常に身に着ける印章指輪だ。この二つの宝が意味するところは、儂の息子となったフレイは、ノルウェーの王族の血を受け継ぎ、王となるべくして生まれた子供と言うことだ。いかなる事情かは知らぬが、命からがらここまで逃れて来たのだろう」

「では、あの亡くなった貴婦人は、たぶんこの子の母親で、もしもこの話が外に漏れれば、この子の命がまた危険に晒されると言うことなのね！」

　ジェネウェーヴが悲鳴を上げ、皆の目も頷いている。

「そんなことは、絶対させせぬ。この子はもうモルヴィア家の跡取りで、将来のサザーランド伯爵だ。この話はこの場で封印して、二度としてはならぬ。皆で命ある限りこの子を守り抜くのだ」

　その場の全員が「おぅ！」と誓い合って、二つの宝は再び厳重に袋にしまい込まれた。その誓いは厳格に守られ、宝剣と印章指輪は二度と日の目を見ることはなかった。フレイ自身が偶然その袋を見付けるまでは。


　芝居の仕上げとして、ジェネウェーヴは、噂話の好きそうな知人に文（ふみ）を届けることにした。


　親愛なるジェノン伯爵夫人様、神が私に与えた厳しき試練を、どうぞお聞きください。

最初主人は私に単身で赴任するからと申しておりましたが、それは私を油断させるための真っ赤な嘘でございました。私と侍女は眠り薬を飲まされ、眠っているうちにこの地獄のような土地に拉致されてしまったのでございます。その上主人は前々から愛人と庶出子を隠しておりまして、その愛人と隠し子を、船でサザーランドに先回りさせていたのです。

そして、その憎き魔女は何を血迷ったのか、隠し子を置き去りにして、他の男とどこかへ逃げ去ったらしく、私は恥知らずな主人から、その男の子を嫡男として認知したから、愛人の代わりにお前が育てろと、厚かましくも押し付けられてしまったのです。

もう、この上はお情け深き奥様を通じて国王陛下に縋り、あの厚顔無知で恥知らずな人非人のウイリアムを、懲らしめていただく他は無いと、考え抜いた末に奥様へ、拙き文をしたためた次第でございます。

何卒、事情をお汲み取りの上、この哀れな女に、ご助力を賜りますよう、心からお願い申し上げます。

従順なる妹のジェネウェーヴより、お姉様へ

この、王宮随一のゴシップ好きであるジェノン伯爵夫人宛の書簡が届いた直後から、王宮内でウイリアムには、「スケベ学者のウイリー」という名誉ある称号が与えられたとか。もちろん、王からの叱責などはあるはずもなかった。

第五章　一一八四年七月「サーソーの夜明け」

サーソーの浜のノース人達は、突然押し寄せて来た、サザーランドとケイスネスの領主一家とその一族と称する一団に戸惑う。もともとこの一帯の土地は数百年の昔から、いや一〇〇〇年以上前の、まだカレドニヤと呼ばれていた時代でさえも、誰の支配も及ばぬ地域だったからだ。なので、今更ここはスコットランドの土地であると言われても、簡単には受け入れられるはずもなかった。

スコットランド人といえば、たまに年に幾人かの貿易商人が、海を挟んだノルウェー領のオークニー諸島への往来で数日間滞在する程度で、言葉もろくに通じず習慣も異なる他所者であるとの認識にしか過ぎず、まだ山岳地帯に住むピクト人達の方が馴染みは深かったのである。

先代の司祭が住み込んでいた教会は、教会とはいえ掘立小屋に毛の生えたような規模で、とても大勢が住まう建物にはほど遠く、取り壊して最初から立て直した方が良かろうとのウイリアムの決断で、大掛かりな工事となった。

先々を考え、広めの説法堂を持つ教会と、領主一家と執事の住む邸宅、護衛兵と家族のための宿舎や厩、元漁師達の住まいとアダムスとベスの将来の愛の巣、それに倉庫などと、冬が来るまでに建つのかしらと思うほどの規模であるが、幸いなことに兵士の中に元大工の見習いをしていて、周りから棟梁と呼ばれている男がいたので、ニールセンやアダムスと図って監督として任せることにして、まず護衛達の家族が雨風を凌げる長屋を優先させてスタートした。

工事が始まり、夢が間違いなく叶うことが分かると、男も女も嬉々として作業に励み、見る見るうちに長屋が出来上がると、ニールセンは次は領主の邸宅をと急かし、自らアンデール達の尻を叩いて、フレイ号でオークニー諸島のカークウォールという町まで何度も出向き、建築資材はもちろん、食糧や食器などの調度品と針や糸、布地など日用品も大量に買い付けてきた。

有能な執事は胸を張る。

「旦那様、何しろ資金はたっぷりとありますからな、大量に買った方が安く買い叩けるってものでございまして、それにモルヴィア家の信用も付きますからな」

商売とはそんなものかいな、やはり儂には不向きだ、ニールセンに任せて正解だったとウイリアムは思う。

「それから旦那様、ご婦人方のドレスなどは、フランス辺りの品がよろしいかと存じますが、フレイ号ではせいぜいデンマークまでしか行けません。より大型の船が欲しいところですな」

「より大型の船とは、ウイックまで送ってもらった、あの王室御用船ぐらいかな？」

「さようでございますな、あれくらいあれば北海の往来は問題ないと思いますが、マストが二本あればさらにスピードも出て、航海日数がその分短くて済みますから、有利かと存じます」

「二本マストな。それだと幾らくらいだろうか？」

ニールセンは空を見上げながらしばらく思案する。

「そうですな、木材の豊富なノルウェー辺りで造らせれば、あの袋一つ分で仕上がるかと存じますが、問題は船よりもいかにして優秀な船長と水夫達を確保するかですな。船という物は、風と人とで動く物ですからな。水夫はこの港の漁師達に声を掛ければ揃うかも知れませんが、肝心の船長が居ないことには……」

「すると船長さえ居れば、後はお前がなんとかできるのだな?」

「はい、その辺は金で解決できる話ですから。しかし旦那様、船長という仕事は、その辺の漁師をつかまえて来て、さあやれと言ってもできる物ではありま……」

ニールセンの話を途中で遮るとウイリアムは言った。

「分かっているとも、難しいんだろ。だが、もうすぐその船長のなり手が、自分から儂を訪ねて来るような気がする」

ニールセンはまじまじと主人の顔を見て、昨夜ベスが悪い物でも食べさせて、その毒がまだ頭に残っているに違いないとばかり主人に訊ねる。

「旦那様、昨夜はよくお休みになられましたか?　もしや、うなされて寝られなかったとか?」

「いや、寝られなかったのは確かだが、それはベッドで妻が」と言い掛けて慌てて、「いや、忘れてくれ。よく眠った。それよりもカークウォールに貿易商が来たら早急に一隻注文しておいてくれないか。名前は、そうだなジェネウェーヴ号とでも名付けるか、最近妻と相性が良くてな」

まるでワインをもう一瓶誂(あつら)えておけとばかりに発注を指示すると、棟梁と打ち合わせがあるから、後はお前に任すと出て行ってしまった。

「そりゃまた、お疲れ様なことで」

ニールセンは、うつろな目で呆然と主人を見送る。

潤沢な資金を使った新天地の建築も順調に進み、重要な建物の目処も経った頃、少しばかり心に余裕のできたウイリアムは、アントニオ司教へ悲惨なる現状を訴え、援助を乞う書簡を送ることにした。

もちろん最初から期待はしていないが。

敬愛する司教様
まず、小生、先日無事にサーソーへ到着した旨をご報告致します。

次に、残念ながら当地の教会は見る影も無く荒れ果てており、雨風さえも凌げぬありさまで、建て替えの必要があると言わざるを得ないことも、合わせてご報告致します。

次に、これも残念なことに、燭台や机、椅子などの、本来在るべき備品は、全て見当たらず、新規調達の必要がある旨を重ねてご報告致します。

次に、建て替えや備品調達すると致しましても、肝心の資金もなく、また寄進を募ろうにも現地の住人の大半は、言葉もろくに通じぬ浮浪者の如き者ばかりで、到底必要な資金が揃うとは思えず、よって、大至急司教様の資金面での多大なるご支援を賜る必要がある旨も、最優先の懸案としてご報告致します。なにとぞ早急なる善処を切望致します。
主と司教様の忠実なる僕、ウイリアム司祭

二ヶ月後に到着した、パースのアントニオ司教の書簡より

ウイリアム・ド・モルヴィア司祭殿
貴職の無事なる到着、主と共に喜んでいる。このような神をも憚らぬ罪深き何者かの所業によって、神の家たる我らの教会が荒廃し、神聖なる備品が盗失した事態を知り、強い怒りを禁じ得ない。早速ながら、再建のために貴職の願いに沿うべく、当地においても寄進を募る活動も予定を致してはいるが、諸般の事情もあり、直ちに対処という訳にもいかぬ部分もあるため、国王陛下とも協議の結果、とりあえず必要と思われる神器を先行して、貴職のもとへ送ることを決し、手配する旨すでに担当職に伝えてある。
異教徒の民を敬虔なカトリックの民へと導くことは貴職の重要なる務めであり、また喜びでもあるはずなので、この困難を主の試練と心得て、一心に布教に励めば必ずや主は、お力をお貸しくだされ、寄進の方もおのずと捗るであろうと推測する。
また、貴職も多事多忙の身ゆえ、以後は何事においても諮問は不要とし、全て貴職の権限と良識に委ねる所存ゆえ、得心して主と共に励むべし。

なお、万事円満に成就の折には、本職はローマの教皇様に貴職の助教（主教代理）への推薦をも考慮している旨を、後々の憶えのために特に書き記すなり。
主の僕であり貴職の友　パース教区司教　アントニオ

追伸　貴職におかれては、ゆめゆめ他の異性の存在に心を惑わせることなく身を律し、ただただ現夫人のみを心より慈しむことを、本職は厳に求むるものなり。

つまり、浮気せずに大人しくしていれば神器をやるから、後は泣き言も言わず援助も期待せずに、お前の才覚でなんとかしろと言っているわけで、あまりにも予想通りの返信にウイリアムと妻は、さぞかし金ピカの神器が送られて来るのだろうと、苦笑するよりほかはなかった。

さらにもう一つ、七月の中頃に届いた別の書簡のことも語るべきだろう。

拝啓　サザーランド伯爵　ウイリアム・ド・モルヴィア閣下
簡潔に申し上げます。
閣下の予想通り、侍従長のランダース殿には、今回の定刻前の出航の件を甚だ問題視され、私が如何に正論を述べようとも、詭弁であり反逆行為だと申すばかりで、王命に従わぬ者は職を解かざるを得ないと、私ばかりか水夫に至るまで罷免されました。また、国内の船主には通達が行き渡り、我々は誰一人として船員としての仕事に就くことは叶わなくなり、路頭に迷う者も出る始末です。そこで、厚かましき願いですが、せめて水夫達だけでも、閣下のお手元に置いて頂けないかと思案の末、かように迷惑なる所信を送らせて頂いた次第です。何卒ご高配賜りますよう、お願い致します。

元船長　オネスト・ジョン　敬具

この書簡こそが待ち望んでいた書簡で、ウイリアムは早速返信をしたためて、ニールセンに、記載されている住所まで直に届けるようにと指示した。その返信の内容は次の通りである。

拝啓　親愛なるジョン船長殿　　貴殿からの書簡を一日千秋の思いで首を長くしてお待ちしておりました。ぜひとも全員でこのケイスネスの地までおいでください。

勝手ながら、もう既に貴殿を船長に迎えるべく、二本マストの商船を建造中で、近々進水の予定となっております。高名な船長である貴殿の他に、熟達した水夫までも揃うとは、神の御恵みに相違なく、ただただ身を震わせております。なお、執事には些少ではありますが、貴殿と水夫達への支度金も持たせましたので、ぜひお役立てください。それでは、このサーソーの地で、一日も早き貴殿との再会を心よりお待ちしております。

貴殿の永遠の友ウイリアム　敬具

こうして、大した苦労もなく、ウイリアムは、大小二隻の船と熟練の船員達を手に入れることができたのであった。このことを、わずか半年前に誰が想像したであろうか？　また、この先どこまで成長するのであろうか？

古ぼけた骨董品のような、なんの変哲もない錫の燭台が到着したのは、一〇月半ばの頃であった。その頃にはもう新教会もほぼ完成しており、礼拝堂にもテーブルや椅子がズラリと並び、当時としては最先端の、聖母マリアと幼きイエス・キリストを描いた明かり窓の色ガラスは、思わず息を呑むほどの美しさだ。パースの司教がこの教会を見たら、きっと腰を抜かして一生立てないだろう。

隣接する領主の邸宅、護衛兵やその家族のための兵舎と厩、アダムスとベスのシンプソン夫婦をはじめとする主だった家族の家屋と、他の使用人達の住まいする長屋なども全て完成しており、真新しい家具や調度品も入り、いつでも住むことができる状態となっている。こうしてサーソー川の河口付近には、掘立小屋がひしめく浜辺とは明らかに隔絶した、本格的で文化的な別世界が出現した。

ここまで完成が早まったのは、ニールセンがオークニー諸島から大勢の大工や石工を大金で雇って来たことと、ウイリアムがなるべくサーソーの住民達を、作業員として雇うようにしたからに他ならない。したがって新領主ウイリアムの人気が上がるのは当然であるが、領主夫人のジェネウェーヴの人気はさらに高く、ノース人の住民達は寄ると触ると、美しく淑やかな奥方様の話題ばかり。

今日も今日とて、「昨日奥方様にお会いしてご挨拶したら、ご機嫌ようってノルド語でご返事を頂いて、そりゃもう嬉しくて飛び上がったわ！　本当に奥方様は賢くて別嬪さんよね」

「うちの母ちゃんなんか、あの樽みてえな体で奥方様の歩き方を必死で真似するもんだから、おいら夜が怖くてよ」

　なぜか知らぬが、亭主共は皆ウンウンと納得して頷く。

「うちの向かいの婆さんなんてね、奥方様が通った後の足跡を拝んでいるのよ！　教会でマリア様を拝んだことすらないくせにさ」

「その話だが、領主の旦那様は今度建った教会の司祭様でもあるってのに、少しも偉ぶったところがなくて、俺達に教会へ拝みに来いなんて一度も仰ったことがない。前の司祭とは大違いだな」

「それよ、あの男は欲深で、俺達の顔さえ見れば、無理やり教会へ引きずり込んで、寄進しろ寄進しろって催促ばかりで、みんなに疎まれていたからな。誰があの世へ送ったかは知らねえが、捕まらなきゃええが」

　そうだそうだと、その場の者達は大いに賛同して盛り上がる。

　ジェネウェーヴ号が、ノルウェーの造船所からサーソーまでの処女航海を終えて、船着き場へ停泊すると、サーソーの住民達は大騒ぎとなった。明日から二日間、この港は飲めや歌えの祭りの場と化すのだ。白い船体と二本のマスト、青い帆にはモルヴィア家の紋章が誇らしく描かれており、どこの国の港へ入っても美しさと優雅さでは、どんな船にも負けはしないだろう。おまけに船長は逞しいが温厚なジョン船長、水夫達も彼を慕うベテランの忠義揃いとくれば、まさに船の前途は洋々である。

モルヴィア家の郎党の人数も今や一〇〇人を軽く超える大所帯となり、その族長とも呼ぶべきウィリアムは、商船を保有するスコットランドでも指折りの大富豪で、気前の良さでは並ぶもの無き領主でもあり、カトリックの司祭でもある。つまり、この地方の行政と神事を彼が一手に握る実力者となったのだ。だが、本人は一向にそのことに気付かず、威張る素振りもなかった。


住民に船を披露する宴を明日に控えて、領主館では主だった面々が揃って午餐を摂っていた。

「それにしても旦那様、私も今回ジェネウェーヴ号に同乗致しましたが、ジョン船長の操船は実に確かですな。ノルウェー沿岸は暗礁が多くて、よほどの経験がないと、案内人なしで航行は難しいのですが、いや実に見事で感服致しましたぞ」

「うむ、確かお前は、船という物は風と人とで動くとか申しておったが、こうしてジョン船長やアンデールを眺めると、まさにその通りだと思う。儂は海や船のことはさっぱりだから、お三方に全て任せるゆえ、力を合わせてたっぷり稼いでもらわにゃなるまいて。儂は欲深だから、早急に二隻目の船を建造して、商船隊を作ってはどうかとも考えておるので、その折はお力をお貸し願いたい」

「二隻目ですと！　まだ一隻目ができたばかりで稼働もしていないのに、どうしてまたそんな途方もない話をなさるので？」

さすがのジョンもびっくり仰天、目と口が真ん丸になる。

「旦那様は人を驚かせるのがお上手でしてね、この私は慣れておりますから、大概のことには驚きませぬが、腰を抜かすお客様も時折おられまして」

何食わぬ顔でニールセンは言い添える。

「ニールセンよ、そんなことより、以前お前は、多めに買った方が安く買えるから得だとか申しておったのではなかったか？　儂は、いつ頃お前が二隻目をねだりに来るのかと心待ちにしておるのだが」

「旦那様、この私がその話を忘れたとでも？　とっくの昔に二隻目も注文してあります」

「おお、そうかそうか、さすがお前だ、抜かりはなかったか。では袋一つ半で二つだな？」

「まあ、そのような勘定になりますかな、しかし前金だとさらに安くなりましてな、旦那様」

私ほどのやり手の執事はおりませせぬとばかり胸を反らす。

ジョンは呆れる、一つ半で二つ？　何の話かさっぱり分からぬ。どうも二隻目の船が遠からぬ先に出来上がると二人は言っているらしいが、まるで二足目のブーツでも買うような気安さではないか？　あの規模の船をそんなに簡単に買うなんて聞いたことがない。しかも執事が主人に内緒で？　どうせ酒の席での与太話だろうが、ホラだとしても途方もないホラだ。

「では、二つ目は、うちの優秀なる家政婦殿に敬意を表して、エリザベス号とでも名付けるか。どうだアダムス、異存はあるまいな？」

「へい、旦那様。あっしに異存なんてあるはずございませんや。うちのやつも目の前で喜んでまさぁ」

「そうか、じゃあエリザベス号で決まりだ。そうすると三つ目はマリアンヌ号という名前にしないと、邸の中が大モメしそうだな？」

英国語がよく分からぬ侍女を横目にウイリアムが茶化す。

「さようでございますとも旦那様！」

ニールセンとアダムスの二人が即座に賛同し、三人でワハハハハと大笑いして盛んに杯を呷ってワインをガブ飲みしている。

この三人は善人には違いないが、どうも揃いも揃って酔っ払うと大言壮語の癖が出るようだから、酒席では少し離れた席に座って、あのバカ笑いに巻き込まれぬようにせねばなるまいと、謹厳実直なるジョンは、密かに心に記す。

そのホラ話が、実は現実の話であると、後々ジョンは知ることになるが、それはノルウェーから二隻目が進水したが、いつ頃引き取りに来るのかと、問い合わせが舞い込んだ後の話である。


翌日の夜明けから、新造船の完成を祝う祭りは始まった。サーソー川のほとりの真新しい町並みの一角に立つ教会は開放され、住民達の見学も許された。礼拝堂の中に入ると、正面の壁際には様々な神器が並べられ、例の古ぼけた錫の燭台もちゃんと鎮座している。明かり窓の色ガラスの美しさと相まって、住民達はそのあまりの荘厳さと広さに声もなく圧倒された。

隅には、ジェネウェーヴのたってての願いで購入されたオルガンが据えられ、いったい何の道具かとばかりに注目を集めている。

野外広場の中央には白いリネンのテーブルクロスに覆われた数十のテーブルと椅子が置かれ、様々な料理と上質のワインが並べられ、子供達は見たこともない菓子に歓声を上げた。

これらはジョンがウイリアムの依頼で、処女航海の折にニダロスの港に立ち寄り、買い揃えた品物であった。特に女達が喜んだのは鳩や七面鳥の丸焼、牛や羊の焼肉など、普段口にできない料理と果物などであり、男達はもちろん、ワインやエールの瓶を見逃さず、早くも飲む前からご満悦だ。

揃いの服を着たメイド達や従僕達が並び立つ中、執事の先導で領主のウイリアム・ド・モルヴィア伯爵が、最新のフランス産のドレスをまとったジェネウェーヴと腕を組みながら登場、マリアンヌとフレイを抱いた乳母のジネットも続いている。その後ろをこれもまた新品の緑色の軍服を着込んで張り切る護衛兵達が、高々と剣を掲げて隊長のアダムスの号令で歩調を揃えて登場、そしてジョン船長やアンデールと水夫達、最後に下男や下女と子供達と、一人残らず広場に集合した。

それに、来賓としてカークウォールの商人達数名が参加している。これはニールセンがウイリアムの一族の威勢を示さんと、特別に招待したのである。まことにもって、気配りの達者な男だ。

そのニールセンがノルド語で本日の披露祭の意義と、領主夫妻の略歴紹介の後、ウイリアムがニールセンから特訓された一夜漬けのノルド語で挨拶をすると、老若男女の居留民達はいたく感激して、空も抜けんばかりの喝采と歓声を送り、宴は和やかに始まった。

午前中、夫妻はカークウォールからの招待客や居留民の有力者達の席へ、通訳としてニールセンを伴っての挨拶回りに忙しく、またしきりにワインを勧められたこともあってか、ジェネウヴェーヴの体調があまり優れない様子に、少しウイリアムは気になっていた。

「ジェネウヴェーヴ、少しばかり体調が悪いようだが、疲れのせいか？　食もあまり進まないようだし、何だったら屋敷で休んだらどうだ？」

少し離れた後ろを、侍女のマリアンヌと、フレイを抱いたジネットが従っているが、やはり二人も心配そうな表情を浮かべている。

「ううん、気になさらないで、あなた。数日前から忙しくてゆっくりと寝る暇もなかったからだと思うの。食事も食べたいと思わない時もあって、マリーも心配してくれるのだけど、ベスも同じように疲れているみたいで、やっぱり私と同じことを言っていたわ。この祭りが終わったら、二人でゆっくりと休ませてもらおうねって言ってるのよ」

「二人とも忙しかったからな。悪いとは思っていたが、儂は何も手伝ってやれずに済まなかった」

「良いのよ、あなた。パーティの準備は女主人と家政婦の大事な務めなんだから」

なんとも仲睦まじき二人に、来賓達はしきりに冷やかしの言葉を掛ける。ジネットの指導のお蔭で、この頃はもうジェネウヴェーヴは、ノルド語での簡単な会話程度はこなせるようになり、ホステスらしく客と軽い冗談を交わして、笑いを誘って座を盛り上げている。

ジェネウヴェーヴがあまり食が進まぬまま午餐を終え、小用を足しに行くジネットからフレイを受け取ってあやしていると、ワッとばかりにサーソーの漁師の女房達に取り囲まれる。

「奥方様、本日はお招き頂き、まことにありがとうございます」

「あんな綺麗なお船は、この歳まで見たこともありませんです、はい」

「お料理のおいしかったこと。うちの子までお菓子を一杯ちょうだい致しましたです」

などと口々に喋り出した。どうも女房達は領主夫人と会話がしたくて、機会を探っていたらしい。

「なんて可愛らしいお顔のお坊ちゃまなんでしょ。特にこの菫色のおメメが素敵で、将来きっと娘っ子達が、坊ちゃまを放ってはおきませんですよ。奥方様」

「困ったことがあったら、遠慮なく言ってちょうだいね。もう奥方様は、うちらの大切な仲間なんだから」

半分ぐらいしか話の内容は分からなかったが、自分に好意を持っていてくれることと、息子を褒められているのは理解できたジェネウェーヴは、もごもご礼を述べる。そして、戻って来たジネットにフレイを渡した途端、ジェネウェーヴの目の前が、突然暗くなった。

周りに居た女達は仰天、突然倒れた領主夫人を囲んで悲鳴を上げると、さらにそれを見た侍女までもが倒れるありさまに、その場は騒然となった。

真っ先にウイリアムが、続いてアダムスらが駆け付け、ジェネウェーヴとマリアンヌはすぐさま邸へと担ぎ込まれた。男も女も全員が心配気に邸を取り囲み、領主夫人の無事回復を神に祈る。

一時間も経ったであろうか、邸の正門に飛び切りの笑顔の領主夫妻と、執事並びに侍女が姿を現し、おもむろに執事が周りを見回して、英国語とノルド語で告げる。

「領主夫人のジェネウェーヴ様におかれては、めでたくご懐妊である！」

一瞬の静寂の後、「ウォーッ」と集まっていた全員が歓呼の声を張り上げ、女達は帽子を打ち振り、男達は足を踏み鳴らして祝福。続いての「なお、侍女の健康も戻った」との声の方は、残念ながらあまり皆の耳には届かなかったようだ。

ジェネウェーヴの懐妊に気付いたのはジネットで、マリアンヌはしきりに自分の不明を詫びる。

「奥方様のご懐妊に気が付かず、申し訳ございません、旦那様」

子を身籠ったことも、いやキスの経験すらあるとも思えぬお前に、分かるはずがあるまいと口まで出掛かったが、彼女の名誉のために、辛うじて頷くに留めた。

こうしてジェネウェーヴ号の完成披露祭は、領主夫人の懐妊祝いに様変わりして、ウイリアムはその場の全員から、肩叩きと握手攻めに遭い、嬉しい悲鳴の上げ通しとなった。


翌日の宴は、夫人の健康に気を配り、寒気を避けて急遽教会の礼拝堂に場所替えとなり、ウイリアムは大勢の参加者を前にして、新築された教会での初めての礼拝を執り行った。パースでの任命式で支給された司祭服を着込み、自信たっぷりの面持ちで、まずイエス・キリストと聖母マリアの名を叫び、後は得意のラテン語を駆使して、明日の天気の予想を、こまごまとひとしきり語り、最後は「アーメン」で締めると、神妙な面持ちで聞いていた住民達も、明日は嵐との彼の予想に、全員「アーメン」と唱和して神に感謝を捧げ、彼の初めての司祭業務は、誰からの文句もなく無事終了した。

そして引き続きハプニングとして、アダムスとベスを除く一同で密かに計画していた、二人の婚礼の儀が始まった。

「ただ今より、アダムス・シンプソンとエリザベス・オーエンスの結婚式を執り行う。両名は司祭の前へ」

ニールセンの宣言に驚いて声も出ないベスと、今更と照れるアダムスを彼の部下の護衛兵達とメイド達が、無理やりウイリアムの前へと押し出す。どこに隠してあったのかいくつもの花束がベスに手渡され、侍女マリアンヌが讃美歌を歌って盛り上げる。

「オッ、なかなか良い声じゃないか？　気絶しか能がない女にしては意外な才能だな」

ウイリアムは心で呟いて、「汝達二人は、罪深くも正式な婚礼の式も待たずに夫婦の真似事をしでかし、まことにけしからぬところだが、これも愛情の深きゆえの過ちと目を瞑り、不問にすることにした。しかし、汝アダムスは畏れ多くも主の御前において、懺悔と共に末永く伴侶を慈しむと誓い、汝エリザベスは何事も伴侶に従い、多くの丈夫な子を産み育むと誓わねば、主とご聖母様は断じて許さぬであろうぞ」

司祭ウイリアムの言葉に、花婿アダムスは真っ赤な顔で、花嫁ベスは嬉し涙に咽びながら誓いを立てて、ウイリアムが「誓いは成った。ここに二人を夫婦と認める」と宣言して、礼拝堂は歓声と拍手の渦と化し、新設された教会での最初の婚礼はめでたく終了した。
後々ベスは孫達に、「あの時ほど驚き、嬉しかったことはなかった」と喜びに満ちた人生の中の特別な思い出を熱く語ったそうな。

午餐の後の余興では、マリアンヌが奏でるオルガンのリズムに乗せて、体調の戻ったジェネウェーヴが「歓喜の舞」を舞う。フランスの軽快な民謡を、マリアンヌがゆったりとしたテンポに編曲し、ジェネウェーヴが振り付けを工夫して、息を合わせて密かに練習を積んだ成果であるが、並居る者達は初めて目にする異国風な舞と恋心溢れる歌に、ただ声もなく見惚れる。

私は貴方の影　　いつも貴方と共に歩くの
たとえ夜には消えるとも　　朝日が昇ればまた一緒
貴方は大きな菩提樹の如く　　雨が降ったら傘となり
私を雨から守るでしょう　冷たい風が吹いたなら
枝を伸ばして葉で覆い　　私を風から守るのよ
さあ雨よ降るがよい　　さあ風よ哭くがよい
貴方が傍に居れば私は負けぬ　　愛があるから私は負けぬ。

貴方は私の命　　いつも私の心に住むの
たとえ無情の嵐が来ても　　嵐に負けずに二人は一緒
私は野に咲くバラの如く　　雪が降ったら雪を割り
笑顔を貴方に見せるでしょう　　冷たい風が吹こうとも
枝を伸ばして葉を広げ　　貴方を風から守るのよ
さあ雪よ積もるがよい　　さあ風よ哭くがよい
私は負けずに傍で貴方を守る　　愛があるから私は守る。

皆が呆然と見入るうちに、歓喜の舞と歌が終わり、息を弾ませたジェネウェーヴとマリアンヌが、四方へ礼をすると、堂内には永遠に続くかと思われる拍手と喝采が爆発した。

「遂に正体が分かったぞ、彼女らは楽聖だ！　妻は間違って人間に生まれて儂のもとに嫁いで来てくれたに違いない！」

ウイリアムが大声で叫ぶと、他の男達も叫びやまず、女達は感激のあまりに涙ぐむばかり。

ジョンもまた驚嘆した。この奥方は稀にみる天賦の才だ。舞と言い、歌と言い、これほど見事に仕上げるとは、こんな女性は見たことも、聞いたこともない。おそらく我が国や英国はおろか、大陸でも誰にも負けぬだろう。それにあの侍女、名前はなんて言ったっけ、そうだマリアンヌだ。彼女のオルガンの腕もまた一流だ。歳相応に円熟している。いや歳はどうでも良い、むしろ若々しくて可愛いくらいだ……。

少しばかり酔ってはいるが、どうも彼にはマリアンヌが好みのタイプに映ったようである。

今はモルヴィア家の使用人となったウイックの元漁師達は叫ぶ。「美の女神」、「恋の歌姫」

サーソーの者達も叫んだ。「美の女神様、恋の歌姫様、風の舞姫様」

以来、ジェネウェーヴの伝説は、ここサーソーの地に定着した。


数日後、サーソーの居留民達の世話役と馬丁頭のエルリックが、領主館を訪れた。まず対応した執事のニールセンと何やら玄関先で話し込んでいたが、やがてニールセンがウイリアムの居間へ来て来客を告げる。

「旦那様、ただ今居留民の代表の方が旦那様に願い事があるとかで参っておりますが、お会いになられますでしょうか?」

「おお、会うが、先日の礼ならばわざわざ来なくても良かったのだが」

「いいえ旦那様。もっと重要な件かと存じます、彼らにとってはですが」

「何事かな?　客間へ案内しておいてくれ、儂もすぐ出向く」

「もう既に案内してありますので、恐れながらお早く」

全く手回しの良い男である。

ウイリアムが客間へ入ると、エルリックが初老の男を紹介する。

「旦那様、こちらが私の親戚で皆の取りまとめ役をしているハールドでございます」

ふむ、エルリックの親戚とな。そう言えば顔つきが似とるわいと思いながら、挨拶をして訊ねる。

「今後ともよしなに、ハールド殿。で、今回わざわざお運びのご用向きは？」

「はい、領主様。ありていに申し上げれば、ウイックに居た漁師達は、領主様のお計らいによりこの国の国民となったと耳にしたのですが、もし事実ならば私共サーソーの漁師達も同様のお計らいをお願いできませんでしょうか？　いや、ぜひともお願いしたいと存じまして、こうして寄らせて頂いたわけです」

自由民と言えば聞こえは良いが、要するに誰の保護もなき浮浪者だ。確かな身分は何よりの憧れだ。

「おお、その件なれば、いずれこちらから出向くつもりであったが、何しろ町造りに手間を取られて延び延びになっており、申し訳なかった。もちろん儂は国王陛下より全権を委任されておるから、皆が希望すれば、スコットランドの国民として正式に居住を認められる。ただし、エルリックから聞いておろうが、条件がいくつかある」とウイックの漁師達に述べた条件を提示した。ハールドは、

「では、明朝必ず」と喜び勇んで帰って行った。

翌朝、広場には寝たきりや遠出中の者を除く、ほぼ全員が集まっていた。総数で四〇〇名近くにもなろうか。輝ける未来の到来を夢見て、瞳を輝かせている。当然だろう、これからは宿無し達の集まりではなく、正式な領民として裕福な領主の保護を受け、使用人となれば賃金をもらえる上に、税を猶予され快適な住まいまで提供されるのだから。

急遽、世話役に任ぜられたハールドが声を大にして、「皆、話は聞いて承知だな」と叫ぶと、全員から「おうっ！」との同意と歓喜の声が一斉に上がり、サーソーに巣食っていた自由民達は一挙に立派なスコットランドの国民と化した。

「旦那様、明朝私は世話役のハールド殿と共に、日用品や住宅用の資材を買い付けにカークウォールへ行って来たいと存じますが、よろしいでしょうか？」

「フフッ、お前のことだから、もう既にアンデールに船を用意させているのだろう？」

「なんと！　旦那様はご賢明でいらっしゃいますな。正にその通りでございます。では他にご用がなければ、奥方様と礼拝堂にて英国語の指導に参りますので」

「そうか、それも大事だな。済まぬが、ジョン船長に、手隙だったら会いたいと伝えてくれぬか」

「承知致しました。たぶん船員希望の漁師達を訓練しているのでしょうが、すぐ参るよう伝えます。ベスには客室の方へワインでもと申しておきましょう」

ウイリアムが客室でワインの香りを楽しんでいると、ジョンが入って来た。

「お早うございます、閣下。至急のご用だそうで？」

「おお、船長。忙しいところ済まない。急用と言うわけでもないのだが、実は貴殿と最近話をする暇がなくて申し訳なかった。何か希望でもあればお聞きしたいと思いましてな。それに、少しご意見も伺いたかったゆえに、ニールセンには手隙のときで良いからと、申したつもりだったのだが」

「さようでしたか。ではせっかくですから、申し上げたきことがございます」

「うん、何なりと」

　ウイリアムは椅子とワインを勧めながら続きを促す。

「まず、これからは貴殿とか申されるのはお止めください。できればジョンと」

「いや、それではあまりに……」

「いいえ、ぜひともジョンと」

「承知した。それではジョン、他には？」

「私の方からはそれだけですが、閣下の方から用件があるのではございませんか？」

「うん、正直に申せば、私は貿易の仕組みは全然分からぬから、貴殿に、いやジョンには何の指示もできぬ。したがって今後は全てジョンの経験と才覚を頼りとする他はない、それをまず詫びておきたい。その上で聞きたいのだが、貿易を行って金を稼げと申してはみたが、そもそもこの土地には他国へ売るような物がとれるのだろうか？　これからそのような産品を作るのでは到底間に合わぬのではないのかと気になってな」

「まさにそこですな閣下、正直この土地でとれる物といえば魚ですが、それを塩漬けに加工すれば少しは売れるでしょう。しかしここだけに産する特産品とは言えませんから、足元を見られて安く買い叩かれて利益はおそらく出ますまい」

　ジョンの言葉にウイリアムは少し肩を落とした。

「そうだろうな。それではどうすれば良いのだろうか？　儂のためと言うよりこの土地の住民みんなの希望の光を消したくはない。何か策はあるのか？」

ああ、この男は善人だ！　本心で皆の生活と幸せを心から願っている。かつてそんな男がこの国の貴族の中におっただろうか？　私が惚れた男だけのことはある、自分の全ての力を尽くして閣下に仕えねばなるまいと、決意しながら彼は言う。

「閣下、ございます。ある国で不足している品々を、違う国から仕入れて持って行き販売するのです。これを三角貿易と申しましてな、言わば他人の持ち物を別の欲しがっている人間に売ってその利ざやを稼ぐわけで、相手をする国が多ければ多いほど儲かる仕組みです。ただし、その国ごとに信用のおける窓口が必要となります、どの国では今何が足りぬのか、そしてそれはどの国で安く仕入れられるのかを、事前に知っておかねばなりませんからな。ですが、それはこのジョンにお任せください。長い船乗り生活のお蔭であちらこちらの国の港に知り合いがおりますから、役立ってくれるでしょう」

自信に溢れるジョンの言葉に、ウイリアムは思わず立ち上がりジョンの肩を抱いた。

「ジョン、その話が聞きたかったのだ。その言葉でもう皆の喜びと幸せは約束されたようなものだ！いや、この儂も今晩から安心して眠れるというものだ。そなたこそ我が氏族の財産だ、勝手に儂のもとから離れることは許さんぞ」

謹厳実直で冷静なジョンも涙を抑えることはできない。

「お約束致します、閣下。命ある限りお仕え致します」

「頼むぞ、ジョン。ついでながら聞いておくが、先ほどそなたが申した、港々に知り合いが居るというのはご婦人のことではあるまいな？」

「いえ、とんでもなきことです。御用船時代は、そのような浮わついた話はご法度でして」

「それは建前だろう。いや、独り身のそなたに女の一人や二人おらぬ方が可笑しいと思うのだが、実は最近そなたが妻の侍女のマリアンヌを見る目が少し気になってな」

「あっ、いえいえ決してそのような不純な気持ちはございません」

「ほう、そのようなとは、どのような意味であろうかな？」

「ですから、そのう、マリアンヌ殿をどうこうしようとか」

「ほう、どうかしたいのか？　それともしたくないのか？　その目は儂にはしたがっているように見えて仕方がないのだが」

　ウイリアムの目は、既に笑い放しだ。

「いえ、たとえ私にその気があったとしても相手のある話ですし、それに万が一このことが奥方様や、マリアンヌ殿に知れたら、明日から私はお二人のお顔がまともに見られません」

　意外や意外、ジョン船長は謹厳実直なばかりか、ウブだったとは。冷や汗まで掻いている。

「ククク、何を言っているのやら。そなたの目くばせに最初に気付いたのは私の妻だ。妻曰く、マリーは私の母代わりだから、船長が本気ならばいくらでも応援するが、不埒な心で弄ぶつもりなら首か心臓かどちらか不要な方を頂きたいとのことだが、そなたにはどちらも大事だろうと思ってな」

「奥方様は、お見通しでしたか。確かに私は首も心臓もマリアンヌ殿も、すべて失いたくはありませんが、あの方には私が直接気持ちを伝えたいと存じます」

「もちろんだとも、ただ問題が一つある。マリアンヌは英国語が不慣れだから、そなたの気持ちが巧く伝わるだろうか？」

自分がフランス語が苦手だから、余計に心配しているようだ。

「そのことならば、お任せください閣下。ダテに私は船乗りをしていたのではありません、周りの国々の言葉なら大抵の会話はできます。そうでなくては御用船の船長など到底務まりませぬ」

「なんと！　そこまで優秀だったとは。これではますますそなたを手放せぬ、去ると言うならこの儂に首か心臓を残して行くがよかろう。今晩でも早速そなたのフランス語がちゃんとマリアンヌに通じるか晩餐に付き合って試してみろ。いいや、否やは許さぬぞ」


こうしてジョンは無理やり伯爵家の晩餐に顔を出すことになったが、暖炉の火が赤々と燃える正餐室には、驚いたことに正装をしたウイリアム夫婦と、これまた正装して真っ赤な顔で俯いている侍女マリアンヌのほか、なぜか執事や家政婦それに護衛隊長まで顔を揃えて、慣れぬ正装にて席に着いており、全員ジョンの顔と口に注目している。

ウイリアムの神への祈りの後、全員でワインの杯を干し、和やかに宴が始まると思いきや、いきなり厳しい表情をしたジェネウェーヴの質問攻めが、ウイリアムの苦手な早口のフランス語で始まった。

これはもちろん、会話能力の査定などではない。娘が母親の求婚者に、なぜ求婚する気になったのか説明してみせろと責め立てている図だ。ジェネウィェーヴが口角泡を飛ばし、その横でマリアンヌは恥ずかしさのあまり縮こまって、足元の床の節穴を何度も繰り返して数えている。

ジョンが淀みなくフランス語で返答していくうちに、ジェネウィェーヴの表情が柔らかくなり、言葉も滑らかに落ち着いて来た。

「あなた、船長はどうやら本気でマリーに惚れてしまったみたいよ。マリー、あとはあなたの気持ち次第よ。あなたさえ良ければ、彼はこの場で跪きそうな勢いだけど、どうするの？」

すでに真っ赤になっていた侍女の顔は今にも燃えてしまいそうで、一言も喋れそうには見えない。

「分かったわ、娘同然の私がお返事するわ。それで良いわよね？」

マリアンヌはかろうじて小さく頷くことしかできない。

「オネスト・ジョン船長、私の侍女であり母代わりでもある、マリアンヌ・ボルデウォンは、今この場に居る証人の前にて永遠の愛を誓って頂けるなら、これからの人生をあなたと共に歩きたいそうです。ただし、もしマリーを泣かせたらこの私が許しませんことよ。さあ、どうされますか？」

もちろん、ジョンは素早く椅子から立ち上がり、マリアンヌの手を取って立ち上がらせて、うやうやしく跪くと、「マリアンヌ・ボルデウォン、生涯をあなたの幸せのために捧げ、命を懸けてあなたを守ります。どうか私の愛する妻となって頂きたい」とプロポーズした。

マリアンヌは立ったまま何も答えられずに、ただモジモジとするばかりだったが、ジェネウィェーヴに脇腹を小突かれて、「ウィ」と小さく答えると、そのまま気を失って床に崩れかける。

ああ、またもやマリアンヌのお得意の技が飛び出たかと、ウイリアムが駆け寄るが、その前に素早くジョンが抱きかかえて、「彼女の寝室はどこでしょうか」と問う。目を潤ませたベスが、「私がご案内します」と先導して部屋を出ていくと、フーッと溜息を漏らしながらニールセンが言った。

「旦那様、どうやら、あの二人の新居を早急に建ててやらねばならなくなりましたな。式はそれからにしますかな、それとも先に済ませますかな？」

「それはまあ、二人の熱の程度によるが、式の最中にマリアンヌが産気付いても困るしな」

「二人とも律儀者でやんすから、案外早く子ができるかも知れませんぜ。ほれ、律儀者の子沢山て言葉もありやすからね」

アダムスの名解説に三人は腹を抱えて大笑い。

「嫌ねえ、男って。もっと真面目にマリーのことを心配してやってくださいましな。本人は笑い事ではなくてよ」

そう言うジェネウェーヴ本人もすでに笑っている。


それやこれやで、二人のたっての希望もあり、五日後礼拝堂にて二組目の結婚式が執り行われることとなった。

その前夜、新婦のマリアンヌに、いわゆる〝初夜の心得〟を伝授する役はジェネウェーヴの役目となり、顔を赤くした彼女が、一五歳も年上のマリアンヌに告げる。

「いいことマリー、明日のお式が終わったあと、ジョン船長とジェネウェーヴ号の船室のベッドに二人きりで眠るのよ。いえ、そのう、厳密には眠るのではなくて横になるだけなんだけど、まあ大した違いはないわよね。そうして横になっていると船長が疲れただろうって体を撫でてくれるはずなの。それはそれは気持ち良く撫で回してくれるわ。だからあなたは、いいえ結構です、なんて言っちゃだめなのよ。男はとても繊細な生き物だから、断られると生きていけなくなる人も居るらしいから。ジョンが死んじゃったら困るでしょ？　だから素直にウィと言ってあげてね。そうしてあなたは寝たふりをしていれば、あとはジョンがいろいろな方法で疲れを揉みほぐしてくれるわ。まあ少々恥ずかしい所を揉むことがあっても、驚いてはいけないわ、身体に効く自然なことだから。いいわね、決して断らずにジョン船長に全て任せるのよ。そしたらそのうちに朝が来るから」

　マリアンヌは少し怖そうだ。

「ミニョンヌ、ミニョンヌも旦那様に身体を揉んでもらったの？」

「うん、まあそうね。私の場合は特別に体が硬かったらしくて、主人は寝室に三日も居続けて、一生懸命に全力で撫で回してくれたわ」

　そう言って白を切るジェネウェーヴの頬は、もう真っ赤だ。

　一方、領主館ではジョン船長が仲間の男達から苛められていた。明日、教会で立っていられるのかと思うほどエールやワインを飲まされ、船室まで歩けるのかと思うほど、また飲まされる。

『魂胆は分かっている、みんな俺が初夜に酔い潰れて大恥をかけば良いと思っていやがるんだろ』

そう分かっていても、つい飲んでしまう。それほど仲間達の祝福が嬉しかった。その酒攻めの拷問はベスが箒を振り回して乱入し、ジョンを救い出すまで続いた。

婚礼の当日は冬には珍しい晴天で、二人の幸せな人生を予感させる婚礼日和だった。ウイリアム司祭の型破りな式辞も無事に終わり、ニールセンがどこからか高価な指輪を出してきてジョンに渡し、彼が新妻の指に嵌めると、女達が花を撒き散らしながらワッとばかりマリアンヌの周りを囲み、男達はジョンの肩を叩き握手攻めにする。

そして、圧巻はやはり〝風の舞姫〟ジェネウェーヴの舞であろうか。マリアンヌの教え子の一人がオルガンを弾き、そのリズムに乗って海色の舞衣装を着た彼女が、両手の鈴を振りながら礼拝堂の床を滑るように舞い踊る。少年や少女達が声を合わせて祝い歌を英国語で歌う。もちろんジェネウェーヴの仕込みで、なかなか本格的である。

素晴らしき祝いの舞、素晴らしき祝いの歌。感激屋のマリアンヌの目には涙が溢れて、今にもお約束のあの芸が出そうである。

宴も終わり参列者のやんやの喝采の中、二人が向かうは船着き場に停泊しているジェネウェーヴ号の船長専用船室。その船室のバケツには、ベスの配慮で焼け石が何個か入れられて、室温は心地よい暖かさとなっており、ベッド脇の籠にはこれもベスの心尽くしのパンやチーズ、高級ワインや甘味菓子まで入っている。椅子に畳んで置いてある薄物の下着や部屋着は、たぶん奥方からの贈り物だろうとジョンは二人に感謝する。

「マリアンヌ、疲れたろう?」

来た、来たわ！　ミニョンヌの言った通りだわ。ここで私は断っちゃダメなのよね、彼には長生きしてもらわないと。

「ええ、どうか遠慮なく撫で回してください」

「エッ、撫で回すって?」

なんとも奇妙な答えに、ジョンの目が丸くなり、恥ずかしさのあまり頬を染めたマリアンヌが、小さな声で付け加えた。

「はい、あなたを亡くしたくありませんから」

「私が死ぬ?　どうして私が死ななきゃいけないのか教えてもらっても良いだろうか?」

「まあ、あなたはご存じないの！　こんな大切なことを知らぬ殿方も中には居るのね。いいですか、お式の後の初めての夜に私がお断りすると、あなたは失望のあまり息が絶えてしまうらしいのですわ。そんな目に遭いたくないでしょ?」

私の新妻は、式の前に何か悪い物でも食べたに違いない、それで魂がまだ幻想の世界か、夢の中を彷徨っていて、この世に戻って来ていないのだろう。ここはひとつ妻を興奮させずに話を合わせて、その空っぽの胸に魂を呼び戻さねばなるまいとジョンは考えた。

「マリアンヌよ、確かにそなたの言う通りだ。そなたに私の願いを断られたら、私は悲しみのあまり死んでしまうやも知れぬ。どうか何事も断らないで欲しい」

ボン・デュー、ようやく夫も思い出してくれたようね、良かった普通の殿方で。次はベッドに横になって大人しく待つのよね。

ジョンは、何の不安もなさそうに天井を見上げて横たわった妻の姿を目の前にして、少し眩暈を感じた。まだどこか変だ。まるで教科書でも読んで、懸命に学習して来た女学生のようではないか？

そこで「えーと、妻よ、次に私はどうすれば良かったのかな？」と訊ねてみた。

「ですから、先ほども申し上げましたように、私を撫でるのですわ」

「最初にどこから撫でるのだろうか？」

「さあどこからかしら？　そこまで詳しくは存じませんの。ミニョンヌの、いえ奥方様のお話では、夫たるあなたが詳しくご存じのはずだと」

ここまで聞いて、ジョンはようやく理解した。私の妻は生娘で、たぶん奥方から例の〝新妻の心得〟を聞いて、純情一途に実行しているのであろう。私は幸運にもそんな女性を娶ったのだ。

「おおそうだった。段々思い出して来たぞ。だが妻よ、その方法には実は個人差があってな、私の場合は、まず口づけから始めるのだよ」

えっ、そうなの。個人差のことまでは聞いてないけど、考えてみれば当然よね。ああそうだったわ、確かミニョンヌも、何事も相手に任せるようにとも言ってなかったっけ。

「そう言えば、何事もお任せするようにと……」

新妻は少し頬を赤らめながら頷く。

「そうか、安心した。それとな、しきたりでは、撫でるときには、そのドレスも脱いでもらうことになっておる、服の上からでは撫でたり揉んだりしても効果がないのでな。もちろん、そなたが恥ずかしくないようにロウソクの灯を消して暗くしてからだが」

初夜の心得に多少色付けしても奥方は怒るまいて。

「エーッ、ドレスを脱ぐのですか？」

「うむ、しきたりゆえにな。それにそなたが脱ぐのではなく、この私が手伝わねばならぬのだ。そうでなければ、縁結びの神がお怒りになるらしい」

まあ縁結びの神がお怒り？　それならば仕方がないわね。第一お断りなんぞしたら、この優しげな夫が息絶えてしまうかも知れないし……。

「では妻よ、私も完全に思い出したゆえ横になるぞ」

ロウソクの灯を吹き消して、明かり窓からの淡い月の光を頼りに、疑う心を持たぬ妻の唇に自分の唇を重ねる。甘い香りを放つ妻の唇を存分に味わいながら、髪を優しく撫でると、初めて妻の口から吐息が漏れ、両の腕が彼の背をかき抱いた。

サーソー川の河口の船着き場に浮かぶジェネウウェーヴ号を、いたずら者の冬の風と波がゆらゆらと揺らす。もうすぐ春を迎えるとは言うもののまだ風は冷たいが、ベスの心尽くしの熱気を放つ焼け石のお蔭で、春の日なたのように暖かい褥には、一糸まとわぬジョンとマリアンヌの腕が絡み合う。

全身に唇を這わせられ、乳房や太腿の奥の恥ずかしい部分を撫でられて、歓喜の声を上げながらマリアンヌは自分が自分でないような、空を飛んでいるような気がしている。

「少しだけ痛いかも知れぬが、すぐに治まるから我慢してくれ。きっと神の祝福もあるはずだ」

ジョンが再び唇を合わせると、マリアンヌの奥まった部分に、何か硬い物を感じたと思った瞬間、弱い痛みが襲う。「何だか少し刺激が強すぎるようですから、あまり力を入れないでください」と言うつもりが、夫の唇に塞がれているので、「ン〜ン〜」と言う声しか出ない。

その声を都合よく解釈して一層奮い立ったジョンは、妻の首筋と耳朶(じだ)を軽く甘噛する。そのあまりの快感に思わず身が震え、マリアンヌの腕と脚は自然に夫の背に絡みつく。

頃合いを見てジョンが妻を気遣いながらゆっくりと腰を揺らすうちに痛みは徐々に薄れ、最初は小さな心地よき波が、徐々に大きなうねりとなってマリアンヌの腰の辺りから頭の先へと、何度も何度も繰り返し襲う。

そのうねりが寄せる度にマリアンヌの口からは喜悦の声が漏れ、次第に大きくなって行き、やがて全身が痙攣して、甘く切ない叫びと共に途切れ、同時にジョンの腰の動きも止まり、船室は舟縁(ふなべり)を打つ波の音だけが静かに繰り返す静寂に包まれた。

「ほらね、神の祝福があっただろ」

だが、その夫の優しき労わりの言葉も、既に気を失っている妻の耳に届いたかは、大いに疑問ではある。


春、サーソーの港をジェネウェーヴ号を先頭に、フレイ号、エリザベス号の三隻が船隊を組んで、住民総出の盛大な見送りのなか出航した。黄色の帆を張った新造姉妹船エリザベス号の船長は、ジェネウェーヴ号の副長リチャードがジョンの推薦で任命された。司令船ジェネウェーヴ号とエリザベス号にはノルウェー北部のエルネスの港で、ニールセンが安く買い集めた木工品や毛皮、そして貴重な琥珀などを満載し、フレイ号にはサーソーの近海でとれたタラやニシンなどの干し魚や塩漬けの大樽を満載して、アンデールの懸命な操作で、なんとか船足の早い二隻の間で頑張っている。

もう一つ特別な荷物として、ジェネウェーヴ号の船長用船室には船団司令夫人のマリアンヌが里帰りのために乗船していた。

マリアンヌは、ジェネウェーヴの両親に来訪を促す手紙と多額の支度金を届け、一ヶ月後の船隊がサーソーへ戻った折は、貧乏貴族のはずの彼女の両親は、大勢の親族を引き連れ、新調の派手な衣装と金ピカの装飾品を身に着けて、賑々しく愛娘のもとを訪れたのである。

妊娠中にも拘らず躍り上がって喜んだジェネウェーヴは、両親に駆け寄り、涙の笑顔で抱き付いて、家族との再会を喜ぶのであった。

今回の初貿易で得た利益は莫大なものとなった。これらは各船の船員達の活躍も大きいが、なんと言ってもジョンの個人的コネクションが功を奏したと言うべきであろう。そして何よりも重要なことは、次回以降の貿易の原点である、物産の仕入れと販売を司る北海沿岸の各拠点の確立の目処が立ったことである。

「この海域をしっかりと押さえておけば、いずれ大西洋や地中海方面へ乗り出すにしても重要な足掛かりとなります」これは今回の貿易成功の祝宴で発したジョン司令の言葉であった。

当主ウイリアムを始め、列席の面々は惜しみない賛辞と喝采を、各船長や水夫達に送り称えた。

ウイリアムの意向により幹部はもちろん、見習いの水夫達まで役向きに応じた慰労金がその場で配られ、またロープを編んだ女達、浜で魚を干した年寄りや子供達に至るまで、賃金を手にしてサーソーの家々は歓声に包まれた。

「失礼ながら婿殿、貴公が我が娘との婚礼に初めて来られて、お顔を拝見したときは、正直申して、これほどの才覚をお持ちのお方とは露ほども知らず、まことに我が身の不明を恥じ、また娘の幸せを喜んでおります。その上、このように女子供に至るまで賃金を支払うなど、我がノルマンディー公国では聞いたこともござらぬ。いや、まことに尊敬に値するお方じゃ」

遠縁で義父のギルリオン男爵の真摯な礼賛の言葉に、ウイリアムは瞑目して亡父エドワードの溌溂とした顔を思い起こしながら答える。

「義父上は、亡き我が父エドワードをご存じでしょうな？　覇気に満ちた男であったと私も記憶しております。私は最近まで父と違う学問の道を歩んでおりましたから、義父上にはさぞ物足りなくお感じになったことでしょう。しかし、昨年ウイリアム陛下より破格の抜擢を頂き、この土地の全権を委ねられたからには、この命に代えてもご期待に添わねばなりません。亡き父ほどの器量もございませぬが、私は変わらざるを得ないのです。幸いにも周りには父の遺産とも申すべき優秀な執事や、友情厚き船長方、それに屈強な護衛達が居てくれますから、この先なんとか凌いで行けるとは思いますが、できれば義父上にもお力をお貸し願えれば、この上なき喜びです」

　何と心のこもった返答であろうか。相手を立てながら自分の地位と立場をそれとなく伝える技は、やはりランダースの、いや、もはやそれ以上の技と言っても過言ではあるまい。現にその言葉を聞いた義父ピェール・ド・ギルリオンと義母アリエル、そして妻までが、袖で目頭を押さえている。

「ド・モルヴィア卿、いや婿殿。その件でござるが、ぜひとも我ら一族に婿殿のご支援をさせてはもらえぬか。と申すのも、恥ずかしい話だが、あの王母アリエノールのお蔭で、我ら一族は心ならずもヘンリー王の臣下同然に成り下がり、さまざまな屈辱を味わっておる始末。いっそ今の領地を売り払い、フランドルの地へでも移ろうかと話し合っている。どこか港に近い土地でも見つけて引っ越せば、婿殿のお役に立つこともあるのではなかろうか？」

　彼はアリエノールとヘンリー王の婚姻によって、ノルマンディー公国内の彼の領地が、心ならずもヘンリー王の管轄下に置かれてしまったことを、ずっと嘆いていたのだ。

　ウイリアムは何気なさを装い、ニールセンとジョンやアダムスに目を遣ると、三人とも目で賛意を告げる。

「ほお、義父上。それはまた願ってもなきお話ですな。確かにあの辺りならば、このケイスネスやサザーランドにも近く、何かと都合がよろしい。しかし、義父上。今の土地を手放す必要はありませぬぞ、その土地と邸はそのままにしておけば、また必要となる時もあるやも知れませぬ。要は義父上とご一族が一年の大半を住めるだけの別邸が建てばよろしいわけですな」

「それはそうだが婿殿、今の我々にはその別邸を建てる資金が……」

　寂しそうに語るギルリオンを制して、「少しばかり言葉が足りませんでしたな。たとえば義父上の孫のフレイが将来住むのに充分な規模の邸を建てて、義父上とご一族がその邸でいつの日かフレイと共に暮らせるよう管理をして頂きたいと申し上げるべきでした。むろん義父上には、邸の管理手当はもちろんのこと、使用人の経費一切も息子である私が支払わせて頂きます。またご一族の中で貿易の仕事に興味のあるお方は、些少ではありますが給金を払わせて頂きます。そのように致せば、義父上の男爵としてのご身分はこの先もずっと安泰でございます」

「お父様！　夫の申す通りになさいませ、そうすればいつでも私やフレイに会うことができてよ」

　傍らで聞き入っていたジェネウェーヴが思わず横手から父を急かす。

「婿殿、ぜひともそのようにお取り計らいくだされ。これ以上もなき嬉しきご提案で、感謝の申し上げようもございませぬ。これからは婿殿と孫のために精一杯力を尽くしますぞ。まだまだ国内には私の知己が大勢居りますから、存分に腕が振るえそうで、その日が待ち遠しい限りです」

「では義父上、金に糸目はつけませぬゆえ、早速フランドルの港近くで適当な土地と大工達を捜す手配をお願いできますかな？　もしそう願えれば、義父上の孫のフレイも喜びましょう」

「もちろんでござる。こうなったら今晩にでも船で送ってもらわねば」

腰を上げかけるのをジェネウェーヴが笑いながら止める。

「お父様ったら、子供みたいに喜んで！　悪いことは申しませんから、ゆっくりとなさいませ。船の準備もありますし、お母様だってもっと長く居たいに決まってますわ」

「分かった分かった。あまりそなたを怒らせると、腹の子に障るからな。じゃが明後日までじゃ、婿殿の気の変わらぬうちに、逃げてしまわねばなるまいて」

そして頃合いを見た彼は、脇へと娘を呼び少し口調を改め、周りに聞こえぬように小声で告げる。

「娘よ、儂はまことに得難き婿を得たようだ。先代も豪気な男ではあったが、当代は桁違いじゃ。先だってはひと財産以上の支度金をくれ、今回も考えられぬほどの支援を、儂に恥をかかせまいと巧みな口上を考えてくれて、平然としておる。そなたの兄弟達では到底あの婿の足元にも及ばぬ。儂はあの婿のためなら何事でも引き受けるぞ」

その後しばし瞑目していたが、「今だからそなたに申すが、一族を存続させるためとは言え、そなたを金でモルヴィア家に売ってしまったという想いが、ずっと儂の胸に残っており、そなたの顔をまともに見ることが辛かった。じゃが、こうしてそなたの嬉しそうな顔を見れば、そなたが幸せなことは明白じゃ。やはりあのときの儂の決断は正しかったと思って、儂もお前の母親もこれで安心して、心置きなく国へ戻れるわい」と、晴れ晴れとした顔で告げた。

「お父様。仰るように、私はこの上なく幸せですわ。昔はお父様を恨んだことがないとは申しませんが、今は夫と私を結び付けて頂いたことを心から感謝しております。どうかご安心くださいませ」

父と娘は、初めて心が通じたかのように、さめざめと涙を流し固く抱き合うのであった。

さて、数日後に行われた幹部会では、この件でさまざまな意見が出た。

口火はやはりニールセン、「旦那様、先だってのフランスのご一族様の件は、まことによろしゅうございましたな。かの国における確かな窓口はいずれ必要でしたから、ちょうど良き折でした。それに邸が完成すれば、当分はフランドルが本拠地と皆が勝手に勘違いをしてくれますので、こちらは大いに動きやすくなると言うものです」

「うむ、そのような利点も確かにある。使用人の幾人かはここサーソーの住民から募るつもりだから、大陸で腕を試したいという若者や娘が居たら、声を掛けてくれないか」

「はい、もう既にジョックに命じて希望者を募りましてございます。現在四、五名ほどが名乗りを上げております、旦那様」

「なんと素早い。お前なら来年の天気まで分かるのではあるまいか？」

「ご冗談を。せいぜい半年先ぐらいです。旦那様」

「そうか…。で、ジョン司令。次の航海はいつ頃の予定だ?」

「はい、ニールセンの親父殿とも相談しておるのですが、来月には仕入れ先でも品が揃うようなので、その時期かと」

「頼むぞ。水夫達の腕は上がったかな? 数は足りておるか?」

「はい、元々は漁師ですから、なかなか飲み込みは早いですね。数はもう少し欲しいところですな」

「なんとかなりそうか? 近いうちにマリアンヌ号を誂えるつもりだから、急いだ方が良いぞ」

「マリアンヌ号? それは一体なんのお話でしょうか? 以前にもそのような冗談を耳にした気が致しますが、まさか本気で三隻目を発注するおつもりではないでしょうな?」

「ニールセン、司令が冗談だと申して居るが、あれは冗談だったのか?」

「とんでもございません、旦那様。この私はご婦人と船については、嘘や冗談など申したことはございませんです。それが証拠に三隻目のマリアンヌ号は、もう既に半分ほど出来上がっておるそうです、旦那様」

「素晴らしい! でかしたぞ、よくやった。それで三つ目は何色の帆にしたんだ? まさか黒ではあるまいな?」

「黒は次なる船に。今回は赤でございます、旦那様」

「赤か。ふむ、案外似合うかも知れぬな。青、黄、赤、遠くからでもいくつ目の船かすぐ分かるからな。素晴らしいと思わんか、アダムス？」

「へい、あっしは兵服と同じ緑色の方が好きなんですが、ようがす奥方様のお腹の子が女の子なら、その嬢ちゃんの名前を四つ目に付けて、帆は緑色ってことで手を打ちゃんす」

「おお、それなら今のうちにジェネウェーヴに、よくよく頼んでおけば娘を産んでくれそうだぞ」

席をわざわざ遠くの椅子に替えて、何かブツブツ言っているジョンを横目に、また三人揃ってワハハハハと大笑い。全く平和な一団である。

「それはそうとアダムスよ、兵達の訓練は捗（はかど）っておるのか？」

「へい、なんとか剣と弓は使えるようになりやしたが、なにせ馬が足りねえものですから、馬術の方はさっぱりでがす。兵の数も今のところ六〇人くらいでやんすから、せめて一〇〇は揃えねえと、万が一の場合は護り切れねえでがす」

「ふむ、フランドルの警備にも二〇名は要るだろうしな。アダムスも大陸勤務の希望者を探っておいてくれ」

そして、あちらの椅子でふてているジョンを横目で見ながら、困り果てたように大声で言った。

「それと馬か。馬ならアラブ馬が良いそうだが、何か良い案はないかな？　これぱっかりはニールセンもお手上げだろうし、本当に困ったことだなあ！」

咳払いして厳かにジョンが口を開く。

「閣下、その件なら私がお役に立てるかも知れません」

「なんと、我らがジョン司令ではないか？　そなた、今までどこに中座しておったのだ？」

「お気付きでないかも知れませぬが、最前から、ずっとこの場におり申した」

「おお、そうだったのか。護衛兵の話に集中しており、気が付かなくて申し訳なかった」

「いえ、もうその件は。アラブ馬のことですが、イベリア半島の港に私の親戚が移り住んでおりまして、イスラムと交易致しておりますが、当然、馬も扱っておるはずなので、一度文をしたためてみましょう。もしかしたら何頭か都合してくれるやも知れません」

　やや胸を張っているのは気のせいか？

「なんと、さすが我らが司令官、顔が広くて頼りになる男ではないか。なあニールセン」

「さようでございますとも、旦那様。今回はマリアンヌ号をいきなりお見せして、司令と奥方のマリアンヌ殿を驚かそうといささか先走りましたが、せめて司令だけでも一声掛けておけば、もっと良かったかと反省しております。たとえば帆の色とか、水夫の補充とか」

　老獪なる執事ニールセンは、場の空気を一瞬で読み、ジョンを立てて喉元を擽（くすぐ）る。

「いや、色は赤でよろしいのではないかと。妻が厭だと申しても、私が赤が好きだから赤にすると押し通して否やは言わせませぬ。必要な水夫達も現地で奥方様の父君に手を回してもらえば、どうにでもなるかと」

　どうやらジョンの機嫌はたちどころに直ったようだ。やはりウイリアムとニールセンの方が一枚も二枚も役者が上か。

「おお、そうしてくれるか司令。今から色を変えれば値が上がりそ……、いや忘れてくれ、値よりも納期が遅くなるからな。急いでイベリア半島へ向かい、馬を揃えねばならぬのに」

「急いでと申されても閣下、まだ買うと決まったわけでは」

慌ててジョンは言う。

「そうであった、そうであった、先走りはまずい。値段はおおよそ一頭いくらかな、司令？」

「はい、牡馬と牝馬では違いますが、銀貨で二、三〇〇マルクくらいで融通してもらえそうかと」

「安いではないか？　ではニールセン、牡馬と牝馬で二〇頭ずつ買おうか？　どうだ、それで良いかアダムス？　司令もマリアンヌ号の初仕事として、それまでに準備可能かな？」

「よろしゅうございますとも、旦那様」

ニールセンとアダムスは同時に最敬礼。ジョンはウイリアムの果てしなき財力に改めて圧倒され、

「承知致しました、閣下」と我知らずのうちに頷いていた。

（ちなみに当時マルクは欧州域内では有力な基準通貨で、一マルクはおよそ銀一〇〇グラム程度）

こうして七月には前回同様、ジェネウェーヴ号、フレイ号、そしてエリザベス号の三隻で第二回目の交易。初秋の九月には新造なったマリアンヌ号がフレイ号と入れ替わり、姉妹船同士での第三回目の交易に出航した。ジェネウェーヴの侍女をジネットに譲り、家庭に入ったマリアンヌも自分の名が付けられた出航セレモニーに、やや膨らみが目立つ腹部を気遣いながら、輝くばかりに幸せが溢れる

笑顔で臨席。夫に「あなたのおっしゃる通りね、赤い帆が特に素晴らしくて、白い船体にとても似合うわ。あの時は文句を付けてごめんなさい」と囁いたそうな。

以後、二本マストの高速姉妹船団は、手慣れた北海を縦横に駆け巡り、ジョンの案による多国間取引も順調に捗った。

当主のウイリアムは、今回も惜し気もなく貿易の利益を、働いた住民の一人ひとりに、たとえ少額でも行き渡るべく配慮したお蔭で、ウイリアムに忠誠を誓わぬ住民はただの一人とて居なかったが、ニールセンやジョン達の巧みな隠蔽により、本拠地はフランスのフランドル港、船団のオーナーはフランスのギルリオン男爵らしいという程度の噂しか広まらず、北の果てへと追いやられたウイリアムとの関連に気付く者は、スコットランドの国内では一人として居なかった。


民心と収入が安定したサーソー住民の各家庭には、続々と子供達が増えていった。領主の周りにおいても例外ではなく、冬も近づいたある日、ジェネウェーヴは娘を出産し、北欧神話のフレイの妹に因みフレイヤと名付けられた。続いてその翌月、家政婦ベスが同じく娘を出産、ウイリアムによってカーレンと名付けられ、そのまた二ヶ月後に、今度はマリアンヌが娘を出産し、再びウイリアムからマリオンと名付けられ、以後三つ子の姉妹のように育てられた。

「旦那様、あっしの言った通りでやんしょ。フレイヤ嬢ちゃんがお生まれになったからには、フレイヤ号の帆の色はお約束通りに緑色でお願いしやす」

幹部会の席でアダムスが茶化す。

「アダムスよ、そなたがそのようなことを申すから、この儂はまた四つ目を注文するために財布をはたかねばならぬではないか」

見るからに嬉しそうにウイリアムは小言を言った。

ニールセンが仏頂面で進言する。

「すると旦那様、五つ目はカーレン号、六つ目はマリオン号と名付けねば、邸の中に嵐が吹き荒れて、血の雨も降りそうですな」

「それはまずいぞ、血の雨は困る。ここはぜひともニールセンの言葉に従わねばなるまいて」

三人、いやジョンも加わった四人は、またまたワハハハハと大笑い。ワインを杯になみなみと注ぎ、互いに掲げ合って祝杯を揚げた。ご承知のように、会議での大笑いは全て現実化する。一年後にはちゃんと船が三隻増えて二個船団となり、サーソーとフランドルに一船団ずつ配置された。

ニールセンが三人の「孫娘」から片言で「じーじ」と呼ばれたときのニールセンの顔と言ったら、それはもうご想像の通りであり、彼が遠出した際の土産は、全て孫娘達への玩具であることは、言うまでもないが、血の雨を避けるべく、どれもすべて同じ品であることだけは記しておく。

第六章　一一八八年一月「フランドルの虹色船隊」

こうしてウイリアム達がサーソーへ来てから早や三年と半年が過ぎた。今やサーソーの河口には当時としては近代的な住居、倉庫や店舗などもどんどん出現していた。浜辺には何ヶ所かの船着き場や荷揚げ場が築かれて、オークニー諸島やヘブリディーズ諸島を始め、アイリッシュ海沿岸のウェールズやアイルランド、大西洋上のアイスランド、北海対岸のノルウェーなどからの交易船が入港する、立派な港へと変貌しつつあった。

住民達はニールセンやジェネウェーヴの努力で、皆会話程度の英国語と習慣を身に付け、もはやどこへ出しても通用するスコットランドの国民であるが、普通の国民と違うところが一つある。それは、彼らが忠誠を誓っているのは国王でもパースの司教でもなく、領主のウイリアム・ド・モルヴィア伯爵とその令夫人であることだった。

さらに隣接するサザーランド北部のクラスクの入り江にも、サーソーほどの規模ではないが桟橋や倉庫なども築かれ、監理小屋や警備駐屯所、および住民の住居や幹部用の別宅なども建てられ、船団の避難港として利用され、領主の助役としてハールドが家族や親戚と共に常駐している。

驚くほどの短期間でここまで発展できたのは、なんと言っても氏族一丸となって事に当たる団結力と、番頭格の三人組が知恵と汗を出し合って頑張った表れであろう。

しかし、その年の秋、ウイリアムの領主としての力量が問われる事件が勃発した。南部の山岳種族であるピクト人の最大氏族内部の抗争である。

抗争自体は、どこにでもある話で、氏族長である父の死去に伴う兄弟間の争いだが、現状を固持したい兄と、多少なりともサーソーやクラスクの発展を見聞きして進歩を求める弟が共に引かず、近隣の氏族をも揺るがす紛争に発展してしまったらしい。

氏族内では改革派の弟の意見に同調する若者が多いが、近隣の氏族長らが慎重派の兄に肩入れして、一触即発の状態にあり、弟が顔見知りだったアダムスに加勢を依頼してきたのだ。

アダムスから報告を受けたウイリアムは、急遽ハールドを招き、幹部会を開いた。

「ハールド殿、遠路ご苦労でした。状況は既にアダムスからお聞きと思うが、私としてはどちらの側に肩入れをすべきか、またどこまで立ち入って良いのか判断が付かず、貴殿のご意見を伺いたいと思いましてな、こうしてご足労願った次第です」

「アダムス殿よりお聞きした限りでは、事態は切迫しておりますな。私としては今後のこともあり、弟側に肩入れすべきであると考えます。しかし、兄側とも断交はまずいですな。高地への足掛かりとして、後々のためにも我々としては、ぜひとも残しておきたい存在ですからな」

「なるほど。では、弟を族長として立てて、兄は追放しろと?」

「そうは申しておりません。勢力としては兄側が優勢ですから、他の案を考える必要があります」

ハールドも判断が付きかねる様子だ。

しばし熟慮の後、ウイリアムが言った。

「それならば弟を我らの一員として受け入れて、新族長の兄とも友好を築く策しかあるまいな」

「なるほど、それが上策かと存じますが、果たして二人が納得して、巧くまとまるでしょうか？」

「それは助役殿の腕の見せ所ですな、お手並みを拝見させて頂きますぞ」

「エッ、この私が交渉の矢面（やおもて）に立つのですか？」

「当然です、儂はピクトの民の言葉を知りませんでな。ただ、傍らで御身の盾となってお命は精一杯お守り致すゆえに、憂いなくお励みくだされ。時にその兄の好みとかはご存じですかな？」などと、兄弟の性格や好みなどをハールドから根掘り葉掘り聞き込み、翌早朝の出発を告げた。


翌朝、諦め顔のハールドが集合場所へ赴くと、そこには槍兵や弓兵など総勢三〇〇人ほどの兵士が隊列を組んで待機しており、先頭には領主の専用馬車が、数十騎の軽騎兵達に周囲を護衛されてハールドを待っているではないか。さらには氏族への贈り物であろうか、何やら珍しき品々を満載した荷馬車まである。動転したハールドが這うようにして馬車に乗り込むと、驚いたことには華やかな衣装に身を包んだジェネウェーヴの笑い顔まである。

「お、奥方様まで同行されるのですか？」

少しばかり震え声でハールドが訊ねる。

「そうなんですのよ。ハールド様。主人から儂一人で行くのは怖いから、そなたも一緒に来てくれと、泣いて口説かれましたの。主人は見かけによらず臆病者ですのよ、ハールド様にお助け願わないと何もできませんの。面倒を見てやってくださいましね」

輝くばかりの美しき笑顔で、そう柔らかく頼まれて、駄目だと言える男など居るだろうか？　悪魔だっていちころで忠実な奴隷と化してしまうに違いない。

「どうかご安心ください、奥方様。不肖、このハールドが一命を賭しても、この交渉をまとめ上げてご覧に入れますです、はい」

「んまぁ、なんて頼もしきお言葉でしょう。ねえ、あなた」

「その通りだ。ハールド殿にお任せすれば、何事も悪かろうはずはないわ。我が一族の知恵袋だ」

ハールドも知恵袋には違いはないが、誰が見てもこの場合の一、二番は、ウイリアムとジェネウェーヴだろう。

翌日の昼頃、数百人のモルヴィア軍は、氏族の集落地へと入り、兵は幾重にも展開して領主夫妻の馬車を包んだ。ウイリアムは馬車を降りると妻とハールドのみを従えて、おそらく兄が支持者達と立て籠っていると思われる氏族長の館へと向かった。

ハールドが扉を叩き、ピクト語で来意を告げるが返答がない。おそらく、既に大軍の来襲を察知して、中で縮こまっているのであろう。ジェネウェーヴが周りを見回すと、あちこちの小屋の窓や戸の隙間から、女や子供達が怖々こちらを覗いている。そこでジェネウェーヴは兵達を遠ざけると、ハールドに、「美味しいお菓子や、おもちゃをどっさりと持って来た。欲しい子は出ておいで」と優しい声で触れ回らせ、ジェネウェーヴが地面にそれらを並べて振りかざして見せると、まず小さな子供達から一人、二人と集まり出した。そのうち母親や年寄り達も集まって来て、広場は子供や母親達の歓声に包まれた。

ウイリアムは頃合いを見はからって、ハールドを通じて長老達に語った。

「ご挨拶が遅れたが、儂は国王陛下からサーソーの港の治安を任されている者です。仲良くして頂いている皆様方の氏族が、他の氏族から攻撃を受けそうだとの連絡があったので、こうして皆様方をお守りするために駆け付けました。氏族長は既に亡くなったとお聞きしたが、後継者のお方と今後のお付き合いについてお話をしたいので、ぜひともお取り次ぎ願えぬだろうか？」

長老達は、しばしの間仲間内で話し合っていたが、やがて代表の者が館の戸を叩き中へと入って行った。子供達は、なおも玩具の取り合いをして、はしゃぎ回っている。ようやく扉が開き、先ほど入って行った長老の代表が、明らかに不満顔の三〇歳前後の実直そうな男を伴っている。男は言う。

「この軍勢は何のためだ！　叔父の話では、我々を守るためという話だが、魂胆は見えているぞ、油断させて皆殺しにするつもりだろう。そうは思い通りにさせるものか！」

「何を申されるか。そんなつもりなら、こうして大切な妻など連れてくるものか。そなたの父上が亡くなったのを機に、周りの貪欲な氏族がそなたを亡き者にしてこの土地を狙っていると聞いたから、日頃のよしみでこうして力を貸しに来たのではないか、そこを勘違いされるな」

「周りの氏族が俺達を狙う？　誰がそんな途方もない嘘をお前達に伝えたのだ？」

「そなたの弟が、そのことを見破って、我々に伝えて来たのさ。仲の良い兄弟を離反させ、潰し合ったあと、悠々と乗っ取るのは昔から卑怯者の手口じゃないか。だが、我々は違うぞ。だからこうして兄弟の仲を取り持とうとはるばるやって来たのだ」

　男は考える、そう言われれば戦には不似合いな女も居るし、それも今まで見たこともない別嬪だし、子供や女達も喜んでいる様子だし、敵ではないのかも知れぬ。だが、弟が俺と仲良くしたいと言うのは本当だろうか？　もし本当なら少し考えても良いかも知れぬが、いったいどこに隠れているのだ？

「あの派手好きの弟はどうしたんだ？　一緒ではないのか？　その女のスカートの陰にでも隠れているのか？」

「ハハハ、そなたは冗談が言えるのか。しかめっ面ばかりしておるから、笑いを知らぬのかと思ってしまったぞ。ここには居ないと申されるのか？」

「三日ほど見ておらぬわ。だが行き先の見当は付く、女の所さ。それればかりか母親まで連れて隠れているのさ。今晩にでもひっ捕まえに行くつもりだ」

「それはいかんな。せっかく女と楽しんでいるのに可哀想じゃないか。ここはひとつ兄貴らしいところを見せて、一緒にしてやると言うのはどうだ？」

「母親が泣くから命まで取る気はない。一緒になりたければ勝手にすればよいが、ここには置くつもりはない。顔も見たくない」

「おお、それでは仲間共々儂にくれぬか？　いや、人質にするのではないぞ。そのような元気の良い若者なら、船にでも乗せて存分に腕を振るわせてやりたいと思ってな。そなたが返して欲しいと言えば、いつでもお返しする条件でどうじゃ？」

　ウイリアムが訊ねると男は答えた。

「本気で言っているのなら、その方が本人や氏族のためだが、一〇人、二〇人の話ではないぞ。少なくともこの氏族の若者の半数近い人数になるが、それでも良いのか？」

「大いに結構。もっと大勢でも構わぬぞ。だが、問題が一つある。弟達が抜けると、残ったそなた達の力が弱くなるから、周りの欲深どもに狙われやすいが、そこのところはどう考えるのだ？」

　男はしばし瞑目して答えた。

「確かに一理ある。今までは親父殿のお蔭でどの氏族も我々を狙ってこなかった。しかし、今後も和平が続くとは限らぬ。俺に死んだ親父殿のような確かな後ろ盾があれば良いのだが、今すぐにとはいかぬからな」

　ウイリアムは少しばかりこの男を見直した。ちゃんと自分の弱点も把握して将来を見据えている。よし、決めた！

「ハハハ、よおく周りを見てみろ、もう既にそなたには、儂らという強固な味方が付いているではないか。明日までには周りの氏族の全てが、その事実を知ることになる。そのための軍勢派遣だと承知してもらいたい」

　ここで初めて出兵の真の目的を男に伝えた。男はそれを聞いてようやく得心、初めて顔に笑みを浮かべる。

「貴公は凄い人だ、弟達の話から商売のやり手とは聞いているが、しょせんは強欲なスコットランド人の一人に過ぎぬと思っていた。貴公のような人が居るのなら、スコットランド人と付き合うのも悪くはないかも知れぬ。これからはいろいろな相談に乗ってもらっても良いだろうか？」

「なんと、それこそ儂らからお願いすべき話、儂らはこの辺りの山のことは何も知らぬでな、いろいろと教えて欲しいのじゃ。その代わりこの氏族の安全は末代まで保証する。本日この場から儂とそなたで同盟を結ぼうではないか。儂が説明するから、早速弟達を呼び戻すがよかろう」

「では領主殿、俺のことは今後はモルガンと呼んでください」

「おお、それでは儂のこともウイリアムと。先ほどからそなたがチラチラ見ておる妻はジェネウェーヴとお呼びくだされ。サーソーの港町には別嬪がたくさんおるから、一度モルガン殿も遠慮なく儂の邸へ遊びに来てくだされよ。別嬪は選り取り見取りじゃぞ、ワハハハハ」

　最後はお得意の大笑いで締めて、事件は一人の犠牲者を出すこともなく解決。結果、一五〇人近い元気な若者がモルヴィア勢に加わり、この後、サザーランドの南部山岳地帯においては、モルガンの氏族が強固な同盟の下、防衛の要となってくれたのである。

　この事実は大きい、万が一、南方から山伝いに攻め込まれても、モルガンが中心となって得意の山岳戦で潰してくれるのは間違いないであろうから。

　その月の幹部会ではその件が報告され、単に道案内と通訳の役柄しかこなさなかった特別参加のハールドは、当主から交渉上手と目一杯持ち上げられた。

「いや、今回はハールド助役殿の活躍で大成功だった。もしもハールド殿が居らねば、道も分からず言葉も通じずに、散々な目に遭う所だったぞ。皆も彼の功績を称えてやってくれよ」

　既に実情を充分に承知している面々だが、その言葉に促され杯を揚げて拍手を送る。

「旦那様、助役殿はクラスクでの大事な仕事が山積みでしょうから、そろそろ解放して差し上げましょう。ハールド殿、奥方によろしくお伝えくだされ。また近いうちにお目に掛かりましょう」

「おお、そうじゃハールド殿。妻のジェネウェーヴがそなたに会いたがっており申した。貴殿のピクト語通訳の才能をお借りして、何やら山から下りて来たピクトの人々に、英国語を教育する手助けを願いたいとか申しておった。ぜひ、妻と会って協力してやってもらえぬだろうか」

　ハールドは快諾して、ジェネウェーヴと打ち合わせるべく退席する。

「旦那様、南の守りが固まったのは本当にようございましたな。一滴の血も流さず平和を築く旦那様のお手並みは、誰も真似はできますまい。同盟を組んだモルガンも、その弟のマーカスも非常に喜んでおりましたぞ。それとジョックの計算ではわが方の人数は優に一〇〇〇人を超えたとか。もうハイランドでは並ぶものなき大勢力となりました。めでたきことと存じます、旦那様」

「ふむ、一〇〇〇〇人か。住民の皆に不満がなければ、数はどうでも良いが、その辺はどうかな？」

「はい、住まいも整っていますし、収入も安定しておりますれば、住民の不満など聞いたこともございません。めでたきことには、川縁の畑では昨年から、麦やキュウリやニンジン、カブなどの野菜も採れ出しましたし、あと二、三年もすればリンゴも採れるはずです」

「おお、リンゴとな、妻の好物だから喜ぶぞ。地中海でも欲しがるだろうか、ジョン？」

「リンゴは地中海でも大人気の果物です。リンゴ酒にすれば飛ぶように高く売れますぞ」

「なんと、リンゴ酒にして売り出すとな、それでは妻の口には入らぬのか？　それはまずいぞジョン、もっと苗木を買い込んで植え付けねばなるまいな、ニールセン」

　答えを予想してウイリアムが問う。

「もう既に二〇〇株ばかり誂えております、旦那様」

　心もちニールセンの胸が反っている。

「まったくもって、そなたの知恵には頭が上がらぬわ、長生きしろよニールセン」

「はい、孫娘達が産む子の顔を見るまでは、元気で居りますとも、旦那様」

「その意気じゃ。ジョンの方は何かないかな？　いきなり六隻になってしまったが、まだ足りぬとあらばいくつでも注文するぞ。水夫はどうだ、数に不足はないか？」

「いやいや、船も水夫も、この先一〇年は充分でございます、閣下」

「寂しいことを申すではないか。ノルウェーの船大工が暇で泣いてしまうぞ」

「船大工よりも私が泣きたいです。これ以上仕事が増えますと、妻の機嫌を取るのも大仕事かと」

「おお、マリアンヌがなあ。そう言えば二人目はまだか？　やはり作る暇がないのか？」

「ご明察の通りでございます、閣下」

「それはいかんな。儂の責任となってしまうではないか。道理でマリアンヌの儂を見る目が、何やら恨めしそうな気がしておった。フランドルの義父上に頼んで、妻とベスの分も含めて最新の衣装を三着ずつと思っていたが、そなたの奥方だけこっそりと二着ほど増やしておくか。しかし、この話は最重要の秘密情報だから、くれぐれもベスには漏らすなよ、もしバレたら儂の杯の内側に毒を塗り付けられて、儂は神に召されるやも知れぬからな」

「旦那様、残念ながらその秘密情報とやらは、もう今晩にはこのアダムスの口を通じてベスには漏れてしまうでやんす」と、すかさずアダムスがこの戯言に参加する。

「なんと、アダムスではないか？　そなたいつの間にその椅子の上に載っておるのじゃ？」

「へい、最初からこの椅子をあっしの尻で温めておりやんした」

「すると、三着が五着の話も、もしや聞こえておったのではあるまいな？」

「へい、あっしには耳が二つも付いておりやすから、しっかりと聞こえておりやんした。あとはもうあっしのこの口が、嫁に真実を語るのみでござんす」

「それは一大事じゃぞ、アダムス。明日の朝餉を食って死ぬのはごめんだから、儂は妻とベスにもう二着ずつ買い増しせにゃならぬではないか。なんと哀れな儂の財布よ」

「ご愁傷さまです、旦那様」

三人揃って頭を下げて爆笑し、茶番劇の杯がさらに躍った。


そんな、ある日のことである。フレイ号の船頭のアンデールが、極めて妙な話をウイリアムのもとへ持ち込んで来た。

「旦那様、先日私がノルウェーの船大工の所へ親父殿を乗せて行った帰りに、スタヴァンゲルって港へ立ち寄ったときの話なんですがね、船着き場にいた皺くちゃの婆さんが駆け寄って来て、この船は行方不明になった息子の船だ、船は要らぬから息子を返せって泣き叫ぶんですよ」

ウイリアムはたちどころにその老婆の語った話の真実性を察した。

「ほう、それは奇妙な話だな、その息子のことは、なんぞ申しておったか？」

「はい、なんでも数年前に特別な客をオークニー諸島まで送るとか申して、船出して以来帰らぬらしくて婆さんはずっと息子の帰りを待っているらしいです」

「ふむ、哀れな話じゃ。その哀れな婆さんの連絡先などは聞いておるのか？」

「連絡先も何も、その船着き場の横手に掘っ立て小屋を建てて住み着いてますよ。息子の嫁と子供らは近くの教会で下働きをしているそうです」

ウイリアムは瞑目する。一家の大黒柱を失えば、遺族の暮らしぶりは想像に余りある。

「もしや、儂が息子をサーソーへ連れて来るのに雇った船の船頭が、何か知っていたかも知れぬが、既に海賊に殺されてしまっているから、ニールセンと相談して、何か考えてみよう」

「はい、私もそんな気がしていたものですから、よろしくお願い致します」

　ウイリアムは早速ニールセンを呼んだ。

「ニールセン、どうもフレイ号の元の持ち主の母親が、いまだに海賊に殺された息子の行方を捜しているらしい。不憫でならぬゆえ、船の評価額程度の弔慰金を出そうと思うが、どうだろうか？」

「アンデールの話ですな、私も彼から聞いてそんな気がしておりました。旦那様」

「では、額はお前に任せるから、息子さんは海賊に襲われて亡くなったようだが、ご遺体は地元民が丁重に葬ったと婆さんを慰めに行ってくれるか？　未亡人らの面倒も頼む」

「承知致しました、明日にでもアンデールとへ行ってまいります、旦那様」

「頼んだぞ。それから一つ訊ねても良いか？　先日ノルウェーの船大工の所へ行ったとアンデールが申したが、また儂の財布を軽くするような話ではあるまいな？」

「おや、早くもバレましたか。アダムスや司令とも諮って、そろそろ船団護衛用の武装船が必要かと思いまして注文に参りましたのです、旦那様」

「おお、武装船か？　それはまた勇ましや。誰にも負けぬ頑丈で大きな船だろうな？」

「それはもう、旦那様の好みにぴったりの大きさでございます、旦那様」

　ウイリアムの性格を熟知している優秀なるニールセンは、したり顔で報告する。

「ふむふむ、そうか。もう一つ増えるのか、なんとも楽しみじゃぞニールセン」

「いえいえ、船団は二つですから、武装船も二つでございますぞ、旦那様」

「おお、そうかそうか。ではまた水夫をどこぞから募らにゃならぬの」

「その話でございますが、あれからあちこちの氏族の若者達が、我も我もと町へ駆け込んでまいりまして、皆元気な者達ばかりですから、半数はアダムスの兵にして、残りはジョン司令直属の海兵にでもしようかと存じまして、このような処置を取ったのでございます、旦那様」

「なんと、そのような事情があったたか。儂は何も知らぬゆえ、そなたには苦労を掛ける。では、名前は同盟氏族長殿に敬意を表して、モルガン号と名付けてくれ。二つ目はギルリオン号とでも名付けて、妻と義父を大いに喜ばしてやるとするか。それと、いずれはその造船所も買い込んでしまえ、お前の説ではその方が安くつくのだろ？」

「おお、まことに結構なご判断でございますな、旦那様」

そして、その話は、年を跨がずして、たちまちのうちに実現した。


スコットランド国王ウイリアムとその取り巻き連中はまだ知る由もないが、彼らの嘲笑の的であるウイリーは、北の果ての貧乏領主の仮面を外せば、国王の数倍もの裕福な資産を有し、また〝ギルリオンの虹色船団〟の通り名で海外の貿易商から厚い信頼を得ている、フランドルの貿易企業の陰のオーナーでもあった。しかも、その資産たるや、年々増加の一途を辿っているのだ。

貿易も民政も順調で、ようやく少しばかり気持ちと時間の余裕ができたウイリアムは、パースの旧宅の管理を任せている学者仲間のアライアスをサーソーに招くべく、文をしたためる。

親愛なる心の友アライアス殿　一別以来、文をしたためる気持ちの余裕とてなく、永らくご無沙汰を致しておりましたが、ようやくわずかずつながらも、領主としての仕事にも慣れてまいりました。つきましては敬愛する貴殿との旧交を温めるべく、サーソーの拙宅へぜひお越し願って、親しく語り合いたいと存じ、執事と船を差し向けますので、何卒よろしくお願い申し上げます。なお、事情はお越し頂いた折にご説明致しますが、勝手ながらこの度は内々のお誘いとさせて頂きますので、その点重々お含みおきください。

貴殿の僕　ウイリアム

返書はたちまち届いた。

敬愛するウイリアム・ド・モルヴィア伯爵閣下殿　貴殿よりの書簡、何年も首を長くしてお待ちしておりました。この度、貴殿の書簡を拝見して、安心すると共にご招待の儀、謹んで受けさせて頂きます。小生は毎日することもなく過ごしておりますれば、いつでも執事殿を差し向けてくだされば、結構かと存じます。語りたき話も山積しておりますれば、何よりも貴殿との再会を楽しみに致しております。

貴殿の弟にして僕でもある　アライアス・マクレガー

一〇日後、フレイ号でサーソーの港へ着いたアライアスが、初めて目にした光景は、未開地と聞いて想像していた風景とはまったくかけ離れた繁栄ぶりだった。立派な船着き場には何艘もの大型商船が停泊しており、倉庫や住居、商店などがずらりと立ち並び、つい一昨日出航したダンディーの港と同等かそれよりも活気に溢れている。人口もおそらく二〇〇〇人は居るのではなかろうか。何やら外国語を話す船員達も大勢見かけ、間違って大陸の港町へ来てしまったのではないだろうかと思って、執事のニールセンに確かめようとしたとき、懐かしいウイリアムと美しい細君の顔が見えた。

「おお、わが友よ、よくぞこのような田舎まで来てくれた。道中不都合はなかったかな?」

「アライアス様、お久しぶりでございます。主人がご無理を申して来て頂いたようで、申し訳もございません。とりあえず私共の住まいの方へお越しくださりませ」

「奥方様は、相も変わらずお美しい。と言うか、より若々しくて見違えるばかりだ。それにウイリー、この港の賑わいは一体どういうことなんだ? ここは間違いなく辺境のケイスネスなのか?」

「まあ、積もる話は後でたっぷりとな、ニールセンもご苦労であったな、疲れているのではないか?」

「いえいえ、旦那様。まだまだこの程度では疲れませせぬが、孫達に会えぬのが寂しゅうございましたです、旦那様」

「おやおや、執事殿にはお孫さん達がたくさんおいでで?」

「はい、アライアス様。同い年の孫娘が三人おります」

同い年の孫が三人? 首を傾げながら馬車に乗って領主館へと向かった。この領主館も聞いていた掘立小屋とはまったく違う豪奢な造りで、ポーチには家政婦のベスが待っていた。

「まぁ、アライアス様。何年ぶりでしょうか、本当にお久しぶりでございますわ。以前下働きをしておりましたベスでございます」

「ベスは今や我が家の家政婦様だ。おまけに馬丁のアダムスを亭主に捉まえて、いつも尻の下に敷いておる」

「旦那様！　そのようなでたらめをアライアス様に仰るのなら、杯に例のアレを塗りますよ。アライアス様、私が無理やりに嫁にさせられたのですよ。そこのところをどうか誤解なきように」

そう言いながら、ベスが扉を開けると、ずらりとメイド達と下僕達数十人が整列して控えており、床にはイグサの代わりに板が張られ、テーブルの周りにはペルシャ産と思われるぶ厚い絨毯が敷かれて、壁際にはウイリアム好みのイタリアやギリシアの見事な彫刻が並んでいる。これが貧乏伯爵の掘立小屋？　嘘だろう。奥方のやつれた様子もない幸せそうな顔といい、この邸の豪奢な造りといい、聞いていた噂とは天と地の差があるではないか、何がどうなっているのだ？

「アライアス、今宵は歓迎の晩餐だ。それまで客間でゆっくり休んでくれ。パースの話や学者仲間の消息を聞きたいし、儂の方からの報告や、頼み事も山ほどあるからな」

今すぐ詳しく訊きたい様子が有り有りのアライアスの様子に、「あとでゆっくりと」と目で制してウイリアムは言った。

晩餐は七時から始まった。アライアスがジェネウェーヴに腕を組まれて正餐室に入って来ると、当主ウイリアム、両脇のアダムス夫妻とジョン司令官夫妻が揃って出迎える。ウイリアムは親友の肩を叩きながら、あらためて皆を紹介して、「ニールセン、そなたも今宵は執事の役を見習いのジョックに譲って、共に楽しめ。知らぬ客でもあるまいし、無礼講といこう」

「さようでございますか、では私も遠慮なく料理を摘ませて頂きます、旦那様」

「うむ」との声に合わせてベスが合図すると、メイドや従僕達がテーブルに隙間なく料理やワインを並べ、宴は始まった。

当たり障りのない歓談の中、侍女のジネットが幼な顔の残るフレイと、よちよち歩きのフレイヤの手を引き、客への挨拶に入室した。

「おお、来たか来たか。ライアス、こちらが息子のフレイと、娘のフレイヤだ。フレイ、儂の親友のアライアスおじさんにご挨拶しなさい」

「アライアスおじ様、ご機嫌よう」

はきはきとした声で挨拶する子の瞳は、ちょっと珍しい菫色だ。

「フレイ殿、お父上の友人のアライアスです、どうか見知っておいてくだされ」

アライアスも丁寧に挨拶を交わし、続けてフレイヤの手に軽く口づけをする。

「このフレイヤは、ニールセンの孫娘でもあるらしい。ニールセンがそう言い張るのだから、間違いはあるまい」

ニヤニヤと笑いながらウイリアムが言う。

「さようでございますとも、まだ他にマリアンヌ殿が母親のマリオン、ベス殿が母親のカーレンという名の孫娘がおります。アライアス様」

ああ、そう言うことかとアライアスが得心して、もう一度フレイヤの顔を眺める。こちらは母親の瞳と同じく海色で、髪は輝く金色だ。顔の造りが母親似なら将来は絶世の美女となるだろうが、残念ながら父親似ではなあ……。しかし、あの男の子の顔立ちと瞳は誰の血筋だ？　あの信じ難い世間の噂は事実なのか？　それに奥方も承知しておるのか？

ウイリアムは友の不審顔を読むと、ジネットに子供達を連れて下がるよう言った。

「ライアス、君の疑問に答えよう」と周りを見回す。もうこの頃はジョンもマリアンヌから真実を聞かされており、その場の全員が無言で頷く。

「ライアス、君の思っている通り、息子は妻の子でも、まして儂の子でもない。先のノルウェーの内戦で討ち死にした前王の忘れ形見に間違いはないだろう。ノルウェーを辛くも脱出したが、運悪く船頭達は海賊に殺され、母親も虫の息で、儂と妻が見付けたときは既に手遅れで、子供の名前だけ言って息絶えてしまった。だが、儂ら夫婦は死ぬ間際の母親に、その子を立派に育て上げると約束したから、儂の庶子として生まれたが、認知してジェネウェーヴに嫡男として育てさせていると偽の噂を流して、世間を欺いているわけだ。お蔭で儂はスケベ学者と陰口を叩かれているがな」

ワハハと笑うが周りは気の毒そうに俯く。

「アライアス様、真相が公になれば、あの子の命が狙われます。どうかご内聞に」

ジェネウェーヴが涙目で訴える。

「もちろんだとも、口が裂けてもこの私から漏れることはない。主と聖母様に誓うゆえ、ウイリーも奥方もどうか安心して欲しい。しかし、高潔な男だぞウイリーよ、ますます君が好きになった。私もご子息の成長に力をお貸ししたい。協力して欲しいことがあればなんでも言ってくれ」

「そう言ってくれるのを期待していたのだ、ライアス。実は二つほどあるのだ。まず一つ目は今ライアスに管理してもらっている儂の旧宅の管理を、今後も引き続きお願いできぬだろうか？　二つ目は万が一、儂が早世した折は、フレイが爵位と領地をすんなりと相続できるように後見してもらいたいのだ」

そう言ってウイリアムはアライアスに例の王命書を見せた。アライアスは一読して言った。

「ウイリー、これだけのしっかりした王命書があるなら、誰もフレイの相続に文句は付けまい、心配のし過ぎではないのか？」

伏魔殿である王宮の実情に疎いアライアスならではの返答であるが、今のウイリアムはそこまで王宮を信用してはいない。

「確かにその王命書を読めば、そのように書いてあるし、王印も押してある。しかし、王命書という物は、王本人に遵守する意思がなければ、無きに等しい。その証人がここにいるジョン司令だ。ジョンがその王命通りに行動して、どのような目に遭ったのか、彼の話を聞いてやってくれ」

　ジョンが王や侍従長のランダースから受けた非情な仕打ちを事細かに話し、最後にその仕打ちのお蔭でウイリアム閣下に拾われて、今は望外の幸せを味わっていると締めくくると、アライアスは天井を仰いで嘆息した。

「なるほど、よく分かりました、ジョン殿。確かに守る意思あっての協定です。私個人の力など小さいが、万が一の場合は学者仲間を総動員して、この王命書の正当性と正義の意義を世間に訴え、令息が必ず相続できるように動こう。ウイリーの望みはそこだろう?」

「ライアス、その通りだ。では、フレイとフレイヤが成人するまでに儂が死んだなら、二人の後見人になってくれるか?」

　アライアスが快諾すると、ウイリアムはもう一つの重大な秘密を明かした。

「ライアス、君はフランドルの〝ギルリオンの虹色船隊〟の噂を聞いたことはないか?」

「聞いたとも、なんでも何艘もの商船を保有し、北海はおろかアイリッシュ海やノルウェー海を縦横に駆け巡り、手広く交易を繰り広げているフランスの新進気鋭の貿易企業らしいぞ。その船隊がこのサーソーにも来ることがあるのか?」

　アライアスの問いにその場の皆は顔を見合わせ、ウイリアムが微笑みながら言った。

「儂の妻の旧姓はギルリオン。つまり、その商船隊の社主であるギルリオン男爵とは、ジェネウェーヴの実の父親だ。それゆえフレイが受け取る遺産は軽く国王の資産を凌ぐ額だ。そしてここに座っているジョン司令とは、その商船隊の総司令官なのだよ、アライアス・マクレガー殿」

今度こそアライアスは心底仰天した。つまり彼の将来の被後見人は、おそらくスコットランド随一の資産家になるであろう子供で、ウイリアムの亡きあとにこの事実が耳に入れば、王は持てる力を総動員してフレイを抹殺し、財産を没収したがるのは明白ではなかろうか。

「ライアス、これでなぜ、王やランダースが簡単にはフレイを相続させないと、儂が危惧する理由が分かったろう?」

もちろん、アライアスはその理由を瞬時に理解し、この邸が豪奢な理由も彼なりに納得した。そして翌日、幹部会にも出席してあらゆる可能性とその対策を検討した。中でもパースにおける王宮内の王族や貴族達の動向はもちろん、教会の司教達の動向なども探るべく、口の軽さでは定評のある下級官吏の妻達や教会の下働きの女達から、第三者を通じて些細な情報でも買い取ることにしたのは、後々振り返ってみれば非常に有効な処置であったと言えよう。

学者肌で誠実なアライアスは、番頭格のニールセンやアダムス、そしてジョン司令とたちまち打ち解け合い、あちらこちらを案内された。

アダムスの指揮する数百名の護衛隊の訓練や、ジョンの采配する商船隊の威容、それに住民達の住まいや豊かに開墾された畑地。安息日には教会の礼拝堂でのウイリアム司祭の説法までも見学した。ここはまさに、住民のための理想郷だ。この神に愛されている土地を、貪欲な貴族達の手に渡してはなるものかと、アライアスは深く心に誓う。

「ライアス、心の友よ。儂に万が一があれば、くれぐれも子供達や妻を頼むぞ。また儂にできることならば遠慮なく声を掛けてくれよ。明日はアンデールの船で送らせるから、気が向いたらまた何時でも訪ねて来てくれないか」

こうしてアライアスは、当座の活動資金だと称する銀貨二袋をウイリアムから無理やり持たされて、パースへの帰路に就いた。

第七章　一一九六年一〇月「クラスク峠の悲劇」

少しばかり木枯らしが吹き出した一〇月のある昼下がり、領主館の居間ではジェネウェーヴと侍女のジネットがフレイとフレイヤの冬物の部屋着を縫っていた。子供は成長が速い。つい春先に仕立てたばかりなのに、少しばかり丈が短くなってきて、新調しなければならない。針仕事の得意なイングリッドに頼めば、すぐに仕立ててくれるのだろうが、ジェネウェーヴは子供の物はなるべく自分とジネットで縫うように心がけている。

フレイの部屋着は自分が、フレイヤの分はジネットがと手分けして、二、三日前から始めているのだ。女主人としては、他にすべきことも多いのだが、かつてウイックの渚に漂着した瀕死の貴婦人からフレイを託され、必ず育て上げますと誓った大事な務めであり、フレイの成長を楽しみにしている自分の幸せのためでもある。

針を進めていると、ウイリアムが部屋に入ってきた。かなり疲れた様子である。行政の長と司祭を兼ねている彼は、何かにつけて住民達から頼りにされ、ほとんど休む暇もないのであろう。冬将軍が到来する前のこの季節は、特に揉め事も多いようだ。

「ジェネウェーヴよ、儂はもうすぐ死にそうだ。なぜこの土地の住民達は、こうも毎日揉め事を起こしたがるのだろう。今日も今日とて、盛りのついた隣の飼い猫が夜な夜な鳴き叫んで眠れないからなんとかしろと責められるやら、亭主の母親が毎日いびるので早く神に召されるよう祈ってくれと泣いて頼まれるやら。その母親より先に儂が神に召されそうじゃよ」

「なんて可哀想なあなた。誰か他に調停役になってくれそうな人がいれば良いのだけど、あなたほどの信望がある人は簡単に見つかりそうもないし、本当に困ったことよね」

仮縫いだけでも今日中に終わらせるべく、縫う手も止めずに、ジェネウェーヴは慰める。

「スコットランド人とノース人やピクト人達から信頼されている人間でなければ、簡単に務まる仕事ではないからな。えこ贔屓をしていると見られたらせっかく根付いて来た団結も乱れるし、どうしたものだろうか？」

そう呟きながら裁縫をしている妻の横顔を何気なく見ていると、気配に気付いたジェネウェーヴと目が合った。そうであった、最適任者が目の前に居るではないか？

「嫌よ、あなた！　私にはとても務まらないわよ、そんな目で見られても」

「愛しき妻よ、まだ儂は何も言っておらぬではないか」

「その目が言っているのよ！　この私に代わりをやれと。お願いだから、どうか違うと言ってちょうだい！」

「違わないから、違うとは言えぬぞ、妻よ。この儂以上にみんなから信頼と尊敬を持たれている者と言えば、名高き『麗しの女神』様しかおらぬ」

「嫌よ、他を当たってちょうだい！」

「もしくは『風の舞姫』様とか」

「嫌だってば！」

「ああそうだ、『恋の歌姫』様も確かおったはず、その三人の中の誰かだな」

「この卑怯者、私に大恥をかかす気なのね。絶対にその話には乗りませんからね、ジネットもそう思うでしょ？」

そう言って振り返るが、その忠義な侍女の姿はどこにも見当たらない。

「裏切り者！」

ジェネウェーヴの呻き声が、ウイリアムの高らかな笑い声に呑み込まれていった。


こうして調停者代理人が誕生したが、その効力は瞬く間に発揮された。かつてハールドが、悪魔でさえ従順な奴隷となると指摘したその恐るべき笑顔の魔力に逆らえる者などはどこにもおらず、ジェネウェーヴがその場へ出向きにこやかに折衷案を告げると、揉め事はことごとく火種のうちに消え去ってしまい、領主直々の裁決となる重大な調停の数は著しく減少したのであった。

中にはジェネウェーヴのバラの笑顔見たさに、無理やり些細なトラブルを声高に言い立てて、ジェネウェーヴの手を煩わせたがる男達もいたが、憤慨したマリアンヌが代わりに出向き、フランス訛りの早口でまくし立てれば、不埒な男どもはたちまちのうちに耳を押さえて逃げ去ってしまった。

翌一一月に入ると、サザーランド州では、寒風が吹き荒ぶ日が多くなってきた。避難港であるクラスクの港には何隻かの商船が退避して来て、数日前から停泊していたが、その中にフランスから来てアイスランドへ向かう小型船も一隻おり、たまたま年若い船長の夫人が乗船していて、風邪でもひいたのか酷く発熱している。自分達はフランス語が不得手なので、誰かフランス語の達者な者が来てもらえぬかと、ハールド助役からウイリアムに緊急の連絡が入った。

「船長の年若き夫人か。おそらく結婚して間もない夫婦じゃろうな。船長が恋女房を手元から放したくなくて連れ回しているのか、夫人が浮気者の亭主に目が離せなくて付いて回っているかどちらかじゃろ。愛しき女房殿よ、悪いが一っ走り行って来てくれないか?」

「良くてよ。もしかしたらお腹に赤ちゃんができているかも知れないから、早く行かないとまずいわね。ベスにそれ向きのお薬と、熱さましのお薬をもらって行ってきますわ、あなた」

「うむ、頼んだぞ。エルリックは外出中だから、助手のアリソンを出して、念のために護衛を二、三人付けるとしよう」

「大袈裟ねえ、大丈夫よ、あなた」

二頭立ての馬車はひたすら脚を急がせ、午後の二時過ぎにはクラスクへ到着した。

「おお、ジェネウェーヴ様、申し訳もござらぬ。相手はフランス人の女性ですので、私には手が負えませぬ。なんとかよしなにお願い致します」

「任せてちょうだい、ハールド様。それで病人の居る船はどこなの?」とフランス船に乗り込んで、船長に容態を聞けば、流暢（りゅうちょう）なフランス語を話す貴婦人の出現に安堵した彼は、夫人の症状を話すが、やはり危惧したとおりに妊娠しているとのことであった。とりあえずお湯を沸かせと指示して、船室に入ると、二〇歳ぐらいであろうか、ハアハアと辛そうな息である。

「もう大丈夫よ。ここのところ冷えたから、寒さと妊娠で体が弱って熱が出ただけだから、お薬を飲めば楽になるわ。少し眠りましょうね」

そう言うと、フランス語に安堵したのか、嬉しそうに微笑む。

「ありがとうございます、奥様。主人の親戚がアイスランドにいて、私の顔が見たいと言うものですから、慣れぬ船旅で少し疲れまして。でも言葉が通じる奥様が居てくださり、とても安心ですわ」

船長がお湯を持って来たので、汗を拭って着替えをさせ、熱さましと眠り薬を飲ませると、疲れていたのだろう、スヤスヤと眠りに入った。

「船長、奥様はこのまま朝まで寝させて、起きたら着替えをさせてから、この薬を飲ませてください。二日もすれば落ち着くと思うわ。でも波の荒いうちは、この港で風待ちするのよ」

「ありがとうございます、奥様。聞けば領主の御夫人とか、またこの地に寄ったときには必ずご挨拶に伺います。あっ、申し遅れました。私はアンリ・ノルダンと申す貿易商で、妻はジュリエッタと申します。お身知りおきくだされ」

「ジェネウヴェーヴです。サーソーへ来たら寄ってください。それではよろしく」

ハールドの監理小屋へ立ち寄り、経過を報告して帰り掛けると、ハールドがしきりに止めた。

「奥方様、今日はこちらへお泊まりになってはいかがですか？　何やら雲行きが怪しくなってきましたぞ。この様子では吹雪になりかねません」

「そうなの、それは困ったわね。御者のアリソンに相談してもらえるかしら？」

ハールドは御者のアリソンや護衛達と相談する。

「奥方様、まあなんとかなるでしょう。あっしもこの道は初めてってわけではございませんから、お任せください」

御者は自信ありげに言った。しかし、若いアリソンは吹雪のこの道を走ったことはなかった。たぶん女主人の前で良い所を見せようと張り切ってしまったのだろうが、それが悲劇を生むことになろうとは、この場の誰も知るはずもなかった。

曲がりくねった道が続くサザーランドとケイスネスの境には、片側に小川が流れる小さな峠があった。小さいとは言えど峠であるから、小川の谷底までは五十メートル以上ある。おまけに夜となって雪は横殴りで、松明（たいまつ）を前後に四本点けているとは言え見通しは悪く、アリソンは冷や汗を流しながらも必死で手綱を握る。

車内にいるジェネウェーヴは、今日の疲れもあり、また馬車の揺れも心地よく、睡魔に襲われてウトウトとしていた。そのときである、おそらく雪のため車輪が横滑りをしたのであろう、車体が急に傾き、「ワアーッ」と叫ぶ声と共にガラガラと横転しながら崖を転がり落ちて行き、谷底へ激突して粉々に飛び散ってしまった。

　護衛と御者の三人は宙に投げ出されて、車内にいたジェネウヴェーヴは、岩に直撃は免れたものの、無情にも失神したまま谷底に身を横たえ、しばらく鳴いていた馬もやがて静かとなった。


　天候が戻った翌日の午後、一向に戻らぬ馬車に、邸内は騒然となる。

たちまちアダムスが、二〇人の護衛隊員を率いて先発し、薬や毛布を積んだエルリックが操る馬車には、ウイリアムとベスが乗って続く。ニールセンとマリアンヌは邸中の者を総動員して、暖炉で各部屋を全て温め、湯を沸かし熱いスープなどを用意して、冷えて帰って来るはずの女主人達に備える。

「ミニョンヌ、ああミニョンヌ」

　マリアンヌはそればかりを繰り返し、ニールセンは「奥方様は必ず元気で戻って来られるとも」と皆に言い続けた。


　だが、先発隊は道中のどこにも馬車を見付けられず、とうとうクラスクまで達してしまう。一行がまだ戻らないと聞いたハールドの顔は蒼白となった。

「お、奥方様は昨日のうちに間違いなくここを発たれたぞ、まさか、まさか途中で……」

　怖くてあとの言葉が続けられない。アダムス達は互いの顔を見合っていたが、物も言わず馬に飛び乗ると、元来た道を駆け戻る。

そして、峠付近まで戻った時、ウイリアム達の馬車が止まっており、御者のエルリックと家政婦のベス、当主のウイリアムが力なく項垂れて、崖下の谷底を覗き込んでいるではないか。崖の途中の大木には、車輪が一つ目印のように引っかかっており、悲劇の現場はここだと物語っていた。

引き上げられた四人のうち、男達三人は外傷が酷かったが、ジェネウェーヴは外傷もほとんどなく、その眠るような死に顔から、死因はおそらく凍死であろうと思われた。

ウイリアムはジェネウェーヴの死を認めることを拒絶。「妻は生きている」と言って、冷え切った物言わぬ身体を毛布で包み、「ジェネウェーヴよ、寒かっただろう、そなたに行けと命じた儂が愚かであった。さあ邸へ戻って早く温まろう」と抱いて離さず、皆の涙を誘う。

それから三日三晩、ジェネウェーヴの亡骸は、夫婦の褥でウイリアムに抱かれて温められた。ベスの懇願も断固として拒否し、食事も摂らずに妻に語り掛け、体を擦り続けるウイリアムの姿に、ニールセンは瞑目して意を決すると、邸の者達に葬儀の手配を指示した。

「ジョン司令、船長として葬儀を執り行ってもらえませんかな。このままでは奥方様はもちろん、他の三人も神の御許へは行けませぬゆえ」

「承知致しました、おやじ殿。滞りなく行います」

慣例として緊急時には船長が葬儀を行うことを教会も認めているのは、ニールセンも知っている。

「アダムス隊長、畏れ多いことながら、旦那様を奥方様から引き離して、ベスの薬でぐっすりとお休み頂けるように手配願えますかな？　少しばかり手荒でも、この際ですからな」

「合点でやんす、若い衆を動員して旦那様に薬を飲んでいただき、二、三日はぐっすりとお眠りなさるよう、手助けをさせてもらいやす、おやじ殿」

ニールセンは「手早くな」と念を押す。

「ベス殿も、急いで奥方様のお召し替えをお願いしますぞ。マリアンヌ殿は未だに気絶中なので、他のメイド達と共にお願い申します」

「はい、準備はとっくに済んでおりますから、お任せください。薬はすぐに用意します」

こうして、しばし当主の怒声が聞こえていた夫妻の寝所から、ジェネウェーヴの遺体は運び出され、生前と変わらぬ美しい寝顔のまま、忠実なる他の三人と共にサーソーの教会で、ジョンによる葬儀が執り行われることとなった。急を聞いて駆け付けたフランドルの両親は、残されたフレイとフレイヤを気遣い、傍で絶えず慰めるが、二人は亡き母に縋りついて泣き叫び、参列者の一層の涙を誘うのであった。

教会の墓地に棺を埋葬し終わる頃、どこからか一匹の野良犬が泣きじゃくるフレイヤの足元にすり寄る。幾日も食べていないのか痩せてはいるが、優しい目をした牝犬である。おそらく空腹のあまり、食を求めて近寄って来たのであろうが、フレイヤは「この犬は母の化身だ」と言って離さず、以来その犬はジェネウェーヴと名付けられて、彼女と寝所を共にすることとなる。

葬儀の数日後、サーソーの港にフランスの商船が立ち寄った。降り立った船長とその妻は、港の者から事故の一件を聞いたのか、仰天して駆け付け、応対したニールセンとベスに、涙ながらに心からの弔意を述べて、「このような事態を招くとは思いも寄らず、とんだことをしでかしてしまいました。この埋め合わせに、私にできることなら何でもさせてもらいます。領主殿は心痛のあまり、未だに臥せっておられるとか、どうか領主殿にもその旨をお伝えくだされ」と夫婦共々深々と頭を下げ、ジェネウェーヴの墓にしばし額ずいて詫び、悄然と戻って行った。

この貿易業を営むアンリ・ノルダン商会はその後、言葉通りにギルリオン商会と固く手を結び、さまざまな顧客を斡旋し、大陸における販路拡張に大いに貢献してくれたことも、ついでながら伝えておきたい。

第八章　一一九八年五月「サーソー川の岸辺にて」

銀河の彼方の聖星から派遣されて来た惑星調整官のタマヤは、地球到着後からの一六年間は平和な文明が根付いた国や土地を駆け巡り、王や指導者の思考を探って、その文明の破滅的自壊を防ぐべく、気取られることなく意識をコントロールしていた。

慎重に振る舞ったお蔭で、今までのところはいくつかの国を自滅から救い、住民の損害も最小限に抑えることができた。それ自体は満足すべきことであるが、以前から気になっていた前任者の消滅の原因を探る件は、未調査だったので、調整が一段落したこの時期に、一度探ってみようと思い立つ。

『前任者の消滅位置は座標から推定すると、ヨーロッパに隣接する島国辺りに居たらしい、まずはその辺りを偵察して前任者の足跡を探るとするか？　通常、調整官の乗る飛翔体は、本人の思考波が途絶えてから一二時間後には自己溶解するように設定されているので、当然ながら存在しないが、もし前任者の消滅の原因が明らかになれば、今後の活動の参考にはなるだろう』

タマヤは自問自答しながら、大ブリテン島北端のサーソー川を河口から上流にかけてゆっくりと飛翔体で遡る。そして、最終座標はこの付近だと見当を付けた辺りの崖で、白く輝く露岩を目にして中州に降り立った。たぶんその露岩は火薬の原料ともなる硝石であろう、もしや前任者はこの硝石の露岩を詳しく調べようと思って調査中に何らかの惨事に巻き込まれたのではあるまいかと彼は考えた。季節で言えば、一六年前のちょうど今頃の時期である。

一瞬不吉なものを感じた彼の耳に、突如として迫り来る鉄砲水の轟音が響き、振り向けば先端はもう目と鼻の先まで迫っているではないか。彼は迂闊にも、雪の降らぬ聖星にはない雪解けの鉄砲水の猛威を知らず、自ら絶望的な窮地を招いてしまったのだ。

タマヤは必死に飛翔体を呼んだが間に合わず、濁流は失神したタマヤを呑み込んで下流へと流れ下って行く。それはまるで一六年前と全く同じ光景でもあった。


翌日、水嵩の戻ったサーソー川の岸辺で瀕死のタマヤを見付けたのは、散歩に来ていたフレイヤと、飼い犬のジェネウェーヴである。愛犬はしきりに何かに向かって吠えている。

「ジェネ、どうしたの？　そんなに吠えて。蛇でも見付けたのなら、近付くと噛まれるわよ」

そして、水際の葦の間に絡まっているその『何か』を見て思わず叫んだ。

「まっ、どうしましょ。妖精さんだわ！　魔法使いのエルフさんよ！」

川縁に建つ狩猟用に使っている山荘の前庭で、フレイが的を相手に弓の稽古をしている所へ、フレイヤが駆け込んで来た。

「お兄様、エルフよ、魔法使いのエルフさんが溺れているの！」

犬までが、おんおんと吠えている。

「エルフ？　バカだな、あれはお伽話の世界の話だよ。たぶんカエルを見間違えたんだろ？」

「馬鹿にしないでちょうだい、お兄様と違って私はカエルなら良く知ってるわ」

「フフフッ、そりゃそうだな。お前はジネットに隠れて寝室でカエルを飼っていたからな。すると、ウサギかそれとも猿かな、たぶん猿だ」

「もう、お兄様ったら！　何でも良いから早く来て、エルフが死んじゃうわ！」

フレイヤに手を引っ張られ、犬に追われてフレイが川縁に行くと、驚いたことには本当に葦の間にエルフが絡まって、しかも、まだ息があるらしく、無意識に微かに身を動かしている。

「まだ生きているわ、お兄様、早くなんとかしてやって！」

フレイが苦労して、川からエルフを引き上げてフレイヤに渡す。

「冷たいわ、早く温めてやらないと。お兄様、このことは皆には内緒よ、良いわね」

丁寧にショールに包んで山荘へ駆け戻って行った。


フレイヤは自分の部屋へ駆け込み内鍵を掛けると、暖炉で部屋を暖め乾いた布で拭きながらエルフを観察した。灰色の肌、髪がなく大きめの頭に吊り上がり気味の大きな黒い目、小さな口に尖った耳、背丈といえば六〇センチくらいだろうか、お伽話で聞いていたような可愛らしいところは見当たらないが、悪い鬼のエルフではなさそうだ。銀色のすべすべした服はピッタリと体に張りつき、むき出しになった顔や手足には、細かい傷が無数にあり、早くも化膿しかかっていた。

ドアがノックされ、兄の心配そうな声がする。

「どうだいフレイヤ、エルフは助かりそうかい？　何かして欲しいことはないか？」

「お兄様、台所からこっそりとワインを持って来てちょうだい。少しずつでも飲ませて体を温めてやらないと。震えが来ているわ。それからジェネにはちゃんとおしっこをさせてから、このお部屋まで連れて来てちょうだい、あの温かい毛でエルフさんを温めて寝かせてやらないと」

ついこの間までお人形遊びをしていたことが役に立ったのか、てきぱきと世話を焼いているようだ。そう言えばもう妹も一二、いや一三歳か、近頃ではこの兄でさえ部屋へは断固として入れさせず、口だけは一人前になって、まるで突然神に召された母上にそっくりである。


フレイは母が事故死した日のことは鮮明に覚えていた。それは一昨年の暮れであった、クラスクへ来た船に病人が出て母が治療に出向き、その帰途の峠道で、帰りを急ぐ馬車と共に転がり落ちてしまったと説明され、妹と共に涙が枯れるまで、物言わぬ母に縋り付いて泣いた。

母の葬儀の後、温和で朗らかだった父は一変した。治療に行けと命じた自分を責め、母を死なせたのは自分だと叫んで自室に閉じ籠る毎日となり、食事も自室で摂り何もかも他人任せにして、世捨て人のように人と会うのを避けるようになってしまい、今では自分も妹も父と顔を合わせる事はほとんどなくなった。

今回も執事のニールセンと家政婦のベスが、気晴らしにと山荘への滞在を計らってくれて、山の民のモルガン達も何かと二人の世話を焼いてくれているのだ。

フレイヤの懸命の看護にもかかわらず、エルフの発熱と化膿は、なかなか治まらなかった。きっと地球の細菌に対する免疫が、まだ完全ではないのだろう。

フレイヤが膿をジェネウェーヴに舐めさせて患部を清潔に保ち、少しずつワインを口に含ませたり、抱いて温めたりしながら眠る夜が一週間ほど続いたある朝、ようやくエルフの呼吸が落ち着き、熱も下がった。フレイヤは、人形と遊んでいた頃を思い出して、何気なく話し掛ける。

「もう大丈夫よエルフさん。あなたのお名前を知らないから、エルフでいいわよね？　あらごめんなさい、私の名前はフレイヤ・ド・モルヴィアって言うのよ、よろしくね」

「私の名はタマヤです。星空の彼方の聖星から参りました」

相手の口が言葉を発したわけではない。フレイヤの心の中に直接聞こえたのだ。エッ、今の声は何？　どこから聞こえたの？　周りを見回すが、もちろん誰も居ない。

「魔法ね、やっぱりこのエルフさんは魔法使いなんだわ」

混乱するフレイヤの心にまた同じ声が聞こえた。

「私の名はタマヤです。ご主人様」

ご主人様？　さらにフレイヤは面食らった。

「タマヤさんね、お名前は分かったわ。でも、あなたは私の召使ではないから、私をご主人様なんて呼ばなくても良いのよ」

もし、誰かが急に部屋に入って来てこの様子を見れば、フレイヤが寝ぼけて人形を相手に独り言を言っているとしか思わないだろう。

「いいえ、ご主人様。私はご主人様に命を救われました。私の生まれた聖星の規則では命を救われた者は、救った者の召使になる決まりがあります。したがって、あなた様は私のご主人様です」

「そんなことは、どうでも良いのよ。それに川からタマヤさんを救い上げたのは兄のフレイだし、傷口をペロペロして膿を取り除いてくれたのは、犬のジェネウェーヴだから、タマヤさんは二人と一匹の召使にならないといけないのよ。そんなことはできないでしょ？」

「それはできません。ご主人様は一人と決まっていますから」

「それご覧なさい。だから私の召使なんかにならなくて良いのよ、お友達になら、なって欲しいわ」

なんと高潔な生物であろうか。こんな幸運がこの世にあろうか。命を救われた上、この身まで束縛されぬとは！

これが自己中心的で好戦的な生物のはずがないが、きっとこの個体の特性なのだろう。あの日、他人には秘密にするようにと、フレイヤ様に暗示を掛けておいて正解だった。

「分かりました、フレイヤ様。私の一生を掛けてあなた様とお兄様、そしてそこのジェネウェーヴというお犬様の友になります」

そこに鎮座して尻尾を振っているジェネウェーヴという名の犬は、もう既に私の傷口を舐めて細胞をその体内に取り込んでしまったから、遺伝子変化を起こす可能性があるが、消滅させずにこのまま生かしておかねばなるまい。それは重大な規則違反になるが、故意ではないので母神ラン様にもきっとお目こぼし頂けるだろう。前任者がなぜにあの地域に立ち寄り、消滅してしまったのかは分からぬが、今となってはどうでも良いことだ。今はこの兄妹と犬に巡り合った幸運を、全能なるラン様のお導きとして感謝せねばなるまい。

添い寝をさらに二日続けて、ようやくタマヤが歩けるようになると、フレイヤは兄を部屋へ招き入れた。

「お兄様、やっとタマヤさんが治ったようよ。会ってあげてちょうだいな」

「タマヤさん？　そのエルフは言葉を喋れるのか？」

「ううん、喋れないけど教えてくれたの」

「どうやってさ？　文字でも書くのか」

「とても賢そうだから、字も書けるのかも知れないわね。でも、耳ではなくて心の中で聞こえるの」

「さようでございます、フレイ様。私はタマヤと申しまして聖星から参りました。命を救って頂いた御兄妹の召使となるつもりですが、妹君のフレイヤ様からは、友になってくれればそれで良いとのお言葉を頂きました。フレイ様のお気持ちはいかがでしょうか？」

タマヤがフレイの心に問い掛ける。

「ウワッ、びっくりした。本当に心の中で聞こえるんだな。フレイヤも聞こえたか？」

　フレイヤが「いいえ」と首を振る。

「じゃあ一人ひとりに心の中で話せるのか、それって凄いよな。ああ、それから今の話だけど、妹が友で良いと言うなら僕もそれで良いよ」

　タマヤは心の底から感謝して言った。

「ありがとうございます。それではご兄妹とお犬様に友としての誓いを立てますので、そこにお並びください」

　そうして兄妹を前にすると片膝を立てて跪き、右手を胸に当て左手を横に伸ばして首を垂れる聖星の最高儀礼である跪礼を執って厳かに誓いを立てた。そしてさらに、「誓いの印として指輪を受け取って頂きます。今晩、皆が寝静まった一〇時ごろに、前庭でお会いしましょう」そう言うと、一瞬のうちに消え失せてしまった。

　呆然となったフレイヤは叫ぶ。

「なんて凄い魔法でしょ。お兄様も見たわね？　タマヤは善良な魔法使いのエルフさんなのよ！」

「エルフって、お伽話の生き物かと思っていたけど、本当に居るんだなあ。今晩一〇時ごろに前庭だな、忘れてタマヤを怒らすなよ、魔法で消されちゃうから。ああ、それから、ジネットが心配しているぞ。もう風邪は治ったと言って安心させて来いよ、すごく心配していたんだからな」

フレイヤの風邪の全快に安心した召使い達が、寝静まった一〇時ごろ、兄妹がそろりそろりと前庭に出て、「本当に来るのかしら?」などと話していると、突然目の前の空がパッと輝き、銀色に光る半球形の物体が出現し、その底部からスルスルとシャフトが垂れ下がって来た。

そしてシャフトの扉が開いてタマヤが姿を現す。

「まあ、お兄様。キノコのお家だわ！　タマヤはキノコのお家に住んでいるのよ」

「そうです、キノコのお家です。中をお見せしますから私と一緒においでください」

タマヤの声は笑っている。だが、その表情は全く変わらずに、吊り上がった黒い大きな目と、口は小さく閉じたままである。

二人が扉の中に入ると、スルスルと音もなく静かにシャフトが上がり、キノコの傘の中へ吸い込まれた。

シャフトはわずか数メートルの高さのはずなのに、意外と時間がかかって停止し扉が開いた。兄妹はアッと驚く、そこは信じられぬほど広々とした室内で、屋根や天井はなくて夜空の星と月が見え、床もなく地面が直接見えるのである。

その時の兄妹に現代科学の知識があれば、室内の空間が広がったのではなく、シャフトに乗っている間に自分達が縮小化し、外部が丸見えなのは外装の金属が内側からは透けて見える特殊な透明金属で作られているからであると判断したであろうが、二人には全て魔法の力としか思えなかった。

視覚スクリーンの解除で突然キノコが出現したことも、もちろん、魔法によるものと思っている。

「素敵なお部屋ね、お兄様」

兄妹が囁き合っていると、タマヤが訊ねた。

「フレイ様は、将来どんな人になりたいのですか？」

「うん、僕は強い男になりたいな。巨人や怪物と戦っても死なない兵士になりたいよ」

「ほう、強い男ですか。お金持ちや、偉い学者にはなりたくないのですか？」

「自分のためではなく、強くならないと、この土地や氏族の人達を守れないから」

ほお、自分よりも周りの人々を守りたいのか、なかなか見所がある感心すべき個体だ。

「それではフレイヤ様は、どんな人になりたいのですか？」

「私は死んでしまったママのような娘になりたいの。ママは美しくて賢くて、お歌も踊りも上手で、それにみんなが何を考えているかも全部分かるのよ。ママが死んでからパパはガッカリしちゃって、お部屋に閉じ籠ってしまったから、私がママの代わりになって、うんとパパを慰めて上げるの」

ふむ、この個体も別の個体のことを案じているようだな、よし、二人とも合格だ！

「ママ様のようにですか。ママ様はどんなお方でしたか？」

「私と同じで金髪で青い目よ、でも、顔はとても綺麗で私と全然違うの」と少しばかり悲しそう。

「なるほど、でも心配ご無用。お顔は大きくなると全然変わりますから」

そう言ってタマヤにしては珍しく、フレイヤをニッコリと微笑ませながら手をひと振りすると、なぜか二人は急に眠くなり、床に横たわってそのまま深く眠り込んでしまった。

二人が眠るとタマヤは、まずフレイの指先から血を数滴採取して、灰色の液体が入った容器に垂らし、精密そうな機械の台に置き紫色の光を当てる、するとフレイの遺伝子情報を分析して記憶すると同時に、液体はたちまち燻し銀色の細い金属片に変わった。

次にその金属片に赤色の光を当てると、一種の疑似生命が宿った指輪へと変形し、タマヤがフレイの指に嵌めると、指輪は指と強固に一体化した。

最後の工程としてタマヤは機械のボタンを操作する。

「まず指輪に運動エネルギーと熱エネルギーの吸収と制御能力を与えるか、それから有害化学物質の中和能力だな、それと筋繊維の密度を、三倍くらいに増やすか。それと将来この個体が独裁権力者とならぬように、権力欲と物欲の抑制機能も付加せねばなるまい。髪の黄金色と瞳の菫色の遺伝子は、ずっと優性を維持したままにしておくか」

そう呟きながら数値を入力して青い光を指輪に当てると、指輪には設定通りの機能が入力された。

分かりやすく表現するならば、未来永劫この指輪は、黄金の髪と菫色の瞳を持った直系の男児にのみ適合して無敵の肉体と十人力を与え、しかも疑似生命体であるから学習能力と記憶能力が備わっていて、その能力も持ち主と同調して、進化成長するのだ。

フレイの指輪が完成すると、次はフレイヤの番である。フレイヤも同様に血を採取され彼女の遺伝子情報に基づく疑似生命体が造られる。

「おやおや、この個体達は異血統か？　実の兄妹ではないという訳だな」

　本人達も知らない秘密をタマヤは知ったのだが、それは疑似生命体の遺伝能力に直接影響する問題ではないので、無視することにした。

　その上でフレイヤの脳内のイメージ記憶領域に思考波を侵入させ、ママなる個体のイメージを探って、機械のイメージスキャナーに容姿と声のデータを送り込む。

「次は知力と感性だな。知力はＩＱで二〇〇程度にしておくか。それと音感とリズム感を高めて歌と踊りが上手になるようにと。お次は筋繊維の密度だな、とっさの時も身を守れる程度に三人力くらいで良いだろう。最後は精神感応力か、だが待てよ、将来この個体の伴侶となりうる最適の個体と巡り合った時に、その個体の思考が全て分かってしまうのでは、逆に味気ないだろう。よし、ここはひとつ思考波の相性が最も良い個体との精神感応は、抑制させることにしておくか。それと変身過程も早過ぎるとまずいから、期間は四ヶ月くらいにしておこう、おっと有害物質の中和と損傷組織の治癒機能を忘れるところだった」

　こうして彼女の指と一体化させた指輪に、青い光が当てられて、フレイヤの指輪も出来上がった。もちろん、この指輪も彼女の遺伝子を受け継いだ直系の女児限定である。

　二つの指輪とも、疑似とはいえ進化もする生命体なのだから、誕生したと言うべきなのだろう。

　余談だが、後の時代、スコットランドの北の果てには、無敵のストロングマンがいて、悪党はことごとく退治されるが、その瞳は輝くばかりの菫色だとの伝説が密かに囁かれていたとか。

「フレイ様、フレイヤ様。起きてください」

タマヤの声で二人が目覚めると、いつの間にか前庭に横になっているではないか。

「あれ、さっきまでキノコの家に居たと思ったんだけど、変だなあ」

「お兄様もそう思う？　きっと寝惚けちゃったのかしら？」

「お二人とも、お疲れでぐっすりと寝込んでおられましたから、夢でもご覧になったのでしょう。お眠りの間に、お約束した友の証しである指輪を嵌めさせて頂きました。この指輪を嵌めている限り、フレイ様は無敵の戦士に、そしてフレイヤ様はママ様とそっくりになりますよ。でも、この指輪のことは他人には絶対漏らしてはいけません。たとえ家族にでも話せば、この指輪の魔法は消えてしまいますからね。それから大事なことですが、この指輪はフレイ様の場合は息子か男児の子孫に授けるように、フレイヤ様の場合は娘か女児の子孫に授けるようになさってください。もし、間違ってそれ以外の者に渡したら悪魔にとりつかれて死んでしまいます。この約束事はどんなことがあっても固く守ってください」

そして、少しばかり考えて、さらに付け加えた。

「それと、今後もしも私の助力が必要な時は、この指輪に向かって、〈タマヤよ現れよ〉と私の名を三度呼んでくださると、なるべく早く駆け付けますからお忘れなく。ではその時まで、ご機嫌よう」

そう言って一瞬のうちにタマヤの姿は消え去ってしまった。

やはり、あれは夢なのであろうか、あの素敵なキノコの家も見当たらず、空には満天の星と、丸い月が二人を照らすばかりである。


次の日から、記念すべき変化が兄妹の身に起こった。

まず、フレイが凄まじき食欲を示し、今までの三倍ほどの量の食事を摂り、筋力がめきめきと付き出したのだ。弓の稽古では、軽く引いたつもりでも、弦がすぐに切れてしまい、また愛犬のジェネウェーヴと競っても負けぬほど速く走れるようになり、木から落ちても痛くも痒くもない。

そして、フレイヤには初めて月のものが訪れて、ジネットを喜ばせ、また慌てさせた。その報告はすぐさま領主館のベスに伝えられ、自室に閉じ籠る当主のウイリアムにも、ドア越しに報告された。

第九章　一九八年七月「ケイスネスの亡霊」

「フレイヤ嬢ちゃん？　いや、もうレディ・フレイヤと呼ばねえといけねえのか。レディがそんな馬に乗っちゃダメでやんすよ」

片目の黒いアイパッチがお似合いの護衛隊長アダムスが、部隊きっての暴れ馬に跨っているフレイヤに文句を言っている。

だが、正直なところアダムスは大いに喜んでいる。小さい頃から彼女に乗馬を教えたのは自分で、その甲斐あって今やどんな気性の荒い軍馬でも乗りこなせるまでになったからだ。しかも山荘から帰って来てからは、また一段と腕を上げて、高い柵も楽々と飛び越えるし、馬達もレディが乗ると張り切って走る。まるで心が通じ合っているかのようだ。

「アダムスおじ様。この元気の良いお馬さんのお名前は？」

「へい、ネプチューンと申しやして、我が軍一の暴れ者でやんす。本当は知らない者は絶対に乗せねえでやんすが、なぜかお嬢様だけは嫌がりませんです」

「ネプチューンが私の行きたいと思う所へ、先に走ってくれるの。私の腕のせいじゃないわ。逞しい脚だし、この艶々の黒い肌も気に入ったわ、私の馬にしても良いかしら？」

「お嬢様、先ほども言った通り、こいつはレディの乗るような馬じゃあねえでやんす。今日はたまたま機嫌が良かっただけで、明日からは絶対お嬢様の言うことなんぞ聞いてくれねえですだ」

全くこのお転婆娘は、うちのカーレンとは大違いだ。大人しく木馬で遊んでてくれれば良いのに。

「そうかしら、じゃあ私がネプチューンに馬場を早駆けで三回回れって言って、その通り回ったら、私の専用の馬よ」

もちろん半分冗談であるが、その冗談にアダムスも、これ幸いと乗って来た。

「ようがす、お嬢様。もしお嬢様が負けたら、もうこいつには乗せませんぜ」

「いいわ、じゃあ賭けたわよ」

ネプチューンの額の白星を撫でながら、「ネプチューン、いい子ね。アダムスおじ様にあなたがどんなに速く走れるか見せてあげて。三回コースを回るだけで、あなたと私はずっとお友達で一緒に居られるのよ」と耳元で囁くと、驚いたことに首を大きく振りながら自分で馬場のコースへと向かい、全速力で走り出したではないか。

そして一周、二周、三周を走り切り、フレイヤのもとへ戻ってくると、額を彼女に擦り付けて隣に並び、口をあんぐりと開けて固まっているアダムスの方を、さあどうだとばかりに見つめる。

「もう駄目だ！　この恩知らずの馬は、おいらを裏切って嬢ちゃんのオモチャになっちまっただ、いったい誰がこんな話を信じると言うんだ？」

そして、今日はもう帰って嫁と一緒にエールで飲み明かそうと、悄然と俯き馬場を出て行くアダムスの耳に、レディ・フレイヤの勝ち誇った声が響く。

「おじ様あ、ネプチューンは頂いたわよ！」

アダムスには一瞬その声が、二年前に亡くなった女主人の声のように聞こえ、首を傾げながら今夜はとことん、ベスと飲み明かすぞと家路を急ぐのだが、遠ざかる彼の頭上には、フレイヤにしか見えない影が浮かんでいることは、当然本人は知る由もなかった。


最近になってフレイヤは気付いていた。周りの人間の頭上に、自分にしか見えないらしい様々な色の影のようなものが浮かんでいることに。

その影のようなものは、その人のその時の気分によって色が変わる。たとえば嬉しい時は薄緑、悲しい時は紫、怒っている時は黒というように。それらが混じる場合もある。しかも気分の激しさによって、大きさや濃さが変わり、甚だしい時にはチカチカと煌めくのだ。だから、他人の感情の種類と強さが、ごく自然に分かってしまうのである。

「もしかしたら、ママもあんな影が見えていたんだわ。だからあんなに他人に優しくて、思いやりがあったのよ、私も少しずつママみたいになっていくのね。天国のママ、私を見守って応援してね」

中指で鈍い輝きを放つ指輪を撫でながら、フレイヤは母の冥福を祈って呟くのだった。

それが最初に見えたのは、フレイと共に山荘から戻って父に帰宅の挨拶をした時のことだった。母の事故死以来、不機嫌で怒りっぽくなった父であるが、その父の頭上に紫色の大きな影が見えた。あれは何だろうと不思議に思って部屋を出てから、フレイに訊ねた。

「ねえ、お兄様。お父様の頭の後ろで紫色に光っていた影は、何なのかしら？」

「紫色の影？　そんな影なんてどこにも見えなかったぞ。目でもおかしくなったんじゃないのか？　もしかしたら、指輪の魔法のせいかも知れないから、絶対そのことを他人に喋っちゃいけないよ」

「じゃあ、お兄様も何か変わったことが起きたの？」

「実はそうなんだよ、身体に物が当っても痛くないし、火に触っても熱くないんだ。だけど、それも秘密だぞ」

　その時は兄の頭上にも赤い影が見えるとは言わなかったが、今にして思えば、赤い影は相手が真剣な気持ちの時の影で、きっとこれからもいろいろな影の意味を知ることになるのだろう。


　フレイヤに月のものが訪れ、三、四ヶ月ほど過ぎた頃から、フレイヤの変貌が徐々に邸の人々の話題に上るようになった。領主のウイリアム似だった顔の輪郭が、亡き母親ジェネウェーヴの愛らしき丸顔に極似してきたのだ。髪や瞳の色は元々母親譲りだったが、背格好まで母親そっくりとなり、声は大人びて目を閉じて聞けば亡き奥方様と話をしているようだとメイド達は騒ぐ。

　その上、まだ一三歳の誕生日を過ぎたばかりだというのに、胸も大きくなり、知らない客が見れば、一人前の成人した女性と思うに違いないと、従僕達は誇らしげに冗談を言い合った。

　最も喜んだのは執事のニールセンだった。なにしろ孫娘のように慈しんできたフレイヤが、密かに娘のように思っていた母親と瓜二つのレディに脱皮して羽ばたいたのだから、その嬉しさたるや格別なもので、目の前を通る人間であれば誰彼となく捉まえて、ひとしきりフレイヤの自慢話を聞かないことには離そうとしなかった。

他の番頭格も似たようなものだ。前回賭けに負けて極上のアラブ馬を取られたアダムスは、臆面もなく負けたことを自慢し、ジョン司令も次の航海にはフランドルのおじい様の所へ乗せていけとフレイヤから強要されたと目を細めて語り、家政婦のベスは、もうすっかりフレイヤを女主人扱いして、家事もこまごまと相談しており、マリアンヌに至っては、久々にフレイヤに会った途端、「ミニョンヌ！」と叫んで失神して以来、顔を合わす度に大泣きする始末。

しかし、一人だけフレイヤの変化を知らない者がいた。当主のウイリアムである。彼は子供達が山荘から帰ってきた折に、チラリと顔を合わせて以来、部屋に閉じこもり面会を避けていたために娘の容姿や声の変貌を未だに知らずに居たのだ。

明るく朗らかだった女主人の悲劇の事故から二年近くが過ぎても、なお領主の館は暗い雲に覆われたままであった。

「妻を死なせたのは儂だ、あの日儂がクラスクに行けと言ったから、妻が死ぬ羽目になったのだ」

あれからずっとウイリアムはそう言い続け、「儂は地獄へ落ちるだろうが、その前に一度だけ天国へ行って妻に詫びねばならぬ」とさえも口走るようになったと、従僕やメイド達は涙を流す。

「旦那様、今朝は良い天気でございます。たまには外へ出て散歩などいかがでございましょうか？」

「ん、ああニールセンか。放っておいてくれ、天国のジェネウェーヴの所へなら行きたいが、散歩など行きたくはないわい」

絶えず酒に酔っているウイリアムには、どうせ散歩も無理ではあろうが。

「さようでございますか。これは特上のフランス物のワインでございますが、あまり深酒はなさいませぬように」

そう言って置いていったワインには、ベスのあの薬が仕込まれており、一時間後に戻ってきたニールセンは、鼾を立てて眠り込んでいるウイリアムの入浴や髭剃りと着替えなどを、従僕達と共に行い、メイド達には総掛りで部屋の掃除をさせるのだった。月に二度の彼の気配りであるが、邸の者達は、領主の深い悲しみを理解しており、文句ひとつ言わない。

町の者達にもとっくに領主の変容ぶりは知れ渡っているが、やはり彼に同情してか、誰からも不満の声が出ることはなかった。それは三人の優秀な番頭格が手腕を発揮していたからでもあったが、いつまでもそんな状態が続いて良いはずはなく、悩み抜いた末にニールセンはベスと計り、荒治療をすることにした。

ある夜更けのことである。ウイリアムが引き籠る部屋の扉が激しく叩かれ、ベスの緊迫した叫び声で、いつもの如く酔って寝転がっていたウイリアムは叩き起こされた。

「旦那様、どうかお早く出て来てください。奥方様が甦って天国からお戻りでございます！　旦那様がお子達を放ったらかしになさるので、せめてお嬢様だけでも一緒に天国へ連れて行くと、ひどくお怒りでございます。お願いですからどうか早く、どうか旦那様！」

「ジェネウェーヴが甦って娘を連れて行く？　娘をとは一体なぜだ。妻を死に追い込んだのはこの儂だぞ、娘は何の罪もないはずだ、なぜ直接に儂を責めに来ない？」

「それはどうでも良いのです、旦那様。早くそこから出て来て、奥方様の迷える魂とお話をなさって宥めてください。それとも、お嬢様がどうなってもよろしいのですか？」

そんな馬鹿なことをさせてなるものか、娘は儂の宝だぞと扉を開いてウイリアムはのけ反った、目の前に自分と子供達を残して死んでしまったはずのジェネウェーヴが、お気に入りだった白いシルクの夜着を着て微笑みながら立って居るではないか！

「ジ、ジェネウェーヴ、ああジェネウェーヴ！」

叫ぶより早く、へなへなと腰から下が崩れ、思わず妻の脚にしがみ付き、顔を埋めて号泣する。

「許してくれ。頼むから儂を罰して娘は見逃してくれ」

「愛しいあなた、あれは事故だったの。あなたには何の罪も無いのよ。だからもうご自分を責めるのは止してちょうだい。私が怒っているのは子供達を放ったらかしにしているからよ。あなたが子供達を育てられないのなら、せめて娘のフレイヤだけでも私が天国で育てますから」

間違いもなく懐かしい妻の声である、死んだはずの妻があれは事故だと、この儂を恨んでなんぞいないと、わざわざ天国から伝えに来てくれたのだ。

「儂が愚かだった。弱虫だった。そなたを失ってやけくそになってしまっていたのだ。アッ、痛いじゃないか！」

涙で濡れた無精髭の横っ面が突然バチンと張られたのだ。

「これは可愛い、可愛いフレイヤを放っておいた罪への罰よ、それからこれはフレイの分よ」

さらにもう一度、反対側をバチーン。

「これであなたは、私の子供達をないがしろにしてきた罪を償ったわ。さあ、これからは、あの子達をどうなさるおつもりなのかしら？」

ああ、懐かしや、妻の小言だ。儂は愚か者だから、こうして死んだ妻にまで叩かれるのだ！　儂はとんでもない弱虫の卑怯者だった。なんとしても立ち直るぞ、そして親として、残されたフレイとフレイヤを、立派に育て上げて見せるぞ。

「愛しい妻よ、安心してくれ。必ずや子供達を立派に育てると誓う」

そこまで言うと一気に緊張が抜けたのか、気を失ってどっと床に崩れてしまった。

「お嬢様、こんなに上手くいくとは思いませんでした。でもビンタまでは筋書きに入っていませんでしたけどね。さあ、旦那様が目を覚ます前に早くお部屋の方へ。あとは私にお任せください」

「ベスおば様、とても面白かったわ。練習した通りにできたわよね？　また二人でお芝居してパパを驚かせましょうね」

「ハイハイお嬢様、さあ急いで」

フレイヤがスキップをしながら去ると、隣の部屋のドアが開いて、ニールセン達三人が懸命に笑いを抑え、顔をくしゃくしゃにしながら出て来た。肩も大きく震えている。

「そんなに笑っちゃ旦那様がお可哀想ですよ、一生懸命に奥方様の幽霊にお詫びしていたんですから、少しは同情して差し上げないと。でもお嬢様から思いっ切りビンタを……ウプッ、ああ、もうダメ～」

ベスは両手で口を押さえながら、その場から逃げて行ってしまった。

「親父さんよ、旦那様をどうしょうか？　このまま寝かしとく訳にゃいかんよな」

「部屋へ戻してベッドに寝かせましょうか、執事殿のお考えは？」

「とりあえず起こして差し上げましょう。だが、もう一芝居必要だな。二人とも元の部屋に戻って隠れていてくだされ」

そう言うとウイリアムの部屋からワインの瓶を持ってきて、ウイリアムの襟元へ振りかけ、空瓶を手に握らせるとウイリアムを揺する。

「旦那様、もし、旦那様。こんな廊下で酒に酔ってお眠りになってはいけませんぞ」

揺すっているとウイリアムが薄目を開けて、もごもごと喋り出す。

「ここはどこだ、そなたはニールセンか？　ジェネウェーヴはどこへ行った、呼んで来てくれ」

「ジェネウェーヴ？　あの犬でしたら、お嬢様の部屋で仲良くお眠りです、旦那様」

「犬？　犬などではないわ、愚か者めが。妻のジェネウェーヴに決まっておろうが」

「お言葉ですが、旦那様。お忘れかも知れませんが、奥方様は事故でお亡くなりになられました。悲しい出来事でございました、旦那様」

ニールセンはわざと目頭を押さえて言う。

「いや違う、先ほどまで儂と話しておったのだ。まだその辺におるはずじゃ」

「ははあ、分かりましたぞ、旦那様は深酒をされて寝込み、夢をご覧になったのですな」

「断じて夢などではない。ベスも一緒におったはずだ、ベスはどうした？」

「ベスなら娘のカーレンが熱を出して、昨日からずっと自宅で看病しております、旦那様」

「なんと、そのようなことがあるはずが……。おや、儂が握っている物は何じゃ？」

「見たところ、ワインの瓶のように思えます、旦那様」

「すると儂は酒に酔い潰れてここで寝込み、死んだ妻の夢を見たとお前は申すのか？」

きっちりとニールセンは答えた。

「はい、いかにもそのように申しました。旦那様」

「だが、妻が儂に思い切りビンタ……、いや触れた憶えがあるぞ」

「それはたぶん、酔って倒れたときに床板で打ったのではないかと存じますぞ、旦那様」

「するとやはり夢か。分かった、そのことはもう良い。ニールセン、明朝八時から幹部会を開くから皆にそう伝えておいてくれ。儂はそれまでに髪を整えて髭も剃らねばならぬゆえ、誰か従僕も呼んでくれ。この襟の匂いはワインか？　なるほど飲み過ぎじゃな。風呂を浴びて衣装も着替えるぞ、ああ、それから儂の部屋も掃除するよう、メイドに申しつけてくれ」

「はい！　承知致しました、旦那様！」

ニールセンは喜びの声で主人に答え、こうして翌朝、二年ぶりの幹部会が招集された。

髭を剃り小奇麗に身だしなみを整えた当主が会議室に入ると、番頭格三人組が神妙な面持ちで深々と会釈して椅子に腰掛ける。

「では、この二年の間の出来事を掻い摘んで申し上げます」

まずニールセンが、ジョンとアンデールがウイリアムの代わりに祭事や葬儀をなんとかこなしてきたこと、住民の数が増え、農地が開墾されて皆が満腹していることを報告。次いでアダムスが、当初のモルガン一族の他に三つの氏族が同盟に加わり、南方の守りがさらに強固になったことと、護衛兵の数が五〇〇人を超え、隊を一〇〇人ずつの五個隊に編成して、一個隊ずつ交代でクラスクの警備に就いていること、アラブ馬が順調に繁殖していることを述べる。最後にジョンが、商船隊の活躍により交易事業が順調に伸びていることと、フランドルのギルリオン男爵が、孫達に会いたがっていることを告げる。

ウイリアムは終始満足して、ウムウムと聞いていたが、締めくくりとして皆の功績を褒め称えて、我が身の不徳を詫び、昨夜の夢の中身を語り出す。

「昨夜は深酒の果てに酔って廊下で寝込んでしまい、とうとう死んだジェネウェーヴがあの世から戻って来て、さんざん叱られた末に、ビンタを喰らう夢を見たぞ。しかもだな右と左とだ、今でも頬っぺたが痛くてたまらん。ニールセンによれば、死ぬほど酔っ払って床に転がった時に打ったそうだが、皆も酒は程々にした方が良いぞ」

　その間三人の男達は大人しく聞いていたが、叱られてビンタ二発の辺りからなぜか肩が震え出し、頬っぺたがまだ痛いの辺りで堪らずに大爆笑、ウイリアムもつられて、ワハワハと四人が涙を流して大笑い。これでめでたく元の和やかな幹部会の雰囲気へと戻ったのだった。

「おお、そうじゃ。その後パースのアライアス殿から書簡は届いてはおらぬか？」

「はい、旦那様。奥方様の事故の後、何通も弔意と旦那様を気遣う文が参りましたが、僭越ながら私が都度折々の近況をお伝え致しました。その文は後でお持ち致しますから、旦那様直々にご返事を差し上げてください」

「うむ、世話を掛けた。で、何か緊急な情報はなかったか？」

「ついこの間の文で気になる点が一つございます。パースの侍従長殿とこの近郊の領主マッケンジー伯爵殿との間で使者や書簡のやり取りが盛んになっているとの情報があると、わざわざお知らせ頂いております、旦那様」

「ふむ、ランダースのキツネめ、そろそろ感付いたか？　それで儂の動向を探りだしたと見るが、お前はどう思う？」

「いつもながら、当を得たご判断かと存じます、旦那様」

「では、儂はその上を行かねばなるまい。当分の間は、相も変わらず気鬱の病で部屋に閉じ籠っていると、サーソーとクラスクの住民には伝えておこう。フランドルの義父上にもフレイヤの口からそう伝えさせよう。義父上があのチビに会いたがっているようだからちょうど良い。ジョン司令、娘の面倒を見てやってもらえるかな？」

お任せください閣下とジョンは低頭し、他の二人もそれに倣う。

「では、そういうことで、昼餉にしようではないか。久しぶりに揃って食べよう。しかし、たとえ夢でも死んだ妻には二度と叩かれたくないから、儂は酒は当分遠慮するがな」

だが、皆が向かった正餐室には、またしても当の亡妻が待ち構えていたのであった。


「お嬢様、そんなにたくさん召し上がってばかりいると、お太りになりますよ」

「いいのよ、ベスおば様。だってお腹がすいて仕方ないもの、なぜだか知らないけどお尻と胸にばかりお肉が付くのよ」

お尻はともかく、胸のそれは肉ではないのだがとベスは呟く。確かに月のものが始まってからここ四、五ヶ月で見違えるほどそれは大きく豊かになった。背も伸びてこの私より高いし、顔付きも亡くなった奥方様と瓜二つと言うよりも奥方様そのもので、女の私から見ても美し過ぎる。昨夜旦那様があれほど錯乱したのも当然と言えば当然だ。そう言えば先だってもマリアンヌが「ミニョンヌ」と叫んで失神したとか？　迂闊に町へ出せば、町中の女も男も大騒ぎするに違いない、今さら子供服を着させる訳にもいかないし、どうしよう。

そんなことを考えているとガヤガヤとウイリアム達が入って来た。

「まっ、最悪だわ！　どうしましょう」

「ベス、何でも良いから早く作れる物を出し……。ジ、ジェネウェーヴ、まだ天国へ帰らずにこんな所にうろついていたのか！　昨晩あれほど子供達は大事に育てると、儂は誓ったではないか」

「えっ、何を言ってるのお父様、ママはとっくに死んじゃったのよ、忘れたの？　私は娘のフレイヤよ！　天国へ帰れって、いったい何の話？」

「フレイヤだと？　嘘をつくな。儂の娘はもっとチビでブスの……、いや今のは忘れてくれ。もっと違う顔で幼いはずだ、そうだろうベス？」

　娘のフレイヤだと名乗る亡妻そっくりの女が、妻と同じ目付きで睨み付けている。絶対嘘だ、儂の娘がこんなに美しいはずがない。

「旦那様、フレイヤお嬢様に向かってなんということを！　それに私がいつお嬢様を、そのう、可愛くないなどと申しました？」

「いや、それはその……。ニールセン、なんとか言ってくれ」

「旦那様、いくら酔いが残っているからと言っても、お嬢様にそのようなことを仰っては」

「もういい！　忠義者のアダムス、お前なら分かるはずだ」

「いえ、おいらにはどう見ても、お嬢様はお嬢様にしか見えねえでやんすが」

「ジョン、利口なそなたなら、この女は死んだジェネウェーヴで、娘を連れ出そうとして、ここで隠れて飯を食っているのだと言ってくれるよな？」

言っている半分も、自分でも理解していないようだ。

「閣下、私の妻のマリアンヌが以前申しておったのですが、女性は、そのう、月のものが始まると、容姿がとても変わるらしいのです。そうだろう、ベス殿？」

「その通りです、私が以前旦那様にそのことをお伝えしたではありませんか？」

「なんと、娘に月のものだと。それで容姿が一変して、母親に似て来たと申すのか？」

「そうよ、悪い？　娘の私がママに似るのが、そんなに気に入らないの？」

まだ睨んでいる、怖い。

「い、いや、儂はひとり息子で、姉妹は居なかったから、その辺のことは知識がなくて、そのう。娘よ突然で驚いてしまって、馬鹿なことを口走ったが、儂はとにかくそなたを愛していることは間違いない。どうかこの愚かで無知な父を許すと言ってくれ」

「どうしようかなあ？　たった今私が聞いたチビとかブスとかいう言葉は、あまりにも鋭くて、私の心はズタズタよ。この傷を癒すには相当なことをしてもらわないとね、たとえば私とお兄様やベスおば様やマリーおば様を毎回幹部会に呼ぶとか」

やはりこれも母親のジェネウヴェーヴに似たのか、フレイヤの交渉術は大したものだと、ベスは舌を巻く。

「おお、それで手を打ってくれるか！　儂はそなたがドレスの一〇着も欲しがるかと、内心ではブルブル震えておったのだ。ではニールセンよ、今後は子供達とベスやマリーも必ず出席させてくれ」

番頭の三人組は、ホッと安堵して胸を撫で下ろし、ベスとフレイヤは、顔を見合わせて微笑む。

「承知いたしましたとも、旦那様。大変結構なのですが、ついでにもう一人、クラスクのハールド助役殿もお呼びになってはいかがでしょうか？」

「うむ、善きに計らえ。ただし、次の会議は明後日じゃ」

その幹部会で、マッケンジー伯爵の動向調査と、境界付近の防備強化が採択され、同時に領主の病が重くて、嫡男フレイが領主代行、レディ・フレイヤはモルヴィア家の女主人を託されたと、領内の住民達には広く通達された。

あちこちの町角では女達の噂話が飛び交う。

「ちょっとあんた知ってるかい？　お亡くなりになった奥方様のお嬢様のフレイヤ様が、お年頃になられてお邸の女主人だってさ、確かまだ一三歳だと聞いていたけど、この間お見掛けしたら、これが亡くなった奥方様と生き写し。親子でもあれだけ似るものかねえ？」

「それそれ、通りでお見掛けしたら、これがまた母親似の別嬪の上に、あのおっぱいだって、そりゃもう見事な大人っぷりだよ」

広場では男達が話に花を咲かせる。

「おい近頃代行になったフレイ様を見たか？　最近えらく男前になって、身体つきも一段と逞しくなってよ、もう腕相撲では護衛隊の中では誰も勝てないし、取っ組み合いでも五人で掛かっても倒せねえらしいぞ」

「ご領主様の気鬱の病が随分重くて、いよいよらしいからな。何せ恋女房の奥方様が馬車の事故で死んじまって以来、もう儂も死にたいってずっと寝込んでいたから」

「奥方様は別嬪じゃったからのう。そう言えば、ついこの間も旅の者が、領主様の様子をしきりに訊ねておったから、もう長くないかも知れぬと言っといたが、ともかく早く治ってもらえるとええんじゃがのう、なんせ住民思いのええ人じゃから」

やはり既に密偵が潜入しているようだ。

ある日、珍しくフレイが赤い生地でマントを作ってくれとフレイヤにねだった。さらにそのマントの背には白い十字架を刺繍して欲しいと注文まで付ける。何やら騎士は命を掛けて守るべきレディから何かしらの贈り物をもらうことになっていると、どこからか聞いて来て、そんな相手も居ない兄が仕方なくフレイヤに依頼して来たのだ。

「お兄様、他に頼める女性は居ないの？　私のことを一生掛けて守ってくれるなら、考えてみても良いけど」

本当は縫物や刺繍が苦手なフレイヤはしぶしぶそう答えて、マントの生地を抱えてすぐさまマリアンヌの所へ駆け込む。

「マリーおば様、助けてちょうだい。お兄様が私を苛めるのよ」

「ミニョンヌ、何事なの？」

　先日はフレイヤを見て、事故死したジェネウェーヴが、イエス様のように復活なされたと、喜びのあまりに気絶したマリアンヌは、フレイヤを「ミニョンヌ」と呼び替えて、ジェネウェーヴに注いでいた愛情を、今度は惜しげも無くフレイヤに注ぎ、女性の嗜みや王宮での礼儀作法を手取り足取りで伝授している。

「聞いて、おば様。私が縫物や刺繍が下手なことを知っているくせに、お兄様はこの私にマントを縫えって言うのよ！　お兄様が一声掛ければ、町中の娘達がお針箱と生地を持って駆け付けるというのに。どうして私にさせたがるのかしら？」

「その時、何か他にフレイ様は仰っていなかった？」

「ええとね、騎士はレディから何かもらう特典があるとか言ってたわ、その代わりそのレディを一生守るんだって、でもそれって騎士が結婚を願う相手へのプロポーズの言葉じゃないのかしら、相手が妹の私じゃ変じゃない？」

「ああ、そう言う話ね。それは騎士道では、結婚とは別の話なの。ノブレス・オブリージュ（高貴なる者の奉仕精神）の一種ね」

「へえー、そうなの、知らなかったわ。そう言えば、お兄様って騎士になったのね」

「王様から全権を委任されている旦那様から、先だって騎士に任ぜられましたからね。それでフレイ様はどんなマントを欲しがっているの？」

「そうそう、その話よね。赤い生地に白い十字架を背中に刺繍して欲しいんだって」

「あら、それぐらい簡単にできるわよね、ミニョンヌ？」

クスクスと笑うマリアンヌの頭の後ろには青紫色の影が浮かび上がる。

「おば様ったら。フレイヤの一生のお願いよ！　そんな薄情なこと言わないで」

わざと身をよじって哀願の仕草を見せながら、あの色の影は冗談の色ね、フレイヤは心のメモ帳に書き記した。

「はいはい、分かりました。でも少しだけミニョンヌも手伝わないと、フレイ様ががっかりなさるわよ」

こうして、「私が心を込めて縫い上げたのよ」と、臆面もなく自慢しながらフレイヤが届けてくれたマントを携え、フレイは今度は父の部屋を訪ねた。

「父上、よろしいでしょうか？　ちょっと父上にお願いしたいことがありまして」

「おお、フレイか。何じゃ儂に頼み事とは？　騎士になって早々、誰ぞ惚れた娘でもできて、儂に仲立ちでもしろと？」

「いえいえ、そのようなことは断じて。実はこのマントは妹のフレイヤが、たぶんマリアンヌおば様に、そのう、心を込めて頼み込んで出来上がったマントなのですが、これを教会の祭壇に三日ほど供えて、神のご加護を得られるようにと祈願して頂きたいのです」

「ほう、儂に三日間の祈りをとな。何ぞ意味がありそうだな、聞いても良いか？」

「はい、重病の父上が病を押して教会に籠り、三日三晩このマントに神のご加護をと祈り続け、神がその願いをお聞き届け頂いたと、世間の人々が信じることが必要なのです。実際に父上が御祈りをするしないは、問いませぬゆえ」

「ふむふむ、要するに、そのような真似を三日ほど続けろと」

「まあ、平たく申せば、その通りでございます。父上」

こうして、後に世間の語り草となった、神により敵の刃や矢の攻撃を全て跳ね返す力を与えられた、「神の衣」という名の奇跡のマント（と、目論見通りに世間は信じた）の伝説は誕生した。


白く逞しい軍馬に乗ったフレイが、白い鎧を身にまとい、赤いマントを翻しながら通りを駆けると、町中の女達は嬌声を張り上げ、男達は信頼と尊敬の目で眺めた。

「きゃあ、お邸のフレイ様よ！　なんてお美しいお顔と凛々しいお姿でしょう。悪魔と闘っても負けないほど無敵なんですってね。まるで輝く太陽だわ、きっと敵の兵士も戦う前に目が潰れてしまうはずよ、ああ、あの菫色の瞳で見詰められたら、もう私は……」

なんと、街角で一瞬すれ違っただけで気を失う娘達が絶えぬとか。

「おい、あのフレイ様の赤いマントを見たか！　あのマントは『神の衣』と言ってな、穢れ無き生娘のフレイヤお嬢様がひと月もの間、ひと針ひと針心を込めて縫い上げ、重病の領主様が我が身を顧みずにひと月も教会に籠られて、命を削りながらイエス様にお祈りしたお蔭で、どんな武器でも跳ね返すらしいぞ。おいらの甥が護衛隊に居るんだがよ、その甥の目の前で、流れ矢がフレイ様に当たって傷一つも付けられずに跳ね返ってしまうのを確かに見たと、おいらに言っとったぞ。王様の兵隊なんぞフレイ様の腕の一振りであの世まですっ飛んで行くに決まっとるわい」

今や、『神の衣』の赤いマントを靡かせたフレイは、このサーソーの繁栄と平穏のシンボルであり、そのフレイと轡を並べて行進の先頭に立つ隊長のアダムスの胸も、喜びと誇りに満ち溢れていた。

幼き頃から剣や槍の使い方を教え、馬の乗り方や馬車の操り方、長じては兵の指揮の秘訣も全て教えたのは、このおいらだ。背丈も一八〇センチほどに伸び肩幅も広くなって、最近では格闘ともなれば、まず一分もせずに転がされてしまう。凄い戦士に育ってくれたものだ。普段は温厚で無欲な性格であるが、いったん、争いの場に立てば相手を容赦しない。これこそが戦士の総帥として最も求められるべき能力だ。近い将来襲って来るであろう王軍の脅威も、このフレイ様なら難なく撥ね退けるだろう。兵達も彼に忠節を誓っている。当然であろう誰も彼に勝てる者は居ないのだから。

ニールセンには、各地に送り込んだ密偵達を仕切る、裏の仕事もあった。続々と送られて来る情報によれば、マッケンジーの領内では着々と軍備が整えられているようだ。

さらに警戒すべきは、どうも挟み討ちを狙ってか、東部のギュン男爵の領地内の雲行きも怪しそうだと分かった。これは重要なる情報である、二正面作戦ともなれば防御の備えは根本的に変わって来るからだ。情報は直ちにウイリアムに知らされ、幹部会が招集された。

「今日は忙しいところを、わざわざモルガン殿にも来て頂いた。もう粗方の事情はお話し致しており、モルガン殿も全面的に協力するとありがたいご返事じゃった。マッケンジー軍が陸路から攻め込んで来るためには、どうしてもモルガン殿やその協力氏族達の領内を通らねばならぬから、おそらく懐柔策に出て来るだろう。その折はどうすべきかな？」

「申すまでもない、ウイリアム殿。このモルガンと友好氏族は誰一人マッケンジーに応じはせぬ。そこはご安心なされよ」

「うむ、かたじけないが、ここはひとつ、モルガン殿だけにはぜひとも、このウイリアムを裏切って頂きたい」

その場の者は、当主はまたもや気鬱の病にでも侵され、悪い夢を見て錯乱したのではあるまいかと、目を丸くする。

「ウイリアム殿、何ゆえにそのようなことを申されるのか？　我が氏族をそのような情けない氏族だとでもお思いか？」

「何をおっしゃるモルガン殿。貴公を誰よりも信頼しておるからでござるぞ」

「訳が分からぬ。私にも分かるように話してくだされ」

ここで、フレイヤが口を挟んだ。

「モルガン様、きっと父は相手の誘いに乗るふりをして油断させ、裏をかいて一気に潰そうと申しておるのではないかと思います。そうしないと近隣のどこかの氏族が相手の策に乗ったと偽の噂を流されてしまいますから。そうなればどこの氏族が寝返ったのかと、互いに疑心暗鬼になって、同盟が乱れて、負けてしまいます。父はそれを恐れているのですわ。モルガン様ならお心が揺れることがありませんから、このようなお願いをしているのですわ。そうですわね、お父様？」

　ウイリアムは愛娘の賢さと読みの深さに感心する。

「その通りじゃ、娘よ。モルガン殿、今、娘が申した通りでござる。貴公には敵の策に落ちたと見せ掛けて、敵の作戦を聞き出し、最後に痛い目に遭わせてやって頂きたい。今回は敵を全滅させる訳ではなくて、再びこちらを攻めれば、次は本気で潰すぞと分からせば良いかと思うが、モルガン殿のお考えはいかがですかな？」

「いや、恐れ入りました。ウイリアム殿のおっしゃる通りでござる。しかし、ウイリアム殿が先ほどから娘と呼んでおられる美しいレディは、いったい今までどこに隠しておられたのでござるかな？まさか半年前にサーソー川の山荘に、フレイ殿と一緒に来ておられたフレイヤ殿では、ありませんでしょうな？」

「ハハハ、まさしくそのフレイヤですぞ、モルガン殿」

「何ですと、フレイヤ殿？　まさかそのような。私は最初、ジェネウェーヴ殿かと……」

「間違いなく娘のフレイヤですわ、モルガン様。あの折はお兄様共々お世話になりました。お蔭様で一生心に残る思い出を頂き喜んでおりますわ」

あの赤茶色のチカチカ光る影は、きっと恥ずかしがっているのね。少年のような可愛いところもあるのだわとフレイヤは思った。

「うむ、フレイヤよ。モルガン殿は昔からそなたの母を気に入っておったからな、まだ独り身だからぜひとも親しくして頂いて、ピクト語でも習ったらどうじゃ？」

ウイリアムがクククと笑って冷やかすと、一層モルガンの顔が赤くなり、チカチカも強くなった。

お父様ったらいけない人。

「まあ、モルガン様。ピクト語を教えて頂けますの？　それならハールド様の通訳なしに話ができますわね。素敵！　ついでにマリオンやカーレンにも声を掛けてみますわ。よろしいでしょ？」

とは言え親友はどちらも彼には幼いし、私はまだ恋愛よりも他に色々とすることが多いし。そうだジネット！　彼女もそろそろ幸せになるべきよね。ぜひとも勉強会にも参加させようっと。

「マッケンジーの方はそれで抑えられるとして、次はギュンの方じゃ。これについて誰か名案があるか？」

誰も意見が無いのを見定めてジョンが口を開いた。

「閣下、ギュン男爵はなかなか欲の深い男ですが、臆病なところもありまして、武装船を一隻ダンビースの入り江に停泊させて牽制すれば、備えの兵を差し向けねばならず、兵力は二分されて大した動きはできますまい。そこで正面からフレイ殿が一度か二度、軽く脅してやれば、たぶん一目散に逃げ戻るでしょうから、二度と手出しはしないと彼に念書を書かせれば、治まるのではないかと」

「おお、さすが我が船団の司令じゃ！　その策で行こう。だが、今の船団の手を割くのは良策とは言えぬが、どうじゃニールセン？」

「はい、旦那様。その通りでございます。早速船大工に指示を出して、海兵専用の大型武装船を手配しましょう。二〇〇人乗り程度でよろしゅうございますか、旦那様？」

「司令、海兵の余力はあるかな？」

「なんとか致します。ギュンはさぞかし仰天するでしょうな」

二〇〇人乗りの大型船？　この一族は化け物か？　胸が熱くなる。俺達も負けずに動かねば。

「ウイリアム殿、その中に我々ピクトの民も参加させてくだされ。弟のマーカスにも活躍の場を与えたいし、他の氏族の若者の中にも山を下りたいと申す者も少なからず居るはずです」

「おお、貴公の弟のマーカスな、あの元気者の弟は息災で居るのかな？」

「もう既に甥と姪が二人ずつおって、ハールド助役殿の補佐をしていると聞いております」

「さようでございます、領主様。なかなか利発な男で、外国船との交渉も慣れてまいり、近いうちに独り立ちできるでしょう。どこか適当な持ち場を与えてやれば、張り切るに違いありませんぞ」

「ふむ、それなら持ち場はウイックでどうだろうな？　そこの助役にでもしてやれば、大いに張り切るだろう。ニールセン、それも考えてやれ」

「そうするとウイックはクラスクと同じく避難港とする訳ですな、旦那様？」

「その通りじゃ。マーカスも喜んで、甥と姪がまた一人ずつ増えるぞ、アハハハハ」

　トントン、トントン、寝室の扉を誰かが叩いている。こんな夜更けに、いったい誰が何の用事があると言うんだと聞こえぬ振りをするが、トントンとノックは続く。仕方なく扉を開けると、娘のフレイヤの顔があり、ウイリアムは一瞬で娘に甘い父親の顔となる。

「ごめんなさい、お父様。ほら明日フランドルへ行くから、みんなの前では言いにくいお話があるのなら、今晩のうちに聞いておこうかなと思って」

「おお、そうかそうか。それならいつ来てくれても構わんぞ。実はなフランドルの動向が今一つ掴めぬのじゃ、いや義父上は正直者じゃが、手の者の報告では、その息子達の中に英国と組んでいる者が居るやも知れぬらしい。その辺りをそなたに探らせて良いものかどうかと思案していたのじゃよ」

「まっ、素敵。やっぱり来て良かったわ。ぜひ私にさせてちょうだい、今の英国王のチャールズは、病弱だから近いうちに弟のジョンに交代するんじゃないの？　何か企んでいるとしたら弟の方よ」

　驚いた、いつの間に娘はこんなに情報通になったんだ。儂でさえその話をライアスからの文で知ったのは、ほんの最近だと言うのに。

「ほう、儂の可愛い嬢ちゃんは、その話を誰から聞いたのかな？」

「英国船の水夫さん達なら皆知ってるわ。だから港の宿屋へ行けば大抵の話は聞けるわ」

「なんと、港の宿屋だと？　そなたは、そんな所へこっそり出入りしておるのか？」

「それこそまさかよ。宿屋の女中達にお金を掴ませれば、別に私の耳を宿屋まで持って行かなくても話は聞けるわ。お父様だってアライアスのおじ様を使って、そうなさっているんでしょ？」

なんて頭の切れる、油断のならない女なんだ、まだ一三歳だぞ。儂の娘で良かった、敵方ならあのフレイでも最後は負けるだろう。

「では、引き受けてくれるかフレイヤ？　だが、危険なことはしないでくれよ」

「もちろんよ、お父様。こんな美味しいお話を逃がして堪るもんですか。護衛を五人ほど水夫に紛れ込ませて連れて行くわね。それとね、お父様、私ラテン語とギリシア語のお勉強がしたいの、お父様のお部屋からご本をお借りしても良いかしら？」

「おお、ラテン語とギリシア語か？　その本はたくさんあるから、いつでも持って行けばよいぞ。ついでにゲール語もベスから習ったらどうだ？」

最後の方は冗談で言ったのだが、もう既に全部習ってしまったからいいのよと、軽くあしらわれてしまった。

第一〇章　一一九八年一〇月「フランドルからの密書は一族を救う」

フランス領内の自由都市フランドル、パリの次にフランス第二の繁栄を誇る港街であり、独立国並みの自治権まで有している。港の一角の専用船着き場には、ギルリオン商船団の旗を靡かせた四隻の商船がずらりと停泊し、荷役（にやく）の作業中である。フレイヤはジョン夫妻や、御者と従僕に化けた護衛達と共に祖父の邸に入った。と言っても、その豪奢な邸の主は本来フレイとフレイヤなのであるが。

玄関には、祖父のギルリオン男爵と祖母のアリエルが首を長くして待っており、馬車の扉が開かぬうちに駆け寄って来た。最初に降りたマリアンヌとジョンには、型通りの挨拶と労いの言葉を掛け、最後に降りて来たフレイヤを抱こうと手を延ばす。

「待ちかねたぞ、フレ……。ジ、ジェネウェーヴではないか？　そなたは二年前に馬車の事故で死んだはずだぞ。儂とアリエルも葬儀に出たではないか？　そうだよな、アリエル？」

「ええ、そうですとも。ジェネウェーヴ、お墓から出て来たの？　フレイヤはどこなの？」

「おじい様、おばあ様、私、孫娘のフレイヤよ。ご機嫌よう。お久しぶりです」

「フ、フレイヤだと、しかし、その顔も声も背格好も、お前の母のジェネウェーヴと瓜二つじゃぞ。葬儀で会った時とは、全然違うではないか？　なあアリエル」

ここでマリアンヌが男爵の耳元で何やらぼそぼそと囁く。

「何、月のものが始まってから母親似になったとな、それはそれでめでたいが、しかし……」

「嫌ねえ、おじい様ったら、男の人も居るのに、恥ずかしいわ」

「これは済まなかった。そうかもうアレがのう……。さあ中へ入ってくれ、皆に紹介するからな」

その場に居たジョンは、どこかフレイヤの様子がおかしいと思った。そう言えば服装も髪型も、その上喋り方まで以前に戻ったかのように妙に子供っぽい。


邸の中には執事以下、使用人達がずらりと勢揃いしているが、フレイヤは一人ずつに、「えーと、私フレイヤって名前なのよ、だから忘れずに、お嬢様でなくフレイヤ様って呼んでね」と丁寧に挨拶をして回ったので、使用人達は皆呆気にとられている。

客間に入ると、そこには数人の男女が居た。祖父の紹介によれば、長女のステファーヌと長男のグレゴール、次男のクリスティンとそれぞれの子供達である。フレイヤはここでも舌足らずな喋り方で、

「私ジェネウェーヴの娘のフレイヤよ、皆様よろしくね。お名前を聞いても憶え切れないから、間違うかも知れないけど、怒らないで許してね」と自己紹介してニコニコと笑った。

ジョンとマリアンヌが客用寝室へ案内され、旅装を解くとジョンは妻に訊ねる。

「何かお嬢さんは船の中で腐った物でも食べたか、転んで頭でも打ったんじゃないか？　いきなり頭だけ子供に戻ったぞ。そう思わないか？」

「いいえ、あなた。ミニョンヌは一三歳の子供なのですから、あれで良いのよ。その歳にふさわしい

喋り方をしていらしたでしょ？」

「いやしかし、いつもは」

「あなた、ここはフランドルよ、誰もサーソーでのミニョンヌのお姿を知らないのだから、あなたが知っているミニョンヌの行動は、あなたのおつむの中にだけ納めておいてちょうだいな」

妻の意外な反論にしばらく考えていたジョンはハッと思い到った。

「そうか分かったぞ、なるほどそういうことか」

二人はにっこりと頷き合う。

祖父のギルリオンは本来の家主であるフレイとフレイヤには、二階にちゃんと専用の居間と寝室を用意してくれており、フレイヤはその寝室のベッドで横になって考えていた。

『母の姉と兄は白い影だったわね、つまり無関心てわけね。弟の方とその息子は黒や灰色の影だったわ、嘘と悪意ね。他のいとこ達は皆白色か。あの息子の名は何だっけ、ギョームだったかな、そうそんな名だったわ。これで的は絞れたから、あとは王弟のジョンとの関わりね、あのギョームって優男は私よりも五つほど上かな？　ちょっと調べてみるか』

フレイヤは手元の羊皮紙に何か書き込んで、窓から落とした。ガサガサと音がして、誰かが拾って行ったようだ。さて準備は良しと。

その頃、クリスティンとギョームの親子は、すでに正体を見破られているとも知らずに、部屋でワインを片手に未来へのバラ色の夢を論じ合っていた。

「父上、あの従妹には驚きましたね。あのやり手のウイリアムの娘だというから、どんなに賢い娘かと思っていましたけど、あれほど頭が軽いとは。あれでは成人するまで生き残れないでしょう」

「ああ、世の中にはお前みたいな悪賢いオオカミがわんさと居るからな。儂の姉のジェネウェーヴは少しは賢いところもあったが、あの姪はおそらく生まれた時に脳みそを忘れて来たのだろう。それで図体だけはその分大きくなったのさ、ハハハ」

「まったくですね、あの胸と尻だけ見たらもう立派な女ですから、騙してアラブの商人にでも売り飛ばしたら、随分と金になりそうですよ」

「またいつもの癖が出たのか？　そうやって何人もの女を売り飛ばしおって。だが、ウイリアムが生きている間はまずいぞ。ジョン殿下のお話では、やつは一日も早く死んだ姉貴の所へ行きたがっているそうだから、もう少し我慢しろ。近い内にやつがくたばれば、フレイとか言う跡取りの小倅も始末するようにスコットランドの王を裏で操るランダースをけしかけているそうだから、その後でお前の好きにしろ。儂がやつらの船団を殿下と山分けしたら、この邸はお前の物だ」

「そのお言葉、お忘れなきよう、父上」

その時、二人の耳が鋭ければ、いつもこの階を掃除している老婆が、大層熱心にこの部屋の扉や壁を拭く微かな物音に気付いたかも知れない。そして不審に思ってその老婆のことを詳しく調べれば、サーソーのニールセンが一〇年以上も前から慎重に人選して送り込んでいた女密偵であると、判明したかも知れない。

さらにその密偵を拷問で問い詰めれば、先ほどフレイヤの部屋の窓の下で、夜には不似合いな庭掃除をしていながら、フレイヤの指示を待っていたことも知り得ただろう。だが、旨い酒と、景気の良い話に浮かれている二人には、大変不幸なことながら、その物音は耳に届かなかったようだ。

もちろん、その後直ちにその老婆が、フレイヤの寝室へと招き入れられたのは、言うまでもない。

ギルリオン男爵夫妻に、思いもよらぬ痛ましき出来事が襲ったのは、翌々日のことであった。フレイヤ達の歓迎パーティを終えた夜、帰途に就いた支配人の次男とその息子が乗った馬車が、途中で事故を起こし、哀れな二人は帰らぬ人となってしまったとの悲報がもたらされたのだ。

運よく軽傷で生き残った御者は、夜道を快走している最中に突然車軸が折れ、自分は馬車から投げ出されて、お二人の乗った馬車は弾みでそのまま崖下に転げ落ちたと泣きながら語った。しかし、その御者が途中で馬車を停め、覆面の男達が馬車を取り巻いて、高い崖から突き落とした事実は、犯人達の他には月と星しか知らない話であった。

おそらく一番悲しんだのは、従妹のフレイヤだろう、「私の叔父様と従兄が、死んじゃった」と泣きじゃくり、アリエルが一日中抱いて慰めるありさまで、邸中の者達の涙を誘った。

二人の葬儀が終わり、傷心気味のフレイヤ達をフレイ号が迎えに来た日の午後、フレイヤは祖父一族と別れの挨拶をした。

「おじい様、おばあ様、長らくお世話になりました。また時々遊びに来るわね」

ピェールは何気無い素振りで、フレイヤを部屋の隅に誘って囁く。

「クリスティン達の事故死は、アリエルには悲しいことだったろう。しかし、儂はこれで良かったと思っている。あやつらの悪企みをなんとなく察してはいたんだが、確証が無く手が打てなかった。しかし、そなたがこっそりと始末に来てくれたことぐらいは、この年寄りにも分かる。父上には儂が却って感謝しておると伝えておくれ」

しみじみと、だが晴々と語った。

「おじい様、私には何のお話しかさっぱり分からないわ」

フレイヤは、悪戯っぽく笑う。

「うんうん、そうだろうとも。それから儂の可愛い孫娘よ、何ぞ儂にして欲しいことはないか？」

「実はあるのよ、おじい様。ラテン語やギリシア語で書かれた古いご本を集めているの。お金はいくらかかっても良いから、おじい様の手づるで探してもらえると嬉しいわ」

「おやすい御用だよフレイヤ、手に入り次第、儂からお利口さんのそなたへの贈り物としょう」

フレイヤはタマヤを見習って、聖星式のカーテシー（跪(き)礼）をして祖父の好意に甘えた。

フレイヤ達が戻って、クリスティン親子の事故死とフランドルで見聞きした内容を幹部会で報告すると、商会に振り掛かろうとしていた陰謀の全貌が明らかとなり、一同は愕然とする。だが、王弟ジョンとクリスティン達の企みは、もう既にフレイヤによって潰え去ったのだ、二度と身内から崩れることはあるまい。その場の全員は口にこそ出さぬが、彼女の迅速な処置に感心すると同時に、今更ながら一族の知恵袋としての能力、すなわち容赦なき決断と実行力を、しかと思い知るのだった。

「すべてニールセンのおじい様のお蔭よ、一〇年以上も前から、裏切りの発生を予想して、手の者を送り込んでいたなんて、素晴らし過ぎるわ。いつまでも長生きしてね」

　皆から畏敬の目で見られながらも、決してフレイヤは驕らずに他の者を立てる。

「はい、そう致しますとも、あなた様のお子様の顔を見るまでは、命は絶やしませんです、レディ・モルヴィア」

　冷静沈着なニールセンにしては、珍しく目頭を押さえる。

「その調子だ、フレイヤの子供よりも長生きしてくれニールセン。ところでマッケンジーとギュンの動きはどうなっている？」

「はい、密偵達の報告では、どちらも準備に余念が無いようですが、おそらく実際に動き出すのは、雪の溶ける来春以降かと存じます、旦那様」

「そうか、アダムスの準備はどうじゃ？」

「七個隊の外に、ハイランドの援軍の二個隊が駆け付けやんすから、勢力としては申し分無いでやんす、兵達もフレイ様の指導のお蔭で士気は高くて、おいらは楽をさせてもらっているでやんすよ」

「ふむ、フレイがな。だが、そなたもいざとなれば、寝てばかりいてはならぬぞ。西のマッケンジーはそなたの獲物じゃ、フレイは東のギュンの欲張りめを懲らしめねばならぬからな」

「へ〜い、旦那様。そうしやす。だけんどフレイ様は、ギュンの腰抜けが相手では、ちっとばかり物足りねえんじゃないですかい？」

「いえいえ隊長殿、私はあまり欲張りではありませんから。それに、兵達は初めて実戦を経験するのですから、手始めとしてはこの程度で充分かと思います」

「陸は二人に任すとして、海の方はどうじゃ、ジョン司令？」

「はい閣下、親父殿の話では、大型武装船のアダムス号が年明け早々に進水すると聞いておりますから、アダムス号向けの海兵要員を二〇〇名ばかり揃えて訓練致さねばなりませんが、どの船も定員ぎりぎりで手が割けないので思案にくれております」

　船が増えたのに対して兵が足りないのだ。

「おお、そうか。それもまた深刻じゃな、なんとかしなきゃいかんな」

「お父様、それについては、私が良い募集方法を練ってピクトの人達に声を掛けてみますわ。でも、ピクトの方々は皆さん強い人ばかりと聞いておりますけど、船の動かし方は知らないでしょうから、水夫は必要ですわね。その辺はなんとかなりますの？　ジョンおじ様」

「もちろん、それくらいでしたら何とでも」

「では、それで行こう。じゃが一つ問題があるぞ、ピクト人を乗せる船だから、船長はピクト語が話せないと務まらぬのではないか？」

「それも大切なことよね、じゃあ船長は後で決めるとして、当面は私とジネットが通訳として乗っても良いわよ」

モルガンにピクト語を習っているから、ちょうど役に立つとフレイヤは言う。

「何！　そなたが軍船に乗るとな？　それはまずいぞフレイヤ。お前はまだ知らぬだろうが、男という生き物はだな、閉じ込められた場所で女を見ると、たちまちのうちに獣と化して、子孫を残そうと張り切るものなのじゃ。ダメだダメだ、問題にならん」

「まあ、それは本当なの。じゃあ、もし私が結婚したくても相手が見つからない場合は、船に乗ればたちまち結婚できて、子供にも恵まれるってわけね？　これは良いことを聞いたわ、ありがとうお父様」

なぜそういう話になるのだと、頭を抱え込んでいる父親を横目に、フレイヤが「オホホホホ」と笑って会議を終了させた。

フレイヤは憮然として部屋を出ようとした父親を「待って」と呼び止める。

「お父様ごめんなさい、私を心配しての話だと分かってはいるけど、どうしても一度軍船に乗る経験を積んでみたかったの。絶対に危ないことはしないと誓うわ、だから今回だけは私の我儘を聞いてね」

自分を抱き締めて頬を擦り寄せる娘に、ウイリアムの不興はたちまち氷解。どうだ、天国の妻よ見てくれてるか、儂の大切な嬢ちゃんは、ちゃんと儂の気持ちを汲んでくれる立派な娘に育っているぞとメロメロとなって、亡き妻と生き写しとなった娘の額に口づけをする。

「分かっているよ、愛しき娘よ。じゃが絶対に危ない真似はしないでくれよ、もしもそなたの身に何かあれば、今度こそ儂は生きてはおれぬ」

そう言って自分とたいして違わぬ背丈の、一人前の貴婦人となった愛娘を強く抱き締めるのだった。


翌日サーソーの町角には、「平和な世を望む娘や未亡人は、来る満月の夜に教会の礼拝堂へ集まれ」との高札が立ち、何事かと色めき立った数十人の娘や若い未亡人達が、礼拝堂へと集まる。定刻となり、両脇にマリオンとカーレンを従えたフレイヤが登場し、カーレンの「一同、注目」との厳かな号令に、参加者は思わず緊張した。

「皆さんお楽にしてお聞きください。今宵はサーソーの町の平和のために提案をさせて頂きたく、こうして集まって頂きました。私とここにいるマリオンとカーレンの三人は、万一不埒な敵がこの町に攻めて来た場合、護衛隊に加わって闘うと誓い合っております。もちろん、女性ですからできることは限られておりますが、私達三人は力ではなく知恵で闘うつもりです。それで皆さんの中で、賛同と協力をして頂けるようなお方がおられましたら、ぜひとも名乗り出て頂きたいのです。訓練は月に二〇日ほど、お給料は月に銀貨一枚を予定しております。また護衛隊員の方と結婚する場合はお祝いとして銀貨一〇枚を差し上げます。ご賛同のお方は手を挙げてください」

当時としては破格の待遇だ。その場で二〇人ほどが即座に手を挙げた。

「お気持ちに迷いのあるお方は、ご家族ともご相談されて訓練の様子などを見てから、正式に決めて頂いても結構です」

また数人がおずおずと手を挙げる。見回すと、全員が金色の影を光らせている、勇気と挑戦の色ねとフレイヤは満足して呟く。こうしてフレイヤの親衛隊、いわゆる「アマゾネス隊」は誕生した。

アマゾネス達には、黒い丈夫な生地で縫い上げられたチュニックとパンタロン、それに一振りの短剣が支給され、そのチュニックの背には白いバラの花が刺繍されている。女ながらも整列するとこの上なく凛々しくて勇ましい。

訓練が始まった初日、鬼隊長のアダムスが吠えた。

「さあ勇気ある新兵の娘っ子達よ、お前達はこのサーソーの誇りだ、気合を入れて訓練に励むぞ。まずは短剣の使い方だ。この短剣がお前達を色気違いの男共から守ってくれるんだから、しっかりと使えるように憶えろよ。でないと嫁に行く前から子供ができちまうぞ、分かったか」

「ハイ」

「何じゃ、もっと大きく！」

「ハイッ！」

訓練の期間中、彼女達は埃と汗にまみれながらも、やる気のある娘達ばかりだったので、フレイヤ達に啓発されてか、自分達がこの土地を守るのだと自覚も湧き、一人の脱落者も出なかった。

しかし、護衛隊員達には、たとえ泥だらけであっても宝石のように輝いて見えるらしく、休憩や食事の時には、甘い言葉や手土産を持って周りを取り囲む。大抵はアダムスが一睨みすると、そそくさと逃げて行くが、中にはカーレンが隊長の娘だとは気付かずにしつこく甘い言葉を並べ立て、襟首を引っ掴まれてどやされて、馬の手入れを延々とさせられる間抜けまでいた。

一ヶ月の基礎訓練が終わり、一段と凛々しくなった親衛隊二四名は、モルガン族長の案内で、ハイランドの同盟氏族を巡った。

モルガン氏族、マクリード氏族、ロス氏族、マッキンタイヤー氏族などの各領地でそれぞれ一、二日訓練して、「近いうちに海兵を編成するから船に乗せてもらえるらしいわ、御手当ては月に銀貨一枚ですって。私達も参加するのよ」と、憶えたてのピクト語で触れて回ると、彼女達に惹かれたらしき若者達が目を輝かして集まって来て、瞬く間に目標の二〇〇名近い逞しき海兵志願の男達が、フレイヤに従って意気揚々と山を下りて来た。

ちょうどその頃、大型武装船のアダムス号も完成し、サーソーの沖合いに姿を現す。

二本のマストには黒色の帆が風を受けて大きく孕み、高速で近付いたとみるや、港の手前で大きく旋回して、後進で港へ入って来る。当時としては、最先端技術の船尾舵を採用し、速くて小回りを利かす、軍船としては理想的な設計の新造船である。集まった人々は、その雄姿と性能に歓声を上げてアダムス号を歓迎した。

フレイヤは周りに聞こえぬように小声で呟いた。

「立派な船ね、アダムス号。速いし良く回るし申し分無いわ。問題は強さね、今までのように接舷して乗り込んで斬り合うとか、弓と矢で闘うとかよりもっと安全で有効な手段を考えなきゃ」

フレイヤが船と共に帰って来たジョン司令達を労らって邸に戻ると、フランドルから小包が届いており、数冊の古い書籍と祖父からの文が入っていた。


愛しい孫娘よ、元気でおるか？　儂も元気じゃが、そなたが去って寂しい事この上無い。

お前から頼まれていたラテン語とギリシア語で書かれた書籍が手に入ったから送る。

歴史書や絵付き辞典、戦記物など古いものばかりだが、お前の役に立てれば幸いだ。

例の二人の事で、お前の祖母のアリエルは随分気落ちしているが、儂は逆に清々しておる。

実はあの後、密使と思われる男が、二人を訪ねて来たから招き入れて、眠り薬入りの酒をしこたま飲ませて眠らせ、男のカバンから密書らしきものを見つけて、写しを取って戻しておいた。

密使は二人が死んだと聞くと慌てて鞄を抱えて飛んで帰ったが、同封の書簡がそれだ。

儂にはサッパリだが、もしかしたらお前なら解けるかも知れぬと送る事にしたが、幸運を祈っている。

また近いうちに顔を見せておくれ。　　お前の崇拝者よりおじい様、ありがとう。このゴタゴタが収まったら必ず行くわと呟いて、三枚の写しに目を通せば、そこには文字らしき物が記されていたが、その文字は通常見掛けぬ文字なので読めない。しかも暗号化もされているようだ。だが、遠い昔に母が見せてくれた絵本の中に、このような文字を見た記憶が甦る、あれはなんて名の文字だったかしら、確か最初は「ル」だったはずね。ルタ、ルカ、ルル、ルン、ああそうよ、「ルン」だったわ。いいえ違う「ルーン」よ、間違いないわ、これはルーン文字だわ。フレイヤは急いで父の部屋へ走り扉を叩く。

ドンドン、ドンドン

「パパ、早く起きてここを開けて！」

返事が無い、フレイヤは舌打ちをする。きっとあの怠け者はシーツを被って寝たふりに違いない。

「ウイリアム・ド・モルヴィア、早くここを開けなさい、開けないと火で燃やしてママの所へ送りつけるわよ」

足を踏み鳴らしながら叫ぶと扉がわずかに開き、恐る恐るこちらを除く父の片目があり、瞬間フレイヤが思い切り扉を引っ張ると、父が転がり出て来た。

「フ、フレイヤ、こんな夜更けに時間を考えろ。儂の心臓は今にも止まってしまうぞ」

「もう、パパったら、急いでるんだから早く起きてよ、またビンタでも欲しいの？」

「な、なんと！　またってことは、もしかしてお前？」

「ああもう、そんなことはどうでも良いのよ、パパ。ルーン文字よ、ルーン文字の密書よ！」

深夜ではあるが、招集の伝令がそれぞれの幹部の邸に走り、幹部会が始まった。

「夜分寝ているところを起こしてすまぬ。フランドルから緊急の書簡が到着したんじゃが、国王の侍従長の密書らしきものが同封されていてな、その密書がフレイヤの見立てではルーン文字の暗号文だと申すので、誰かそのルーン文字に詳しい者はおらぬか？　儂は生憎ルーン文字の知識が無くてな」

その密書を回覧すると、皆黙して考え込むが、やがてニールセンが口を開いた。

「旦那様もご承知の通り、ルーン文字は古代のスカンジナビア半島で使われていた文字ですが、現在は使用されておりませんから、知っている者はおそらく数えるほどしか居りませぬ。また、一つ一つの文字は読めても、文章として読み解くとなりますと、難しゅうございます。ましてや暗号化されているならば、なおさらでございます、旦那様」

「うむ、そなたの話ももっともではあるが、それならばなおさら重要な情報が隠されていると思わねばなるまい。だとすれば、ぜひとも解き明かすべきじゃ」

また全員が俯いて沈黙した。この暗号文にモルヴィア一族全体の運命が掛っているのだ、絶対に読み解かねばならない！　だが、どうやって？　しばらく考え込んでいたフレイヤは、ある覚悟を決めると暗号文が書かれた羊皮紙を掴んで言った。

「お父様、しばらく外の空気を吸いながら考えてくるわ、気が散るから誰も来ないでね」

ひと気の無い所まで来ると、「タマヤさん、どうか助けて」と指輪に三回囁いた。そして神に祈るが如く、目を瞑って立っていると目の前がピカッと光り、懐かしいタマヤの声が頭の中に響く。

「フレイヤ様、お久しぶりでございます、おや、すっかりママ様そっくりに変じましたね。結構結構、それで何事か生じましたか？」

「一生のお願いだから助けて欲しいの、この町の多くの人の命が、この紙切れに掛っているのに私には読めないのよ。暗号だから誰にも読めなくてもタマヤさんなら読めるかと思って、と言うよりもどうしても読み解いて我々を助けて頂きたいの。私にルーン文字と暗号解読の心得があったらなんとか読めるのかも知れないけど、今からお勉強していてはとても間に合わないから、タマヤさんにお願いするしかないのよ、どうか助けて！」

「ほう、暗号文ですか？　どれどれ。うんそうですね、確かに暗号で書かれたルーン文字ですね。ちょっと待っていてください」

手を一振りしてキノコの家を実体化するとその中へと入って行った。五分ほど待ったであろうか、再び現れたタマヤは笑いながら言う。

「初歩のまた初歩の暗号文でしたね。今からフレイヤ様のおつむの中へ送ります」

そう言ってフレイヤの指輪に触ると、一瞬のうちにその暗号情報が平文化(へいぶんか)されてフレイヤの頭の中に流れ込んで来る。

あらまあ、こんな話になってるの？　けしからぬ男ね、このランダースって男は。でも、なんとかギリギリで間に合ったってところね。そう呟きながら内容を全て呑み込むと、フレイヤはタマヤに向かって聖星式のカーテシーで、限りない感謝の意を表した。

「フレイヤ様、止めてください。そのようなことは友の間ではするものではありません。あなた様のお役に立てただけで嬉しゅうございます」

「でも、私達にとっては、返し切れないほどのご恩を頂いたのよ。それに対する感謝の気持ちは、これぐらいではとてもお伝えできないわ」

「そのお言葉だけで充分でございますとも。お役に立てて私も嬉しく思います」

タマヤは目尻を二ミリばかり下げて、充分喜んでいると返し、では、またお目に掛りましょうと、戻りかけたタマヤが、忘れ物を思い出したように振り返る。

「ああ、それからフレイヤ様、あなたの愛玩用生物のジェネウェーヴ殿が来月あたりに出産致しますから、生まれて来た子を大事に育ててやってください。必ずあなたのお役に立ちますから」

そう言うと、あんぐりと口を開けているフレイヤの言葉も待たずに消えてしまった。


たぶん大事な仕事の最中だったのだろうから、犬の話は後でと部屋に戻ると、全員が沈痛な表情で沈黙したままで、フレイヤ戻ったのも気が付かぬほどだ。

「ああ、フレイヤ戻ったか、どうだ気分は良くなったか？」

気付いた父の声も憔悴気味だ。

「ええ、ありがとう、すごく良くなったわ、お父様。中座させてもらってごめんなさい。お蔭でなんとか読み解くことができたみたいよ」

秘密だからエルフに助けてもらったとは言えず、そう答えた途端に、皆が一斉に顔を上げ目をパチクリさせて、まことかとばかりに驚愕の眼差しを向け、ウイリアムの声も上ずる。

「なんとフレイヤよ、本当にあの暗号文を読み解いたと申すのか？」

「ええ、なんとか。まず、マッケンジーの攻撃は六月の一五日からね。モルガン様への寝返り工作は偽装で、敵は裏の裏をかいてマッキンタイヤーを既に籠絡（ろうらく）しているわ、すぐモルガン様を呼んで、策を練り直しましょ。それから同じ日の朝にアイルランドの武装船が三隻クラスクを襲うわ。たぶんノルウェーの国旗を掲げてるはずだから気を付けるように、ハールド様に言わなくちゃ。ギュンの攻撃はその三日後の一八日からよ、お兄様の管轄ね。それから五月の末頃にパースの司教の使者がやって来ます。最終偵察ね、お芝居して何も気付いていない振りして帰しましょう。もちろんこれらはランダースの作戦よ。王様は何も知らないらしいわ。悪い奴よねランダースは。でも全ての黒幕は英国王弟のジョンよ。あの馬鹿は、手を汚さずにギルリオン商会を乗っ取るつもりでいるから、一度締めてやらないといけないわね。ゴタゴタが片付いたら、捕まえて殴ってやろうかしら？」

次々と恐るべき謀略の全貌がフレイヤの口から明かされるのを、全員が声も無くまるで聖母マリアが神託を告げているかのように、感動の目で聞き入る。

「いやはや、これは参った。我々は危うく全滅する所じゃったぞ、でかしたぞフレイヤよ、そなたはモルヴィアの宝じゃ。フランドルの義父上にも感謝せねばなるまいな。明後日、もう一度会議を開くから、それまでに各自対策を考えておいてくれ」

極秘で招かれたモルガンは、ウイリアムの口から思いもよらぬ話を聞いて愕然とした。ルーン文字で記された密書の写しを見せられ、フレイヤから内容を詳細に説明されては、納得する他は無く、自身の人を見る目の無さを痛感した。

「モルガンおじ様、私達もこのフランドルからの情報が無ければ、何も知らなかったわ。ここに居る皆もおじ様と同じよ」

フレイヤから慰められて少しばかり気を取り直したモルガンは言う。

「では、この後私は、どう動けば良いのだろうか？」

「何も変わらずに行動してください。全員知らぬ振りをするのです。でもねおじ様、マッキンタイヤーがおじ様を裏切って領地を盗もうとしていることは、これで明白になったわけだから、彼らに対する処置は考えておいてね」

「はい、フレイヤ殿。おっしゃる通りです」

四〇男が、まだ一四歳にも満たない小娘に頭を下げて従っているが、もう誰一人として不審に思う者は居ない。

「それとね、アダムスおじ様にジョンおじ様。先だって山から下りて来た入隊志願のハイランドの人達も、洗い直さないといけないわね。当然我々の動きを探ろうとマッキンタイヤーが送り込んだ密偵が混じり込んでいると考えるべきだわ。一度歓迎会の名目で全員を集めましょう。その時は女性部隊も精一杯着飾って、うんとお酒で酔わせれば、ペラペラと自分から喋り出すんじゃないかしら」

当然自分もドレスアップして出席するつもりでいる。そして黒色と灰色に煌めく影を持つ男を捕えれば良いのだ。簡単ではないか！

アダムスとジョンは自分の尻にも火が付き掛けていたと悟り、慌てて大きく頷く。

「では、一昨日の情報を踏まえて対策を練り直すぞ。まず、アダムスから案を聞こう」

「へい、六月一五日にマッケンジー軍が動き出してハイランドに侵入してから、我々が動くとなりゃんすが、今のままではマッキンタイヤーも敵方と考えねばなりませんから、まずそちらを先に片付けるべきかと思いやんす。あっしが三個隊、フレイ様が三個隊のつもりでしたが、あっしが四隊、フレイ様が二隊としたいんでやんすが、フレイ様はいかがでしょうか？」

「隊長殿、私は一隊でも結構です。ダンビースに来る予定のモルガン殿の別働隊もマッキンタイヤーに当てねばならぬはずですから、なんとか一隊で頑張ります。まあ大丈夫でしょう」

「フレイ殿、私の目が甘かったとは言え、申し訳もござらぬ。マッキンタイヤーの奴らを片付けたらすぐさまそちらへ回りますゆえ」

「心待ちにしております」

当てにはしないが相手への敬意を表して一礼する。

「モルガン様、他の友好氏族のご婦人やお子様達は、どこへ避難されますの？　旦那様、教会へ来て頂いたらいかがかしら？」

　家政婦のベスが提案した。

「おお、儂もそれを心配しておったところだ、モルガン殿そう致したらどうじゃ？」

「重ね重ね、申し訳もござらぬが、そうして頂ければ男達も安心して闘えます」

　モルガンはこの時つくづくとウイリアムと同盟を組んで良かったと、心の底から思った。

「では、次は助役殿じゃ。一個隊では不足ではないか？」

「はい、領主様。実は私もそう思っておったところです。特にアイルランドの海兵達が三隻も来るとなれば、到底太刀打ちはできぬかと」

「ふむ、アダムスもフレイも手が一杯だろうし、ここは思案時じゃな」

「お父様、それについては私に考えがありますの。サーソーの住民の皆様方から義勇兵を募るのですわ。詳細は言わずに内容を少し変えて高額で募集すれば、喜んで参加するんじゃないかしら？　そして、ここが肝心なんだけど、商船を軍船のように仮装して並べ、港の周りには旗や篝火を大袈裟にたくさん並べるの。実際の戦闘にならないように敵に諦めさせて退却させるだけで良いんだから」

　まことに名案である、金で雇われたアイルランドの海兵達も、自分達の一〇倍もの守備隊が待ち構えて居る港を、襲う勇気などある訳がないだろう。

「おお、なんという名案じゃ！　賢いぞ娘よ。偽兵の策って訳じゃな、さすがじゃ。誰からそんな奇抜な策を学んだのじゃ？」

「全てお父様のご本からよ、お父様」

賢い娘は、父親の顔を立てることも忘れない。

「そうかそうか、儂の本が役に立ったか。ウムウム、結構じゃ。助役殿はいかがかな？」

「文句の付けようもございませぬ、お嬢様は名軍師でございます」

その場の皆も同様に深く頷く、かつてこれほどの軍師が世に存在しただろうか？

「次は司令じゃ、司令の考えは？」

「情報ではフランドルが直接襲われる危険は無いようですが、念のため商船は港外へ避難させ護衛船のみ港に留めます。新造のアダムス号には、マッキンタイヤーの密偵を始末した後、早急に海兵の訓練を行ってから乗せるようにしますが、当面はギュンの臆病男爵の目に留まるよう、ダンビースの入江に停泊させる予定です。やつらはあの黒い帆の大型軍船を見たら、腰を抜かして怖気づくはずです。私自身も驚嘆しておりますから」

「それはニールセンの手柄じゃな。ニールセンそなたはどう動くのじゃ？　まさかもう年だからずっと寝ていたいと申すのではなかろうな？」

「はい、旦那様。実はそうしたいところですが、この胸の血が何かしたいと騒いでおりまして、私にできることがあれば何なりとお申し付けください、旦那様」

「ニールセンのおじい様には、密偵達を動かす他に、私の相談に乗って頂きたいの。昨日見たご本に興味深い記事と絵が載っていたから、船大工さんにも力を貸してもらえればと思って」

「おやすい御用ですとも、フレイヤ様。会議の後早速始めましょう」

「ありがとう、おじい様。それからお父様、お父様が住民の皆様の前に、その元気なお顔を見せるのは、パースの司教の使者が帰ってからにしてね、それまでは仮病よ、良いわね。使者は私とおじい様が対応するわ。お兄様は、もうお分かりだと思うけど、ギュンの出陣が三日ズレているのは、こちらがマッケンジー軍の出現に慌ててそちらへ向かった隙に、このサーソーを狙うということだから、その策に乗った振りをして兵を隠して返り討ちにしましょうね。絶対に最初から仕掛けては駄目よ」

まるで名軍師さながらの指図に、「軍師殿の仰せのままに」と、無欲のフレイは笑って大仰に頷く。

「マリーおば様にもお願いがあるのよ、聞いて頂けるかしら？」

感心して目を細めながらフレイヤの話を聞いていたマリアンヌは、突然自分に話を振られて驚く。

「も、もちろんよ、ミニョンヌ。私は何をすれば良いの？」

「おば様のお仕事は、ベスおば様と協力して教会へ疎開して来たハイランドの方々のお世話と、その方々や邸の人達と共に旗や義勇兵の服を縫って欲しいの。もちろんアマゾネス達もお手伝いするわ。仮縫いでも良いから、大勢がお揃いの服を着ていれば、敵は中身までは分からないから、きっと無敵の正規軍がそこで待ち構えて居るように見えるんじゃないかしら？」

「まあ、なんて賢いんでしょ、ミニョンヌ！　ぜひやらせてちょうだい」

もう手放しの喜びようである。

「ハイランドの方々の受け入れは、早すぎるとマッキンタイヤーにバレるから、本性を現す直前がよろしいかしら？　モルガンおじ様」

「もちろんですとも、フレイヤ殿。異存はございません」

「ベスおば様もそれまでに食糧や飲み物の手配もお願いできるかしら？」

「まったく問題ありません。余計な話ですが、近頃のお嬢様のお姿を見たら、きっとお亡くなりになった奥方様も、天国でお喜びになっておられますよ、私ももう先ほどから嬉しくて、嬉しくて」

エプロンで瞼を押さえると、マリアンヌと二人でさめざめと泣き出す。

「これで備えは万全じゃな。後は敵が罠にハマるまで、気付かぬ振りを続けるだけじゃ。勝ち戦が終わったら、ひとつ盛大に祝賀パーティでも開いて祝おうぞ、ワハハハハ」

その場の者も笑いに賛同して大いに盛り上がり、会はお開きとなった。ご承知のように、幹部会での笑い話は現実化するとの例は、今回も外れることはなかった。


パースのアントニオ司教の使者は五月の末ごろ到着し、出迎えた執事のニールセンや女主人であるフレイヤから、昼も夜も無き手厚い歓迎を受けた。あいにく当主のウイリアムは重篤な病とかで面会は叶わなかったが、司教への詫び状と多大の寄進を預かり、マリアンヌとその教え子達の歌う讃美歌に送られて、使者は大満足で帰途に就いた。

そして、司教には町の様子も住民達も全く平穏そのものだったと報告がなされ、すぐさまランダースにもその報告が伝わり、彼は予定通りに開戦を決断する。

翌朝、出陣を促す書簡がマッケンジーとギュンの邸に届き、二人は大慌てで軍備を整え出すが、今やアライアスの忠犬となった教会の下働きや、邸の召使達からは続々と、その慌て振りの報告が舞い込み、ダンディーの港で待機していたアンデールは、アライアスの記した暗号報告書を手に、一目散にサーソーへと戻り、モルヴィア軍は極秘のうちに臨戦態勢に突入した。


一方、サーソーの住民達には二つの噂が流れた。一つ目はめでたきことに、長きにわたり重病で寝込んでいた領主が、もうこれが最後だと覚悟して、教会の礼拝堂で主に最後の祈りを捧げたところ、突如として奇跡が起こって回復、その日のうちにスタスタと歩けるようになったらしいという話。二つ目はノルウェー王国から、国王の親善使者団がクラスクの港へ立ち寄るので、多忙な護衛隊に代わって、一時的に兵士の服を着て、歓迎の旗振り役を務める成人男女の希望者を募集、その日一日の使役に対しては、破格の銀貨一枚の対価が支払われるらしいと、夢のような話が広まった。

実際に募集当日には、血色の良い領主本人が、巾着袋（きんちゃくぶくろ）と真新しい兵服を山ほど積み込んだ荷馬車を従えて現れ、「さあ小遣いが欲しい欲張り共は集まれ」と叫ぶと、たちまち数百人の善男善女達が「ご領主様万歳」と叫びながら馬車に殺到した。

こうして格好ばかりの偽兵士達は一五日の朝には、クラスクの港の周辺にたむろして、今か今かと親善使者団の到着を待っていた。果たして一〇時頃であろうか、情報通りにノルウェーの国旗を掲げた三隻の船が近付いて来る。

ハールドの合図で偽兵士達は一斉に大声で叫びながらモルヴィア家の旗を力の限り振り回し、鍋や釜を叩く。同時に船着き場に停泊していた四隻の商船上からも大声で旗を振り、太鼓を連打して歓呼の声を張り上げ歓迎し、紛れ込んでいた護衛隊員達が、天空めがけて火矢を放つ。

不意打ちの楽勝と聞いていたアイルランドの傭兵達は驚愕する。港には四隻の兵士満載の船が、鬨の声を張り上げ、浜辺には一〇〇〇人以上の精鋭部隊が、これまた無数の旗を振り回して、決戦を求め怒声を浴びせ、火矢まで放って挑発していると、遠目で見た傭兵達は信じ込んだ。

しょせん、金で雇われたアイルランドの傭兵達、あれだけの軍勢が相手ではとてもじゃないが割が合わない、話が違い過ぎると大慌てで、あれよあれよと言う間に反転して逃げ去ってしまった。

ハールドが叫ぶ。

「見よ親善使者殿は大満足の上、次の目的地へ急いで向かわれたぞ、皆の衆これは使者殿から預かっていたワインじゃ、ありがたくちょうだいしろ」

偽兵士達は大樽に入ったワインを存分に喉に流し込み、「ノルウェー万歳、領主様万歳」を叫びながら大満足でサーソーへと戻って行った。

こうしてクラスクの海戦は一滴の血も流すこともなく、モルヴィア軍の一方的な勝利に終わった。

ちょうどその頃、ハイランドではマッキンタイヤーの氏族長ダグラス・マッキンタイヤーが焦っていた。密偵として送り込んだ三人の誰からも、その後の動向を知らせる情報が届かないのだ。

実はダグラスは知る由も無かったが、一ヶ月ほど前の歓迎会の際、その三人は悪酔いして女兵に不埒な振る舞いをしたと、問答無用で拘束され穴倉へほうり込まれてしまい、その後はパンと水だけが無言で与えられるのみで、完全無視の幽閉状態となっていたのだった。

また、頼りとするマッケンジー伯爵からの伝令も途絶えて久しいが、彼らは同盟氏族達の網に引っ掛かり、全員監禁されているのだから連絡が来る道理はない。その上、今頃はクラスクを占領しているはずの、アイルランドの傭兵からの連絡もなくて、ダグラスは戦況がさっぱり分からない。

だが、いくら焦っても、マッキンタイヤー単独ではモルガン氏族を襲撃もできず、せめて偵察でもと邸を出て馬に乗り掛けた時、突然後ろから当のモルガンの声がした。

「おい、裏切り者。どこへ行くつもりだ？」

裏切り者だと？　では既にバレているのか？

「モルガンか、今からお前の所へ偵察に行くつもりだったのさ」

そう言って振り返ると、他の氏族長達が全て揃っており、自分に軽蔑の目を向けていた。おまけに弟のエイリークまでもが自分を睨み付けているではないか。周りは既にぐるりと幾重にもモルヴィア兵が囲んで裏切りの同調者達は後ろ手に括られている。

ダグラスは自分の運命を悟った。そして死出の旅の道連れにモルガンをと剣を抜く。

「俺はお前が気に入らん。モルヴィア一族に取り入って、俺達ピクト人の誇りを売って自分達だけが良い暮らしをしている。お前は腰抜けだ、おれはピクト人の誇りを取り戻そうとしただけだ」

「ほう、ピクト人の誇りを取り戻したくて、お前はマッケンジーに媚びて、手下になり下がったと？それこそ大笑いだ、お前はただ自分の欲のために、このモルガンや他の氏族の領地を盗もうとしただけだ。さあ、その剣で自分が腰抜けではないと皆に証明しろ」

「くそ、望むところだ」

ダグラスは剣を構えるや否や、発止と打ち込んで来た。モルガンは相手の太刀筋を見極めて一瞬身をかわすと、パッと首筋を切り払う。勝負はその一撃だった。ダグラスは首筋から血汐を撒き散らせて、どうと地に倒れ込むとそのまま息絶えた。

「お見事でした、モルガン殿。次のマッキンタイヤーの氏族長はこれで弟のエイリーク殿に決まりましたな。エイリーク殿、他の同調者の始末は後でゆっくりなされ、今はまずマッケンジーの軍を倒すことが先だからな」

その言葉にエイリークは頷き、ダグラスの同調者達に向かって言った。

「お前達にしばらく時間をやるから、自分達の行く末を自分で決めろ。マッケンジーの所へ走っても良いし、死を選んでも良い。また俺の下でこの氏族に居ても良いが再び裏切れば、どの氏族もお前達を受け入れぬ、その前に家族諸共必ず俺がお前らの息の根を止めるからだ。三日間やるからよくよく考えろ！」

「族長殿、三日も要りませぬ、私は今この場であなたに従うと父母の墓に掛けて誓います。もともとこの不始末は大義がなかった。ダグラスに家族を殺すと脅されて、仕方なく従っており申した。敵陣に真っ先に突っ込むことで忠義を証明しましょう」

　一人がそう言うと、我も我もと全員が同意した。


　その日はとうとうマッケンジーの軍は来なかった。道案内すべきマッキンタイヤーとは連絡が取れないのだから、当然と言えば当然である。ようやく南の谷を喘ぎながら登って来るマッケンジー軍を見付けたのは次の日の朝であった。

「ほう、あんな険しい谷をよく登って来れるな。まあ、ここに来るまでにはへとへとになるだろうから、我々は楽だがな。ここはひとつアダムス殿のお手並みを拝見させてもらって良いですかな？」

「願ってもなきことです。我々に手柄をくれるとは喜ばしき限りでござる」

　この隻眼の隊長は顔をほころばせたが、どうもこの男緊張してか、戦場では訛が抜ける良い癖が出るらしい。

　アダムスは頂上の平地で、「よいか、全滅はさせるな。半数だけ叩いて残りは見逃してやれ、その方が却って我々の強さを思い知るだろう」

　兵を馬蹄形に展開させて、自分は三〇騎ほどの軽騎兵と共に突撃態勢で敵が頂上に上がって来るのを待ち構えた。

マッケンジー伯爵は連絡をよこさぬマッキンタイヤーを罵りながら、兵達を叱咤してようやく頂上と思われる平地に辿り着く。ここで一息つかねばと三々五々と登って来る兵達を見下ろしながら、ふと妙な気配を感じて後方に目をやると、なんと数十騎の騎士が槍を構えて待機しており左右には、隙間なく槍兵が槍衾（やりぶすま）の陣を構えて居るではないか。マッケンジーは一瞬で全身が総毛立つ。

「マッケンジー殿、お待ちしておりましたぞ。さあ、残りの兵達もここへ上げてやりなされ、全員揃うまで待って進ぜよう。その上でお互いに正々堂々の勝負を致しましょうや」

「いかにも儂はマッケンジー伯爵だが、そなたの名はなんと申す？」

「ウイリアム・ド・モルヴィア伯爵の護衛隊長、アダムスと申します」

隻眼の騎士は答えた。

「なるほど、儂が今日ここへ来る事を承知していたのか？」

「いや、昨日と聞いており申した。遅れたのはマッキンタイヤーが怠けたせいですかな？」

やはりことごとく見破られていたのだ、儂はランダースに騙されたのだ。あのスケベ学者のウイリーが相手なら、マッケンジー殿が本気で掛れば、ひと押しで砕けてしまうから、彼の領地は既に儂の物になったも同然だと口車に乗せられたのだ。相手が一枚も二枚も上だと気付かずに、こんな所までノコノコと出向いて来て、儂は犬のように死ぬのか？　これは全てランダースの馬鹿野郎の責任だ。

「どうかな、アダムスとやら。ここで儂らを見逃してくれて、領地へ戻るのを黙認してくれるなら、そなたの望み通りの報酬を支払うが？」

「ほう、命乞いですかな？　残念ながら領主からは、半分は見逃しても構わぬが、半分は成敗してやれと言われており申す、あなたがその見逃す方に入っていれば良いのですが」

負けた、完全に負けた。なんと言う狡猾な男だ、そのウイリアムという男は。儂に、この場で死んで恥を晒し、生き残っても恥を晒せと言っとる訳か。だが、運良く生き残ったら、あの侍従長はただでは済まさぬぞ。

「分かった、もう少し待ってくれ。兵が揃ったら尋常に勝負しよう」

「良いお覚悟です、お待ち致しますとも」

やがて、マッケンジーの軍も全員が頂上に到着して戦闘が始まった。アダムスの号令一下、軽騎兵が突進する。凄まじい衝撃にマッケンジー軍の前衛が一瞬で弾かれ、そのまま谷底へと転がり落ちる。ついで左右の槍兵が槍衾のまま突進した。前面と左右の三方からの圧迫を受け、マッケンジーの兵達は敢え無く突き伏せられていく。「待て！」アダムスの号令が響いたのは、マッケンジーに白刃が迫り、今まさに命運が尽きようとした時だ。

「マッケンジー殿、運良く生き長らえてよろしゅうございましたな。どうぞ、怪我人を収容して、このままお戻りくださって結構ですが、次に出向いて来られた折には、容赦は無用と領主から言われておりますれば、そのお覚悟にてお越しくださるように」

そう言うと全軍に合図して去って行く。

見れば敵方の死者は一人として見当たらず、自軍は半数近くが蠢き苦しんでいる。情けを掛けられたとみえて、戦死者は少ないが、作戦でも戦闘でも完敗するとは、なんという相手と関わってしまったのであろうか。しかもこの儂も死の寸前に相手から情けを掛けられて見逃されたのだ。次に出向いた折にはだと？　誰が出向いてなんぞ来るものか！　ウイリアムは自分の身を守るため尋常に闘った立派な男だ。負けたのは儂が愚かで弱かったからにすぎぬ。儂の本当の敵は王の傍で威張っているあの男だ、容赦はせぬぞ。

ギュン男爵は呆然と佇んで沖を眺めていた。ダンビースの入り江に、黒光りする船体と黒地の帆の巨大な軍船が悠々と遊弋（ゆうよく）しているのを。海兵と思われる満載の乗組員の兵服も黒色だ。まさに地獄から浮かび上がって来た黒い悪魔だ。

あの船がこの入り江に居る限りは、一〇〇人いや二〇〇人の兵を防備のために割かねばならぬのではなかろうか？　ランダースからはそんな話は一言も聞いていないぞ、約束通りどうしても明日には出陣しなければならぬのか？

翌一八日、不承不承に二〇〇の兵をダンビースの浜辺に展開させ、ギュンはしぶしぶサーソーに向けて進軍を開始した。兵力は二〇〇名足らずだ、数も士気も半分に減った。しばらく進むと開けた草原の向こうに敵が展開している。ただし、数は我が軍の半分以下だ。これなら勝てるだろう、初戦としてはちょうど良い。ギュンは少しだけ自信と笑みが戻って来た。

「停まれ。目の前の敵に備えよ、伏兵が無ければ血祭りに揚げるぞ」

伏兵は見当たりませんとの物見の声に、騎士を突進させようと思ったその矢先、「ドンドドン、ドンドドン」と太鼓の音が響き、白馬に乗って白い鎧をまとい赤いマントを風に靡かせた騎士が、一騎だけでゆっくりと馬を中間の位置に進めると下馬して佇み、悠然とこちらを手招く。

一騎打ちを望むのか小癪な！　よし一撃で突き殺してやると、自軍で最強と評判の高い、巨体の騎士を呼び寄せる。

「あの思い上がった若輩者を叩きつぶせ、あんなやつでは不足だろうが、腕慣らしにはちょうど良かろう。行け」

騎士は「オゥ」と一声吠えると槍を構えて突進する。

草原にガツーンと音が響き、ギュン達は相手が悲鳴を上げて素っ飛ぶのを予想した。だが、何たる事か、悲鳴を上げて宙を舞って大地と激突したのは自軍最強の騎士であった。

相手には何の傷もなく、敵陣からはワーッと歓声が上がる。ギュンは歯ぎしりして傍らの二人の騎士に突撃を命じた。その二人とて最初の男と体格では遜色はない、再び左右から同時に槍が襲ったが、またもや宙を舞って草むらに転がったのは自軍の騎士だった。

「射よ！　弓兵早く射よ」

悲鳴のようにギュンが命じ、数百もの矢がアーチを描き白い騎士に集中した。しかし、相手は避けようともしない。いや確かに命中しているはずなのだが刺さらないのだ。

敵陣からは「見よ、神の衣だ！」とさらに大きな歓声が上がる。

兵達は次々と討ち取られていった。

「ギュンは絶叫した。その時白い騎士の手がさっと上がると、「ウオー」と鬨の声と共に敵兵達が一斉に迫って来る。もちろん白い騎士が先頭である。それを見ただけでギュンの兵達は、恐怖に襲われて竦み上がり、敵に背を向けて一目散に逃げ出した。無論ギュンが先頭である。今や全軍が総崩れで、

「悪魔だ、白い悪魔だ」

ギュンが命からがら自分の城に辿り着いた時、従った者はわずか二〇騎に満たなかった。なんという惨めな戦であろうか？　彼は心底からランダースの煽てに乗って欲を掻いたことを後悔した。二度とあんな男の煽てに乗るものか、もう何があってもモルヴィアには近付かんぞ、そんな寝言を言い出す者が居たら、全力で引き留めると固く心に誓う。もう彼にできることは寝室に閉じ籠ってシーツを被って震えるだけだった。

運良く生き延びた城兵にとってさらに恐ろしいのは、連日あの白い騎士が城の間近まで近寄って、震える城兵達を手招きするのだ。いくら矢を射掛けても全く利かない。

「悪魔だ、白い悪魔だ。悪魔に逆らえばみんな殺されるのだ！」

噂では、そう喚きながらギュンが、二度と再び手出しはしないと誓紙を差し出したとか。

最近フレイヤから、フランドルの祖父に送られた返礼の書簡より

愛しい、愛しい、おじい様　その後お変わりございませんでしょうか？

私も毎日元気で過ごしております。

先日などは親友のカーレンや、マリアンヌの娘のマリオン達と共に、
しばらくお船で暮らしておりましたのよ。ご心配無くただの舟遊び程度ですから。

ハイランダーの素敵な兵隊さん達も乗っていて、
私達に木剣で剣術や、弓矢の遊びも教えてくれ、私達は本当に楽しい何日かを過ごせました。

おじい様から頂いたご本のお礼がまだでしたね。

あのご本の中にとても興味深い記事や絵が載っていましたから、
何人かの人達にも見て頂きました。

皆さんとても感心しておりましたのよ。

大昔の技術でも今の時代の役に立つなんて素敵だと思いませんこと？

特におじい様から頂いた「付録」の方は、とても役に立ちました。

もしあの「付録」が無かったら、私がこうしてお手紙を出す事も叶わなかったかも知れません。

父も本当に感謝しておりますのよ。もちろん、天国のママもだと思いますけど。

それにね、おじい様。

私がお船に乗っている間に、ハイランドではとても恐ろしい事件が起こったのよ。

何だか知らないけど氏族間で小競り合いがあって、大勢の人が亡くなったらしいの。
その事件と関係あるのかどうか分からないけど、
王様の侍従長のランダースとかいう偉い人が、
お城の中で夜更けに何者かに暴行されて大怪我を負ったんですって。
怖い世の中よね。
おじい様も身の回りの人には気を付けてね、世の中には気が狂った人がたくさん居るんだから。
それから、これは私からの特別なお願いよ。
おじい様の仲の良いお友達の「J様」に私とても興味がありますのよ。
だからJ様のことで何か分かったら、小さなことでも良いから教えてね。
その内に一度J様にお会いしたいわ。そして私達のことが好きかと聞いて、
もしも嫌いだと言うなら叩いてやるわ。その時は兄のフレイも行きたいと言って、
おじい様に会えるのを楽しみにしていますのよ。
大好きなおじい様、その時までお体を大切にね。

おじい様の可愛い孫娘より

ギルリオン男爵よりの返信書簡より

可愛い、可愛い、孫娘のフレイヤよ、

お前とお前の一族が以前と変わらず元気で居ることが分かって、胸を撫で下ろしている。

お前の言う通り世の中には狂人が多いから、お前も充分に気を付けておくれ。

儂が送ったあの付録が、お前達の役に立ったと聞いて非常に喜んでいる。

お前ならきっと役立てることができると信じていたからな。

フレイに会えるのも楽しみだ。

これは単なる噂話だが、儂の友の遠戚でギュンという貴族がケイスネスの近くに居るのだが、最近白い悪魔と黒い魔界の船に酷い目に遭ったらしい。

まさかとは思うが、お前達のことではあるまいな？　もしそうなら痛快この上ないことだ。

それでは、また会える日を楽しみにしているぞ。

この世で一番愛しき孫娘へ、お前を信頼している祖父より

フレイヤは、自室で愛犬のジェネウェーヴと、二匹の子犬を撫でながら、祖父の文を読んでいた。

キツネ色のジェネとは違い二匹の雄犬はどちらも漆黒で、フレイヤは「イーハ」と「ドーブ」と名付けた。ゲール語で夜と闇である。

まだ生後五日目ではあるが驚くほどの成長力で、もう既に目も開いて元気に部屋の中を走り回り、貪欲に母犬の乳だけでは足らず餌を欲しがる。父親はどこの雄犬なのか見当もつかないが、今更それを言っても仕方はあるまい。

子犬達は案外寂しがり屋なのか、寝る時は必ず母犬のジェネかフレイヤの傍らでしか寝ない。

「フレイヤ様、この子犬達はお嬢様にしか懐かず、私が呼んでも知らぬ顔で、餌も私の手からは絶対食べません。一度無理やり抱いて洗おうとしたら、唸り声をあげて噛み付こうとしますのよ。どうしたらよろしいんでしょうね？」

そう言いながらジネットが嘆く。

「まあ、知らなかったわ。ジニーのことがまだ良く分からないんじゃないかしら？　手を出してみて」

そのジネットの手の匂いを子犬達に嗅がせて、頭を撫でながら優しく言った。

「イーハにドーブ、この匂いは私の大切なジニーの匂いだから、早く憶えてね」

子犬達はクンクンと手の匂いを嗅ぐと、ペロリと掌を舐めた。

「もう大丈夫よジニー、一度餌を与えてみて」

ジネットが恐る恐る持参した骨と、肉のスープを与えると、驚くことに今度は素直に飲み始めたではないか。

「まっ、お嬢様。嘘みたいです」

「素直な子達だから、ジニーを自分達の仲間と認めたのよ。これでもう大丈夫だから、安心して洗ったり餌を与えたりしてやって」

「犬が賢いのか、お嬢様が賢いのか分かりませんが、まるで魔法みたいですわ」

フレイヤはそれには応えず、ただにっこりと微笑むだけであったが、ふと思い出したように言う。

「そうそう、ジニー。近いうちにハイランドのモルガン様の所まで行ってもらえないかしら？　とても大事なお手紙を私の代理で届けて欲しいの。他の人では心配だから、信用のおけるあなたにしか頼めないのよ、ダメかしら？」

「エッ、モルガン様ですか？　行きます、行きます、もちろん明日一番に行けます」

　顔がほんのりと赤くなり、目が輝くのをフレイヤは見逃さずに微笑む。

「嬉しいわ、じゃあ朝になったら私の部屋に来てね、お手紙を渡すから。お返事は急がないとお伝えしてちょうだい。それと、秘密の贈り物も一緒に届けてちょうだいね。ああそれから、エルリックに客間へ来るように伝えてもらえないかしら、明日の打ち合わせがあるから」

　エルリックは客間で何やら指示を受けたが、笑いながら「お任せください」と、口笛と共に出て行った。


　モルガンは困惑する。ジネットが後生大事に持参したフレイヤの書簡の意味が分からないのだ。ジネット本人に聞いてももちろん分からないが、あの賢いフレイヤが意味の無い書簡を届ける訳はないはずだ。文面はただ一行、〝秋ですが、春をおじ様にお送りします〟と記されているのみ。

　秋と春？　おじ様にと言うからには、たぶん私宛だろう。これは暗号だろうか？　しかし、返事は急がないらしいから緊急用件とも思えぬ。箱には上質のワインが二〇本と、高級そうなクリスタルの杯が二つ、誰かと二人で飲めと言うのだろうか？　ふと顔を上げると目の前には微笑むジネットの顔、確か自分とはいくつか年下のはずだが、とても若々しくて好ましい顔立ちだ。

そこへエルリックがやって来た。ジネットが通訳して語るには、馬車の車軸が傷んでいて、直すには二、三日かかるから厩へ泊めて欲しいそうだ。もちろん構わないが、このご婦人はどうするのだ？年老いた下僕や下女達が居るとはいえ、独り身の男の邸に、泊めても良いものだろうか？　だがしかし、御者と厩へ泊める訳にもいかぬではないか？　そうだワインだ、あれを飲みながら語り明かせば、何の問題もないはずだ。

「それはまた大変ですな、どうぞご自由にお使いなされ。このご婦人は下女達が責任を持ってお世話致しますから」

喜びを必死で隠すジネットの上気した顔を横目に、エルリックは一礼して陽気な口笛を吹きながら出て行った。

そのエルリックが帰着後フレイヤに、現地での様子を伝えるには、二日目の朝はそれほどでもなかったが、三日目の朝になるとガラリと雰囲気が変わり、なぜだかジネットが下働きの婆さんと共に、嬉しそうに甲斐甲斐しくモルガンの食事を作っていたそうな。

そして、ジネットが持ち帰ったモルガンの返信にはただ一行、〝春は確かに我が家へ参りました〟とのみ記されていた。

そのモルガンが正装をして、当主のウイリアムと女主人のフレイヤのもとへ、ジネットから結婚の承諾を得たと挨拶に来たのは、一行が戻った次の日のことであった。

その頃、パースの王宮の一室では侍従長のランダースが、絶え間無き痛みと疑念に呻いていた。ひと月ほど前に王宮の一室で、覆面をした数名の暴漢がいきなり無言で襲い掛り、棍棒で手足や頭を散々殴られて昏倒、警備の兵が駆け付けた時には既に暴漢達は消え去った後で、結局、犯人の正体は何も分からず、彼の殴られ損となってしまった。

王宮内ではアイルランドの傭兵共か、マッケンジーかギュンの手の者の仕業だと、まことしやかに囁かれ、まともに歩けるには半年ほど掛るらしいとの典医の見立てを聞いて見舞った王の、「命が助かっただけでも奇跡だ」との言葉も、彼には何の慰めにもならなかった。

『あんなに極秘のうちに事を進めたはずなのに、なぜバレたのだろう? アイルランドの傭兵達が不意打ちするはずのクラスクの港には、数千の敵兵が待ち構えていて逃げ帰り、ピクト人の内通者のマッキンタイヤーとか申す族長は直前に処刑され、マッケンジーは敵に待ち伏せされて大敗、ギュンもサーソーの遥か手前でこれまた惨敗。預言者か占い師でも雇ったのだろうか?』

疑惑はランダースの頭の中をグルグルと空回りするが、彼の権威と評価が地に落ちたことだけは、誰の目にも明らかであった。

フレイヤはニールセンに案内され、ノルウェーの造船場を初めて訪れた。挨拶もそこそこに、工場の船大工達を集めて、フレイヤは新型船の構想を示し激論を交わしている。

彼女は、祖父が送ってくれた古い歴史書の中の投石機の記事と挿絵に啓発され、この投石機を船首と船尾に一台ずつ据え付けた軍船を造るようにと指示しているのだ。

その投石機は全周に回転するターンテーブル上に設置され、常時は砲塔のように盾で周りを覆われており、戦闘時のみ前面の盾の一部が開く構造で、船首と船尾の一対で船の前後左右ぐるりと三六〇度、石を弾き飛ばすことができる。現代風にいえば一種の砲艦だ。

フレイヤが想定している射程距離は三〇〇メートル以上、つまり長弓の射程の遥か外から相手の船に弾を打ち込めるのだ。テーブルが回転するから船の進行方向とは無関係に、前後左右の射程内の敵船を自在に攻撃できる画期的で驚異的な軍船となろう。

この構想を船大工が理解すると、「この世の全ての船に打ち勝つ軍船ですな、レディ・フレイヤ」と彼らは手放しで褒めて、「半年で造ってお見せします」と受け負ったが、「ダメよ、四ヶ月で」とフレイヤは、無理を聞かせる。ランダースとジョンが次にどう出て来るか分からなかったからだ。できるならばこの船の威力を彼らに見せつけて脅し、彼らの野望を挫きたい。

自分達の雇い主である大富豪の伯爵家の女主人とだけ聞かされている大工達は、この美しく魅力的で、要点を次々と指摘する頭脳明晰な相手が、一四歳にも満たない小娘だとは夢にも思わずに、誰もが唯々諾々と指図を受け入れている。

「お嬢様、名はなんと付けましょう？」

目を細めながら、大工達を次々とやり込めるフレイヤを嬉しそうに眺めていたニールセンが訊ねる。

「そうね、スコット号ではダメかしら？　アマゾネス達を乗せた、無敵で秘密の船よ」

「大変結構かと存じます。旦那様もきっと喜ばれるはずです」

「ありがとう、爺や。全て爺やの指導のお蔭よ、いつも感謝しているの。これからもずっと長生きしてね」

「もちろんです、レディ・モルヴィア。あなた様のお子様を抱くまでは死ねません」

「フフフ　それはいつの頃になるかしら？」

　フレイヤは先週教会で盛大に執り行われた、モルガン氏族長と元侍女のジネット・ホラングドッテルの結婚式を思い出す。

　ハイランドの近辺の氏族や、町民達が大勢詰めかけ、教会の外まで溢れる中、厳かな式が終わると、ジネットに育てられたと言っても過言ではないフレイとフレイヤの二人が、祝福の「とこしえの舞」を舞った。マリアンヌが奏でるオルガンの音色に乗って、軽やかに舞うフレイヤには護衛隊の兵達が、ややぎこちなく舞うフレイにはアマゾネス達や町の娘達が、それぞれ競い合って声援を送る。

　舞の後フレイヤは、涙ぐむジネットに、「早く良い子達を産んであげてね」と声をかけ、照れているモルガンには、「ジニーを泣かせたら、たとえおじ様でも許さないわよ」と笑いながら言うと、「承知致しました、レディ・フレイヤ。私に春を与えて頂いたご恩は、決して忘れませぬ」と小声で囁いたものだった。

「ねえ、お嬢様。近頃はめっきり冷え込んで参りましたですね、私はもう寒くて寒くて」

ジネットの姪で、彼女の代わりに新しくフレイヤの侍女となったアルグリードが、フレイヤの部屋を掃きながら話し掛けてくる。アルグリードはフレイヤより二歳ほど年上で、アマゾネスの一員でもある。

叔母がモルガン氏族長に嫁ぐと、すかさず並居る自薦他薦のライバル達を蹴散らして、侍女の座を獲得してしまったのだ。

「アルグリード、あなたが寒いと思うのは、横にダンカンが居ないからでしょ？　私がそのことを知らないとでも思っているの？」

「エッ、ダンカンて誰でしたっけ、お嬢様？」

「へえー？　ハンサムなあの鍛冶屋の息子さんを知らないの？　それを本人に伝えても良いかしら、それとも町に高札でも立てた方が良いのかしら？　きっと町の娘の半分が喜ぶと思うけど？」

「後生ですから止めてください、お嬢様。ハイハイその方を存じています、昨日の晩も会ったばかりですから」

昨夜？　それって私が寝入った後でってこと？　そんな夜更けに何してたの？

フレイヤが知っているくらいだから、アルグリードとダンカンが熱々なのは、この辺りでは知らない者は居ない。目はしの利くアルグリードは、さほど遠くない将来、自分がダンカンの欲張りな母親の口を黙らせて、ダンカンの妻の座を勝ち取るには、フレイヤの侍女という絶対的で名誉ある立場が、何よりも物を言うのだと算盤を弾き、強引に叔母に頼み込んで後釜に推してもらったのだ。

しかし、アルグリードは戦闘となればサーソー・アマゾネスの中でも、最も信頼のおける兵士であることは間違いない。訓練では男にも負けぬその気の強さと、身体能力を遺憾なく発揮して、部隊ではフレイヤを除いて太刀打ちできる者は居ない。

実はアルグリードは、一度腕相撲でフレイヤに挑んだことがあった。しかし、三回挑戦して一度も勝てなかったのだ。あのか細い腕から繰り出される圧倒的な力に、何度首を捻ったことか。以来、フレイヤに心酔して、その指示に背いたことは一度もなかった。


アマゾネス隊の訓練では、剣や弓、槍などの武器の扱いの初歩は、アダムスや熟練兵に教練を依頼したが、フレイヤは実戦ともなれば彼女らに、それらの武器を使って男の兵士達と闘わせるつもりは毛頭なかった。男と女の力の差は歴然であり、捕虜になれば逆に負担となるのは明白だったので、離れた位置から集団で襲う戦法を基本としたのだ。

そのためにフランドルの祖父から贈られたローマ時代の武器を描いた記事や挿絵が非常に役立った。特にフレイヤが注目し、アマゾネスの専用武器として採用したのは、スリング（投石具）とアトラトル（投槍具）である。この遠投用の武器を使えば、槍ならば一〇〇メートル、石ならば七、八〇メートルくらいは、女でも訓練次第で投げることができた。これで敵の武器の届かぬ遠くの藪などに隠れて不意を突き、一斉に槍や石を飛ばせば、屈強な敵でも容易に討ち取れるはずだ。

「フレイヤ、何を訓練しているのだ？　おっ、これは珍しい。アトラトルではないか？」

訓練場を通りかかったフレイが、馬上から声を掛ける。周りからは「きゃあ、フレイ様よ！」「副隊長様だわ！」などと、ざわめきが広がる。

「お兄様、ちょうど良い所へ来たわ。町の大工に絵を見せて造ってもらったんだけど、皆に使い方の見本を見せてあげて」

どれどれとフレイが馬を降りて、アトラトルと槍を手にすると軽く投げた。槍はぐんぐんと延びて二五〇メートルほど先の大木の幹に見事に突き刺さる。アマゾネス達からは一斉に「ワーッ」と歓声と拍手が沸き起こった。

「まあまあね、お兄様。じゃあ次は私ね」

フレイヤの槍は一五〇メートルくらい飛んだか、とても兄には及ばぬが、並の男が手で投げて届く距離がせいぜい五、六〇メートルだから、それでも驚異的な飛距離である。

「さあ、あなた達も投げてみなさい。遠くまで飛ばせば、それだけ敵に捕まらずに逃げられるから安全よ、捕まって死にたくなければあれくらいは飛ばせなきゃあ」

フレイヤがちょっと脅すと、皆真剣に訓練に励んで、ほぼ全員がコツを掴み、一五〇メートルほどは飛ばせるようになった。まずまずである。

「次はスリングね、マリーおば様の苦心作だけど巧く飛ばせるかしら？」

片手でぶんぶん回して紐の片方を離すと、石は三〇メートルほど飛んだ。せめてこの倍は飛ばさないとと試しているうちに、どうやら一〇〇メートル近く飛ぶようにはなった。だが、戦場では的に当たらなければ話にならない。

「ただ飛ばすだけで駄目よ。正確に敵に当らなければ疲れるだけだわ。今日から一ヶ月後にテストをするから、的に一〇回のうち七回当てたら銀貨二枚。三回なら銀貨一枚あげるわ。それ以下の人は次の月のテストまではお馬さんの世話ね」

フレイヤがそう宣言すると、途端に皆メキメキと腕を上げ、たちまちほぼ全員が、槍や石を五回以上遠くの的に命中させられるまでに上達した。


ある日フレイヤは、暖炉の泥炭がメラメラと炎を上げて燃えるのを見詰めていて、ハッと気付く。

そうだ、火だわ。火を投石器で投げ付けて、帆を燃やせば敵の船は推進力を失って、波に浮かぶただの木の箱になってしまうはずよ。問題は投石器の弾ね、投げる直前に弾に油を注いで火を付けて燃やして投げれば良いんだけど、石は燃えないし重いから女には容易に扱えないわね、甕や瓶に油を詰めておいても、航海中に波で揺れるとすぐ割れちゃうし、軽くて油を吸い込む丈夫な材料があれば最高なんだけど……。そうだ砂だわ！　砂を松脂（まつやに）や魚油で丸く固めて飛ばせばいいのよ。

そこでフレイヤはカーレンとマリオンに協力を求め試作してみた。すると意外や意外、軽くて簡単には砕けずに油を吸い込む弾が出来上がったではないか。しかも重さも一〇キロくらいだから、女でも手軽に持ち運べる。命中すれば周囲に砂を撒き散らして燃え上がるはずだ。

そうこうしているうちに、新造のスコット号が到着、乗り込んだアマゾネス達は訓練に明け暮れた。黒く塗られたスコット号の、三〇メートルを超える平甲板の船体の中央には、櫓（やぐら）と二本のマストを有し、船首と船尾にはターンテーブルが設けられて、周囲を盾で覆われて隠匿された投石器が据え付けられている。

大弓と捩じり綱を用いたその投石器の性能はまことに凄まじく、たっぷりと油を吸い込んで燃え上がる砂弾は、まるで竜の口から放たれた炎の塊のように、軽く三〇〇メートルは飛んで目標に命中すると一瞬で砕け散り、燃え滾る火を周囲に撒き散らした。この威力を見たウイリアム達は、「この砂の弾をビュンビュン飛ばせば、敵の船はたちまち火の海じゃぞ、ワハハハハ」と大満足の体（てい）だ。

夜、寝室のフレイヤの足元にイーハとドーブがまとわりつく。まだ生まれて半年だが、既に母犬の倍ほども大きくなり、邸の周りを歩き回って不審者が居れば噛み殺さんばかりに吠え立てる。

侍女のアルグリードは、得意になって邸中の人間を二匹の前に連れて来て、恐る恐る差し出す手の匂いを嗅がせる。顔と匂いを覚えて一舐めされれば、もう吠えられることはなく、犬ながら恐ろしく頭が良くて、今に町中の住民全ての匂いと顔も覚えてしまうだろうと噂されている。

フレイヤは二匹の頭を撫でながら、「不思議よね、タマヤさんはどうしてお前達がもうすぐ生まれるって知っていたのかしら？　私だって知らなかったのよ。それも魔法なのかしら、それともお前達が魔法を使って知らせたのかしら？」

その時不思議なことにフレイヤの頭の中で「そうだよ」と聞こえた気がした。しかしフレイヤの周りには誰の姿もない。

フレイヤが犬達の顔を見れば、二匹ともじっと彼女の顔を見詰めている。

「まあ、そうなのね。こうしてお前達を撫でているだけで、私の考えがお前達に伝わるのね！」

そう言えば去年、アダムスと賭けた時、まさか本当に馬が三回回るとは思ってもいなかったが、もしかしたらこうして触れ合うことで、思いが通じたのかも知れない。

試しに、「お前達、今晩は私と一緒に寝ましょうね」と思った途端に二匹はベッドに駆け上がる。

もう間違い無い、この指輪のお蔭で物言わぬ動物とも会話できるのだ。だが、この事実は誰にも秘密にしておかねばとフレイヤは肝に命ずるのだった。

第一一章　一一九九年二月「アンジュー帝国　王弟ジョンの憂鬱」

フランドルの祖父からフレイヤに書簡が届いた。


愛しい孫娘よ、元気にしているか？　儂達も皆平穏である。儂達の友人のＪ氏のことで些か耳に挟んだ情報があるので、そなたに伝えようと、こうして急いで文をしたためた。

Ｊ氏の母君が、この度兄弟の仲を取り持とうと、馬上試合のトーナメントを催すらしい。三月の一〇日から一週間の予定との話じゃが、もし、そなたの兄のフレイも参加の希望があるのなら、いや、希望があっても無くても、儂が代理で申し込んでおくから、ぜひともこちらへ来るよう、そなたから伝えて欲しい。もちろん、そなたもじゃぞ。

そなたの崇拝者　ピエール・ド・ギルリオンより賢き麗しの孫娘へ

「とうとう待っていた機会がやって来たわ、もちろん、行くわよねお兄様。行かないと言っても首に縄を付けてでも引っ張って行くわよ。こんな機会は二度と来ないんだから。それにもう出場のお返事も、おじい様に出しちゃったし」

兄の都合は二の次にして、早々とアンデールと相談して出航日まで決めてから、フレイヤは兄に伝えると、フレイからは諦め気味の返事が返って来た。

「嫌だと言っても、どうせ連れて行かれるんだろ?」

「まあね。おじい様のお話では参加希望の騎士は数百人も居るみたいだから、お兄様には気晴らしになってちょうど良いかも知れないわね。私も早くジョンに会ってみたいわ」

「どうやって会うつもりか、聞いても良いだろうか?　少しばかり怖いが」

「フフ、もちろんお兄様が優勝すれば簡単に会えるでしょ?　私は優勝者の妹なんだから」

「へえ、そうなのか?　じゃあ、どうしても優勝しないといけないのか」

「当り前じゃないの!　負けたら承知しないわ、イーハとドーブの餌にするわよ」

「怖いなあ、生きて帰れるのだろうか?」

言葉とは裏腹に、彼の闘志は段々と燃え上がり、影も濃くなっていく。


フランドルの邸で出迎えた祖父夫婦に会うと、祖父達は逞しく成長した三年ぶりに見る彼の姿に目を潤ませた。

「フレイよ、ジェネウェーヴの葬儀以来だが、なんと言う逞しき男に育ったのだ。儂達と血が繋がってはおらぬかも知れぬが、そのような些細な話はどうでも良い。娘が嫡男と認めて育てたのなら立派な儂の孫じゃ!　誰にも文句は言わせぬゆえ、そなたもそのつもりで居てくれ」

「おじい様、そのお言葉、胸に沁みます。今回のトーナメントでも決しておじい様に恥を掻かせることなく頑張ります」

うんうんと頷くピェールはフレイヤに、「待ちかねたぞ、麗しの孫娘よ。今回はもう曲者はおらぬから、本来のそなたを皆に見せてやってくれ」と言いながら、何の話かと不審げなアリエルを促して、孫達を邸の中へといざなう。

居並ぶ召使達は昨年来たフレイヤの様子を鮮明に憶えており、今度はきっと人形でも抱いて来るのだろうと陰で笑い合っていた。だがしかし、当主の男爵と腕を組んで目の前を通り過ぎて行くこの世の者とも思えぬほど気品溢れた美女に、あれは誰ぞと声も無く呆然と見惚れるばかり。

ただ、去年来た折に、二階を熱心に掃除してくれた老婆と、車軸が折れる不幸な事故に遭った御者だけは、フレイヤの感謝の目配せに、喜びを隠そうともせず目頭を押さえる。

さらにその後ろをアリエルをエスコートしてフレイが通ると、若いメイド達からは溜息が漏れる。最後は侍女のアルグリードが獰猛そうな二匹の黒犬の鎖を取りながら通ると、今度はそれが恐怖の慄(おのの)きへと変わる。その二匹にはフレイヤが、「お前達は大人しくて可愛い犬なんだから、お行儀良くしないと、もう二度と遊んでやらない」と諭してあるが、低く唸りながら周りを威圧しながら通る子牛のような黒犬を、可愛い犬だと思う者などは一人として居ないだろう。

三月一〇日、アンジュー帝国（英国王室がフランス領内に持つ広大な領地と本国を総合した儀礼的国名）のガスコーニュ城の馬場で馬上試合のトーナメントは開かれた。

国王リチャードと王母アリエノール・ド・アキテーヌ、そして次期国王で弟のジョンが居並ぶロイヤルボックスの前を、数百名の煌（きら）びやかな甲冑をまとった騎士達が騎乗行進する。フレイは飾り気の無い白い鎧と赤いマントのみをまとい祖父から白馬を借りて参加した。マントの背の白い十字架のみが唯一の飾りであり、傍目（はため）にはどう見ても名も無き田舎出の見習い騎士としか映らない。

このトーナメントの優勝候補はアリエノールのお気に入りで護衛隊長のペンブルック伯、ウイリアム・マーシャルである。彼はこの時五三歳と高齢ながら、連勝負け知らずの武勇は有名であった。

フレイヤは祖父や祖母達と共にロイヤルボックス近くの貴族用観覧席に陣取って、各騎士達の試合に歓声を上げており、未だ少女の面影も時折垣間見せている。

やがてフレイの試合が告げられる。フレイはフレイヤ達の席の前に来ると木槍を伸ばした。祖母に促されて彼女が槍の柄にハンカチーフを結ぶと、フレイは一礼して所定の場所に着き相手と対峙した。ラッパ手の合図と共に両者は突進し、そして激突した瞬間、宙を舞って相手の騎士は落馬、観衆のどよめきと共にフレイは拍手に送られて勝者控えの場へと移った。以後五日間に渡って、七、八回このような状況が続き、最後の日に勝ち残った四者が整列して、国王に名を告げる。

「ご生母アリエノール様の僕（しもべ）、ウイリアム・マーシャルです」

アリエノールが盛大に拍手する。

「神聖ローマ帝国の騎士団長、リヒテンシュタインです」

その国には以前捕虜となり手酷い目に遭ったが、国王は軽く頷く。

「王弟ジョン様の親衛隊長、カークランドです」

ジョンが目一杯拍手する。

「ギルリオン男爵の孫、フレイです」

近くに陣取っていたフレイヤが声援を送ると、なぜか知らぬがジョンも拍手した。

抽選の組み合わせで、フレイはリヒテンシュタインと、ウイリアム・マーシャルはカークランドとの対戦となり、最初にウイリアム組が闘うこととなった。

勝負は一合(いちごう)では着かず、二合、三合と進み、最後の四合目でカークランドは盾と共に吹っ飛んで地に這った。だがウイリアムも胸部に痛手を負ったようだ。

次の試合は呆気なかった、リヒテンシュタインの盾は吹っ飛び、巨体は絶叫と共に馬から転げ落ちて、そのまま気絶でもしたのかピクリとも動かず、フレイは満場の観衆から大歓声を浴びる。

リヒテンシュタインが担架に載せられて退場すると、いよいよ決勝戦である。二人は再び、国王達の前に立ち称賛と祝辞を受ける。

「そなた達はまさに英雄と言えよう、この上は正々堂々の闘いに臨み力を尽くすが良い。勝者には名誉と賞金、希望すれば国軍のしかるべき待遇も約束される。では、心置き無く闘え」

共に一礼して所定の位置に着き合図を待った。

やがて満場静寂の中ラッパが鳴り、二人は突進し激突した。手負いのウイリアム・マーシャルは持ち堪えたかに見えたが、敵わず落馬。その時、同時にフレイも落馬して、結果相打ちとなった。

フレイはウイリアムに寄る。「ウイリアム殿、私は初めて試合で転げ落とされました。今まではまぐれで勝って来ましたが、あなたには完敗です」

相手の健闘を称えるフレイに、ウイリアムも応える。「なんの、フレイ殿。そなたこそまことの勝者だ。儂になんぞ負けるはずもなき本物の騎士だ、誰に分からなくとも、この私には分かる」

二人は手を握り合い肩を叩き合って互いを認め合い、その姿に会場は賞賛の大歓声と万雷の拍手を両者に送り、リチャードは相打ちに付き両者共優勝者であると告げ、大トーナメントは終了した。


翌日の祝賀の宴の席でピェール・ド・ギルリオンは、喜びと誇りを隠そうともせず全身で表して、「儂の孫と孫娘だ」と、あちらこちらの席へ二人を連れ回す。

フレイはリチャード王からは、近衛部隊へ、ジョンからは親衛隊へとそれぞれ誘われたが、近々騎士修行に出る予定だと、やんわりと固辞して残念がられる。

だが、フレイヤにはジョンから、折り入っての話があり、今晩一〇時頃にジョンの私室に来るようにと耳打ちをされた。もちろん、ジョンの背後にはピンクの影が光っている。

「さあ、餌に喰い付いて来たわ、どう料理してやろうかしら？　少しはお兄様にも出番を作ってあげないとね」と独りごち、祖父と祖母を先に宿へ帰し、ジョンからの誘いを兄に告げる。

「敵は喰い付いて来たわよ、部屋へ来いって言ってるから、行って締め上げてやるわ。お兄様は私があの男を殴っている間、誰も部屋に入れないようにしてもらえるかしら？」

「良いけど、あまりやり過ぎるなよ。死んでしまったら後始末が大変だし」

「フフッ、分かっているわよ。ほどほどにしておくから大丈夫、任せてちょうだい」

「お前が相手では、なんだかあの男が可愛そうになってきたよ」

宮宰（きゅうさい）がジョンの居室へとフレイヤを案内し、衛兵にフレイヤのレティキュール（手提げ袋）の中を覗かせて刃物の有無を確認させると、部屋の扉を叩いて告げる。

「殿下、ギルリオン男爵の孫娘殿がお召しにより参上致しました」

ニヤついた顔のジョンがフレイヤを中へ招き入れ、宮宰は衛兵達に合図して下がらせ、「やれやれ、あの娘も可愛そうに」と呟きながら彼も去ると、隠れていたフレイが扉の前に立った。

もうそろそろかなと思い始めた頃、部屋の奥の方で何やら男と女の口論の声が聞こえ始め、問い詰めているような女の声は段々トーンが高くなり、男の方は懸命に弁解して宥（なだ）めているようだ。

やがてどちらも喚（わめ）き声に変わる頃、昨日ウイリアム・マーシャルと闘って惜敗した親衛隊長のカークランドがやって来た。

「おや、ペンブルック伯爵と優勝を分け合ったフレイ殿ではござらぬか。ここで何をされておられるのかな？　殿下は中に居ると思うが、何かご用でも？　それに衛兵はどこへ？」

「これはカークランド殿、昨日は惜しかったですな。いや何、殿下がつい先ほど私の妹に話があるとお召しになったらしく、私も中へ入って同席した方がよろしいのかどうか迷っておったところです」

その間も中からは甲高い女の罵（ののし）り声と、ドスンバタンの音と共に悲鳴まで聞こえて、カークランドは、また主の悪い癖が出たかとばかりに顔をしかめながら、「フレイ殿。今、殿下と妹御は、仲良くご歓談の真っ最中で、貴公は同席なさらぬ方がよろしいかと存ずる」と気の毒そうに制した。

「いやしかし、それでは大切な妹の身が……」

「いやいや、貴公はまだお若いゆえ分からぬと思うが、世の中には聞こえぬ振りが一番という言葉もありましてな、なあに妹御も三日も寝ておれば元通り元気になられますよ」などと、けしからぬ人生訓を垂れているところへ、内側から扉が開き晴々とした顔のフレイヤが出て来た。

「あら、お兄様。まあ、カークランド様もいらっしゃったのね。ちょうど良かったわ、ジョン殿下が泥酔されて、この私を魔女と間違えて殴りかかってきたから、思わず避けたら壁に当たってお倒れになって、もう血だらけよ。二人でなんとかベッドへ寝かせてあげてちょうだい、もう私クタクタよ」

「殿下が泥酔されて、お前を魔女と間違えただと？　なんてことだ。怪我はしなかったか？」

「ええ、私は上手に避けたから大丈夫だったけど、殿下はお顔から壁に当たったから少しお顔が切れたみたい。とにかくカークランド様も早く殿下をベッドへ」

三人が部屋に入ると、ジョンが血だらけの顔で気を失って床に倒れていた。

「殿下、殿下、大丈夫ですか？　隊長のカークランド様も来て頂けましたよ」

ジョンは薄眼を開けてフレイヤを見た途端に叫ぶ。

「魔女だ、魔女がまた来た！　おおカークランドか、早く助けてくれ」

騒ぎ立てるジョンにフレイヤは優しく、「ハイハイ、殿下。魔女のフレイヤです。殿下がもう悪戯（いたずら）

をしないと誓って頂けるなら、すぐに消えますわ」と言って、カークランドにニコリと笑って目配せするとカークランドも泣く子を諭すように言った。

「殿下、酒が過ぎましたな。この上は魔女殿に詫びて、早々に引き上げて頂きましょう」

「分かった、分かった。儂が悪かった。二度とこんな真似はしないから、早くどこかへ消えてくれ」

殴られたことと、ランダースと組んだ悪事を散々責められて、よほどガックリきているとみえる。

「殿下、お怪我に薬でも塗って、ごゆっくりとお休みください」

そう言いながらフレイヤが見たジョンの背後の影は、なぜか怒りではなく深い悲しみの色なのが少し気になる。


翌日、王母アリエノールからの「ぜひとも会いたい」との伝言を携えて、迎えの馬車が宿舎に到着した。王母の招待は絶対であり、二人は案ずる祖父達を宥めて、馬車に乗り込んだ。

馬車がガスコーニュ城に着き、何か言いたそうな宮宰に案内されて、豪奢な王母用の客間へ入ると、女官も付けずに王母がただ一人、にこやかな顔で待っており、フレイとフレイヤがフランス王宮式の辞儀をすると、アリエノールは微笑みながら椅子とワインを勧めて言った。

「輝くばかりに凛々しくて逞しき若武者と、聡明で見目麗しき乙女。スコットランドの田舎育ちと聞いていたが、ちゃんと我が国の作法にも通じている様子。他では滅多に見られぬ魅力的な兄妹ね」

そして、ズバリと切り込んで来た。

「フレイヤと言ったかしら、先日のトーナメントで遠目に見て、長年世継ぎを生さぬ嫁に替えてジョンの新しき妃にと思うたが、ジョンは焦って昨夜は失敗したようね」

　フレイヤは慌てて、それについて釈明しようとするが、王母は笑って制した。

「よいよい、宮宰とカークランドから聞いて、全て承知しておるから、隠さずとも良い。馬鹿な息子だけど、今回は私に免じて許してやってたもれ」

　フレイヤが畏まると、今度はフレイに向かって言った。

「まことにそなたは、武と情をわきまえた天下無双の騎士。滅多に他人を褒めぬウイリアムが、そなたを手放しで褒めておった。彼に恥をかかせまいと相打ちを演じ、私と護衛隊長の名誉を守ってくれた心根は騎士の鑑、私からも礼を申します。なんぞ望むものなどあれば遠慮無く申すが良い」

「とんでもございません、王母陛下。精一杯の尋常勝負の結果でございます。未熟者なれば、時折は隊長殿にお会いして、騎士道の真髄などをお教え願えればと思うばかりです」

「リチャードにも何も望まぬと申したとか、聞きしに勝る無欲な男だこと。その腕前なら諸公が競って高碌で召し抱えようほどに。もしかして昨年の夏スコットランドのギュンとか申す田舎貴族を、軽くあしらった『白い悪魔』とはそなたのことではあるまいか？」

　さすがアリエノール、巧妙に攻めてくる。

「はて、昨年の夏でございますか？　どうにも記憶にありませぬが」

「そう？　ギュンの死んだ兵士の遺族には、多額の銀貨が届けられたと聞いたけど、そんなことまでする裕福で奇特な者は、この世にそう多くは居ないはずよ。そなた達の父親ぐらいね。ギルリオンの女婿で、国王をも遥かに凌ぐ財力を持ったモルヴィア一族の長」

「陛下、それらは単なる噂話でして」

　フレイヤが慎重に制すると、王母は静かに言った。

「そう、単なる噂話よ。そして、その真実も知っているからこそ、ジョンがそなたに言い寄ったのよ。あの子は不器用で、兄が三人も居て親からもらうべき土地も無く、幼い時からラックランド（領地無し）のジョンと陰口を叩かれて、心が捻くれて金銭に執着するようになってしまった。全ては私と死んだ前王の責任なの」

　アリエノールが目頭を押さえて呟くのを見ると、もう二人は何も言えなかった。

「レディ・フレイヤ、もうジョンと結婚しろとは言わないわ。でも、力になってやって欲しいのよ。あのずる賢いランダースとやらの策を見破り、先手を打って迎え撃ち、領地を守ったそなたの知恵を時々息子にも貸してやってちょうだい！」

　エッ、嘘？　どうして知ってるの？

「フレイ・ウイリアム・ド・モルヴィア、息子に仕えろとは言わないから敵にはならないでやって欲しいの、この老いた女の願いよ。その代わり二度とランダースと組んで、手は出さぬと息子に誓わせるわ、お願いだから！」

　あふれる涙を拭おうともせず縋る、不出来な息子の行く末を案ずる老女の願いを、どうして断れようと、フレイは妹と目で無言の同意を交わし合う。

「陛下、無力な私達二人が、お力になったとて殿下のご気性が変わり、行動が改まるとは思えませぬが、万一の場合は事前にご相談頂ければ、多少は最悪の事態を逃れられるやも知れませぬ。それでも良ければ、敵では無く友として互いに支え合うこともできましょう。ただし、諸悪の根源であるランダースとはすぐさま縁を切り、祖父の船団や家族には手は出さぬと、殿下のご意志を記した覚書が頂ければの話ですが」

「おお、必ずやそなた達の希望に沿うように、私が責任を持って息子に話します。これで心の底から信頼できる友があの子にできました。猜疑心が強くて寂しがりやで、私とウイリアムの他には誰も信ずべき友や臣下も居ない子でしたから、きっと喜ぶでしょう。兄のリチャードも病弱ゆえ、あと三年生きられるかどうか。あの子が王位を継ぐ時は案外早いかも知れぬ。そのための下準備は早ければ早いほど良いと思って今日そなた達を招いたのです」

　アリエノールが鈴を鳴らすと隣室の扉が開き、護衛隊長ウイリアムが満面の笑みで入って来る。

「フレイ殿、レディ・フレイヤ。安堵致しましたぞ。お二人がジョン様の後ろ盾となって頂ければ、殿下のお命は二〇年は延びるでしょう。よろしゅうございましたな、陛下」

「いや、隊長殿。もちろん、お約束したからには、敵に回ることはありませんが、後ろ盾と申しても、いつでも必ず殿下の応援に駆け付けるという訳にも参りません。それは、その時の状況にもよります。その辺はご了承ください」

王母と隊長は当然だと頷く。

「ひとつお伺いしてもよろしいでしょうか、陛下?」とフレイヤが問う。

「何なりと」

そう言ってフレイヤを見る王母の目は、まるで愛娘を見る慈母の目である。

「もし、私と兄が陛下のお話をお断りした場合は、我々の身はどうなっておりましたでしょうか?」

「やはりそなたは賢い娘ね、まず、そなたの兄とウイリアムはこの場で果たし合いをして相打ちね。隣室に司祭も控えさせておりますから、そなたには急いで花嫁衣装を着せて、部屋でウンウン唸っている下の息子と強制結婚よ。どお、素晴らしい計画でしょ?」

後世、「ヨーロッパの祖母」と歴史家に位置付けられた、やり手のアンジュー帝国王母アリエノール・ド・アキテーヌは、オホホホホと笑い、他の三人もつられて大笑いして水面下の盟約は成立。

だが、イングランド国王リチャードの御代の終焉は、王母の予想よりも遥かに早く訪れた。

三月末頃、フランス軍と交戦中に受けた矢傷が化膿し、リチャードは壊疽を誘発、翌四月の六日に逝去し、即日ジョンは王位に就いたのであった。

第一二章　一二〇一年四月「ノルウェーの嵐ふたたび」

「息子よ、錫杖団（ノルウェーにおける聖職者の抵抗組織）の動きはその後どうじゃ？」

近頃めっきりと体に衰えが目立ち、床に伏せる日が多くなったノルウェー国王スヴェーレが、一人息子で世継ぎのハーコン王太子を床近くに呼んで訊ねる。

「はい、父上。今のところは目立った動きはございませぬが、隣国スウェーデンの方は少しばかり気になることが続いております」

父親譲りの薄青の瞳と金色の髪を持った二一歳の長身のハーコンが、衰えた体に憂いを色濃く浮かべたスヴェーレに言った。

「ほう、どのような不穏な動きがあるのじゃ？」

「あちらに赴いていた耳役の報告では、国境近くに砦が三か所ほど増えて、兵の数も増したようだと申しておりました」

「儂の体が今少し丈夫なら、そのような事態にはならぬのじゃが。そなたから東部方面軍の各隊長に備えを厳しくするように命じておくよう。それとデンマークとスコットランドにも今一度耳役を派遣してくれ。スコットランドのモルヴィア一族の動きにも、目を光らせねばならぬ。あの一族は国王よりも数倍裕福で、兵力でも圧倒していると聞いておる。確か数年前に潰そうと攻めかかったやつらが、こっぴどく痛め付けられて逃げ帰ったそうじゃが、その折はこちらからは攻めぬが、次に手を出して来れば容赦はせぬと吠えたそうじゃ。念のために調べてみろ」

体は衰えているが頭脳の明晰さは失っていないようだ。

「承知しました、父上。早速、耳役の切れ者を遣りましょう」


ノルウェーの毛皮商人エルドレーンと名乗る男が、オークニー諸島からの帰路にサーソーのウイリアム邸を表敬訪問したのは、五月の半ばであった。エルドーレンは一〇年余り前に一度掘立小屋が立ち並ぶ寒村時代のサーソーへ立ち寄ったことがあり、その時とはあまりに違う繁栄ぶりに、領主の仁徳と手腕を褒め称える。大いに気を良くしたウイリアムは、二、三日の逗留を勧めて歓待に余念が無かった。偶然にも、ちょうどその日、大陸での騎士修行を終えたフレイと、アリエノールから招かれていたフレイヤも、共に同じ船で帰って来た。

「お父様、今回の王母様のお招きは本当に疲れたわ！　ジョンたら他人の婚約者を誘拐して、去年無理やり結婚したんだけど、それがフランス王太子ルイの重臣の婚約者だったから、王母様としてはどちらの味方もできずに、私に泣いて愚痴るからお慰めするのに苦労したわ。私だってジョンを叩いてやりたかったけど、あのアホは怖がって逃げてばかりで、一度も私に会おうとしないのよ。失礼しちゃうわよね」

フレイヤが英国王を罵りながら客間へ入って来たが、客に気付き赤面する。

「あら、ごめんなさい、お父様。お客様だったのね！　失礼致しました」

ウイリアムは詫びる娘を、相も変わらぬ奴めと苦笑して客に紹介する。

「エルドレーン殿、見た通りのお転婆な娘のフレイヤでござる。以後見知りおきを」

「いやいや、なんともお美しきレディでございますな、それがしノルウェーから参りました毛皮商のエルドレーンと申す者です。以後見知りおきくだされ」

フーン、毛皮商人？　嘘色の影だわ。何が目的ではるばるとサーソーまで出向いて来たのか知らないけど、必ず尻尾を掴んでやるから。

「まあ、遠い所からよくいらっしゃいました。どうぞごゆっくりなされてください」

「はい、ありがとうございます、レディ・フレイヤ。ところで先ほど仰っていたジョンとは、もしかしてイングランド王のジョン様のことではありませんか？　いえ、王母様とか王太子のルイとか聞こえたような気が致したものですから」

「まあ、違いますわ。ただのアホのジョンのことですわ！」

さようでと、やり取りしているところへ、フレイが入って来た。何やら古めかしき袋を携えている。

「父上、先ほど物置の奥で捜し物をしていたところ、こんな物が出て来ました。この刀剣は一体何でしょうか？　どうしてあんな物置の奥に？」

中身をテーブルに並べ出して、初めてそこに居る者が客だと気付く。

「おや、お客様でしたか。これは失礼致しました。邸の者かと思い、ご無礼致しました」

間が悪いと言えば、まことに最悪のタイミングであった。

「エルドレーン殿、息子のフレイでござる。大陸で騎士修行とやらに出かけておったのですが、たまたま娘とフランドルで会ったと見えて、同じ船で帰って来たようです」

だが、客はテーブルの上の年代物らしいダマスカス鋼の刀剣に見入ったまま動かない。そして、その客の頭上の影は驚愕の色に変わり、激しく燃え盛りフレイヤの目を射る。

「フレイ、これはそなたが修行を無事終えた時に、祝いとして渡そうと先年訪れて来た骨董商から手に入れた物じゃよ。儂も由来は知らぬが、そなたを驚かそうとわざと隠しておったのじゃ。早々と見付けられてしまったか。ワハハハハ。仕方あるまい、これはもうそなたの物じゃ、大切にしろ」

「そうでしたか、父上。ありがたく頂戴します。おや、この小袋にも何か入ってるな」

小袋を開けると、迂闊にも袋から中身がコロコロと転がり落ちた。エルドレーンは指輪を拾い上げると、しげしげと確かめる。

「良かった、傷は付かなかったようです」

ハンカチーフで丁寧に拭き、もう一度確認してフレイに渡した。

「もう一つ入っておろう。その腕輪はフレイヤが二〇歳になった祝いに渡すつもりで、ついでに買った物じゃが、ちょうど良い折だからフレイヤ、少し早いがそなたに授けよう」

だが、フレイヤは客の影がさらに一段と激しさを増して煌めくのを無言で見つめていた。この人は驚愕し、動揺している。なぜ？　この刀剣と指輪にどんな秘密があるのか知らないが、この人は明らかにその秘密を知っているのだ。

エルドレーンは確かに動揺しまくっていた。

『なんと、あの宝剣だ！　あの印章指輪だ！　そしてフレイという名のマグヌス王そっくりの菫色の瞳をした息子まで！』

彼は心の動揺を気取られまいと、必死の努力をして無表情を装い、ウイリアムに明朝の暇を乞う。

「領主殿、申し訳もござらぬが、大切な用事を忘れておりまして、せっかくのお誘いながら今夜一晩お世話になって、いったんカークウォールに戻りたいと存じます。なに、近いうちにまた参りますので、その折はぜひゆっくりと」

フレイヤにしては珍しく、「まあ残念ですわ。では、寝室までご案内致します」と、腕を客の腕に絡めて出て行く。物言わぬ動物ではなく人間の心の中を探ったことは無い。だが、なぜかその時は必ずできると思い、したいとも思った。そして、驚くことにそれは実現し、相手の正体も動揺した理由も一瞬で掴めた。フレイヤと指輪がまた一つ成長したのだ。

フレイヤは部屋に戻ると、父を見据えて問い質す。

「さて、お父様。どうしてうちの邸にあのノルウェーの宝剣と印章指輪があったのか、説明して頂けるかしら？」

「お、お前。どうしてそのことを！　いったい誰に聞いたのだ、ニールセンか？　アダムスか？　それともベスか？　マリアンヌか？　あれほど秘密だと言ったのに、けしからぬ奴だ」

「フーン、そうすると皆は知っていて、知らなかったのは私とお兄様だけだって訳ね」

「なんと、誰も漏らしていないのに、知っていたと言うのか？　そんなことが……」

「お父様、それはどうでも良いのよ！　私が知りたいのは、どうしてお父様があれを手に入れたかってことだけ、骨董屋がとか言って誤魔化さないでね。また殴りたくなるから」

もう間違いない、やはりあの夜に儂を叩いたのは、目の前で儂を睨み付けている女だ。そう確信をしながら、ウイリアムは瞑目した。

「この話を聞けば、フレイと儂の絆は断ち切れるかも知れぬ。それでも聞きたいか？」

「たとえどのような話であっても、父上と私の絆が断ち切れるなどとは、思いも寄りません。ですから真実を話してください」

その言葉で覚悟を決めたウイリアムは、一七年前のあの日、ウイックの浜辺で起きた出来事を包み隠さず語った。

それはフレイヤにとっては、今まで実の兄と思って接してきたフレイが、血の繋がりの無い他人であるという衝撃的な事実であり、フレイにとっても、実の父と母は既にこの世になく、自分はウイリアムの庶子ですらないことを意味していた。

「フレイ、そなたの母と思しき女性の墓はウイックの丘に在る。ジェネウェーヴが生きていた頃は毎年二人でその墓に詣でて、そなたの母にそなたの成長ぶりを報告して居たのじゃ。それが儂ら夫婦にできる精一杯の供養じゃと思ったからな。先ほどフレイヤに授けると言った腕輪は、名も知らぬその女性の形見の品じゃ」

「サラよ、お兄様の母君はサラってお名前の側室なの」

　フレイヤが相手の名と立場を呟くが、もうウイリアムには、なぜそなたがそれを知っていると、問い質す気力さえ無い。

「父上。たとえ血は繋がっていなくても、心が繋がっている限りは、三人は一つの家族です！　そのことはたとえ相手が神であろうと否定はさせません。フレイヤもそれで良いな！」

「もちろんよ、お兄様。お兄様の妹というこの上無き名誉ある立場を、失ってたまるもんですか。たとえお兄様自身が否定しようとも、私は絶対お兄様にしがみついて離さないわ！　明日三人でサラ様のお墓へお参りに行きましょ、そして改めて我々三人が家族であるとサラ様に告げるのよ」

　翌日、三人はウイックのサラの墓に詣でた。

　丘の上のその墓は、ジェネウェーヴが旅立ってから誰も訪れていない間に、雨風に曝されたとみえて荒れ果てていた。彼があの時埋めたワインの瓶と杯はむき出しになって転がり、豪雨の爪跡が痛々しい。ウイリアムはしばらく来なかった自分を責める。

　瓶は少し割れているが、持ち手すら無くブドウの模様を浮かし彫りしただけの粗末な石の杯は、幸いにも無傷で、「これがサラ様が最後にお使いになった杯なのね」と深い因縁を感じたフレイヤは、瓶と杯を下の渚で丁寧に洗ってスカーフで包み、墓の下のサラには、「サラ様、あなたの息子である兄は、立派な騎士として育ちました。どうぞご安心ください」と語り掛けながら、またそっと埋め戻すのであった。

フレイは墓前に額ずき、命と引き換えに自分を逃がしてくれた生みの母に、涙を流しながら深々と感謝の意を捧げる。そして、形見の腕輪はあらためて兄から妹へと送られた。


一方、ノルウェーの新首都ベルゲンの王宮では、病床のスヴェーレ王をハーコンとエルドレーンが囲み、驚愕すべき事実に基づく果てしなく重い密議が行われていた。その事実は二つである。

まず、長年フィヨルドの底に沈んだと信じられて来た、十字軍王ゆかりの宝剣と、当時のローマ教皇からの印章指輪を、北海対岸のケイスネスとサザーランドの大領主であるモルヴィア一族が秘蔵している事実、もう一つのさらに重大なことは、先王マグヌス五世の遺児フレイに相違無き男が生存しており、モルヴィア家の嫡男の立場であるという事実である。

この二つの事実は仮にフレイが宝剣と指輪をローマの教皇に見せ、我こそは正統なるノルウェーの王だと宣言すれば、スヴェーレの王位はたちどころにその正統性を失うということを意味している。

また、現在は国外に逃れている錫杖団が一気に力を取り戻すのも明白であり、現王権に不満を持つ地方貴族達は一斉に蜂起して、収拾が付かなくなることをも示唆していた。つまるところ、ノルウェーの運命はモルヴィア家の出方次第で決まるということだ。

「父上、私が先方へ乗り込み、直接対処してみましょう。ここで悩んでいても、なんの解決にもなりますまい。兵は連れて行かずに護衛数人とエルドレーンのみ連れて行きます。彼の話ではフレイは話の通じそうな相手だと言うことですから、刺激しなければ巧く丸め込めるやも知れません。幸い、こちらの正体はバレておらぬようですから、同じ毛皮商人との触れ込みで会います」

「さようか、ならばハーコンは属領視察へ出向くと触れよう。だが、決して無理はするでないぞ」

その月の末、再びノルウェーの毛皮商人エルドレーンはサーソーの領主館にウイリアムを訪ねた。ただし、今回は同業者数人を同伴しており、南のハイランド地方にも取引を広めたいので、一〇日間ほど逗留させてもらえないかとの希望を伝え、手土産として北欧の珍しき織物や毛皮などを持参した。

気の好いウイリアムは彼らに、「遠慮なく、必要なだけ留まるが良い。息子は領内巡回のため、娘も同盟氏族に嫁いだ知人の出産に立ち会い不在だが、明後日には戻る予定だから、戻ったら北欧の話でも聞かせてやってくだされ」などと遠路の旅の疲れを労う。

「殿下、いや、ここでは毛皮商人のエリック・ロベルトソン殿でしたな。案外すんなりと逗留が認められましたな。あの学者肌の領主殿は人を疑うことを知らぬのではありますまいか？　どうも世間の噂で聞く凄腕とは違い過ぎるように感じますが」

迎賓用の宿舎に案内されたエルドレーンは旅装を解きながらハーコンに語り掛ける。

「エルドレーンよ、お前もそう思うか？　俺も実はそう思っていたところだ。しかしだな、この港町の繁栄ぶりや、商船団の活躍もまた事実だし、イングランドの王族達との付き合いがあるのも間違いないようだ。兵達は強く士気や忠誠心も高いとも聞く。これの意味するところは、つまり、あの領主殿は途轍もない役者で、学問しか興味が無いと世間の目を眩ませているのか、または単なるお飾りに過ぎず、裏で何者かが糸を引いて操っているかのどちらかだな」

「実は他の耳役達にもその意見があります。しかし今のところ、どこを見渡しても、彼を裏で操るほどの人物の姿がさっぱり浮かんで来ないので、面喰っております」

「例の息子はどうだ？　歳は俺より幾分若いようだが」

「はい、ここ一年ほどは大陸で騎士修行をしておりまして、試合では負け知らずらしいのですが、強さの割には欲の無い男で、敗者からの身代金は取ったこともないとか。それに、あの男振りですから、婦人方の誘いも度々らしいのですが、それもまた固辞するとか」

「ほう、それはまた当世珍しき男だ、俺とは真逆だな。俺は武芸はからきしだが、あっちの方は得意だからな。ああそうだ、娘が一人居ると聞いているが、どんな娘だ？　いやいや、聞かぬが花だな、あの領主殿の娘だから、御面相は想像がつくよな、アハハハハ」

エルドレーンはニヤリと笑った。あの天使を目にした時の彼の顔を早く見たいものだ、果してどんな顔をするだろうか、いやいや、それよりも正気を保って居られるだろうか？

二日後、フレイヤのその後の人生を大きく変えることになる、歓迎の晩餐会が領主館の正餐室で開かれた。当主のウイリアムの脇にはフレイとフレイヤの兄妹、続いて護衛隊長のアダムス夫妻とカーレン、そして船団司令のジョン夫妻とマリオンが立ち並び、執事のニールセンに案内されて入室する客を迎える。先頭は前回も来訪したエルドレーン、続いて同業者達の名が次々と告げられ入室、最後にエリック・ロベルトソンの名が告げられて彼が入室し、まず当主と令息に招待の謝辞と挨拶をする。

そして、彼は見た！　輝くばかりに美しく神々しき天使が目の前に降臨している。彼は声を発することもできず、身動きすらもできずに、たっぷり三分間ほど相手の目を見ながら固まってしまった。

フレイヤも表情には出さぬが驚愕していた。これまでは程度の差こそあれ、頭の後ろに浮ぶ影は必ず見えた。だが、この客にはその影が見当たらないのだ、死人以外は必ず見えるはず、でも生きているのに見えない。これは一体どう言うことなの？

とりあえずフレイヤは、その場を取り繕うために聖星式のカーテシーをする。ハッと我に返ったエリックも慌てて返礼する。しかも我知らぬうちに、高貴なる身分の者がするフランス王宮式の正式な辞儀をしている。

横目で見ていたエルドレーンは呻く、これでは自ら身分を晒すのと同じではないか？　令嬢がそのことに気付かねば良いのだが。いやいや、アンジュー帝国のジョン王や、王母のアリエノールとも親しいのは分かっている、気付かぬはずはない。一体どう誤魔化せば良いと言うのか？

しかし、気にするまでもなかった。フレイヤは、こんなことはしょっちゅうよとばかりに、エリックの腕を取り席に案内して、無事に宴は始まった。

カーレンとマリオンは予めフレイヤから頼まれていたのであろう、積極的に若い毛皮商人達と会話を楽しんで、場を盛り上げてくれる。もう一六歳を越えているから、客達とも大いにワインと会話を楽しんでいる様子だ。

フレイヤはしきりにチラチラと視線を向けるエリックをわざと無視して、エルドレーンと話に花を咲かせていた。そして外の空気でも吸って、少し涼みませんかと腕を取って庭へと出て行く。

エリックは席でふて腐れた。本来ならあの天使に腕を取られながら庭を散歩するのは、俺の役目ではないのか！　王太子の俺を無視して誘わぬとは一体どういう魂胆だと、完全に今の自分の立場を忘れて腹を立てている。見かねたマリアンヌが話し掛けるが、目は庭の方を向き、気もそぞろだ。

宴もたけなわの頃、戻った彼女に当主が座興を所望した。急なことにためらうフレイヤに、フレイが目で促すと、「かしこまりました、お父様」と支度のために退室し、舞衣装で再び入室した。

テーブルや椅子は既に壁に寄せられ、客や邸の者達もずらりと壁際に並んで、心待ちにしている中、フレイヤはノルド語で歌い出した。古代北欧の歌謡詩エッダの一節「戦士よ神と永遠に」である。

太陽よりも美しく、黄金よりも見事な館が、ヴァルハラに建てるを吾は知る。
そこに神から選ばれ愛された人々だけが、住むことを許されるを汝は知れ。
そしてオーディンの神と共に暮らして、とこしえに幸福を味わう。
女神フレイヤは日毎夜毎に戦死者の、半ばを選びて広場の座席を定める。
愛の女神は戦死者の女神でもあり、生ける者も死せる者も全ての男達を裁く。
汝らの魂は鳩の如くに空を飛び行き、かの女神の前にひれ伏すだろう。
銀の柱に琥珀の屋根、扉の飾りと鍵は金、巫女は予言する汝は死すと。

死して女神に選ばれてオーディンと共に、見事な館で愛されて暮らすがよい。

幼き頃に目を輝かせながら見た母の舞を思い出し、母だったらこんな風に舞うだろうと心に描きながら即興で舞い踊る。

その巧みな舞と歌にウイリアムは声を忍ばせて泣いた。亡き妻ジェネウェーヴとそっくりではないか。娘は妻の歌と舞の巧みさを寸分違わず受け継いでくれたのだと知り、涙が溢れて止まらない。

フレイヤが歌と舞を終えると、目頭を押さえる父の姿と喜び色の影が目に映り、その父と客達に恭しくカーテシーをすると、大歓声と拍手で室内が沸きに沸く。

エリックは心底驚く。エッダを何の違いも無く原語で歌い、しかも即興の振り付けで舞うとは、なんという女だ。今まで会った美々しく装った女は大抵頭が空っぽだったが、この女は違う、この女は本物だ、美しく聡明でしなやかそうな身体付き、歌声までが天使の声そのものだ。この女の伴侶には、しかるべきふさわしい相手が必要だ、例えばだが俺のような地位や名誉もある男ならどうだろうか？妃が無理なら側室にでもと納得させるか？　王子の側室なら文句はあるまい。などと身勝手な願望を想い描いているうちに、彼の顔に徐々に笑いが甦って来る。

だが、肝心のフレイヤの思いは全然違う。エルドレーンに庭で涼もうと腕を取って誘った瞬間に、彼らの計画の全貌を既に知り得ており、少しばかり油を絞ってやらねばと考えながら、自分を見つめる王子にふと気付く。

「まっ！　何なのよ、あのニヤけた顔は。見られているこっちが恥ずかしいわ」

早速ベスを手招きして何やら告げると、ベスはクスクスと笑って、お任せくださいと囁いた。

「いやあ、最後に素晴らしい舞と歌だったなあ」

宴も終わりノルウェーの客達はご機嫌で宿舎に戻ると、執事がワインの樽と杯を持った家政婦と共に挨拶に来た。

「お客様、今宵はささやかなる夜会にご参加頂いて、まことにありがとうございました。これは女主人であるレディ・フレイヤからの、心ばかりのお礼の寝酒のワインでございます。まず私が毒味をしてから皆様に安心して召し上がって頂くようにと言われておりますので、最初に頂戴致します」

何もそこまでと言いたげな客達の前で、手に持った杯に並々と注がせて飲み干し、「甘露、甘露」と戻って行った。

「なんとも細かいところまで行き届いた邸だな。オッ、これは結構いけそうだぞ、旨そうな香りだ」

全員が杯に注ぎ合って飲み出し、ついには樽を空けてしまい、早い者は寝息まで漏らし始める。

一時間も経った頃であろうか、宿舎から鼾の大合唱が聞こえ出すと、覆面をして黒い兵服に身を包んだ十数名のアマゾネス達が宿舎に忍び入り、クスクスと笑いながら熟睡している男達の衣服を剥いで手足を縛り、荷物から刃物などの武器を全て奪って、また音も無く消え去ってしまった。

次の日の昼下がり、ハーコンは全身を覆う涼気に目が覚める。手を動かしてシーツを探そうとするのだが動かせない。よくよく見れば、手も足も縛られており、しかも涼しいはずだ、全裸で床に転がされているではないか。これは一体どうしたことだ？　誰がこんな酷い真似をと、大声で護衛を呼ぶが、まだ寝ているようで返事がない。呼び続けていると何人か目が覚めたようだが、皆同じような状態らしく誰も助けに来てくれない。

泥棒だ、泥棒に違いない。こんな田舎町だから夜盗に襲われて、身ぐるみ剥がされてしまったのだ。次のノルウェー国王ともあろう自分が、泥酔の果てに全裸で縛られるとは、なんという不名誉、なんという恥辱、命まで盗られなかったと喜ぶべきか？　とにかく、邸の者に縛め（いましめ）を解いてもらわねばと大声で助けを呼ぶ。誰でも良いから早く来てくれ、だが贅沢を言う訳ではないが、なるべくなら男が良い。

七人の男達が力の限り大声で叫んでいると、「まだ宵の前から騒々しい、何事だ？」と言いながら、黒覆面で黒い衣装をまとった夜盗と思しき集団がゾロゾロと入って来た。

「お前らか、俺達をこんな目に遭わせたのは？　早く縄を解いて衣服を返せ！　今なら許してやるから早く返さないと酷い目に遭わすぞ」

ハーコンが罵声を浴びせると、夜盗のリーダーと思しき者が嘲笑いながら言った。

「おや、まだまだ元気が良いじゃないか？　それじゃあ、もう一晩か二晩そのままおねんねして居てもらおうか」

そう言って合図と共に全員が出て行ってしまう。

こうして寝転がされたまま二日目の朝を迎えると、叫ぶ気力もとっくに失せてしまった。

大体おかしいではないか？　この邸の者は我々が姿を見せないことに気付いていないのだろうか？

それとも全員が既にあの世へと旅立ってしまったのであろうか？　仮にそうだとしても、あの天使だけはなんとか生き残って居るべきではなかろうか？

「エルドレーン、どう思う？　誰も助けに来ないとは、どういう訳なのだ。盗賊共はあれ以来顔も見せないし身代金の話もないが」

「殿下、申し上げにくいのですが、我々はモルヴィア家の捕虜となってしまったようです」

捕虜？　しかし、冷静に考えると、もっともな結論である。狡猾なウイリアムの罠にハマったのだ。

「何かウイリアムに、こちらの正体を悟られるようなことを喋ったのか？」

「とんでもございません、決してそのような話には触れてはおりません」

「そうだろうな。切れ者の耳役のお前が漏らすはずも無いしな」

そうこう言っているうちに、また黒装束の一団が入って来て、全員の体を毛布で覆いながら言った。

「喉が渇いたろう、水を飲ませて欲しくはないか？　ハ・・・・・ーコン王子様？」

なんと既にすっかりバレているではないか。確かに喉も渇いて空腹でもあるが、身体が、特に下半身の一部が毛布で覆われたのが、何より嬉しい。

「やっぱり俺達は、あのウイリアム殿の罠にハマった捕虜なのか？」

「いいえ、王子様、父の捕虜ではなくて、私の捕虜なのよ」

そう言って覆面を外して現れた顔は、長い金髪の巻き毛を垂らし、天使のような微笑みを浮かべた、レディ・フレイヤの顔であり、声も作り声の男の声から優しげな女の声に戻っている。だが、その天使には下半身の一部をしっかりと見られてしまったのだ。

「これは私達を騙した罰よ、最初から正直に話してくれれば、こんな目に遭わずに済んだのに、お馬鹿さん。さあ、お父様に詫びて、お兄様とこの私に、どうか一緒にベルゲンへ来てくださいと頭を下げて頼みなさい！」

ハーコンは驚きのあまり声も出せずに呆然と相手を見上げる。今の今まで、自分にこんなことを言った者が居ただろうか。ノルウェーの次期国王として、自他共に認めるこのハーコンが、相手を騙した罰としてやすやすと捕虜にされ、その相手から解放してやるから反省しろと説教されているのだ。これでは悪戯がバレた不出来な弟が、姉からビンタを喰らって懺悔を求められているのと少しも変わらぬではないか。

こんな屈辱を受けるくらいなら、数万マルクの銀と共に釈放してやると言われた方が遥かにましである。その方が相手に復讐できるというものだ、ああそうだとも！　さらに復讐の前には、まず服を剥いで全裸の姿を、このハーコンの目に晒す罰も与えねばならぬ、場所はもちろんベッドの上でだ。

だが、エルドレーンや護衛達の顔を見ると、どの顔も完敗だから早く詫びてくれと懇願している。

「分かった、降参だ。身を整えて父君に謝罪するから、午後まで待ってくれ」

「駄目よ！　今すぐによ」

そう言うとフレイヤは、ハーコンの身体をヒョイと持ち上げて、いとも軽々と肩に担ぎ、男達の驚愕の目を無視して父の居室へと向かった。

ハーコンとて北欧の一人前の男であるから、体重はゆうに八〇キロを超えるが、フレイヤはまるで羽根でも担いでいるかのように足の運びも軽やかである。しかもだ、後ろからは今まで見たこともないような巨大で獰猛そうな黒犬が二匹もついて来るではないか。その犬達からギョロリと睨み付けられる度に、ハーコンは段々と抗議の声を上げる勇気さえ失せてしまった。

「お父様、エリック様が大至急お父様にお話ししたいことがあるみたいですわ」

ハーコンを隣の椅子に据えてフレイヤは娘らしい可愛い声で言った。

「おお、エリック殿。ハイランドへの旅からお戻りですか。大至急とは何ぞ驚くような事態が生じましたかな、それに途中で川にでも落ちましたか？　毛布に包まれてのお帰りとは」

「いえ、川よりも数倍恐ろしい目に遭っておりました。盗賊共に手酷く痛め付けられて、命があるのが不思議なくらいです」

ハーコンは隣の偽天使を睨みながら答える。

フレイヤはフフフッと笑いながら、「お父様、エリック様はお兄様と同じで実はノルウェーの王子様なんですって。それでね、あの国の宝をどうしても返して欲しいから、私達兄妹を本国へ招待したいと仰せなのよ」

ハーコンは、当主を激怒させずにどう説明しようかと迷っていたが、察したフレイヤがいとも簡単に暴露してしまい、ハーコンはその通りですと頷くしかなかった。

「なんと、さようか。じゃが、あれはもう息子にやってしまったから、息子がどう言うかな？」

「そうよね、もしかしたらお兄様は、ローマの教皇様の所へ持ち込んで、私が正統な王でございますと訴えるかも知れないわね、そうなったらモルヴィア家は北欧の王族よ！　私の嫁入り先は選り取り見取りだわ」

　勘弁してくれ、俺達の作戦は最初から全てお見通しだったのだ！　こんな恐ろしい一家を籠絡(ろうらく)しようなんて、俺達はどうかしていたんだ。それにフレイヤよ、お前の嫁入り先はもう既に定まっているんだから、絶対に他を探してはならぬぞ。

「領主殿、今ご令嬢からお聞き頂いた通りです。私が浅はかにも状況をもう少し詳しく知ってからお願いしようと、小細工を弄してご迷惑をお掛け致しました。ですが、我が父王としましては穏便に事を収めるつもりでおります。ご希望があれば何なりとお聞かせくだされ」

「さようでござったか、儂は最近学問のことしか頭になくて、家事一切を娘に任せておりましたゆえ、何も存じませなんだ。先ほども申した通り、息子さえ承知すれば、儂には特に希望はござらぬ」

「お父様、それで良いのよ。お兄様には私からお話しするわ。ベルゲンには一度行ってみたかったのよ、楽しみだわ」

　もう分かったぞ、領主を裏で操っているのはこの偽天使だ。

「フレイヤ殿、本来は私からフレイ殿にお願いすべきだろうが、今は体調がすぐれぬゆえ、そなたにお任せする。誰の目にも気付かれぬうちに宿舎へ戻って身支度を整えたいのだが？」

「まっ、体調がお悪かったの？　それはそれは。では、宿舎までお付き添い致しますわ」

「いや、手を煩わせるまでもない。縛めさえ解いてもらえば自分で」

恥ずかしさで小声となる。

「いいえ、王子様。一歩この邸を出た途端、可愛い私の犬が、あなたに餌をねだるわ」

またしても肩に担がれたハーコンは呟く。

「フン、あなたにではなく、あなたを餌にの間違いだろ」

フレイヤはまたも困惑する。こうして相手の身体に触れているのに、なぜこの人の心の声が聞こえないの？　魔法の力が鈍くなったのかしら？　ならば、この人から目を離さぬようにしなければ。

そう、これこそが英明なるタマヤの思い遣りと言うものだ。相手が運命の人ならば、相手の心が全て読めるのは逆に辛かろう。フレイヤは未だに気付いていないが、目の前にその相手が現れただけなのだ。それに、もう既に彼に興味を持ち始めたではないか。


三日後、サーソーの商船隊は当初の目的地を変更してベルゲンへと向かった。毛皮商人達の一行の他に、アマゾネス達四〇名と護衛兵一〇〇人、および猛犬二匹も便乗している。

フレイからの【贈り物】を受け取ったエリック達の顔は、安堵と喜びに輝いていた。フレイは妹から全てを聞いて、何の見返りも求めずに、あっさりと宝剣と印章指輪を渡したのだ。それはひとえにノルウェーの平穏と民の安寧を願うゆえであることは言うまでもない。

ノルウェー最大の港湾都市ベルゲン。ギルリオンの虹色船隊が入港するのは初めてでもあり、華やかな女兵も混じっているとあってか、市民達からは大歓迎を受けた。

翌々日、兄妹は城へ招かれ国王の私室にて王に拝謁する。人払いをした病床で、フレイは立礼、フレイヤはカーテシーをすると、ノルウェー国王スヴェーレ・シグルツソンは、ハラハラと涙を流して、フレイの手を取って詫びた。

「フレイ殿、そなたの顔立ちも瞳の色も亡きマグヌス殿と瓜二つで、まさに彼を見ているようじゃ。彼は剣にかけては無類の戦士で、儂はあちこちの戦場で何度彼に泣かされたことか。世間はいろいろと言うが、儂は決して私欲のためにそなたの父上を討ったのではない。国の安寧を願い止むを得ず勝負に出たのじゃが、後悔しない日はない。詫びて済むものではないし、そなたにとって儂は父上の仇敵であることには変わらぬ。儂はこの場でそなたに討たれても良いから、どうか息子のハーコンには恨みを残さずに居てはもらえまいか？」

王の影は嘘偽りのない懺悔の色である。フレイヤは思わず「お兄様、陛下のお言葉に偽りはないわ」と兄の耳元に囁く。

フレイは頷くと、「陛下、それはもう済んだ話でございます。今の御国の状況を見れば、陛下の国と民を思う善政は明白でございます。亡き父も陛下と憎み合って闘った訳ではありますまい。ですから、そのことはもうお心から拭い去って、これからはお体のご自愛に努めて頂きとう存じます」

あくまでも無欲なフレイの言葉に、スヴェーレはさらに一段と涙を流す。

「マグヌス殿は善きご子息を残された。マグヌス殿と妃のラグンヒルド殿は儂が国葬にて葬らせて頂き、廟も設けたので明日王子に案内させよう。フィヨルドの底に沈んだ姉君のご遺体は見つからぬゆえ、ご愛用の人形と着衣にて葬らせて頂いた。ご了解くだされ」

こう語ると、積年の慚愧の思いが消え去った安心からか、スヤスヤと寝入ってしまった。よほど嬉しかったのであろう。

隣室の扉が開き王太子ハーコンが入って来ると、兄妹に心からの謝辞を述べた。

「フレイ殿、真にありがとうござる。これで父もいつ神に召されても、心残りは無いに違いない」

思わずフレイヤは言った。

「殿下、私がその日まで陛下のお世話をさせて頂いてもよろしいでしょうか？」

「フレイヤ殿、それこそ願ってても無きことです。どうか父の看病をしてやってくだされ」

ハーコンは嬉しかった。継母マルグレーテから見放され、看病を事実上拒否された父を、赤の他人のフレイヤが看てくれると言うのだ。どちらが自分にとって重要な相手なのか一目瞭然だろう。

商船隊司令のジョンは、兄妹の謁見が無事に終わったと聞くと、港にエリザベス号とアマゾネス達のみを残し、本来の目的地へと向かった。

その翌日、エリザベス号に王宮からの馬車が来て、兄妹はフレイの父が眠る廟へと詣でる。フレイヤはそこで「鎮魂の舞」を舞って三人の霊を慰めると、フレイを船へと戻して、侍女や犬達と共に城へと向かい、国王の看病に専念する。

まず、フレイヤがしたことは、王の手の匂いを犬達に嗅がせてペロペロさせたこと、次に典医達の怪しげな治療と投薬の停止である。当然、典医達は抗議に押し寄せて来た。しかし、イーハとドーブが一唸りすると、たちまち逃げ去って、二度と来ることはなかった。

実はフレイヤは既にベスから薬草の知識を学んでおり、様々な薬種を持参して来ていたので、アルグリードと共に王の三度三度の食事を作り、料理に混ぜて食べさせた。

暗かった部屋のカーテンも取り外して明るくし、新鮮な空気も取り込んで換気に努め、時々はワインなども飲ませながら、旅した国や街の話を面白おかしく聞かせて王の気分を和らげる。

すると、どうだろう。いつ身罷（みまか）ってもおかしくなかった王の病状はみるみるうちに回復、短い間なら自分で歩けるまでに丈夫になってしまった。現代風に診立てれば心因性の鬱病だったのだろう。

フレイに謝罪を受け入れられて、長年のストレスの原因が霧散したこと。それに、若い娘二人が絶えず傍に居てチヤホヤされれば、王でなくても男なら誰であろうと舞い上がり、たちまち元気になるというものではなかろうか。

王宮内には衝撃が走った。長らく死神に取り憑かれていた王が奇跡の回復を見せ、親政が再開されたのだ。病床の王を蔑ろにしていた者達は追放され、納税を拒んでいた者も投獄された。

新しい叙勲も発表された。なんとフレイが、妹と共に王の業病を治療し完治させたとして、突然ケイスネス伯爵に叙せられたのだ。ケイスネス伯爵といっても、過去の一時期ノルウェーがケイスネスを統治していた時代の名残の、実体のない儀礼的な名誉称号でしかないが、父ウイリアムの称号と重なるために辞退しようとしたが、ハーコンの懇願の目配せに、しぶしぶ受けることにした。

以後、ノルウェー王国内ではフレイはケイスネス伯爵、フレイヤはケイスネス伯爵令妹と、厳かに呼称されることとなった。

侍女のアルグリードやアマゾネス達は大喜び。サーソーから見れば大都会のベルゲンで散歩や買い物に出かけて、「スコットランドから来たサザーランド伯爵の邸の者よ」などと言っても誰も相手にしてくれないが、「新しくケイスネス伯爵になられたフレイ様の邸の者よ」と聞けば、店主は下へも置かぬ態度で接してくれ、その上ツケでも喜んで売ってくれた。何しろ王様のご病気をたちどころに治したケイスネスの領主様とお姫様のお付きの者なのだから。

そして、アマゾネス達の揃いの黒い兵服と背中の白薔薇の刺繍と言えば、街の男達の話題の的となり、通りを歩けば称賛と歓迎の口笛に迎えられ、娘達は初めての嬉しい経験に、頬を赤く染め目を輝かせながら、誇らしげに船に戻って来るのであった。

王が完全に回復したある日、ハーコンの提案で王の回復を祝う馬上試合のトーナメントが開催された。国内の選りすぐりの騎士達百数十名が出場する近年では稀に見る規模となり、ベルゲン郊外の特設馬場は超満員の観衆で溢れんばかりの盛況だ。中央のロイヤルボックスには、スヴェーレと仏頂面をした妃のマルグレーテ、その横にはマルグレーテの姪のインガ、そして王の横には王太子のハーコンと特別招待のフレイヤの姿がある。

　今回のトーナメントの優勝候補はなんと言っても近衛隊長のヘニングか、彼の腹心の部下で怪力無双の双子の巨漢アンガスとアンドレのいずれかだろうとの予想で、拝謁行進での彼らの勇姿には一段と高い歓声が送られた。三人の闘いぶりは容赦なく、負傷者が続出したが、フレイは順調に勝ち進み、最終的に残った四人の中に含まれた。他の三人は言うまでもなく例の三人組である。

「そなた達は無類の豪傑揃いである。この上は正々堂々と闘い、ノルウェー随一との栄冠を勝ち取るが良い」

　王の訓示が終わるや、ヘニングが言った。

「畏れ多きことですが陛下、私はぜひにもケイスネス伯爵殿と槍を交わしとうございます。何卒願いをお聞き届け頂きますよう」

　王はフレイに目を遣り、彼が軽く頷くのを見ると答えた。

「そなたの願いを叶えよう、双方心して掛かるが良い」

　しかし、今度はフレイが願いを王に伝えた。

「陛下、畏れながら私にも願いがございます」

「何なりと申すが良い、ケイスネス卿」

　王は何事かと訝しげだ。

「はい、私が運良く隊長殿に勝てました折には、引き続きアンガスとアンドレのご兄弟と同時に立ち合いたく存じます。何卒御許しを」

ヘニングに勝つのは当然で、一人では物足りないから二人とやらせろと挑発したのだ。三人組はみるみる顔を上気させる。

「小癪な若僧め、命が要らぬとほざくか？　もはや手加減は致さぬ、今日が己の命日と覚悟しろ」

王の言葉も待たずに騎士溜りへ駆け込み、隊長を先頭に楔形（くさびがた）の陣形をとった。隊長と間を置かずに攻める必殺の戦法だ。

超満員の観衆は思わぬ成り行きに、この若い騎士の無残な死を予測して声もなく静まり返る、ただ一人、彼の妹のみが拍手を送った。フレイは穏やかな表情のまま木槍をフレイヤに向けると、フレイヤは槍にネッカチーフを結ぶ。死闘を前にした、昔ながらの伝統風景だ。

フレイが位置に着き、王が不承不承に合図をすると、ラッパが鳴り響き突進が始まった。相手側の先頭は目を血走らせ、憤怒に燃えた形相のヘニング、その二〇メートルほど後方には怪力の兄弟達がとどめの一撃を加えんと突進する。

左右の間隔はみるみるうちに縮まり観衆が息を呑む中、「ガシーン」という激突音が響いた途端、ヘニングが鞍から浮いて「ウガーッ」と絶叫を張り上げ後方へ吹っ飛んだ。続いてアンガスとアンドレの兄弟の槍が左右からフレイを突こうとした刹那、自分の盾と槍を手放した彼が、二人の槍を腕と脇腹でがっちりと挟み、そのまま二人を空へと跳ね上げる。

勢い余った兄弟は槍を握ったまま、見事な半円のアーチを宙に描き、絶叫しながらフレイの背後の大地へ裏返しに落ち、もうもうと砂塵を巻き上げてピクリとも動かない。

観衆は自分の目を疑う。三人の大男が、一人は後方へ跳ね飛ばされ、二人は同時に宙を舞って前方へ叩き付けられたのだ。何たる大技、何たる膂力（りょりょく）、自分の目で見ない限りこんな結果が信じられるだろうか？　寂とした静けさの中、立ち上がったフレイヤの歓声と拍手が聞こえると、観客は総立ちとなり大歓声と喝采が馬場の空高く響き渡った。

フレイが王の前へ進み出ると、「何たる男だ、ケイスネス卿。そなたほどの豪の者は見たことも聞いたこともない。まさに天下無双の騎士だ。そなたが我が王国の騎士であることを、儂は神に感謝せねばなるまい」と王は手放しで称える。

この言葉は、フレイがマグヌス五世の後継者として王権を巡って争っていたならば、大変な事態になっていたと暗に示したのである。だが、彼の正体を知らぬ並み居る大衆や貴族達は、単なる彼への称賛の言葉として捉え、以後「無双の騎士」とは彼の代名詞となった。

ここで一つだけ触れておきたい。ヘニングはこの時に胸部に受けた大怪我が元で、後日落命したのであるが、実は彼こそが、一八年前フレイを抱いたサラがスタヴァンゲルの入り江を脱出した折、弓兵に命じてサラに矢を射掛けさせた捕捉隊の隊長だったのだ。だが両者ともそれを知らず、結果としてフレイが母の仇を討ったことは、運命の女神のみが知るところであった。

次の日の夕べ、王宮ではフレイとフレイヤが招かれて、フレイの祝賀会を兼ねた夜会が盛大に執り行われた。フレイには年頃の娘を持つ貴族の母親達が、彼の関心を引こうと群がり、フレイヤの周りには貴族の若者達が、やはり彼女からの微笑みや甘い言葉の一つも得ようと群がっている。

娘のいない王のスヴェーレは、それを見ながらまるで我が娘が男達の関心の的になっているかのように、目を細めてフレイヤを眺めていた。

傍らのハーコンもフレイヤと男達を眺めている。こちらの方は苦虫を噛み潰したような顔で、誰の首を最初に締め上げようかと、獲物を定める目付きだ。

そのハーコンを継母のマルグレーテもまた睨み付けている。なにしろ彼女の頭の中では、既に姪のインガが将来の王太子妃として座を占めて居るのだ。インガはスウェーデン王エリク九世の孫娘で、昨年両親が病死して以来、伯母マルグレーテのもとへ身を寄せて可愛がられていた。ただし、インガ自身はそんな伯母の思惑など少しも知らず、おとなしく従順な一五歳の乙女に過ぎなかったが。

贅をこらした夕餉が終わると、楽団が登場して軽快な音楽を賑々(にぎにぎ)しく奏でる中、道化の小噺や役者の寸劇などの余興が始まると、王妃マルグレーテは宮宰を脇へ呼んで何やら囁く。宮宰は大きく頷いて声を張り上げた。

「ただ今より、ケイスネス伯爵のご令妹フレイヤ殿が、国王陛下の全快を祝って神に舞を捧げます」

途端に若い貴族達は「ワーッ」と歓声を上げ、拍手が大広間に満ちる。無論、フレイヤの舞の見事さを知らぬ王妃が唐突にフレイヤに舞を強要して、うろたえるフレイヤの醜態を満座に晒そうとの魂胆である。ハーコンは即座に継母の罠を見破り、予想されるその結果に思わず微笑むが、王はフレイヤを気遣い、「姫も疲れたであろうから、舞はまた別の日でも良いぞ」と暗に辞退するよう諭した。

フレイヤは「とんでもございませぬ、陛下の全快のお祝いにぜひとも舞い踊らせて頂きます」少々お時間をと楽団の指揮者を呼んだ。

「先ほどの曲で良いから、テンポをうんと延ばしてゆったりとしたリズムにしてちょうだい」

さらに宮宰を呼ぶと、「壁の青と白の垂れ幕を外してスカーフの幅くらいに割いてちょうだい」と指示した。両方の準備が整うと王と王妃に一礼してフレイヤの舞が始まった。

ノルウェーの民よ角笛を吹け杯を掲げよ
今我らが王は長き眠りより目覚めた
風の神よ嵐を起こしてカラマツの葉を散らせるがよい
海の神よ波を滾らせて飛沫を雲の上に撒くがよい
雪の神よ吹雪を呼んでこの大地を凍らせるがよい
今我らが王は長き眠りより目覚めた
もう何も怖くは無い我らは何も恐れはせぬ
カラマツは茂り波は静まり雪と氷は溶け去る

ノルウェーの民よ角笛を吹け杯を掲げよ
我らの国はとこしえに栄えるであろう
太陽は再び輝き神は祝福を賜るだろう
今我らが王は長き眠りより目覚めた

エッダの一節を甘いアルトの声で歌い続けながら、大小の円を描くように足を進め青と白のスカーフを右へ左へ、あるいは高く低く波のようにうねらせる、時には激しく時には緩やかに。

不思議なことに母の舞姿が次々と目の前に浮かび上がり、フレイヤはその動きに従いて舞い募る。

大広間の壁際にずらりと居並ぶ、貴族や大地主、大臣や武官達およびその夫人達は声もなく、ただうっとりと見惚れるばかりである。

時間にすれば一〇分間くらいであったろうか。時の過ぎるのも知らず、ただ王のためにと歌い続け、そして舞い続けた。フレイヤ自身も母と共に二人で舞っている気がして、充分に堪能する内にやがて曲は終わる。

沸き上がる拍手と称賛の嵐の中、フレイヤは静かに王座に向かってカーテシーをすると、王は目頭を押さえながら称えた。

「いまだかつてこのような優雅で見事な舞は見たことがない。また歌も見事であった。姫よ、そなたこそ天下に並び無き舞姫じゃ。末長くこの国で暮らし、時々は儂にそなたの舞を見せてくれぬか。王子からも頼むが良い」

その場に居並ぶ者は皆ハッとして息を呑む。「この国で暮らせ、王子からも頼め」この言葉の意味を察せられぬ者が居るとすれば、それはよほどの愚か者であろう。

沈黙を破ったのは王妃であった。

「大儀であった、そなたも疲れただろうから、早々に宿へ戻って休むが良い」

背後の影は怒りの色に、高く激しく燃え盛っていた。


翌日、船で寛ぐフレイとフレイヤのもとに、それぞれに来客があった。フレイの客は親子と思える女が二人である。母親らしき女は片手に小箱を持ち片手で娘の手を引いている。恐らく気乗りのしない娘を宥めすかして連れて来たのであろう。娘の方は目深くフードを被り、彼となるべく目を合わさぬよう俯いている。何か仔細がありそうな様子に、彼はとりあえず椅子を勧めた。

「何用でしょうか？　何ぞ複雑な仔細があるやに見受けますが」

フレイが用件を促すと、母親の方が決心したかのように語り出した。

「私はマリーネと申すベルゲンの近くの村の百姓女です。風の噂でフレイ伯爵様がケイスネスからこの国へ来られたと耳にしまして、もしや私の知り合いのお方の身内の方ではと思って失礼とは存じましたが、こちらへ寄せて頂きました」

歳の頃は四〇代半ばであろうか、日焼けしてはいるが上品な顔立ちである。

「ほう、さようでしたか？　それでその知り合いの方とは？」

フレイが問うと、彼の瞳をじっと見つめていた母親が突然さめざめと涙を流しながら言った。

「伯爵様のお父君、マグヌス五世陛下です！」

フレイは仰天した。今まで考えたこともなかった。だが、王だった父には当然ながら大勢の家臣が居たはずだから、何人か生き残っていても不思議ではない。きっとこの婦人もその一人だろう。昔話でもしに来てくれたのであろうか？　しかし、私の正体はこの国では極秘のはず、どうして私がマグヌス五世の子供だと知っているのだ？

「なぜ私がそのお方の身内だと考えられたのか、聞いてもよろしいでしょうか？」

「私共は決して怪しき者ではございません。御歳映えと、お名前と、ケイスネスからおいでと聞いて伺ったのですが、確信したのはあなた様のお顔と、その瞳の色を見た、たった今です」

これを聞いたフレイは、フレイヤを呼んで真偽を確認しなければと従僕を呼び、妹に至急来るようにと呼びに行かせる。

フレイヤが何事かと急ぎ足で部屋へ入って来るとフレイは、妹だと相手に紹介してフレイヤに今までの経緯を説明する。フレイヤは兄が説明する間、母親を眺めていたが、真実を語っていると兄に目で知らせた。

「マリーネ殿、正直に申せば驚いている。この国を混乱させる訳にはいかないので公にはできぬが、あなたの話を否定するつもりはない。父の下でいかような仕事をしておられたのかな？」

「いいえ、陛下にはお仕えしておりませんでした。私がお仕えしていたのは奥方様のラグンヒルド様です。陛下と奥方様のお嬢様のエストリッド王女様の乳母でございました。エストリッド様は伯爵様の姉君でございます」

フレイヤがその通りだとフレイに頷く。

「知っております。残念ながら姉は、フィヨルドの底に沈んだと聞いて、悲しんでおります」

「いいえ、伯爵様。姫様は生きておられます」

「何ですと？　姉が生きているとは聞いておりません！　生きておるなら一体どこに？」

「私の娘として昨夜まで育ててまいりましたが、今は伯爵様の目の前に居ります」

娘の被っていたフードを剥いで、フレイに顔を見せた。顔立ちは自分とはやや違うが、菫色の瞳の色は瓜二つで、フレイヤに確かめるまでもなく目がある者なら誰でも姉弟だと分かるだろう。

「姉上、あなたは私の姉上ですね、でもなぜスヴェーレ殿は姉上が死んだと？」

「奥方様の策です。奥方様は私と姫様を先に逃がして、馬車には姫様の衣服と人形を積んで逃走し、逃げ切れぬと悟ると自らフィヨルドへ……」

最後の方は聞き取れぬほどの涙声である。

「そうでしたか。それで姉上も死んだことになっているから、捜索もされなかった訳だ」

「その通りです。姫様にはエストリーネと名を変えて頂き、私と死んだ夫との娘として育てました。畑仕事は一度もさせずに教会などへ通わせて、いつ王宮へ戻っても恥ずかしくない教育を受けさせました。私がこの真実を姫様に告げたのは、伯爵様の所へ来ようと決めた昨晩のことです」

ああ、それで姉は少しぎこちなかったのか、無理もないとフレイヤは思う。

「エストリーネお姉様、そうお呼びして良いですわね。お姉様は今後どうなさりたいのですか？」

「私はこの母のもとでこれからも暮らしたいと思います。もう生みの母も父もおりませんから、この母と共に村娘として田舎で生きて行きます」

断固とした口調である、影も決意の色だ。

「姫様！　あなた様は田舎で暮らすような低い身分の御方ではありません。私が今日無理やり引っ張って来たのは、伯爵様に姫様をお渡しして、ご身分にふさわしいお暮らしをして頂くためです」

「姫様などと言わないで！　お母さん、私はそんなこと望んでいないのよ。お母さんとずっと二人で暮らすことが望みなの」

「ああ、私のエストリーネ」

そう言って二人は固く抱き合って号泣。お手上げのフレイは、フレイヤになんとかしろと目配せする。フレイヤは目で頷いて、アルグリードに船室を準備させる。

「お姉様とマリーネ様、今日のところはこの船でお寛ぎ頂いて、明日落ち着いてからまたお兄様とお話しされたらいかがでしょうか？」

兄妹が、家族が増えたようだなと話していると、今度は、お嬢様に御客様ですと、アマゾネスの一人が呼びに来た。どなただろうかと専用居室に向かうと、品の好さそうな七〇歳前後の老人と四〇代の男性が待っていた。四〇代の男性には王宮で一、二度見掛けたような記憶もあるが、正式な紹介はされた憶えはない。

「お名前は存じ上げませんが、王宮で何度かお会いしておりますよね。フレイヤ・ド・モルヴィアですが、失礼ながら本日お運びのご用件は何でございましょうか？」

「これは、自己紹介が遅れました、申し訳もござらぬ。アースムンドと申す地方郷士です、こちらは父のインスティンです。実は昨晩も陛下の全快祝いで末席にて御見掛け致したのですが、その折にフレイヤ殿が腕にされておられた腕輪について少々お訊ねしたき事がありまして、こうして寄せて頂いた次第です」

そう言えばサラ様の形見の腕輪をしていたっけ、でもそれだったら私はあまり役に立たないと思うけど。

「ああ、あの腕輪ですね、あまり詳しくは知らないのですが、どういったお訊ねでしょうか？」

「不躾ながら、ずばりお訊ねしますと、あの腕輪は長年行方不明の妹に、父が昔誕生祝いとして贈った特別な腕輪とそっくりな物ですから、今一度確認させて頂いて入手経路などをお聞きできればと思いまして」

エーッ、それじゃあサラ様のご家族ってこと？

「行方不明の妹さんとは、もしかしてサラ様のことでしょうか？」

「何と、娘をご存じか？　娘は今どこにおるのじゃ、教えてくだされ。そなたはサラの娘なのか？」

老人が口から泡を飛ばして詰め寄る。これは私一人じゃ無理だわと、至急兄を呼びに護衛を走らせ、その間に腕輪を確認させると、二人はサラに贈った品に間違い無いと断言した。

「落ち着いてお聞きくださいさい。残念ながらサラ様はご存命ではございません。でも、サラ様のお子様は存命です」

そう聞いた途端に老人はワッと号泣、アースムンドも目頭を押さえている。

全く今日はよく客に泣かれる日だわと彼女が天を仰いだ時、兄が駆け付けて来た。

「何事だ、フレイヤ？　この場の涙は一体どういうことだ？」

「お兄様、また家族が増えたのよ。お兄様のおじい様と伯父様よ！　サラ様のお父上と兄上ですって。アースムンド様、インスティン様、こちらがサラ様のご子息で、私の兄のケイスネス卿フレイ・ウイリアム・ド・モルヴィアですわ」

「な、何ですと！　先日のトーナメントの優勝者のケイスネス卿がサラの息子で父の孫であり、私の甥ですと、それはまことの話でありましょうや？」

今まさに妹サラの死を知り、甥の存在を知ったアースムンドは叫ぶ。一日のうちに、姉と伯父と祖父が一人ずつ増えたフレイも戸惑いを隠せない。

「真実です。私と妹が先だっても母の墓に詣でて来ましたから、間違いはありません。私の父、実は養父ですが、その父が母の臨終に立ち会い、虫の息の母に私を立派に育てると誓って、安らかに神の御許へ送ったそうです。実の父の名は存じておりますが、この場で申し上げることはできません」

「孫よ、その名は申さずとも良い、その瞳が父君の名を物語っておる、儂も存じておるが口には出せぬ。じゃが間違いなくそなたは儂の孫で、このアースムンドの甥じゃ」

大泣きしていたインスティンが、きっぱりと宣言した。

こうして、先ほどエストリーネと、姉と弟の名乗りを上げたばかりのフレイは、今度は祖父と孫、伯父と甥の名乗りを上げる羽目となり、フレイヤの腕には改めてインスティンから送られたサラの腕輪が、再び光を放っている。

兄妹は相談の上、四人とも信頼のおける人間と確信して客同士を引き合わせた。フレイヤが上手に仲を取り持って会話を進めると、最初はぎこちなかった四人は、やがて打ち解け合って前々からの知り合い同士のように和んだ。特に先年連れ合いを亡くしたアースムンドとマリーネは歳も近いことから、話も合うようだ。

「フレイ様、これは奥方様が姫様の養育の糧にと、あの日に私にお預けになられた物ですが、フレイ様にお渡しすべきではないかと持参致しました。全て当時のままでございます」

昨日、後生大事に小脇に抱えて来た小箱を開いて見せた。指輪や首飾りなどの宝石がびっしりと詰まっており一財産である。これがそのまま残っているということは、紛れもなくマリーネの忠義は本物であろうと察し、フレイは首を振りながら応える。

「マリーネ殿、これは私の受け取るべき物ではござらぬ。全て姉の、いやあなた方母娘(おやこ)の物ですから、どうか亡きラグンヒルド様の形見としてお二人で大事になさってください。なお、失礼とは存じますが姉とマリーネ殿の日々の生活は、この私にお世話をさせて頂き、急ぎお二人にふさわしき邸を探しますから、とりあえずは、この船にてお住まいくだされ」

「何から何まで行き届く御計らい、亡き奥方様もさぞかしお喜びでありましょう。でも、私は今の田舎住まいで満足致して居りますから、何卒、姫様のことをよろしくお願いします」

飽くまでも忠義な乳母ぶりに感心していると、横からインスティンが口を挟んだ。

「孫よ、その件なら儂はこのベルゲンに街邸を持っておるから、そこに住んでもらったらどうじゃ？邸といっても、今の王の代になってからというもの、領地や家禄も没収されて、ずっと冷や飯を食わされておったから、使っておらぬ無用の邸じゃったが、アースムンドさえ異存がなければ孫のそなたの役に立てばそれで良い」

伯父のアースムンドも大きく頷いて承知の意向を示す。

「それではおじい様、お言葉に甘えて、ギルリオン商会のノルウェーにおける商館として使わせて頂くことでよろしいでしょうか？　その上でのお願いですが、その商館の責任者としておじい様と伯父上になって頂けないでしょうか？　お二人はこの国の事情にも通じ、人脈も多いと存じますので、お力添え願えれば私としても心強いです。父と相談してお二人の地位にふさわしい待遇をご用意致します。これは当座の支度金ということで、ひとまずお納めください」

急いでフレイヤが用意したノルウェー銀貨二袋を押し付けると、祖父と伯父の顔がパッと輝く。今までよほどの冷遇を受けて窮していたのだろう、フランドルのギルリオン男爵と似た境遇だったようで、「そなたのためならこの年寄りが、せいぜい役に立てるように、神に召される日まで頑張るぞ」と決意表明の中身までそっくりである。


翌日から、ギルリオン商会の看板が掲げられたインスティンの邸の改装が始まった。

もともと裕福だった彼の境遇にふさわしい規模の邸だったので部屋数も多く、少し手を入れるだけでフレイとフレイヤの居室、および姉やマリーネ達の居室や祖父や、伯父の執務室の他、多数の客室や召使達の部屋が模様替えされて仕上がり、商会のベルゲン商館は華々しくスタートした。

エリザベス号の船員やアマゾネス達には、特別手当としてそれぞれノルウェー銀貨二枚ずつが支給され、ケイスネス卿の邸の者と触れて、近辺の商店から好きな土産を買うようにと指示が出る。皆は狂喜して街へと散って行き、店主や売り子には大いに主人の太っ腹ぶりを宣伝して回る。こうして、新顔のケイスネス伯爵は非常に裕福であるとの評判は、たちまちのうちに街中に広がり、今やケイスネス卿の身内の者と言うだけで、信用は絶大となった。

また港に停泊中は、半数ずつ交代で商館の客室に寝泊まりすることとなり、アマゾネス達は久々の揺れぬベッドでの就寝となり、大好評であるとか。

第一三章　一二〇一年九月「ベルゲンの偽王子と熱き一夜を」

フレイ達がノルウェーに入国して二ヶ月近くが経ち、そろそろ帰国の話が出だした九月、隣国スウェーデンとの国境近くの砦から驚くべき緊急情報がもたらされ、おもだった貴族達が王宮へ招集され、フレイにも是非にと声が掛かる。

「皆の者、大儀である。本日緊急に集まってもらったのは、スウェーデンとの国境近くの砦より、およそ三〇〇〇の兵が国境線を越えて進軍しているとの報告が朝方届いたからじゃ。おそらく儂の病状を耳にし、隙あらば本格的な侵攻の拠点を築こうとの腹じゃろうが、火種のうちに叩き潰しておかねば、勢いが増してからでは厄介な事態になるからの。それでじゃが、誰ぞ先陣を務めてやつらを懲らしめてやりたいと思う者はおらぬか？」

スヴェーレ王の話に皆は声も無く静まり返る。無理もない、内戦が終結してから既に二〇年、実戦を経験していない年回りの貴族達がほとんどで、兵達もいい加減な手抜きした訓練ばかりを繰り返して来たために、どの顔にも全く覇気が見当たらない。

「やはり儂が出るしかないのか？」

王が寂しげに呟くと、末席から声が上がった。

「お待ちください陛下！　今回のような小手調べの戦に陛下が自らお出ましになることもないでしょ

う。ここは、近衛部隊をお借りして王太子殿下と私が先陣を務めさせて頂きますので、他の皆様方は後方をしっかりと守って頂ければと存じます」

新顔のケイスネス伯爵である。名指しされたハーコンは思わず息を詰まらせたが、皆の手前嫌だとも言えずに頷く。

「おお、ケイスネス卿か。先だっての見事な馬上試合の腕を敵にも見せようと思ってじゃな。よしその意気じゃ。他にも先陣を務めたき者はおらぬか？」

誰も名乗り出る者はいない。

フレイはさらに言う。

「近郊の郷士の中で我も共に闘いたいと名乗り出る者が居れば、陣に加えたいと存じますが、いかがでしょうか？」

「無論のことじゃ！　全ては太子とそなたに任せるゆえ、存分に闘って敵を追い払うが良い」

王が上機嫌で締めて、御前会議は終了した。

解散となり、憮然として広間を出て行こうとするハーコンを呼び止めて、フレイは言った。

「ハーコン殿、出過ぎた真似を致しましたが、もちろん考えあってのことです。今回は私にお任せくださいましょうか？」

無論、なんの策も無いハーコンとしては、全てフレイに任すより他に手立てはない。

「俺には武芸の才も作戦を練る頭もない。今はただフレイ殿を頼る他は無いが、本当にあの強国のス

た

ウェーデン勢に勝てるのか？」

「フフ、ぜひ一度で良いから負けてみたいものですな」

フレイは笑いながら、自信とも自嘲ともつかぬ言葉で言った。ハーコンはその意味も分からず、ただ首を傾げるばかり。

二日後の朝、王太子ハーコンとケイスネス卿フレイは轡を並べて出陣した。後ろに続くのは黒い兵服に身を包み、両脇にイーハとドーブを従えたフレイヤと、どういう訳か父祖伝来の甲冑をまとったアースムンド。さらにその後方には背に三本ずつの短槍を背負った黒装束のアマゾネス隊、そして怪我の治ったアンガスとアンドレの兄弟を先頭に一〇〇〇名ほどの近衛歩兵部隊が続く。

城壁の上には王のスヴェーレ達と、これまたどう言う訳か、エストリーネが遅れて到着したフレイヤの姉との触れ込みで、侍女に扮したマリーネも共に並んで見送っている。

全て、機を見るに敏なフレイヤの御膳立てであることは言うまでもない。

当初エストリーネは父母を殺した相手とは会わぬと、スヴェーレとの同席を泣いて拒んだ。

「お姉様、マグヌス王の王女エストリッド様は母上様と一緒にフィヨルドの底に果てられました。墓もございます。今この場におられるのは、マリーネ様の養女で私達の姉のエストリーネ殿です。これまでも、また今後も、マリーネ様の娘として、また私達の姉上として暮らして行く他はないのです」

フレイヤの理詰めの説得に、拒んでいたエストリーネも、母の形見の品を常に身に付けることを条件にしぶしぶ折れたのであった。

さらに二日後、ベルゲンの東方一〇〇キロほどのイエイロ近郊の平原で両軍は遭遇し、敵方は約三〇〇〇、味方は約一二〇〇の兵が、二〇〇メートルほどの距離を隔てて対峙する。

この時の戦闘ではフレイヤがノルウェー側の軍使となり、両脇にイーハとドーブを伴い白旗を掲げて、中間地点で敵方の軍使が出て来るのを馬上で待つ。やがて敵方の軍使も現れた。

「どうして、我が国の領土に厚かましくも押しかけて来たのか？　一体何のつもりなの？」

「何を言う、この地はもともと我らスウェーデンの土地だぞ、それを取り返して何が悪い！」

「それは何百年も前の話でしょ！　今になってそんなことを言い出すのは、頭がおかしいんじゃないの、その辺の水溜りへでも飛び込んで頭を冷やして、早々に国へ戻りなさいよ」

「フン、手ぶらで帰れるもんか！」

若い娘と侮って最初から舐めているのね。

「あらそう。じゃあ力比べでもしたいと言うの？」

フレイヤは思い切り相手を焚き付ける。

「当然だ。闘ってどちらが強いか、オーディン神に観てもらおうじゃないか、勝った方が正しいに決まっておるわい」

よしよし、乗って来たわね。では、もうひと押し。

「オホホホホ、我がノルウェーの戦士は、あんたの国の腰抜け戦士より五倍は強いのよ。それじゃあ賭けをしましょう。こちらは一番若いのを二人出すから、あんたの国は一〇人でかかって来なさいよ。もしこちらが負けたら、一万マルク払って、この土地をあんたの国に返してあげるから。でも、あんたの国にそんな勇気があるのかしら？」

「何だと、女と思って手加減していれば大口叩きおって。よし、その言葉を忘れるな。俺達が勝ったら、まず勝つに決まっているが、最初にお前を慰み物にして、一万マルクと国を頂く」

今この場でこの別嬪を押し倒したいが、あのでかい二匹の犬が睨んでいるのが、なんとも残念だ。

「良くてよ。じゃあこっちが勝ったらどうするの？」

「そんな奇跡はあるはずも無いが、もし天と地がひっくり返って俺達が負けたら、お前の言うことを聞いて、金を払って引き上げてやるさ」

一万マルクだと？　馬鹿な女め、誰が払うものか。

「フーン、それならこの場に二人呼ぶから、あんたも一〇人選んでかかって来なさいよ。ただし、賭けの話を承諾した上での挑戦ってことよ。おとなしく引き上げるなら追っ手は掛けないけど、ぐずぐずしているなら叩き潰すわよ！」

「くそ、どこまでも世間知らずで生意気な女だ。ああ、いいとも、約束は守るさ。我が軍の司令官の名を聞いて驚くなよ。天下に名高きドイツ騎士団の団長、リヒテンシュタイン様だぞ。今だ負け知らずの英雄だ、今さら賭けは止めたとは言うなよ。金を払わなきゃ全滅させるからな」

どうだ、驚いて声も出ないだろう。さあ、泣け！　今さら泣いても遅いがな。

「まあ、楽しみだわ」

フレイヤが手を振ると、二人の戦士が中央へ進んで来る。二人とも揃って白い鎧と赤いマントに身を包んでいる。スウェーデン側の軍使は、二人を上から下まで見定めて嘲った。

「なんと、一人はニヤニヤと笑ってばかりの優男で、片方もまるっきり自信なしの若僧ではないか。楽勝だ、楽勝！　リヒテンシュタイン様のご高名も知らぬ愚かな小娘が！」

大笑いしながら言い捨てると、早速リヒテンシュタイン様にお伝えせねばと、もう既に勝ったつもりで意気揚々と自軍へと駆け戻る。リヒテンシュタインは、アンジューでのトーナメントで負けたことは伏せているようだ。

フレイヤがもう一度手を振ると、サーソー・アマゾネス隊四〇名と伯父のアースムンドが前進し、フレイヤ達の後方五〇メートル付近に横並びに展開した。彼女らは背に三本の短槍を背負い、両手にはスリングとアトラトルを携えて、初陣である決戦に顔を紅潮させている。伯父に任せた犬達には、勝手に動いたら、ここで捨て犬にすると事前に言い含めてある。

敵陣に出撃を命ずるラッパが鳴り響き、大歓声に送られて一〇騎の重装備の騎士が突進して来る。兵も馬も、矢をも跳ね返す装甲に覆われた、当時欧州最強と謳われているドイツ騎士団の恐怖の突撃である。身を竦ませて血の気を失うハーコンにフレイは静かに言った。

「私の後ろを決して離れず、馬から転がり落ちた敵兵の喉笛を掻き切って、とどめを刺しなされ」

そう言うと手に持った星球棍棒をブンブンと振り回し始める。先頭の騎士の槍がフレイの身体を貫いたと思った途端、鞍から転げ落ちた。まるで間違って大きな巨岩を突いてしまったのかと思う間も無く、ハーコンの短剣に喉笛を掻き切られて鮮血を撒き散らしながら絶命。次の騎士も、その後の騎士達も次々と同じ運命を辿る。

ハーコンは刃を振るいながら歓喜に震える。この俺が初めて戦場で我が国に災いをもたらそうとする敵を自ら仕留めたのだ。馬を降り剣で立ち向かって来た騎士達は、次々とフレイの星球棍棒に兜を叩き割られて血反吐を吐きながら絶命し、わずか数分で一〇騎の精強な騎士達は、全員屍と化してしまった。

ハーコンが自軍に向かって血まみれの短剣を振り上げると、固唾を呑んで見守っていた近衛兵達は大歓声を張り上げ、盾打ちの礼で応えた。他方、スウェーデン勢は驚愕のあまり声も出せない。

最も激怒したのは、「あの大言を吐くガキ共を捻り潰して来い」と精鋭を送り出した指揮官のリヒテンシュタインだ。彼は物も言わず兜を被り直すと愛馬に飛び乗り突進する。残る数十騎の騎士達も続々と後に続いた。

「敵は約束を破ったわ！　さあ遠慮なく叩き潰してやるわよ」

フレイヤが命を下すと、アマゾネス達は三列横隊に陣形を変え、先頭の横隊がアトラトルで次々と槍を投じた。訓練で鍛えた百発百中の槍は、低く弧を描き射程範囲に飛び込んで来る騎士や馬の装甲を易々と貫く。

矢は苦も無く跳ね返す装甲だが、矢の数十倍も重くて高速で飛来する槍には、盾すらも貫かれてしまうのだ。

三本の槍を投げ終えた前列はすかさず後列の後ろに下がり、次は中列が槍を投じる。こうして全員が順に槍を投げ終える頃には、胸板を貫かれて昇天した騎士の数は半数を優に超えていた。

アースムンドがイーハとドーブの綱を放してけしかける、長らく焦らされていた二匹の犬は、恐ろしい咆哮を発し、高々と跳躍して、負傷して呻いている騎士達に襲い掛かると喉笛を噛み裂いた。

まだ騎乗している者や、呆然と放心して立ち竦んでいる者達には、たちまち必殺の石つぶてが集中し、手足や顔面から血を撒き散らしながら、彼らは次々と地に崩れ落ちて行く。

ああ、何たることであろうか、侵略軍の中核として、世に精強を誇るドイツ騎士団の傭兵達が、ものの一〇分ほどでほぼ壊滅してしまったのだ。いったい誰がこんなことを予想できただろうか？

「リヒテンシュタイン、久しぶりだな。まだ懲りもせずに出て来たか、今度は手加減はせぬから、遠慮せずに掛って来るが良い」

未だに目の前の事態を理解できずに、運良く無傷で呆然と一騎佇んでいたリヒテンシュタインは、その声にギョッとして我に返った。

どうして俺を知っている？　そう言えばこの若き優男は、数年前のアンジュー帝国でのトーナメントにおいて、一撃で倒された相手の顔と声に似ている。白い鎧と赤いマント、それもそっくりだ、いや、間違いなく本人だ、一撃で倒され屈辱を味合わされたあの時の若僧だ。くそ、お蔭で俺は国を追い出され、金で雇われる傭兵として放浪の身となってしまったではないか。

「おのれ、お前だったのか。あの時の恨みは忘れておらぬぞ、この場で手と足を切り刻み、その顔と胴とを永久に別れさせてやる！」

「実に楽しみだな、では、そなたの身体をその言葉通りにしてやるから、早くかかって来い」

その言葉にさらに激昂したリヒテンシュタインは、「死ね！」と叫びながら馬上から槍を繰り出しフレイの心臓を突いた。「やった」と思った瞬間、むんずと槍先を掴まれ物凄い力で引っ張られて、不覚にも落馬してしまう。起き上がろうと足掻いたが、頭を思い切り蹴られ兜が吹っ飛んだ。

「さあ、ハーコン殿。これでこの男の頭を撫でてやりなされ」

フレイから星球棍棒を渡され、ハーコンは思わずそれで剥き出しのリヒテンシュタインの頭部を殴り付け昏倒させた。

「見事ですハーコン殿。とどめに首を刎ねて近衛隊の兵達に見せてやりなされ」

ハーコンは言われるまま首を刎ね、高々と掲げて「ウオオーッ」と誇らしげに雄叫びを張り上げる。後方に居並ぶ近衛兵達も「ワアーッ」と大歓声で呼応し、「王太子様万歳」の叫びと盾打ちの響きが延々と続く。アマゾネス達からも「キャー、王子様素敵よ～」との黄色き声が彼に降り注ぎ、今日はなんと言うめでたき日だと、心底フレイと共に出陣した幸運を、主神オーディンに感謝した。

「さあ、敵を追い返しましょう」

フレイヤが手を振ると、近衛兵達は鬨(とき)の声を挙げ、全速で一斉に敵陣めがけて突進する。

真っ先にハーコンのもとに駆け付けて来た、傷の癒えたアンガスとアンドレの兄弟に、ハーコンは命じた。

「あとはそち達に任せるゆえ、遠慮なく懲らしめて名誉を回復するが良い。だが少しは見逃してやれ、俺とケイスネス卿の強さを国元へ伝えさせねばならぬからな」

そう言ってニコリと笑うと、アンドレとアンガスの兄弟は目を潤ませて、「殿下、たった今から、この命は武勇並ぶ者無き殿下に捧げますぞ」などと叫びながら、戦意を喪失し右往左往する敵陣めがけて、手柄を稼ぎに駆け去って行った。

フレイ達と共に数十騎のドイツ騎士団を叩き潰し、全欧州に名高き敵将のリヒテンシュタインの首を討ち取り、その有様を兵達に存分に見せ付け、兵達の信頼と忠誠をこの手で自ら勝ち取ったのだ。ハーコンは自分を褒め称えた。

まあ、正確に言えば、ハーコン王子は虫の息の敵にとどめの刃を振るっただけなのだが、二人とも似たような背格好の上、フレイの依頼で同じような装束をしていたから、遠目にはどちらがどんな動きをしていたのか、兵達にはさっぱり見分けが付かず、最後に敵将の首を討って勝ち名乗りを上げたのは、間違い無く我らが王子だったので、全ての兵士達が感激に浸り、ハーコンを敬った。そして、それこそがフレイとフレイヤの真の狙いであったのだ。

侵攻して来たスウェーデン軍を、完膚なく粉砕し凱旋した迎撃部隊を迎えた国王スヴェーレの喜びは、まさに天にも昇らんばかりだ。なにせ、武芸が苦手とばかり思っていた息子が先頭に立ち、ドイツ騎士団の団長で欧州切っての騎士と評判の高かった、あのリヒテンシュタインと互角に戦い、ついには首を討ち取ってしまったのだから。

そして新顔のケイスネス卿や女兵達の助力と共に、近衛兵達の目の前で多数の騎士達をも全滅させてしまったのだ。もうこれで当分は息子に背く者はおらず、隣国との国境も平穏であろう。

この事実は国民に広く公布され、持ち帰った数々の戦利品とリヒテンシュタインの甲冑は、美々しく飾り立てられた荷馬車に載せられて津々浦々を回り、王太子ハーコンの武勲は、ラッパの高らかな響きと共に国民に披露された。

そして、盛大に催された戦勝祝賀会での論功行賞では、王太子ハーコンとケイスネス伯爵には勲一等と多額の報奨金、フレイヤには勲二等と報奨金、アンガスとアンドレの兄弟には近衛兵団の同列隊長の地位、特別報奨として、迎撃部隊に志願参加した地方郷士のアースムンドには、王の直轄領となっていた旧領の返還と、男爵の爵位が改めて叙された。

フレイはありがたく頂戴した報奨金の半額を、馬上試合での怪我が元で死亡したヘニングの遺族へ弔慰金として贈り、半額は参加した近衛兵達に分配し、フレイヤも報奨金の一部をマリーネとエストリーネに贈り、残りは勇敢に闘ったアマゾネス達に分配した。なお、大活躍した二匹の愛犬も、フレイヤから頭をヨシヨシされ、肉と骨五日分が与えられたことも、付け加えておこう。

三日間続いた戦勝祝賀会は、最終の大広間での舞踏会を迎えた。当時の舞踏会は互いが手を握り合って踊るスタイルではなく、集団での踏舞が中心ではあるが、それなりに男女の出会いと歓談の場ではあった。だがなぜかフレイヤへの踊りの誘いは、王太子ハーコン以外は全く無い。

「お姉様、踊りを楽しんでいらっしゃる？」

「あら、フレイヤ。もう散々踊ったわ。私より母が大変よ、もう二時間も同じ人とばかり踊っているのよ。誰のことだか分かる？」

　フレイヤは既に知ってはいるが、わざと知らない振りをして訊ねる。

「まあ、それって熱々の仲ってことじゃない？　お相手は一体どなたなのかしら、お願いだから教えてちょうだい、お姉様」

「ウフフ、さすがのフレイヤ姫も、恋の話になると全然ね。いいわ、教えてあげる。実は私達の新しき親戚のアースムンド男爵よ」

「エーッ、知らなかったわ、あの二人がいつの間にそんな仲に？」

　ようやく知ったのね、お姉様。

「私の勘では、最初に船で会った時からじゃないかしら。母は私を育てることで精一杯だったから、男の人とのお付き合いは今まで無いらしくて。そうそう、戦死したと聞いていたお父さんの話も、世間を誤魔化すための嘘だったんですって、この前聞いてびっくりしちゃったわ」

「へエーッ、そうなの。それじゃ絶対幸せになってもらわないと！　お姉様はどう思うの？」

「もちろんよ、でも、私からはちよっと言いにくいわ」

上目遣いでフレイヤを見る。

「いいわ、お姉様。私がなんとかします」

これで姉の心の準備は整った。あとはあの二人の前に石を置いて揺さぶってみましょうと、兄と祖父が話しているテーブル席へ向かった。

「まあ、インスティンおじい様、おめでとうございます。アースムンド伯父様の目覚ましいお働きで、爵位も領地も戻り、本当によろしゅうございましたわ」

「おお、フレイヤ。儂の可愛い孫娘よ！　それもこれも全てそなた達二人のお蔭じゃ。アースムンドの話によると、手柄といっても、とどのつまりは、そなたに頼まれて単に犬の世話をしていただけと言うではないか、二人のお膳立てがあったればこその手柄じゃ、一生恩に着るぞ」

「まあ、何をおっしゃいますの、おじい様。誰もが嫌がった援軍にと、はるばる伯父様が駆け付けた事実が何よりの手柄と、陛下がご判断されての結果なのですわ」

「フフフ、まことに利口な孫娘じゃのう、そう聞いておこうか」

インスティンは目を細める。

「ところで、お兄様。サーソーのお父様から、急用ができたから至急戻って来いと急使が来たのよ、明後日の朝には出航しないといけないわ。それでね、お兄様。エストリーネお姉様とマリーネおば様も一緒に連れて来いと言ってるのよ。邸を用意するから一緒に住めば良いとまで言ってるの。だから、今晩二人に話して準備をさせないといけないわ」

「それはまた急な話だな。姉上はどこに居るのだ？　おば上も捜さなきゃあ」

インスティンが急にソワソワし出した。

「孫達よ、その件で倅が話があるらしいから、このまま待っていてくれ」

慌てて駆け足で去って行くのを横目で見ながら、フレイは悪戯好きの妹を咎める。

「妹よ、今度は何の企みだ。おば上と伯父上が恋仲だと知らんのか？」

「ちゃんと知ってるわよ、お姉様のお気持ちがお二人のご結婚を認める方へ傾くまで待っていたのよ。さっきやっと整理が付いたようだから、少しあの二人を煽ってあげようかなと思って、フフフ」

「本当にお前は策士だな、この俺にはそんなことはするなよ」

「それは、どうでしょうか？　相手にもよるからお約束はできなくてよ」

そんな冗談口を叩いているうちに、アースムンドがインスティンに引き連れられてやって来た。よくみれば冷や汗を掻いている。

「フレイヤ殿、父から聞き申した。父君にはマリーネ殿を連れて行く話は断ってもらえぬだろうか」

「まあ、それは一体どうしてですの？　アースムンド伯父様」

「いや、それはその、マリーネ殿の落ち着き先は、本人にはまだ言ってないが、もう既に決まっておるからです」

「初耳ですわ、伯父様。おば様ご本人が知らないのに、一体どこへ決まったとおっしゃるの？」

フレイヤの鋭い詰問に、うろたえている息子の背をインスティンが後ろからつつく。

「実は、先日父と相談したばかりなのですが、この私の後添えに来て頂きたいと思いまして」

ようやく覚悟を決めたのだろうが、少し優柔不断が過ぎるのではないのかしら？

「まっ、それは素晴らしいことよ伯父様、でも、そのプロポーズは私に言ってもしょうがないわ。ちゃんとご本人に言わないと。それに一つ問題がありますわよ、エストリーネお姉様はどうなさるおつもりかしら？　お姉様を蔑ろにしたらマリーネおば様は、絶対に首を縦には振らなくてよ」

「無論、この私の娘としてお迎え致しますとも。幸い私には子がおりませんから、娘として末長く大切に致します」

後ろのインスティンもブンブンと音が聞こえるほど大きく頷く。よし完璧だ！

「素敵ですわ、伯父様。では、早速今夜のうちに結婚の合意をもらってください。さすれば、私はサーソーの父にお断りの文を出しますわ。それで良くて？　お兄様」

「もちろんだとも」

なぜ俺に聞くのかと言いたげに答え、マリーネ本人の全く知らぬ間に、めでたき結婚話は決まってしまった。

フレイとフレイヤの兄妹が帰国するとの噂が王宮を独り歩きしたその深夜、もう一つの予期せぬ重大な出来事がフレイヤの身の回りに起こった。フレイヤは王から極秘の話があると王の私室へ招かれて、侍女のアルグリードを伴って訪れたのだ。

　話はイエイロの会戦の実情を知っておきたいとのことだった。あまりにもでき過ぎた結果に、疑問を抱いたのであろう、根掘り葉掘りと訊いて来る。この辺りは父親よりも、国王としての立場での質問だとフレイヤも理解したので、覚悟を決めてありのままの戦況と、自分達兄妹がハーコンの微妙な立場を案じた上での方策であることを正直に伝える。

　そしてそれは王が想像していたところとほぼ合致していたので、王はフレイヤ達の、ノルウェーの国と王室を思う企てに、深々と頭を下げて感謝の意を示した。

　フレイヤは驚く。そして慌ててアルグリードに、控え室に戻っているようにと下がらせた。国王が一介の伯爵の妹に頭を下げるなどあってはならないことで、たとえ侍女と言えども、これ以上余人の目に触れさせてはならぬと考えたからだ。

　侍女が退室すると、スヴェーレは本当の目的である彼にとっては重要な話を語り合うべく、フレイヤにもっと近くへ寄るように言って、小声で訊ねた。

「姫よ、そなたが明後日帰国するらしいとの噂が飛び交っているが、それは真(まこと)のことなのか？　もし叶うことなら、永久にこの国で暮らして、儂と息子の傍から離れずに居てもらえないだろうか？」

　それは、途轍もなく重い言葉だった。それが何を意味する言葉なのか、フレイヤには痛いほど分かる。それは、国の王としてではなく、我が子の幸せを願う一人の父親としての願いだった。その証に王の後ろの影は、強く懇願の炎が滾(たぎ)っている。

「陛下、この私にはもったいなきお話でございますれば、父や兄ともよく話し合い、殿下ともご相談の上、心を決めさせて頂いてよろしゅうございましょうか？」

そこまで言うのが精一杯である。

「おお、良いとも、良いとも。家族や王子とじっくりと話し合うが良い。儂も妃と話し合わねばならぬこともあるゆえな、じゃが明後日の帰国はとりあえず延期するとだけは約束してくれ」

フレイヤはあの話は、今さら優柔不断なアースムンドの尻を叩くための出まかせだとも言えず、承知致しましたと返答して辞去し、控え室へと向かった。

松明（たいまつ）が所々に燃えているだけの暗い廊下を歩いていると、途中のアルコープ（廊下の壁などを一部抉って設けられた簡易的な休憩スペース）のカーテンが妙に揺れているのに気付いて、何気なくカーテンを開くと、驚くなかれ、そこには抱き合って唇を貪り合う一組の男女の姿があった。男の腕はしっかりと女を抱き、女の両の指は男の髪に絡まっている。

「アッ、ごめんなさい！」

思わず発したフレイヤの声に、驚いてパッと離れた女の顔は先ほど下がらせた侍女のアルグリード、フレイヤを見て「信じられぬ」と呟く男の顔は、王太子のハーコンであった。

話は数分前に遡る。王の私室を出たアルグリードが、暗い廊下を控の間へと向かっていると、アルコープのカーテンの陰から突然腕が伸びて手首を掴まれ、アルコープの中へと引きずり込まれてしまった。あまりに突然の出来事で声も出せないでいるうちに、男の逞しい腕に抱きすくめられ、あっと言う間に唇まで重ねられてしまったのだ。

　無論、抵抗はした。相手が敵か味方かも分からないし、人間か魔物かさえも分からないので、懸命に腕を振り回し叫ぼうとしたが、口を開いた途端舌が入って来て、そのまま舌先を転がされているうちに、今まで経験したことも無い情熱の溢れるキスに、次第に身体中がとろけて力が抜けてしまい、自分でも気付かぬうちに、いつしか両の腕は相手の首筋にしっかりと絡まっていた。

　やがて頃合いと見た男から、「どこにも逃がさぬ、逃げても追い掛けて捉まえる、一生俺から離れないと言え」と、これまで聞いたこともない力強い言葉を耳元で囁かれて、心は天まで舞い上がり、いつも頭の中に居る恋人のダンカンの顔さえも綺麗さっぱりと消え去り、どこの誰かも分からぬ男に思わず「はい」と答えてしまっていた。

「アッ、ごめんなさい」

　仰天したフレイヤの声が聞こえたのは、皮肉にもその直後のことである。

「お、お嬢様。こ、この恥知らずなバイキングが、突然に私をこのアルコープに引きずり込んで、嫌がる私の唇を無理やり奪ったのでございます。ええ、本当でございますとも！」

　そう弁解しながら相手の顔を初めて確認し、仰天して叫んだ。

「な、なんてこと、王子様なの？　王子様がこの私に求愛したの？」

「まっ、アルグリード、おめでとう。王子様から愛を告白されるなんて、女の一生にそう何度もある話じゃないわ。それで、参考までに聞かせて欲しいのだけど、どんな言葉で求愛されたの？」

何か言おうとするハーコンを、わざと冷たく睨み付けて制し、フレイヤは訊ねる。

「いえ、あのう、ただ、一生俺から離れるなとか言っておりました……」

「まっ、それって、アルグリード、プロポーズの言葉じゃないの！　それであなたはどう応えたの？」

「無理やりで、とても怖かったものですから、仕方なくハイと。でも、本当に無理やりなんです、お嬢様、どうか信じてくださいまし」

「あれが無理やり言わされていた姿なの？　でもまあ、あなたもスコットランド人だから知っているでしょうけど、我が国では男がプロポーズして、女がそれを拒まなければ、それは同意したと言うことよ。まあ、国で待っているダンカンには気の毒だけど、心配は無用だわ。ダンカンは男前だからすぐに次の新しい恋人が現れるわよ」

わざと冷たくアルグリードを突き放す。

「ダンカン！　おお、可哀想なダンカン。ああ、私はなんて罪深い女なの！」

アルグリードは急に大声で泣き出すと、走り去ってしまった。少しばかり意地悪が過ぎたかしらと、フレイヤが苦笑いしていると、惨めな顔付きのハーコンが、ようやく喋らせてくれるのかと口を開く。

「婚約？　勘弁してくれよ。何で婚約の話になるんだ、少しは俺にも話をさせてくれよ。相手を間違えただけだよ、暗かったから侍女をフレイヤだと思って……」

「ハーコン王子様！　気安く私のファーストネームを呼ばないでくださいませ。私はあなた様の恋人でも何でもございませんわ」

こっちはもう少し苛めてやらなくちゃ。フレイヤの思わぬ反撃にハーコンはまごつく。

「いやその、俺の中ではそのう、それ以上だと思っていたから、今だってフレ、いやレディ・フレイヤが明後日帰国するとか聞いたものだから、話をしたいと父の部屋から出て来るのを待っていて、相手を間違えてしまったんだ」

「へえー、何のお話でございましたのでしょうか、王子様？」

「あの侍女に言った通りさ、たとえ逃げてもどこまでも追い掛けて捉まえるから、一生俺の傍から離れないで欲しいと言いたかったんだよ」

まだまだね、もう少し懲らしめるか。

「それで、捉まえたらどうなさるおつもりだったのかしら？」

くそ、なんてしぶといんだこの女は。

「ここノルウェーで、俺と結婚して暮らしてもらいたいという意味だ」

「そうすると、婚約者のことは、どうなさるおつもりかしら、泣き寝入りして諦めろと？」

「婚約者？　だからあれは間違いだったと言ってるじゃないか！」

「それは男の言い逃れよ。ちゃんと正式に手続きして婚約を解消しないと、女の心の傷はいつまでも残るのよ」

女を口づけで酔わせて従わせようとする浮気男め、少しは思い知ったかしら。

「手続き？　何をどうすれば良いんだ？」

頼むから早く納得してくれ。まったくなんて女だ。

「もちろん、王子様の詫びのお気持ちを具体的に品物で示すのよ。例えばですが、上等な琥珀の首飾りとかを持って、控の間で泣いている婚約者を訪ねて、心からの謝罪をすれば、ひょっとしたら許してもらえるかも知れなくてよ、王子様。先ほどのお話はそれが解決してから、もう一度ゆっくりとお聞き致しますわ」

この魔女め、なんという交渉の巧みな女だ。どうして俺はこんな女に惚れてしまったんだろうか？

この国の貴族の娘の半分は、毎晩俺の妃になる夢を見ると言うのに。


しばらくして、アルコープで息抜きをしているフレイヤの耳に、控の間の方から大声で誰かを罵る女の声と、懸命に何かを詫びる男の声が聞こえて来た。さらには誰かが頬でも張られたのであろうか、ピシャリと打撃音まで聞こえてくる。しかし、その女の怒号と罵声も、何やら高価な品でももらったのであろうか、一瞬で歓喜の叫びへと変わり、最後には感謝の言葉さえも聞こえた。

男が去った頃合いを見て、フレイヤが控の間に入ると、そこにはなぜか満面の笑みを浮かべて上機嫌の侍女が、何やらとても大事な物が入っていそうな小奇麗な小箱をしっかりと脇に抱え、鼻歌混じりに帰り仕度に勤しんでいる姿があった。

二日後、今度は王妃マルグレーテからフレイヤに呼び出しのお達しが届いた。フレイヤが正装に着替えて差し回しの馬車で城に入ると、待機していた女官が早速王妃の間へと案内する。

「陛下、ケイスネス卿ご令妹が来られました」

マルグレーテはフレイヤのカーテシーに鷹揚に頷くと、「大儀じゃ、先だっての陛下の全快祝いの折のそなたの舞の礼がまだじゃったから、何ぞ褒美の品でも授けたいと思うてな」

「とんでもございません、王妃陛下。拙き舞を披露してしまい、恥ずかしき限りでございます」

「遠慮は無用じゃ、この箱の中の指輪からそなたの気に入った物を一つ選ぶが良い」

まあ、罠色の影だわ。よほど私のことが気に入らないのね。

箱の中を見ればどれも様々な色の大きな宝石を用いた素晴らしい指輪ばかりで、おそらくは彼女の実家のスウェーデン王室ゆかりの品なのであろう。

「陛下、このような指輪は畏れ多くて、とても頂けません。その温かきお気持ちだけで、私には充分でございます」

「遠慮は無用じゃと申したではないか。この部屋には二人の他には誰もおらぬから、そなたがどれを選ぼうと知る者はおらぬゆえ、そなたの欲しいと思う品を正直に選ぶが良い、正直にな！」

そう、どうしても私に選ばせたいのね、じゃあこれねと一番小さな石が付いたありきたりの指輪を選ぶ。王妃がなぜか悔しさと失望色の影を浮かべる中、物陰から満面の笑みを浮かべたスヴェーレ王が姿を現した。

「どうだ妃よ、儂が言った通り姫は一番小さな石の指輪を選んだではないか、この姫はそなたの申すような欲の深い女などではない。欲の無い慎ましい女だということがこれで分かったろう」

王妃は悔しそうな顔を隠そうともせずに、物も言わず出て行ってしまった。

「姫よ悪かったな、そなたを試すようなことになって、許してくれないか。そなたが王子にふさわしいかどうしても試したいと妃が聞かなくてな。だが、これで妃も納得してくれただろう」

そう言う筋書きだったのね、それで私はめでたく合格したってことなのね。

「陛下、王妃様のお気持ちも分かるような気が致します。たぶん、王太子様のお妃候補として、既に意中の御方がおられるのではないでしょうか？　私はこれで戻らせて頂きますが、王妃様に頂いた指輪のお礼も申し上げておりませぬゆえ、今一度お会い致したいと存じます。ぜひとも、お取り次ぎを願えませんでしょうか？」

苦渋に満ちた顔の王は女官を呼ぶと、「儂はこれで退室するが、姫が妃に指輪の礼を申したいと望んで居るゆえ、必ず参るように妃に伝えてくれ、良いか、必ずだぞ！　では姫よ、また後日会えるのを楽しみにしておるぞ」

名残惜しそうに、王は退室した。

「礼など無用じゃ。先ほどの文句が言いたいのか？　王のたっての所望ゆえ参ったが無礼であろう」

「申し訳ございませぬ陛下。ご多忙は重々承知しておりますが、帰国の前に一度だけ陛下の胸の内をお聞かせ願えればと存じまして」

「帰国？　そなたは国へ帰ると申すのか？　王子の妃になりたいのではないのか？　私はそう聞いておるぞ、まやかしを申すではない！」

「そのような話を耳にしておらぬとは申しません。しかし、国の行く末を考えた時には、隣国との友好は大切なことです。この度は隣国の一部の不埒者達が勝手に攻め寄せて来たのでしょうが、本来は仲良くすべき両国なのは、私が申し上げるまでもないことです。陛下はおそらくそのことを念頭に、王太子様の伴侶を慎重に選ばれて居られると存じます。ですから、私がこのまま帰国することが最善やも知れぬと考えております」

　その言葉は王妃の虚を突き、唖然とさせる。

「そなたは、それで良いのか？　この私が言うのもおかしいが、妃でなくて側室でということなら、私は何も口出しをするつもりはない、王子もそれで納得するはず」

「お言葉を返すようですが、それは私の信条に反することになります。ですからこの国の将来のために、陛下から頂いた指輪を思い出の品として国へ戻らせて頂くのが、一番よろしいのではと考えます」

　そう言い切ったが、両の目からは涙が立て続けに溢れて止まらない。

　なぜ？　なぜ涙なんか流れるの？　単に帰国の時期が来ただけじゃない。あんな愚かで無礼な男から離れるだけでもスッキリすると言うものよ。明日は無理でも明後日には出航よ。でも……、でも、お別れの言葉は言わなくても良いのかしら？　ちゃんと会って直接に言わないと失礼なのでは？

「レディ・フレイヤ、私は誤解していたやも知れぬ。そなたほどこの国のため、王子のためを思っている娘を私は他に知らぬ。私とて生身の女、恋をしている女の気持は分かる。そなたの涙がその証じゃ。他人は私を薄情な女と謗るやも知れぬが、この国の行く末を思うとそなたに帰るなとは申せぬ。この無慈悲な私を許してたもれ。せめて、そなたが姉だの伯父だのと称している、あの偽親戚達は、この私が必ず悪いようにはせぬと誓うから、どうか安心してたもれ」

「陛下、お心づくしありがとうございます。国王陛下や王太子殿下には会わずに、兄と共に去りますから、お二人には陛下の方からよろしく申し上げておいてくださいませ。インガ様にも殿下をよろしくとお伝えください」

「利口なそなたのことだから、とっくに見抜いておるとは思っていた。実家の兄からの強い要求さえ無ければ、そなたこそが王子の妃にふさわしいものを、世の中は女の望み通りには行かぬものじゃ」

今や互いに相手の立場と想いを理解し合った二人は、とめどなく滴る涙を拭うことも忘れて抱き合いながら、慟哭し続けるのであった。

最後にフレイヤが聖星式のカーテシーをして別れを告げると、王妃マルグレーテもスウェーデン式のカーテシーをして、限り無き慈しみと感謝の念をもって応えた。

翌日、フレイヤが父からの急な帰国命令を理由に、エストリーネやマリーネ、それにインスティンやアースムンド達に明日の別れを告げると、途端に上を下への大騒ぎとなった。孫達の居るうちにとのインスティンの鶴の一声で、急遽、マリーネとアースムンドが結婚式を挙げる騒ぎとなったのだ。

当時のノルウェー王国は国王側と教会側が激しく対立しており、教会側はニダロス（トロンハイムの古名）の大司教以下の聖職者達はデンマークへ拠点を移して国王は破門、国内は聖務停止となっており、結婚の宣言は当事者とその親族達が互いに認め合えば、便宜上それで済むが、そうは言っても花嫁の衣装や披露宴の準備などは疎かにはできず、女達は全員てんてこ舞いとなった。

会場はベルゲンのギルリオン商館、司祭役はエリザベス号の船長が務め、既に一緒に暮らしていた新郎と新婦は皆に冷やかされながら、晴れて正式な夫婦となった。

「お母様、男爵様と仲良く暮らしてね。私はしばらくこの商館で暮らすわ」

「エストリーネ、無理をしては駄目よ。辛い時や苦しい時は私達を頼ってちょうだい。なんと言ってもあなたは王家の血筋なんだから、その誇りは忘れては駄目よ。亡き陛下や、お妃様もきっと見守って頂けるでしょうから」

血の繋がりこそ無かったが、二人は本当の親子のように固く抱き合って、互いに労わりの声を掛け合い、涙を流し合う。

「ああ、もうクタクタだわ、早く眠りたい」

疲れ切って三階廊下奥の個室までやっとのことで辿り着いたフレイヤは、鍵を掛けるのさえ忘れてベッドに倒れ込んで呻く。今日の一日、一番活躍したのは、この自分ではなかろうか。親衛隊の女兵達を総動員して、料理や飾り付けを指図しながら、花嫁の介添人を務め、来賓を出迎えて楽団の手配をした上、兄のフレイと共に〝とこしえの舞〟まで舞ったのだから。

「もう体中が痛いわ。この調子じゃ、きっと明日の朝の出航まで生きられないわ。いえ、ひょっとしたら、もう既に死んでいるんじゃないかしら」

「いや、レディ・フレイヤ。神のご加護か、今の所はまだ生きているようだよ」

部屋の隅から男の声がした途端、跳ね起きて枕の下に隠してあったナイフを声のした方へ投げ付けようとして、相手が誰だか見当が付くと、かろうじて途中で手を止めた。

「ハーコン、私の部屋で何をしているの？　もう少しであなたは死ぬところだったのよ。イーハとドーブはどこへ行ったのよ」

「あの大人しい犬達なら、骨をやって外で遊んで来いと頭を撫でてやったら喜んで出て行ったよ。それに俺の名はエリック・ロベルトソンだ、サーソーで会ったじゃないか、忘れないで欲しいな。運の悪いことに顔と声が似ているから、よくハーコン王子の偽者と言われて、いつも困っているんだ」

「鍵はどうしたのよ？　私とアルグリードしか持っていないはずよ！」

エリックと名乗る男は、ただニヤニヤと笑っている。まっ、買収したんだわ！　私ったら犬だけでなく、侍女にまで裏切られたのよ。

「この卑怯者、侍女を誑(たぶら)かしてコソコソと私の部屋に忍び込んで、一体何をする気なの？」

「何も。ただ、婚礼で疲れ切った君の身体をマッサージして、眠ったら頬にお休みのキスだけして帰るつもりだよ」

嘘だわ！　嘘に決まっている、絶対他に何かする気でいるわ。ああ、彼の心が読めたら良いのに。

「信じられないわ、マッサージは結構だから、今すぐ帰ってちょうだい。それになぜ今日婚礼があったって知ってるの？　私だって突然にインスティンおじい様から言われたのよ」

また笑っている。嘘！　まさかおじい様までグル？

「ああ、もう誰も信じられない。私は王妃様にお約束したのよ、今後一切あなたに会わずに父のもとへ帰りますと。その約束を破れと言うの？」

「へえ、そうかい。それで君の言うあなたとは、一体誰のことなんだい？」

「何を言ってるの、ハーコン王子に決まっているじゃないのよ！」

「じゃあ、目の前に居る俺の名は？」

「…………」

「さっきなんて自己紹介したっけ？」

「…………」

「確か自分ではエリック・ロベルトソンと名乗った記憶があるが、違ったかな？」

「私を馬鹿にしているの！　あなたはハーコ……」

その後の言葉は続けられなかった、ハーコンに抱き寄せられて、彼の唇がフレイヤの唇を塞いでしまったからだ。あまりにも突然の彼のその口づけに呆然としている間に、フレイヤは彼に二の腕ごと抱きしめられてしまい身動きができない。いや、したく無いのかも知れない……。

「愛しているよ、フレイヤ。初めて会った時からこの世の誰よりも」

いったん唇を離した彼に熱い吐息で耳元に囁かれて、力が徐々に抜けてベッドに崩れて行く。

「逃げても無駄だ、どこまでも追っ掛けて行く、俺達はそう決められた運命の相手同士なんだよ」

そして、もう一度愛していると囁くと、再び唇を重ねて来た。それは間違い無くフレイヤの知らない、愛に燃えた男の圧倒的な勢いである。舌先で唇をこじ開けられ男の舌が侵入して来る。

ああ、なんてことなの！　なんて素敵なの、これじゃあアルグリードが抵抗できなくなったのも無理は無いかも知れない、でも私はあの子とは違うわ、違うはずよね？

「ちょっと、その手は何？　何をしているの！」

フレイヤはわずかに残った力を掻き集めて、やっとのことで形ばかり相手を押し退けて抗議する。

「だから、マッサージだよ。さっきそう言ったじゃないか」

でも、そこは肩とは違うわ。凝っているのは肩なの、知っていると思うけど肩はもっと上の方よ。

「体中がコチコチじゃないか、これじゃ横になったって眠れやしないよ、俺に任せな、マッサージは得意なんだから」

きっと、あちこちの娘達を相手にマッサージの腕を磨いたんだわ、いえ違う、この人のことだから、ご主人の居る女性の体も、しょっちゅう揉んでいるに違いないわ、本当にいやらしい人。でもなんて上手なの、心地好過ぎるわ。

　愛しているよ、一人で何もかもは無理だよ、可哀想に、俺の愛しいフレイヤ、俺が必ず守る、そんな言葉を何度も何度も繰り返し囁かれながら、肩先から肘の裏側や手のひら、指の一本一本まで丁寧に揉まれて行くうちに、瞼が次第に重くなっていく、この人が運命の人なのかしら？　きっとそうなのね、私の心を温かく抱きしめて包んでくれる人なのだわ。いつしか彼の手がアンダードレスを掻い潜り、両の胸乳が優しく揉まれていることさえも気付かない。

　なんて白い肌なんだ、なんて素敵な乳房だ。俺だけの宝物だ、絶対に他人には渡すものか、あの頑固者の継母でさえ、彼女を気に入って、秘策を授けてくれたではないか。

　ピンクの乳首を優しく摘み揉みすると次第に硬くなり尖り出す。ハーコンはそっと唇に含み舌先で転がすと、フレイヤの口から「アァーッ」と甘い吐息が漏れて、自分の手では無いように指が勝手にハーコンの頭髪を掻き分け、まるで愛し児に乳を授けるように胸乳へと引き寄せる。

「ああ、ハーコン」

「この俺の名はエリックだ、さあ言ってごらんエリックと」

「エリック、ああ、エリック。好きよ」

「それで良いんだ、その名で俺を呼ぶ限り、俺は君のもの、君は俺のものだ」

「ああエリック大好きよ、愛しているわ」

「さあ、今度は下半身だ。腹這になって」

エリックはうつ伏せになったフレイヤの足からブーツを脱がすと、足の裏を丁寧に親指で指圧する。むず痒いが頭の先まで刺激される快感が彼女を襲う。

エリックはフレイヤのスカートを膝までたくし上げると、片方の足首からふくらはぎや膝裏までを指先で丁寧に押したり揉みほぐすが、フレイヤへの愛しさが次第に募り、誰にも言わずに心の奥に深く抑え込んでいた気持ちを、つい口にする。

「フレイヤ、君さえ良ければ、俺は国を捨てても良いんだ。ノルウェーという国よりも、俺には君の方が大切なんだよ、二人で遠くへ逃げて幸せに暮らさないか？」

「駄目よ！　二度とそんなことを言わないで。あなたの気持ちはとても嬉しいわ、でも、この話はもう済んでいるの。女一人の為に次の王としての責任を棄てるなんて、二度と考えてはいけないわ」

それにこの場のあなたは王子ではなくて、ただの毛皮商人なのよ、エリック・ロベルトソン。

「王子に生まれたことを呪うよ、俺は王にさえなれば権力が与えられて、全てが俺の思い通りになると今まで思っていた。だけど、自分の妻さえも自分では決められない。心の底から惚れた相手とさえ一緒になれないとは、何のための権力だ！　王の子だから国が選ぶ相手と結婚しなければならないのなら、王子など糞喰らえだ！」

いつの間にか涙が溢れて、目尻からこぼれ落ちる。おかしいな、人前では決して涙を見せぬように、親から厳しく躾けられてきたはずなのに、フレイヤの前では素直に涙を流せるなんて。

起き上がり姿勢を戻したフレイヤは、指先でその頬の涙をすくい取る。ああ、この人の愛は純粋だわ、影が見えぬことは悔しいが、私にははっきりと分かる、偽りの無いあなたの愛が！

今の私にできることは、あなたの心を信じ、その心を抱きしめて一つになることだけよ。たとえ明日からは泣いて暮らそうとも、決して後悔はしないわ。ああマリア様、どうか私に祝福を。

フレイヤはエリックの顔を引き寄せて、自分から唇を重ねて行った。

燭台の淡い灯火の中、いつしか二人は生まれたままの姿でベッドに体を横たえて、互いの腕の中で陶酔のまま見詰め合って居た。もう言葉は何も要らない、心が重なり合っているのだから。

やがて、エリックの目が問い掛ける。いいんだね？

フレイヤも微笑みながら目で応える。知らなかったの？ ずっと前からあなたのものよ。

エリックは横たわったフレイヤの長い髪を撫で、そのまま背中を、そして丸いヒップを撫で下した。手がヒップに達した時だけ、一瞬フレイヤの体は強張るが、エリックの唇が豊かな乳房の頂点に触れると、甘い溜息と共に身体は熱く、そして柔らかくなって行く。東洋の陶器のような滑らかでミルク色の肌と均整のとれた姿態を目で味わいながら、唇と舌は徐々に下へと向かい、指は幾度も太腿を撫で上げながら巻き毛を探る。

フレイヤは羞恥と快感に喘（あえ）いだ。生まれて初めて男の手と指が巻き毛に触れ、さらにその奥の谷間へと伸びて来たのだ。その中の小さな突起に彼の指先が軽く触れると、まるで稲妻のような快感に襲われて、思わず「アアーッ」と声を発してしまい、恥ずかしさに耳までも赤く染まる。

エリックはフレイヤの両脚の間に身体を置くと、慌てて遮ろうとする抗議の手を無視して舌を谷間に這わした。途端にフレイヤの背が弓なりに反り返り、歓喜の叫び声が室内に満ちる。

フレイヤの頭の中は、再び先ほどとは比べ物にならぬ快感の稲妻に幾度となく襲われ、「愛してる」「もっと」「好きよ」などの叫び声が、自分の口から発していることさえ気付かぬほど我を失くした刹那、腰から下が溶けるような快感に抗えずに、全身が痙攣して声も力も抜け去ってしまった。

フレイヤが極まりに達したのを見たエリックは、微笑みを浮かべると自分の強張りを潤んだ谷間にあてがって、徐々に少しずつ沈めていく。

「ウッ」とフレイヤの呻きが聞こえたが、ここは我慢してくれとばかりに押し進む。

「愛しいフレイヤ、これで初めて二人は結ばれたんだよ」

耳元でそう囁くと、相手を気遣いながらゆっくりと腰を動かし始めた。

エリックの強張りが自分の秘められた所に入って来た時、フレイヤは経験したことのない痛みに襲われ、一瞬、何が侵入して来たのか分からなかった。しかし、すぐにそれが男の武器だと気付く。

これが愛する人と結ばれるということなのね。そう自分に語り掛けながら、ゆっくりと抽送を繰り返されているうちに痛みは薄れ、沖の方から波が寄せて来るように、またもや快感が戻って来た。

最初、小さなさざ波のようだったその快感は次第に高い波へと変わり、遂には大波となって彼が突く度に高みへ高みへと押し上げられ、歓喜の叫びが勝手に口から出て痙攣を繰り返し、何も分からなくなってしまった。

フレイヤが二度目の極まりを迎えると同時に、エリックは彼女の中へ愛と命の源を放った。それは彼にとっても至上の瞬間だった。この俺が愛しくて堪らない相手を夢魔のように悦楽の世界へと誘い、自分も共にその世界を味わったのだ。ああフレイヤ、俺の宝物、俺の命。囁きを繰り返しているうちにいつしか幸せな眠りに包み込まれてしまった。

廊下の一方の端では次々と寝室へと戻って来るアマゾネス達を、「お嬢様は来客中だから」と追い払っていた侍女のアルグリードが微笑んでいる。

奥の部屋から聞こえて来ていた、女主人の甘い歓喜の声が途絶え静寂が訪れた時、エリックから依頼された銀貨一〇枚分の仕事も終わった。

それは彼女が敬愛する女主人のために、前々から最もやりたいと望んでいた仕事でもあった。

翌朝、窓から差し込む薄明かりの中、エリックは彼の腕の中で眠るフレイヤの髪を優しく撫でながら、この朝が永久に続くならばどんな支払いも拒まぬだろうにと想う。しかし、父と継母から許された時間はたった一晩。既にその時間は過ぎて、この商館の前には王室差し回しの馬車が目立たぬように待機していることだろう。父はともかく、継母が自分に示してくれた初めての好意は、王太子としてではなく、一介の毛皮商人として最後の別れを楽しんで来いというものだった。それは、帰城した後は二度と再びその相手の名を口にしてはならぬとの厳命の上ではあるが。

衣服を整え、最愛の相手の頬に口づけた時、敷布に散らばって咲く紅（くれない）の花びらの如き愛の証を見て微笑む。

「この光景は生涯忘れないよフレイヤ、その名と共に」

そう呟きながら、音のせぬよう静かに扉を閉めて、下で待っているであろう馬車へと急ぐ。

フレイヤは、扉が閉まり恋する男の靴音が聞こえなくなると、枕に顔を埋めて声を上げて泣いた。

その涙は、母を亡くして以来二度目の愛する人を失った涙でもあった。

その日の正午過ぎ、エリザベス号は様々な思い出の残るベルゲンの港を離れた。

「お嬢様、お風邪を召しますから、どうぞ船室へお戻りください」

「いいのよ、アルグリード。今度はいつ来れるか分からないから、もう少し眺めていたいの」

「良い街でしたね、お嬢様」

「そうね、良い人達がたくさん住んで居る、本当に良い街だったわ」

フレイヤは、涙で曇る瞳で一番見たい顔を捜しながら、見送りの人垣に向かって手を振り続けた。

やがて街が小さな点となり、水平線の彼方に消えゆくまで、いつまでも、いつまでも。

第一四章　一二〇二年一月「サーソーの空に鐘の音は高らかに響く」

フレイとフレイヤがサーソーへ戻って、はや三ヶ月近くが経とうとしている。厳冬期を迎えたケイスネスでは、アマゾネス達は厳しい訓練に明け暮れていた。耐寒訓練、夜間訓練、海上訓練と引きも切らずだ。何しろフレイヤ自らが先頭に立って励むのだから、隊員達も気が抜けない。

隊員達も、さすがに今年のお嬢様は気合の入れ方が違うわねと思いつつも、昨秋のイエイロの戦いで実戦における平時の訓練の大切さを身に沁みて知った年長兵や、彼女達から体験談を聞いている若年兵達は必死で付いて来る。

百発百中の投石術や投槍術があったからこそ、敵の重装騎兵の恐怖の突進をかろうじて食い止めることができたのだ、そうでなければ切り刻まれてイエイロの草原に骸(むくろ)を晒していたのは、自分達の方だっただろう。全てお嬢様の適切な訓練計画と厳しい指導があったればこその勝利だった。

だが、その訓練も当のフレイヤの体調が崩れて突然の中止となった。訓練が一段落した昼食時に急に不調に見舞われたのだ。

昨日辺りから兆候はあった、微妙なぎこちなさや微熱、食欲不振などに見舞われ、朝食はなんとか食べたが、昼食の肉のスープで遂に匂い負けして吐き戻してしまった。

「無理のし過ぎです、お嬢様」とのアルグリードの言葉や、「そうよ、お願いだから今度だけは私達の言うことを聞いて、お邸で休んでちょうだい」とのマリオンやカーレンの言葉を不承不承に聞き入れて、三人に抱えられるようにして彼女は邸に戻った。

「まあ、どう致しました？　お嬢様」

ベスが慌てて駆け付け、吐き戻したと聞くと額に手を当てて熱を探り、すぐさま部屋へと案内して寝かせるようにと三人に指示し、薬草を煎じ始めた。煎じ薬を飲み、たちまち寝入ったフレイヤに付き添えと娘達を残し、アルグリードには付いて来いと目配せをする。

「さあ、一体ベルゲンで何があったのか、いえ、誰と会っていたのか、包み隠さずに白状しなさい、これはお前の責任でもあるのよ？」

ベスは台所で表情を一変させ、侍女を鋭く詰問する。

「エッ、それはどういうことでしょうか、私はお嬢様に何も致しておりませんが？」

「あんたが侍女として何の務めも果たしていなかったから、お嬢様がこうなってしまったんじゃないの！　それが分からないの？　お嬢様は妊娠していらっしゃるのよ！」

アルグリードは仰天した。

「妊娠！　お嬢様が妊娠？　じゃあ、あの夜の……」

そう言い掛けて慌てて口を押さえたが、家政婦の耳は誤魔化せなかった。いや、外で耳を扉に押し付けて聞いていたカーレンさえも誤魔化せなかった。カーレンは思わず扉を開けて駆け寄る。

「全部喋って」

ベスとカーレンから同時に責められて、とうとうアルグリードは、あのベルゲンでの最後の夜の一部始終を喋らされる羽目になってしまった（と言っても銀貨一〇枚のことだけは、かろうじて隠しおせたが）。ベスの判断で、マリアンヌと娘のマリオンも呼ばれ、もう一度最初から喋らされ、四人から糾弾されたアルグリードは、とうとう泣き出してしまう。

「こうなったら放ってはおけないわ、でも男の人にはとても言えないし、どうすれば良いかしら？」

泣いている侍女を睨み付けながらベスが言うと、「私がアルグリードを引き摺ってベルゲンへ行ってくるわ、なんとかしてその相手にミニョンヌのことを知らせないと」とマリアンヌが応える。

「あのう、ベルゲンにフレイ様の母違いの姉君がいらっしゃいます。姉君ならお城へも出入りできますから、なんとか相手に会えるのではないでしょうか」

泣いていた侍女が罪滅ぼしの如く提案する。

「すぐに支度しなさい！　明日朝一番に私とベルゲンへ渡るのよ。アンデールならなんとか冬の北海でも乗り切れるでしょうから」

マリアンヌが即断すると、「私も行くわ、お母様」とマリオンが同行に名乗りを上げ、カーレンも「私だって行くわ」と母親に訴える。こうして、すったもんだの末に結局女達四人は、アンデールの操るフレイ号で二日後にベルゲンの商館へと到着した。

アルグリードから三人を紹介され、フレイヤが身籠ったと聞かされたエストリーネは驚愕、すぐさま王宮に参内(さんだい)して宮宰に袖の下を渡し、王子との火急の面会が実現した。

「エストリーネ殿、火急の用とは一体何事でござるか？　もしや妹御に何事か起きましたか？」

「その何事かよ、エリック・ロベルトソン。遠慮無く申し上げるなら、あなたのお蔭で私の大切な妹のフレイヤは父親の居ない子供を産む羽目になっているのよ。さあ、エリック、一体どう責任を取るつもりなの、あなたの子供に一生日陰者で暮らせとでも言うの？」

芯の強さでは亡き母親のラグンヒルドと変わらぬエストリーネ、いや、エストリッドが気後れもせず堂々と詰め寄る。ハーコンが王の息子なら、自分もまた王の娘だ、この際遠慮などしては居られぬとばかりに、ハーコンの偽名を遠慮もなく口に出し、眦(まなじり)を決して相手を問い詰めていく。

「何ですと、フレイヤが、俺の愛しいフレイヤが、俺の子を身籠ったと？　それが事実なら、いや、事実でしょうが、俺には為さねばならぬことがあります。申し訳ないが、しばしこの部屋でお待ちくだされ」

エストリーネが三時間ばかり待っていると、王を伴って王子が戻って来た。

「父上、この方が先の国王マグヌス五世殿の忘れ形見のエストリッド姫です。事情があって今はフレイ殿とフレイヤ殿の姉君として世を忍んでおられますが、フレイ殿と瓜二つのあの菫色の瞳が何よりの証拠です」

遂に隠して来た事実が王子の口から語られた。どうして彼が知ったかは聞かなくても分かる。フレイの実の姉であることは瞳を見れば誰でも一目瞭然だ。

「やはりそなたはエストリッド姫であったか、その瞳を見てもしやと思わぬでもなかった。だが今はその話ではない、それは別の折にするとして、フレイヤが息子の子を身籠っておるのは本当なのか？息子は確かに我が子だと言うし、それを許したのは儂と妃でもある。姫は無事なのだろうな？」

「はい、陛下。今のところは薬にて眠らされておるらしいです」

　ああ、あの良く効く眠り薬かと、ハーコンは思わず下を向き苦笑する。

「そうか、一安心じゃ。妃とも話し合ったが、こうさせてくれ。まず、王子は毛皮商人のエリック・ロベルトソンとしてケイスネスへ赴き、姫と式を挙げる。幸い姫の父君は司祭だそうじゃから、それは問題なかろうし、生まれてくる子にはロベルトソンの名字も授けられる。じゃが、その子が女児なら問題はないが、男児の場合はのちのち王権の継承は主張したくともできない、一介の商人の子として生まれたにすぎぬからな。フレイヤ姫のことじゃから、その辺りは理解してくれよう。さて、息子のことじゃが、たとえ不出来な息子でもノルウェーの王位継承者でもあるからには、ずっと彼の地へ住み続ける訳には行かぬが、年に数回、一〇日程度滞在するのは可能じゃ。それが儂らにでき得る最大限の譲歩じゃ。儂ら三人は既に合意しておるから、どうかそれで手を打ってくれるように、父君とフレイ卿を説得してもらえぬか？」

　エストリーネもその辺りが落とし所だろうと判断した。

「承知致しました陛下、私が直接現地に行って、妹に伝え挙式の支度をさせます。それで王太子殿下はいつ頃お見えになられますでしょうか？」

「準備もあるから今より一週間後にサーソーの領主館へ伺います。よろしいですか父上？」

スヴェーレ王は大きく頷いて、「儂の大事なフレイヤ姫には、立派な児を産んで、いつの日か儂と妃に見せに来てくれと申していたと伝えてもらえぬか」と言い添える。

だが、その言葉は二ヶ月もせぬうちに彼の遺言となってしまうが、それはまだ運命の女神しか知らない話であった。


サーソーの領主館界隈では、日頃病気一つ罹ったことのない女主人のフレイヤが、年明けからの訓練に熱を入れ過ぎて風邪をこじらせ、用心のためにしばしの安静をヒーラー（治療師）から言い渡されたとの通達が広まった。だが幹部会においては、違うめでたき話が当主から告げられた。

「儂も聞いて驚いたのじゃが、娘がベルゲンに居た時に密かに婚約していて、近々その秘密の婚約者が結婚の許可を得に儂の所へ来るらしい。その相手というのが、皆も承知の毛皮商人のエリック・ロベルトソン殿じゃ。あの男なら既に見知っておるのに、なぜに娘が秘密にしたがるのか、儂にはさっぱり分からぬがな。それでじゃ、エリック殿は商売が多忙ゆえ早急に式を挙げて二週間ほどでまた本国へ戻らねばならぬらしい。まあ、当分はこことあちらとを行ったり来たりの新婚生活になろうかのう、孫の顔などはずっと先の話じゃよ。ワハハハハ」

いえいえ、世間にはよくある話の通り、知らぬは父親ばかりでして、心配しなくても夏頃までにはちゃんと孫の顔を見れますとも。

「旦那様、そのめでたき話は、いったいどなたからお聞きになられましたのでしょうか？」

「おお、そのことよ、ニールセン。兄妹が向こうに居る時に、フレイの母違いの姉が生きていることが分かって、姉と弟の契りを結んだらしいのじゃが、その姉君が昨日儂を訪ねて来られて、未来の婿殿から頼まれたと言って、儂に事情を説明してくれたのじゃよ。まあこのフレイの姉君の瞳がフレイと生き写しの菫色で、儂も会った途端に姉と弟だと分かったよ。そうだなフレイよ」

「いかにもその通りです、父上」

フレイは、その婚約者が実はノルウェーの王子だと、あえて互いに口にしない父と重臣達の賢明さに、いたく感心する。

「それで、閣下。挙式はいつになりますか？」

何事にも慎重なジョンが不安そうに訊く。

「うむ、皆の都合もあろうが、できれば明後日に執り行いたい」

明後日？　ニールセン以下の男達は皆青ざめた、いくらなんでも準備というものがある。しかし、女達は事前に承知していたのか、動揺も無く頷く。当然ながら準備は大方終わっており、知らぬは花嫁の予定者のみであった。

「嫌よ、お姉様。結婚式なんてとんでもないわ！　どうしてできるなんて思ったの？　私は王妃様に誓ったのよ、国とハーコンのために身を引きますと。それにお姉様は忘れていらっしゃるかも知れないけど、結婚式には花婿の姿が必要なのよ」

「だから、言ってるじゃないの。花婿は明日ちゃんと現れますって、お父様のモルヴィア卿に結婚の許可をもらって、あなたと結婚するためによ。そして明後日二人は式を挙げるの」

「でも、ハーコンの立場はどうなるの？　無理やり私と結婚しても、王とお妃様のお怒りを買って廃嫡されてしまうはずよ。もしそうなったら、私は自分が許せないわ」

「何も起こらないわよ、あなたが毛皮商人のエリック・ロベルトソンと結婚したって、なぜハーコン王太子様が廃嫡されちゃうのかしら？」

「花婿がエリック？　それじゃあ偽物の結婚式ってわけ？　なお悪いわ！　神様に大嘘をつくことになるのよ、嫌よ、そんなことはできないわ、お姉様」

「いいえ、本物の婚礼よ。あちらで行っている結婚式が偽物なの。なぜかと言うとね、ノルウェーは内戦以来国内の有力な聖職者は国外に追い出され、スヴェーレ王はローマの教皇から破門されているから、ずっと婚儀や葬儀の聖務は停止状態なの。だから教会で式を挙げて夫婦の誓いを立てても、カトリック的にはそれは真似事であって、正式には夫婦とはみなさないのよ。だから、可哀想だけど生まれて来た子供も全て婚外子となるわけよ」

そんなことがあるのだろうかとフレイヤは思う。だったら私と彼との子供の立場はどうなるの？

彼女がその疑問をエストリーネにぶつけると、義姉は明快に即答した。

「単なる毛皮商人の夫とその妻との間の子というだけの立場よ。もちろん、王位継承権などとは何の関連も無いわ。だからこそ国王陛下も王妃陛下もこのことを認めているのよ」

ああ、そういうことなの。でも一つ問題があるわ、それもとても重大な問題が。

「でも、お姉様。やっぱり無理よ、だって彼はノルウェーの王子でもあるんだから、こちらでは暮らせないし、私があちらへ行って暮らすこともできないわ」

「それはもう解決しているの、結婚しても商人だからしょっちゅう国外へ買い付けに行かなきゃならないでしょ？　こちらの人達は当然そう思うだろうし、あちらでは国外の属領視察は王室の大事な仕事だから、王子が再々視察旅行に出かけても国民は誰も不思議に思わないんじゃないかしら？　まあ、具体的には年に数回、一〇日間程度の不在なら問題は無いと、王様は私におっしゃったわ。ついでだから言うけどね、私の正体も王様達にバレちゃったのよ」

やはりそうか。これだけの話を王族を相手にまとめるには、前王の娘という立場が暗に物を言ったに違いない。いずれにしても、もしもこの話がまとまるとするなら、この姉には一生かかっても恩は返さねばなるまい。でも、明日彼が来てくれる、そしてこの私を妻に迎えてくれるのだわ。

「お姉様、彼と結婚します。お姉様のご恩は一生忘れませんわ。でも、明後日までにこの風邪が治ると良いんだけど」

「風邪？　あなたは風邪で体調を崩したと思っているの？」

「ええ、皆がそう言ってますけど、違うのかしら？」

「何も知らなかったのね、あなたは近いうちにママになるの、私がここに居るのもそのためよ！」

愕然としてフレイヤは言葉を失った。私がママになるって？　まだ結婚もしていないのに子供ができたってこと？　でもどうして、私何かしたのかしら？　アッ、あの夜の……。

「ようやく原因を思い出したみたいね。普通は月のものが止まったら気付くものよ。まあ、あなたらしいけど、本来なら侍女が気付くべきところよ。何か別のことで舞い上がっていたのね」

鋭い指摘であるが当たっている。やっとダンカンの母親が折れて、ようやく縁談がまとまりつつあるらしく、浮かれている時が多くなっていたのは事実だ。

「それでお姉様がわざわざお越し頂いたのね、でも誰がお姉様に知らせたの？」

「あなたの元の侍女だと言うマリアンヌと、その娘さんのマリオンと友人のカーレン、それからあの間抜けな侍女よ」

なんてことなの、私の周りの女達全部じゃない！　全員が私の尻軽ぶりを知ってしまったって訳ね。明日から一体どうしたら良いと言うの？

エストリーネはフレイヤの驚きを見抜いて、笑いながら言った。

「ご心配なく、邸の中で知っているのは、その人達と私と家政婦を加えて六人だけよ。皆口は堅いし、あの侍女は私が締め上げておくから、外へ漏れることはないわ」

フレイヤはもう何も言えず、耳まで赤くなって、ただ俯くばかり。

エリックが領主館にウイリアムを訪問したのは翌日の夕刻であった。前回同様にエルドレーンや正体は護衛である同業者数名を伴っている。

　エリックが執事に恭しく迎えられ、客室に入るとすぐに、娘の晴れの日を迎える嬉しさで満面の笑みを浮かべた当主のウイリアムと、嫡男のフレイが現れた。

　型通りの挨拶もそこそこに、エリックはしきたり通りに伺いを立てる。

「ウイリアム卿、お嬢様のフレイヤ殿に結婚を申し込む許可を頂けませんか？」

「その言葉を、どこのどなたがいつ頃儂に聞かせてくれるのかと、数年心待ちにしておりましたぞ。やっと今日、耳にすることが叶って、まことに万感の思いが致します。ただ一つだけ忠告しておくが、あれを本気で怒らせると死ぬほど痛い目に遭いますぞ、それさえ承知なら儂に異存などござらぬ、後ほど娘を呼びますが、その前に持参金を取り決めねばと存ずるが、ご希望はいかがかな？」

　お義父上殿、その痛い目というのは、俺の場合は既に経験済みでござる、心配ご無用にとハーコンは思いながら答える。

「持参金など頂くつもりはありませんが、お気持ちがお有りでしたら、近々生まれる子のためにいくばくかの……」

　当主が不思議そうな顔をし、フレイがその後ろで大きく首を横に振るのを見て、慌てて言い換える。

「いやその、もちろん将来生まれるべき子のためにという意味です。額は卿にお任せ致します」

　やばい、危うくバレるところだった。

「おお、そうかそうか。では、一万マルクばかり金庫に積んで用意して置くから、遅くとも三年のうちに孫の顔を見せてくれ。いやいや、何だったら今すぐでも良いぞ。ガハハハハ」

ああ、また大笑いする。当主の馬鹿笑いは間違い無く現実化するのに。もっともこの場合は、その方が良いか。

当主と兄が退室して、入れ替わりにフレイヤが入って来た後、エリックは古くからの作法に則って、片膝をつきプロポーズをする。

「レディ・フレイヤ・ド・モルヴィア。どうかこのエリック・ロベルトソンの妻となって、私を世界一幸せな男にしてもらえませんか?」

「エリック・ロベルトソン、光栄ですわ。あなたと結婚致します。でも、ひとつだけ願いがありますの、私と生まれて来る子のためにと、ご無理をなさって、ご実家の方々のご負担にならぬようにして頂きたいのです」

その言葉が何を意味するのか彼には痛いほど分かる。まことにできた女だ。

「分かっているよ、愛しい人。実家の父も継母も、俺が本国ではハーコン、ここではエリックとの原則を通す限りは、何も言わぬと約束してくれた。元々これは父と継母が考えてくれた抜け道だからな。だが、俺の子が将来継承権を主張した場合は別だ。そうならぬように何があっても、二人でこの秘密は守らねばならない」

「存じています、愛しいエリック。あなたはたった今から、ノルウェー人ではなく、元ノース人のスコットランド国民よ、姓もロベルトソンではなくて、こちら風にロバートソンと呼び換えましょう。

私のお父様が領主と司祭で良かったわね。お父様がこうだと言い切れば、誰もあなたの出生地や素性なんか気にしないから」

「相も変わらず、頭の切れる女だ」

「いいえ、未来の旦那様。頭の切れる婚約者よ、間違わないで」

二人は言葉での合意と共に、さらに別の面でも合意すべく扉に内鍵を掛けると、暖炉に炭を足して、激しく唇を求め合うのだった。

冬にしては晴れ上がった翌日、教会の周辺は町民や水夫、護衛隊の兵士やアマゾネス達で溢れ返り超満員の混雑であった。何しろ我らが麗しのサーソーの女主人が、遂にふさわしき伴侶を得て結婚式を執り行うのだ。式を司る司祭は花嫁の父でサザーランドとケイスネスの領主モルヴィア卿、着任以来数十回婚礼を経験し、自信があるとか。

花嫁のフレイヤ・ド・モルヴィアは伯爵令嬢でラテン語やフランス語、ギリシア語、ノルド語など七、八ヶ国語を自在にこなし、サーソー・アマゾネス隊の指導者でもある。その容姿と言えば、天使が降臨したかと思うような美貌だ。噂ではその美貌に目が眩んだ英国王の強引な求愛を、本人は自分の目の前で彼が転んだだけと否定してはいるが、本当は一撃のもとに殴り倒して拒んだとかの武勇伝まである。

花婿は元ノース人で今は純然たるスコットランド人の毛皮商人エリック・ロバートソン。スカンジナビア半島に仕入れと販売の数か所の拠点を持ち、手広く交易を行っている辣腕の商人とか。

一〇時、教会の鐘楼の鐘が婚礼の始まりを高らかに告げ、花婿と介添え人が教会の扉の前で待つ中、騎乗した四〇名の黒い兵服のアマゾネスに先導され、美々しく飾り立てられた馬車が到着した。最初に降りて来たのは姉妹の如く育ったマリオンとカーレンの二人、それぞれピンクとブルーのドレスに身を包み頬を喜びで赤く染めている。

そして紫色のドレスを着た姉のエストリーネに手を引かれて、アイスブルーの絹のドレスに身を包んだ花嫁のフレイヤ、参集した町の人々はその清楚で輝くような美しさに思わず吐息を漏らす。

フレイに手を引かれた花嫁が祭壇の前に立つと、司祭である父の開式宣言と共に式は始まった。

「主の御前に立つ汝らは、生涯を相手に捧げ、清く正しく生き、子や孫らと共に暮らし、共にいく久しく慈しみ合って過ごすと誓うや否や?」

「誓います!」

「お誓い致します」

誓いの言葉の後ウイリアムは、花婿の目を見ながら、ラテン語で「もしも娘を泣かせたる時は、主より先にこの儂が手痛い罰をそなたに与えるであろうことを永久に記憶せよ」と伝えると、花婿はやはり同じくラテン語で、「生涯忘れぬことを主と司祭殿に誓います」と応える。フレイヤは大真面目な父への感謝と、花婿の反応のおかしさで目が大笑いだ。

「約条は成った。当職は主より委ねられたる権限により、エリック・ロバートソンとフレイヤ・ド・モルヴィアを夫婦と認める。不満のある者は、この場で申し出よ、さもなくば永久に口を閉ざせ」

ウイリアムが声高に宣言する。当然ながら異議を申し出る者などは現れず、花婿は花嫁にキスをして、指に愛の証の指輪を嵌めた。

「妻よ、これは継母からの預かり物だ。自分が嵌めるよりも、そなたの方が似合うだろうと、わざわざ自分の宝石箱の中から選んで、そなたにと頼まれたものだ。大事にしてやってくれないか」

見れば、あの時の数ある指輪の中でも、最高の品ではないか。

「畏れ多いことですわ。お会いになったら、嫁が礼を申しておったとお伝えください」

「父からは、元気な児をと。それから冬の北海は荒れるから、二〇日ほど凪を待って帰って来いと」

「とても嬉しいですわ、あなた。嫁が大喜びしておったとお伝えください」

こうして厳粛な式辞も和やかなるうちに済むと宴が始まった。参集した町の住民や兵達には豪華な料理や美酒がふるまわれ、マリアンヌと彼女の教え子達による讃美歌の合唱、アマゾネス隊による模範演武、毛皮商人達が唄うノルウェー民謡などがあり、歓声と喝采が沸き上がり、お待ちかねの縁起を担いだ小銭や菓子や果物のばら撒きには全員が童心に戻り、歓声を上げながら冬の晴れ間の下での、慶事を満喫していた。

エリック・ロバートソンとフレイヤ・ロバートソン夫妻の新居は、エリックには深い思い出のある来客用宿舎を、棟梁と弟子達が大急ぎで改造した別館である。二人が特に気に入ったのは広い寝室で、採光と風通しが良く、柱や天幕付きの二人用ベッドは、急遽ジョン司令がオークニー諸島のカークウォールまで出向いて購入し、ようやく今夜に間に合った特製のベッドだ。エリックが不在の間は、当然イーハとドーブが彼の代わりに、フレイヤの両脇で寝たがるだろう。

二月に入り、蜜月の二〇日間もあっと言う間に過ぎて行く。あまりに急すぎて婚礼の式には出られなかったハイランドの氏族長達や、フランドルの親戚達、パースのアライアスなど多くの知人が顔を見せて祝福してくれ、驚くべきことにはアンジュー帝国のジョン王と王母からの祝福の文（ふみ）や品まで届き、フレイヤを感激させると共に、エリックを驚嘆させる。

カーレンやマリオンとエストリーネを交えたお喋りや、アマゾネス達の訓練に立ち会ったりと毎日を楽しく過ごしているうちに、いよいよ明日は姉や夫達が本国へ戻る日となり、フレイヤはその準備に勤しむ。エリックの実家の両親へは数々の土産と共に、心を込めた感謝の気持ちも記し、ノルウェーの祖父ことインスティンやアースムンドとマリーネの夫妻へも、近況を知らせる文とたくさんの引き出物を用意した。今の自分の幸せを、全ての人に知って欲しいとの願いを込めて。

「愛しき妻よ、あっと言う間にもう二月も半ばだ、そろそろ宮殿へ戻らねば、属領視察の途中で俺が死んでしまったとの噂が立っても困るからな」

「次はいつ来てくれるのかとお聞きはしませぬが、お腹の子は七月には予定通り生まれるだろうとの診立てがあったとだけお伝えしておきますわ」

フレイヤは無意識に自分の腹をひと撫でする。

「そうか、七月か。その頃ならフェロー諸島辺りの視察が適当だな、子への土産も考えておくよ」

「ウフフ、何でも良くてよ。その頃には私の料理の腕も少しは上がっているでしょうから」

「おお、それは何より嬉しい。野戦料理風の献立も悪くはないが、とだけ言っておこう」

「賢明ですわ、あなた」

そう言えば、軍事教練も大事だけど、お料理やお裁縫も疎かにしてはいけなかったわね。お料理はベスおば様、お裁縫はマリアンヌおば様が先生ね。夏までには真剣に憶えなきゃ。この前のような炭みたいな焼き肉では、妻としては恥だわ。

「さて、妻よ。最後の夜は何をどうすれば、そなたに喜んでもらえるのかな？」

「賢明なる旦那様にお任せ致しますわ。とりあえず寝室へ行って二人で寝ながら考えましょ？」

なるほど寝室に入ってベッドに横にはなったが、当然ながら寝ている暇などはない。夜着を脱ぎ捨てたフレイヤの両の腕は、エリックの首に絡まり唇は激しく互いを求め合う。エリックは少しばかり丸みのついて来た愛しい妻のお腹を撫でながら、「丈夫に生まれて来いよ」と話しかけると、フレイヤは微笑みながら、「私ね、女の子だと思うのよ。そんな気がしてならないの、だから名前は雑草の如く丈夫に育つように、へザーかエリカではどうかと思うの。よろしいかしら？」

「エリカが良いな。エリカ・ロバートソン！　良い響きじゃないか。きっと君のような麗しく賢い娘になるに違いない」

エリックは本当に妻を喜ばせる才能に恵まれているようだ。

フレイヤの手は、愛する夫の強張りを握り優しく擦り始める。しばらく擦ると、そのまま顔を寄せて口に含んだ。ようやく最近慣れて来た仕草だ。

エリックは下半身から込み上げてくる至福の刺激を存分に堪能し、空いた手を最近特にふくよかになった乳房に這わせながら、「上に乗るかい」と妻を気遣って囁く。軽く頷いたフレイヤはエリックに跨り強張りを収めると、目を瞑りながらゆっくりと腰を揺らす。

太古より受け継がれる愛のリズムを奏でる二人は、やがて歓喜の嬌声と共に悦びの極みに達し、フレイヤはそのまま夫の厚い胸にうち伏して、幸せに包み込まれながら深い眠りに落ちて行った。

翌朝、サーソーの船着き場には、国へ戻るエリック達とエストリーネの一行と、彼らを見送るモルヴィアの家族と幹部達の姿があった。カーレンとマリオンは、どうも滞在中に親しくなったと見える特定の相手と涙ながらの別れを惜しみ、親達を困惑させている。

やがて船着き場で皆が千切れんばかりに手を振る中、順風を捉えて土産の品々を満載したジェネウェーヴ号は、サーソーの港を静かに出航し、ベルゲンを目指して遠ざかって行った。

第一五章　一二〇二年三月「地中海から来た女料理人」

まだ少し肌寒い三月の初旬、スコットランド王国の侍従長ランダースは、深夜パース城内の専用客室で客を迎えていた。

数年前に暴漢に襲われ、歩けるまでに八ヶ月、復帰までに更に半年かかった。今は、立ち居振る舞いにはさほど不自由はないが、失敗するはずのない北部侵攻が完敗し、事件はマッケンジーとギュン対モルヴィア間の私闘という形で一応の収まりはみたものの、王の信頼や自身の権威が著しく損なわれたことは、誰の目にも隠しようもなく、モルヴィア一族への憎しみは一層燃え盛る。

深夜の客とは彼の懐刀で、彼の直接の指示にしか従わず、誰もその素顔を知る者はいない。

「白燕、そなたこそ我が国一番の剣の使い手であるが、今、そなたより強いと豪語する者達が現れた。いや、そのことはどうでも良いが、その者達が謀反を企んでいるらしい。そなたのこのたびの任務は、その者達の命を絶ち、この国の将来に禍根を残さぬことだ。よいな、絶対にし損じるでない」

そう言うと、敵の情報を記した書き付けと銀貨の詰まった袋を投げ与えた。

「はい、侍従長様。必ずや仕留めてご覧に入れます」

目元を仮面で覆った暗殺者は一礼すると静かに立ち去った。

エリック達がノルウェーへと戻り、クラスクの遅い春の足音もそろそろ聞こえ出すある夜のこと、船着き場に近い監理小屋の扉が激しく叩かれた。

「誰だね、こんな夜更けに？」

悪い日に当直になったもんだと、ハールドがしぶしぶベッドから起きて、ロウソクを手に扉を開けると、若い女が崩れ落ちるように入って来た。やや浅黒い肌に黒い瞳と髪、異国風の衣装、噂に聞くイスラムの民であろうか？ 怯え切った様子で、何やら早口で言っているが、地中海方面やイスラム諸国の言葉はからっきしのハールドには、まったくお手上げである。身振りで、早く扉を閉めて、水をくれと言っているらしいことは分かったので、その通りにして落ち着かせて、わけを聞こうとすると、再び扉が叩かれた。

異国の女は恐怖に満ちた様子でハールドに縋りつくので、とりあえず奥の部屋に隠れるように指図し、女が逃げ込むのを確認して扉を開けた。松明を持った人相の悪そうな男達が二、三人、探るような目を周囲に向けながら、門前にたむろしている。

「何だねこんなに遅く。用事なら明日の朝に来てくれ、もう寝ていたんだぞ」

「へい、監督の旦那。まことに済まねえ、いや何ね、船から女が一人逃げ出して捜しているんだ。もしかしてここへ寄ったのかと思って来てみたが、知らないかね？」

「女？ その者かどうか知らないが、さっき誰かが扉を叩くから、とっくに時間が過ぎたから明日の朝来いと怒鳴ったら、どこかへ行ったようだ。しかし、顔は見ていないぞ」

「そりゃ、何時頃のことかね？」

「そうさなあ、三〇分くらい前かな？　捜せばまだその辺にウロウロして居るんじゃないか？」

「そうか、ありがとうよ、捜してみるとも」

男達は足早に去って行った。

ハールドは、震えている女にベッドを譲って、自分は長椅子に横になる。どうやら女は、外国船から逃げ出したらしい。いずれにしても、言葉が通じないので話にならぬが、明日にでも領主館へ使いを遣って、ジョン司令にでも来てもらえば、あるいは事情が分かるやも知れぬ。


数日後、帰国したばかりのジョン司令が、クラスクのハールドの私邸を訪れると、一家は食卓を囲んで食事中で、テーブルには何やら異国風の料理が並んでいる。家族に挨拶をすませ執事に客室へ案内され待っていると、早々に食事を済ませたハールドがやって来た。

「おお、司令殿。お忙しいところすまぬな、どうも外国の船から逃げ出した娘らしいが、儂には手に負えそうもないから、ひとつ事情を聞いてやってもらえまいか」

「なるほど、それでどんな感じの娘ですかな？」

「儂の勘では、どうもムーア人（アフリカ北西部の民族でベルベル人とも呼ぶ）のような気がするが、言葉が通じぬから対応に難儀している。もし誘拐されて来た娘なら、親元へ帰してやるべきだと思ってな。そこのところも聞き出してもらいたいのじゃよ」

「助役殿の所へ逃げ込んで来た時は、身一つでしたか？　何ぞ身元の分かるような物はありませんでしたか？」

「監理小屋へは身一つで来たけど、近くに包みを一つだけ隠しておった。中身は身の回りの品とか衣服とか、ありふれた物ばかりじゃったよ」

「さようですか、それで本人の特徴は？」

「年の頃なら二〇歳そこそこかの、背の丈は一六五センチくらいで美人じゃから高値で売り飛ばすつもりだったのじゃろう。どうも上流家庭の出ではないかな？　誘拐されたとなると親も心配しておるだろうに」

ともかく一度会ってみてくれと、ハールドは娘を呼んだ。

なるほど、整った美しい顔立ちだ、とジョンは思った。ムーア人らしい容貌と服装をしている。大人しく素直そうで、その上どこか凛として芯の通った感じもある。ジョンは、ムーア語はあまり得意ではないが、身振り手振りを交えてなんとか話を聞き出した。

それによると、先月の中頃イベリア半島に近いアフリカ北西部の港町で、侍女と買い物中に突然数人の男に襲われたという。侍女は殺され、彼女は船倉に閉じ込められるも、クラスクに入港して水夫達の気が緩んだ隙に、なんとか逃げ出して監理小屋へ駆け込んだと、涙ながらに訴える。

ジョンは事情をハールドにも説明して訊ねる。

「それで助役殿。その怪しい船はどうしました？」

「それが昨夜までは居たのじゃが、今朝早く出航したとみえて、既に姿は無かった。予定では明日まで居ることになっていたのじゃが、誘拐がバレたと察して早々と行方をくらませたに違いない」

「いずれにしても、ジブラルタル海峡回りの、うちの船にでも乗せて送り返すのがよろしいでしょうな。だが、あいにくその便は一〇日ほど前に出たばかりで、次の便は二ヶ月ほど後になりますが、その間はどうしますかな？」

「ウン、申し訳ないが司令殿、閣下の所で面倒を見てもらえないだろうか？　料理上手だから、ベス殿の下で料理の手伝いでもさせると、閣下もあまりの旨さにきっと喜ぶと思いますぞ」

「そうしましょうか。それで助役殿、この娘の名はなんという名で？」

「自分では、アリヤとか言っておった」

　ジョンが、「アリヤよ、必ず親元へ帰すから安心しろ」と伝えると、アリヤは目を輝かせて喜び、感謝の意をハールドとジョンに示し、南の方角を向いて何やらアッラーの名を唱えながら礼拝をしている。なるほど育ちの良い、敬虔な娘らしい。

　しかし、彼らはその時知る由もなかった。今朝早く出航した船はサーソーへ寄り、そこで三人の人相のあまり良くない男達を降ろして、再び足早に去って行った事実を。

　時を同じくしたベルゲンでのある朝、王宮では突然の大事件が勃発した。食事中のスヴェーレ王が、突然胸を押さえて呻きながら倒れ込んだのだ。王宮は上を下への大混乱となり、典医が駆け付け脈を取り気付け薬を嗅がせるが効果はなく、とうとう意識不明に陥ってしまった。最近ようやく夫婦仲が親密になりつつあった王妃も必死で看病するが、二日経っても意識が戻らず、王宮では次第に重苦しい空気に包まれる。

「王子、思いたくはないが、この度の陛下の病はかなり重いようです。こんな時にあの子が居てくれれば、どんなに心強いでしょうに」

そう言って気丈なマルグレーテは目頭を押さえた。あの子が誰を指すのかハーコンには痛いほど分かる。

「継母上、僭越ながらこの私もそう思って、既に耳役のエルドレーンをケイスネスへ向かわせ、ケイスネス卿とその妹御を招く手はずを整えております。数日中には駆け付けてくれるでしょう」

「おお、あの子が来てくれるのか！　微妙な時期に申し訳無い限りじゃ。先日も手厚い文やたくさんの土産などもらったばかりだと言うのに、このように面倒な造作まで掛けてしまい、なんと言って詫びて良いのやら……」

「いや、継母上。たとえ仮初めながらも私の妻ですから、遠慮なさらずともよろしいかと」

「私が頑固なばかりに、生木を裂くような別れをさせてしまい、そしてまたあの子に、このような呼び出しまで掛けるなんて、わが身の勝手さが恥ずかしい」

気丈な王妃であるマルグレーテも、今は泣き伏さんばかりだ。

二日後、フレイとフレイヤの船がベルゲンへ入港し、姉の住む商館で身支度を整えると、大慌てで城へ駆け付ける。

「ケイスネス卿および御令妹のお越しです」

宮宰の案内で王の私室へ入ると、病床には無言で瞑目したまま身動きもせず横たわるスヴェーレ王と、やつれ果てた王妃そして先日別れたばかりの、沈痛な面持ちの夫エリック、いやこの場では王太子ハーコンの顔があった。

「王妃陛下、王太子殿下。この度はとんでもないことで」と言い掛ける二人に、「ケイスネス卿にフレイヤ姫、遠路急ぎの呼び出し大儀であった。父王もさぞかし二人に会いたいだろうと、継母上と諮って来てもらったが、申し訳なく思っている」と言い、宮宰が一礼して下がると、「フレイヤ、悪かったな、お腹の子に大事ないか?」と改まって詫びる。

「フレイヤ、これからはフレイヤと呼ぶわね。申し訳無いと思っているのよ、陛下が急にこんな状態になって、典医達も手の打ちようが無いと言うのよ。もしやあなたなら回復は無理でも、なんとか話せるようにだけでもしてもらえるかも知れぬと、藁にも縋る思いで来てもらったの。お腹の子のことも重々承知しているのだけど、愚かな女だと思ってどうか許してたもれ」

「陛下、許すも許さぬも、国王陛下のご回復に努めるのは臣下の務めですわ。どうか、そのようなお気遣いなど無きように」

「そう言ってくれると、何よりも嬉しいけど、この場は余人の居ない水入らずの場、王のことは義父(ちち)と、私のことは義母(はは)と、王子のことは夫と呼んでたもれ。その方が余計に嬉しいわ」

マルグレーテから、身内のような言葉遣いで義母と呼べとまで言われて、思わずうれし涙が出たが、とりあえず王の様子を見る方が先だと、病床のスヴェーレの手を握りながら話しかける。

「陛下、フレイヤです。遅くなってごめんなさい。でも、ケイスネスから一生懸命駆け付けて来たのよ、私の声が聞こえるかしら？」

少しずつだが、頭の上に黄色い影が浮かび上がる。声が出せず手足も動かせぬが聞こえてはいるようだ、ありがたい。

『娘よ、来てくれたか。今度ばかりはもう助からぬかも知れぬが、そなたの声が聞けて嬉しいぞ』

懐かしいスヴェーレの声も心の中に直に聞こえる。

「お義父様、私の声が聞こえたら、頑張って瞼だけでも良いから動かしてみて」

しばらく時間が掛かったが、少しずつ、本当に少しずつだが瞼が動いた。

「まあ、お義父様動いたわ！　頑張ったわね。それじゃお義父様、はいの時は一回、いいえの時は二回動かしてみて」

一回、続けて二回瞼が動いた。

「お義母様！　見て、お義父様が瞬きをしてご返事をなさっているわ、意識はあるのよ。何でも良いから話し掛けてみて上げて。はいは一回、いいえは二回よ」

マルグレーテは狂喜して話し掛ける。

「陛下、私よ、マルグレーテよ。聞こえたら返事をして」

瞼が一回開いて閉じた。王妃の目に喜びの涙が溢れる。

「ああ、通じた。私の声が聞こえたのよ、さあ王子も話し掛けるのよ」

「父上、ハーコンです。分かりますか？」

同じように瞼が動く。さあ、それからと言うものは、王の病室には様々な人間が、様々な問い掛けを持って集まり、王の決裁を求める始末。最後には王妃が癇癪を起して全員を追い払ったくらいだ。

「お疲れになったでしょ、お義父様。ごめんなさいね、でも、みんな喜んでいるのよ。これからはお義母様とお二人の時間を差し上げますわ、ゆっくりと二人で語り合ってください」

そう言うと、あとはマルグレーテに任せて、フレイやハーコンと共に部屋を出て、急遽用意された部屋へと下がる。

別れ際ハーコンは何か言いたそうな素振りだ。しかしフレイヤが首を横に振ると、いかにも残念そうに去って行った。


王の容態が急変したのは次の日の夜だった。急を告げる女官の声に起こされて、慌てて衣服を整え王の病床に駆け付けた時には、すでに王の頭上の影は消え失せ、冷たくなり呼び掛けの声にも反応も無くなっていた。ロウソクの炎が消えゆくように最後の輝きを皆に見せて、ノルウェーの内戦を終結させた英雄は、天へと召されて行ったのである。時に一二〇二年三月九日のことであった。

即日、ハーコンは新国王ハーコン三世として即位、続く厳かな前王の国葬のあと、前王妃マルグレーテは、ハーコン三世と姪のインガとの婚儀を、一年後の喪が明け次第執り行うとの公示を発した。

「許しておくれ、可愛いフレイヤ。そなたには何度詫びても詫び足らぬほどじゃ。さぞかしこの義母の行いを恨むであろうが、この国の将来のためには、スウェーデンの兄上との協力は欠かせぬのじゃ。どうか分かって堪えてたもれ」

「承知していますわ、お義母様。私の願いはこの国の繁栄と、夫の慈悲深き治世が末永く続くことです。私の幸せは既にここに頂いております」

自分のお腹を指差して微笑むフレイヤを抱き寄せ、マルグレーテは迸る涙を拭おうともせず、額へ心からの口づけをして応えた。

フレイとフレイヤが、姉のエストリーネや伯父夫婦、それにノルウェーの爺様ことインスティンとも会食を楽しみ、疲れを癒して別れを惜しみつつ、サーソーへ戻ったのは三月も末近くであった。

父へ帰国の挨拶と報告を済ませ、こちらの近況を聞けば、何やら二人の留守中に特別な腕利きの料理人が現れ、邸の者達は皆、その異国風の味に大満足しているとの話だ。

その話の通り、フレイとフレイヤ達がノルウェーに出掛けていて留守の間に、領主の邸へと匿われたアリヤは、当主ウイリアムと家政婦のベスにも歓迎されていた。ムーア料理など味わったこともなかったのだから、料理番達は皆大喜びでアリヤの料理法を見習い、アリヤもまたスコットランドの料理を覚えたがった。

彼女はとても利口で、わずかの間に英国語での簡単な会話もできるようになり、ウイリアムはアフリカ北西地方の民俗や風習の研究対象として、アリヤと過ごす時間を大いに楽しんでいる。

そんな訳で、アリヤは客として丁重に扱われていたのであるが、自ら他のメイド達や料理人達と共に体を惜しむことなく働き、彼らの間での評判も上々で、調理場はもちろん、当主やフレイの私室を含め、各部屋の清掃に汗を流すアリヤを、まるで身内か同僚のような信頼と賞賛の目で見て、中にはずっと居られるように旦那様にお願いしろと、彼女に助言する者までいた。


今日は三月の三〇日、月に二度ある休みの日である。メイド達は誘い合ってサーソーの町で買い物や散策をするのを楽しみにしている。アリヤも数人の仲良しのメイド達から誘われ、ベスからも好きな物を買うようにと特別な手当をもらっていた。

「アリヤ、今日は港の船着き場で市が立っているのよ、もう冬が去って天気も良さそうだから、散歩がてらに行ってみない?」

メイドの一人が言うと、他のメイド達も賛成し、たちまち晴れ着に着替えて、まだ町の様子も分からないからと渋るアリヤの腕を引っ張って、いそいそと出かける。

なるほど船着き場にはフリーマーケットの市や、屋台が立ち並んでいた。市と言っても敷布の上に自作の民芸品や、海産物の干物、畑で採れた野菜、外国船の船員が持ち込んだ日用品などが雑多に並んでいて、各々適当な値が付いてはいるが交渉次第で半値になったりとかするので、そのやり取りが楽しみでの買い物客で賑わってもいた。治安は随所に護衛隊や、アマゾネス達が配置され目を光らせているので、酔客の口論程度の騒ぎしか起きた事はない。

「そこの別嬪のお姉さん方、買って行かないかい。もうすぐ船で国へ帰るから、その前の小遣い稼ぎだ、安くしとくよ」

　あんまり目付きの良くない異国風の三人の男達が、どこからか集めて来たようなガラクタを並べて売っている。

「何よ、こんなガラクタ、ただでも要らないわよ」

「そんなこと言わないでくれよ。俺達はエールが一杯か二杯飲めりゃ良いんだからさ、頼むよ」

「一杯のエールを飲むお金も無いって言うんなら、そこの海へでも飛び込んで、塩水でも飲んでなさいよ。おじさん達にはそれがお似合いよ」

「な、なんてこと言うんだ。情けというものはないのか。嫁のもらい手がなくなるぞ」

「フン、大きなお世話よ。私達はご領主様のお邸のメイドよ、嫁の口なんか捨てるほどあるわよ」

「まあ、そんなこと言っちゃ可哀想よ。いいわ、私がいくつか買ってあげるわ、でも、エール三杯分しか出せなくてよ」

「おお、聖母マリア様のようなメイドさんだ。きっとあんたは一番先に嫁に行けるぞ。さあどれでも好きなのを五つばかり選びな、何だったら全部でもいいぞ」

「いやよ、荷物になるじゃない。どれにしようかな？　皆さん先に行っててもらえない、選んだらすぐに追い付くから」

アリヤは物好きね、気が好過ぎるのよなどとメイド達は笑いながら他の店を冷やかしに先へと去ると、アリヤはたどたどしくて優しそうな娘の声から一変し、流暢(りゅうちょう)なスペイン語で男達に話し掛ける。

「悪かったね、遅くなって。標的の内情を調べるのに手間が掛かり、お前達への連絡もできなくてさ。でも、お蔭でおおよそ探れたよ。息子や娘とはまだ会ってないけど、あのお人好しの子供達だから、どうせ大したことはないだろう。侍従長様へはもう少し時間が掛りそうだけど、今のところは順調だと文を送っておくれ」

「へい、分かりやした、お頭。今日お会いできなけりゃ、どうしようかと思っていたところですよ。これはいつもの薬と、お頭の仮面とナイフです。あっしらは町の白ウサギって宿におりやすから、そこへご連絡ください」

ガラクタを包んだ小袋にそれらを忍ばせる。

「分かった、これは当座の分だ」

硬貨の詰まった袋を渡すと、元の無邪気な娘の声で、「きっと、みんなにこんなガラクタを買ってと笑われるわ」と周りに聞こえるように言って、メイドの娘達を追って小走りで去って行く。

もし、クラスクのハールドがこの場に居て男達の顔を見たら、どこか見憶えのある顔と聞いたことのある声だと気が付き、不審に思って注意を払ったに違いない。なぜ、あの男達から逃げたはずのアリヤが、当の男達と親しげに会話しているのだろうかと。

フレイとフレイヤが噂の名料理人のアリヤという娘に会ったのは、祭りの翌日の朝であった。父のウイリアムからは、この不幸なムーア人の娘は、イベリア半島の対岸の港町から誘拐されて、危うく奴隷として北欧の貴族に売られるところを、クラスクの港で船から脱出してハールドに匿われ、次のジブラルタル海峡回りの商船に乗せて故郷の父母に送り返すまで預かっているのだと説明された。

フレイは、特に串焼きが気に入った様子で始終にこやかだが、フレイヤは気の毒そうにアリヤの手を取って撫でながら、「まあ、なんて酷い目に遭ったのでしょう。怖かったでしょ、船の中では変なことをされなかった？　この邸に居る限りは大丈夫よ。いざとなればお兄様が守ってくださるから、安心していて。それでお父様、次の地中海行きの船はいつ頃出る予定なの？」と心配そう。

「司令の計画では、五日後らしい。それまではムーア料理が楽しめるわい。本当はずっとこの邸に居てくれても良いのじゃが、向こうで父母が心配しているじゃろうから、なるべく早く帰してやらないとな」

別離の日を迎えるのが、心から残念そうにウイリアムは言った。

「領主様、私もお別れするのが辛いです。皆さん優しい方ばかりで、本当に幸運でした。ですから父母にわけを話して父母の許しが得られて、皆様さえ良ければもう一度戻って来ようと思っています」

覚えたての英国語で、アリヤも別れが辛そうだ。

「是非そうしてちょうだい、アリヤさん。父や邸の人達も喜ぶわ、もちろんお兄様と私もよ。故郷はなんて町なの、ジョン司令は知っているのかしら？」

もう一度アリヤの手を握りながら問い掛けた。

「タンジュという小さな港町なのでご存じないと思いますが、近くのセペタという港に叔母が住んでいますから、いったんそこで静養して父母に迎えに来てもらうつもりですの」

「そうなの、私は地中海諸国には一度も行ったことがないから、一度行ってみたいわ。でも、主人はきっと駄目だって言うでしょうね。お腹に赤ちゃんが居るのに、何を考えているのかと怒られちゃうわね。ああ、女って損ね」

無念そうにフレイヤは嘆いたが、たぶんそれは心底からの嘆きだろう。

「ご主人様はこちらにはいらっしゃらないのですか？」

「そうなのよ、大抵ノルウェーの店に居てデンマークとかスウェーデンとかにも行ってるのよ。貿易が仕事だからしょうが無いんだけど、今度帰って来るのは七月よ、寂しいわ」

「じゃあ、お一人で別館に住んでいらっしゃるのですか？」

「いつもは侍女と犬が二匹だけよ、早く赤ちゃんが生まれないかしら」

「それじゃ、お嬢様、近いうちにムーア料理でもお届け致しますわ」

「まあ、本当なの。嬉しいわ。お父様からムーア料理の素晴らしさをたくさん聞いているから楽しみに待っているわね、約束よ。じゃあお父様、まだ疲れが残っているから帰るわね。お兄様、夜道が怖いから別館まで送ってもらえるかしら」

「お転婆娘も妊娠すると変わるものじゃな」

父の冷やかす声を背に、今夜に限って不思議なことをと言いたげなフレイを目で促して、いかにも心細げに兄の腕に縋りながら邸を出て行く。

フレイが不審げに問い掛ける。

「軍師よ、今度は一体何を企んでいるのだ、あの娘のことか?」

「あの子はランダースが送り込んできた白燕って名の殺し屋よ、殺意と嘘で影が燃え盛っているわ。狙いはお父様と我々兄妹よ、既にサーソーの宿に三人の手下の男達を待機させているわ。クラスクへ来た時から仕掛けは始まっていて、英国語も本当はペラペラよ、実に大胆で頭の良い子だわ。腕の方も相当立つわよ。たぶんお兄様を色仕掛けで油断させてナイフで仕留めるつもりよ、ランダースからお兄様の武勇を聞いて挑戦したがっているようね。お父様と私には料理に眠り薬を盛って、寝首を掻くつもりね。実行は明後日の夜よ、楽しみだわ」

妹の奴め、嬉しそうだなとフレイは苦笑する。

「しょうのない妹だ。それで、私はどうすれば良いのだ、寝たふりでもしていれば良いのか?」

「いいえ、ちゃんと起きていて挑戦を受けてやって。手下は私の可愛い犬達に任せるけど、あの娘は本当は素直なところもあるから、使い道があるかも知れないわ。それから本名はアリヤーナよ、一〇歳で奴隷商人に誘拐されて、ランダースに買い取られ、殺人者に仕立て上げられてしまったのよ、ランダースを自分を救ってくれた神様だと信じ込んで、彼の言うことなら何でも従うように育てられて来たの。根は悪い子じゃないから、絶対に殺さないでよ、お兄様」

その使い道とは、彼女をあなたのお嫁さんにすることなんだから、との言葉は胸にしまい込んで、世話好きのフレイヤは、早くも楽しい計画を練り出した。


翌朝、フレイヤはニールセンを別館に招いた。

「私の大切な爺やの口の堅さを見込んで、折り入って相談があるのよ」

ニールセンは、折り入っての話と聞き、目を輝かせながら訊ねる。

「何でございましょうか、奥様、いやレディ・ロバートソン？」

「もう、ややこしいからフレイヤで良いわよ。話と言うのは、明日の夕食のあと、お父様は熟睡なさるから、寝入ったら若者をたくさん付けて、決して一人にしないで起きていると思わせて欲しいの」

「なんと、一人にせず起きているような芝居をしろと？　理由を伺ってもよろしいでしょうか？」

「もちろん、眠りを邪魔する不審者が現れないようにによ。付き人には武器を持たせてね」

ニールセンにはフレイヤの話は半分しか理解できなかったが、誰と誰を付けようかと思案しながら邸へと戻って行った。

次にフレイヤは家政婦のベスを招く。

「ベスおば様、お願いがあるんだけど」

「何でございましょうか、フレイヤ様。何でもお申し付けくださいませ」

「明日の夕方、お兄様の部屋に上等のワインと杯を二つ用意しておいてもらえないかしら」

「二つと申されますと、フレイ様にお客様の予定でもお有りなのでしょうか?」

「まあ、お客と言えばお客ね。お兄様がダンスの練習をする予定で、終わったら相手の方と喉を潤すかも知れないからよ」

「まあ、フレイ様がダンスの練習をなさる、当然お相手はどこかの娘さんですよね?」

何かの期待に目を輝かせるベスに、「たぶんそうじゃないかしら」とだけ答えて気を逸らす。

「それでね、片方の杯には例の薬を塗っておいて欲しいの。ほら、気分が昂ぶってしまった相手の娘さんが何の約束もしない間に、お兄様に挑みかかるとまずいと思うのよね」

ベスは無意識にフレイヤの腹部をチラ見して頷く。

「さようでございますねえ、確かに……」

フレイヤは、コホンと軽く咳払いをして話を進めた。

「それで、相手の娘さんが寝込んだら、どこかの寝室まで運んで、この話が決して外に漏れないようにもして欲しいの。ほら、お兄様のお嫁さん選びに支障が出ると困るじゃない?」

「当然でございますとも、若様のベッドを不埒な娘に温めさせて堪るもんですか。ええ、お任せくださいまし」

ベスはフレイの伴侶選びには、この私が吟味役を果たさねばと、固く決意して戻って行った。

アリヤ、いやアリヤーナは小間使いの少女に小銭を渡して、町の白ウサギという名の宿に泊まっている手下達へ、先日買ったガラクタを、やっぱり要らないからと届けるように頼んだ。もちろんその包みの中には明晩のフレイヤ襲撃の手順と、住んでいる館の見取り図が巧みに隠してある。

『あの、人の好い領主と、優男の息子や、頭が少し軽そうな娘が、国王に反逆を企てる連中だとはとても思えないが、それはどうでも良いことだ。侍従長様がそうおっしゃるのだから、自分がとやかく言う必要もない。優男の方は少しばかり腕が立つらしいから、堂々と立ち合ってやろう。最近は強そうな男に恵まれなかったから、明日の夜がとても楽しみだ。領主と娘はいつものように薬で眠らせて、二人を先にあの世に送ってから、息子を仕留めてこの邸ともおさらばだ。お腹の大きな娘は不憫だが、謀反人の子に生まれたのが不運だと思うしかないだろう。第一、この私よりも綺麗だという、大きな罪を既に犯しているではないか、とても許せる罪ではない。侍女も可哀想だが仕方あるまい。しかし、こんなに簡単に行くとは思わなかったが、田舎の貴族なんてこんなものかも知れぬ』

アリヤーナは明晩の手順を顧みて、どこにも手落ちが無いのを確認すると、ニヤリと微笑む。明日の夜中にはこの邸ともお別れだ、今日はせいぜい邸の者達に愛想を振り撒いてやるとするか。

その日がやって来た。フレイヤはイーハとドーブの頭を撫でながら、「いいこと、お前達。今夜訪れる客を傷め付けるのは良いけど、絶対殺しては駄目よ。客が来るまでは寝室のベッドで寝ていても良いわよ」と言いつけた。犬達が尻尾を振りながら喜んで寝室へと走って行くのを見て、今度は侍女のアルグリードを呼び、「今夜は徹夜で手紙を書きたいから、私に構わず恋人のダンカンと楽しいひと時、いや、一晩を過ごしなさいな」と小遣い銭を持たせた。アルグリードは女主人の思わぬ好意に狂喜して、気の変らぬ間にと恋人のもとへ一目散に素っ飛んで行く。

その夕刻、アリヤがムーア風焼き肉料理を持って、別館のフレイヤを訪ねて来た。

「奥様、私の故郷の味でございます。お気に召すかどうか分かりませんが、ご賞味ください。侍女のお方の分も用意してあります」

「まあ、嬉しいわ！　忘れずに持って来てくれたのね、楽しみにしていたのよ。お父様とお兄様はどうしているかしら？」

「ご領主様は、先ほど私の料理を召し上がられて、お部屋に入られました。フレイ様もお部屋でお寛ぎのご様子です」

「そう、二人とも最近はアリヤさんのムーア料理に夢中だから、アリヤさんにはご負担を掛けるわね。帰国の船に乗るのはいつだったかしら？」

「はい、明後日です。とてもお別れが辛いです」

背後では嘘色の影が煌めいている。

「私も寂しいわ、心ばかりの贈り物も用意してあるわ。大した物じゃないけど、ぜひ受け取ってね」

その贈り物とは、私の兄なんだけど、あなたにピッタリだから、きっと喜んでもらえるはずよ。

「ありがとうございます、奥様。頂いたら必ず大事にします。ワインも用意してありますから、お二人でどうぞ」

この料理があんた達の最後の食事なんだから、せいぜい満足してちょうだいと、アリヤーナは呟いて薄笑いしながら戻って行った。


邸の者達も寝静まった夜の一〇時頃、満月の照る別館の裏手に、三つの黒い影が現れ、しきりに窓をこじ開けて屋内へ忍び込もうとしている。寝室のベッドで女主人を両脇から守るように横になっていたイーハとドーブが、首を起こして低い唸り声を上げた。

「やっと来たのね、さあお前達、私に面白い喜劇を見せてちょうだい。でも殺しちゃ駄目よ」

寝室の窓を開けて、総毛を逆立てて興奮している犬達に「行け」と命ずると、ひと跳びで外に飛び出した二匹は二手に分かれ、左右から裏手の獲物めがけて突進する。

今まさに、こじ開けた窓から忍び込もうとしていた男達は、横手から突然現れた牛かと思うような巨大な黒い犬に仰天、怒りに青く燃え上がる目と鋭い牙に心底から恐怖に慄いた。思わず逃げようと反対側を向くと、そこにも同じ顔をした恐ろしい獣が睨み付けているではないか。

「お、お頭は犬が二匹と侍女が居るだけだと言ったのに、この化け物がその犬なのか。こ、こいつは魔王の手先の黒犬獣じゃねえのか？」

「喰い殺されてしまうぞ、早く逃げるんだ！」

だが、左右を押さえられて逃げられない。

「うわっ、迫って来るぞ、俺達喰われる！」

三人は震えながらも、ナイフを手にする。

ジワリジワリと左右から迫って来た二匹は、「グォォォン」「グルルルル」と身の毛もよだつような唸り声を発したかと思うと、先頭の二人に飛び掛かり、ひと噛みでナイフを握った手首の骨をへし折った。さらに逃げられぬようズボンごと脚を噛み裂く。残った大男の方は絶叫しながら逃げようとして、目の前に黒装束の男が立っているのに気付き、「この野郎、死ね」と叫びながらナイフを振りかざして飛び掛かった。

刺したと思った瞬間、信じられぬ力で腕を逆に捩じられ、アッと言う間にナイフを奪われて身体は宙を舞い、七、八メートル先の木の幹に叩き付けられて悶絶してしまった。

手首の骨を一撃で折られるのと、幹に叩き付けられて悶絶するのと、果してどちらが幸運なのか知らないが、一人ずつ屋内に担ぎ込まれて、縄でグルグル巻きにされ、床に転がされた。

気絶していた男は横面を張られて目覚め、恐怖で目をまん丸にして震える。他の二人は噛み裂かれた足の傷と手首の骨折の痛さに、神へ慈悲を求めて呻き続けている。

黒装束は世にも恐ろしき黒犬獣を両脇に従えて、無言で見下ろしている。やがて「クク」と笑って口を開いた。

「さあ、あんた達。今までの罪業の数々を洗いざらい喋るか、この可愛らしい子達の餌になるか、どちらか選ばせて上げるわ、どちらがお望みなの？」

なんと、三人目の大男を一瞬で七、八メートルも投げ飛ばし気絶させた相手は女だった。腕自慢の冷酷なる殺し屋達は、一撃のもとに女と犬にやられてしまったのである。しかも、返事次第では目の前の〝可愛らしい犬〟の餌にすると脅され、今まで犯して来た罪を白状しろと迫られているのだ。

「は、白状したら許してもらえるんで？」

兄貴風の男は震えながら言う。

「それは、内容次第ね。一つの嘘も無く正直に言えば、あるいは情け深い神は許してくださるかも知れなくてよ。でも、嘘をついたら、一回ごとにこの子達に腕なり足なりの肉を齧ってもらうわ。試しに自分の名前を言ってごらん、嘘だったら痛い思いをするだけだから」

三人のうち、一人だけ偽の名を言った。途端に腕を噛まれて泣き叫ぶ。もう駄目だ、名前も分からぬこの女は魔女だ。本当のことを言うしかない。

「本当のことを喋ります。ですが、俺達はあとで処刑されて、結局死ぬんじゃないですかい？」

他の二人も、そうだそうだと、涙目で大きく頷く。

「ランダースはどう言ったか知らないけど、ここは王権の及ばない父の領地よ。ハイランドやノルウェーやフランスとか、あんた達の望み通りの所へ逃がして上げるわ。アリヤーナが怖ければ、彼女の知らないうちにね」

なんてことだ、お頭の本名や、侍従長の指図だとまで知っている。何一つ知らないことなど無いのだ、ただ、俺達が嘘をついて黒犬獣に齧られるのを面白がっているだけなんだ。おまけにこの恐ろしい魔女は、標的を父と呼んだ。これは罠だったのだ、最初からバレていたんだ！　思いも掛けない真実に驚愕して目を丸くした男達は、観念するしか無かった。

「へい、包み隠さず洗いざらい申し上げます。どうか命ばかりはお助けください」

「賢いわ。じゃあランダースから指示されたことを事細かに告白するのよ」

魔女がそう言うと、隣室に隠れていたハールドが、羊皮紙とペンを手に入って来て、さらに驚愕する男達を鼻で笑った。


その一時間ばかり前、当主の寝室の扉がそっと開き、中へ入ろうとしたアリヤーナは愕然とした。部屋は蝋燭が明々と燃え盛り、薬で熟睡しているはずのウイリアムが椅子に腰を掛けて、目の前で行われている剣術の試技に見入っている。七、八人の隊員達が領主の前で自慢の腕を、披露し合っているのだ。しかも、椅子の横手には執事が居て、逐一領主の意見を聞き、彼らにアドバイスしている。

その執事がこちらを見て不審げに問い掛ける。

「おや、アリヤ殿ではないか？　何か用事があるのかな、旦那様は今忙しくて手が離せないが」

「いいえ、ニールセン様。今のうちに領主様にお別れのご挨拶をしておこうと思いまして。お忙しいようですから。また明朝でもご挨拶いたします」

「さようですか、ではまた明朝でも。旦那様それでよろしゅうございますね？」

アリヤは慌ててドアを閉めたので、標的の頭も耳も、ピクリとも動かないことには気付かない。

一体どうなっているのだ、薬の量を間違えたのだとしか思えない。明日別の方法を考えねば。

次の標的の部屋へ回りそっとドアを押すと、こちらも扉が開き、寝ているはずの顔が笑っている。

「やあ、アリヤ。遅かったじゃないか。待ちくたびれて、今日はもう来ないのかと思って寝るところだったよ」

やっぱりだ、薬の量を間違えたのだ、いや、手下共がヘマをして、別の薬を間違えて持って来たのかも知れない。いずれにしてもこの場を誤魔化さねば。

「まあ、フレイ様。どうして私が今夜フレイ様をお訪ねするって知っておられたのかしら？　自分でもさっきまでどうしようかしらと迷っていたのに、意外と女心が分かる人だったのね、惚れ直したわ」

「お褒めにあずかって光栄です、アリヤーナ。いや、白燕殿」

アリヤーナは一瞬目を丸くする。

「そう、知っていたのね。どうして漏れたのかは訊かないわ、意味が無いから。さて、優男の若様。私がここへ来た理由は……」

続く言葉をフレイが笑いながら遮る。

「知っているよ、私と決闘したいのだろう？　喜んで受けるよ」

そこまで知ってるの？　でもなぜ？

「そう言った男達の中で、二度と私の前で立ち上がって歩いた男は居ないのよ、知ってる？」

「へえー、もちろん知らないけど、そうなのかい？　怖いなあ」

「本当よ、一度で良いから、この私に勝つ男に会ってみたいわ」

「偶然だな、私も一度で良いから、誰かに負けてみたいと常々思っているよ」

目の前の優男は少しも怖がらないばかりか、堂々とこの私を挑発して来る。こんな男は見たことがない。

「大口を叩くのもいい加減にして！　もうハッタリはいいから、早く剣でも構えたら」

そう言いながらアリヤーナは背中に忍ばせた皮鞘からナイフを取り出す。長い諸刃(もろは)は鋭く、柄は打撃にも適している。俗にエジプトナイフと呼ばれる必殺の武器だ。

「その前に一つ賭けをしないか？　もし私が素手で君に勝ったら、一つだけ願いを聞いて欲しい」

「殺されても秘密は喋らないわ。それとも服を脱いでベッドへ横になれと？」

「おお、それも良いが、一緒にワインを飲みながら明日の天気を論じようかと思ってね」

「フン、そんな手に乗るものですか。その毒入りワインを飲ませて、私が苦しみながら死んで行くのを笑いながら見て居たいという訳ね」

「私は一緒に飲みながらと言ったはずだ、君が死ぬなら私だって死ぬことになるじゃないか。それに、私が素手で、君がナイフを使うなら、どっちみち君の勝つ率が高いだろ？」

「そんな賭けに何の意味があるのか分からないけど、良いわ、受けて上げるわ」

決闘は始まった、両者が二メートルほどで相対して、ゆっくりと円を描きながら相手の出方を窺う。

自分より頭一つ分背丈は低いが、引き締まった体付きだ、敏捷さも力も並みの男にゃ負けないだろう。

これは久々に楽しめそうだ。フレイはそう見切った。

　やがて間合いが定まったと見るや、アリヤーナはニヤリと笑って柄に隠されているボタンを押した。瞬間、柄の中のバネの力で、刀身だけがフレイの心臓目がけて目にも止まらぬ速さで素っ飛んで来た。

「おお、すごい仕掛けのナイフだな、これでは君に勝てる男は居ないはずだ」

　フレイは心臓の位置で夜着に絡まっている刀身を掴み、天井へと投げた。刀身は天井板に突き刺さり、アリヤーナは信じられないものでも見たかのように笑顔が瞬時に凍り付く。

「卑怯者、チェーンメイル（鎖帷子）を着込んでいたのね、なんてずる賢い男なの、見損なったわ」

「またもやお褒めの言葉を頂き、光栄です。白燕の姫君様」

　アリヤーナは、それには答えず必殺の回し蹴りを脇腹に仕掛けて来た。並みの男なら既に複雑骨折の塊となっただろうが、フレイは身を躱すことも無く、そのまま易々と片足を捉えて離さない。

「さあ、どうする白燕姫、降参かい？」

「誰が！」

　左と見せかけて右の手が横合いからフレイの首筋目がけて襲って来た。これも必殺の手刀だ、普通なら一撃で首の骨が折れているはずだ。しかしその手刀も首筋に当たったまま掴み取られてしまう。アリヤーナは逃げようとするが、捉まえられている足も手も全く動かせない、凄まじい力だ。無駄とは知りつつも、残った足で膝蹴りを繰り返したり、片肱でフレイの胸を叩いたりするが利いている素振りもなく、またしても「降参かい？」と囁かれた。

どうなっているのだろうか？　この無敵の暗殺者である私が、田舎貴族の息子である優男に赤子扱いされて、からかわれているのだ。最後の力を振り絞って男の額めがけて至近距離からの頭突きを打った。しかし、確かに額に当たったはずなのに、何の効果も無く音さえしない、ただ額が触れ合っただけでしかないのだ。

フレイの目の前には、可愛らしい唇があった。こんなことはしたくはないが、相手に敗北を悟らせるには、止むを得ない。フレイの唇はアリヤーナの唇にしっかりと重なる。完全な不意打ちであった。

「んんん、んーん」

アリヤーナが呻きながら逃げようとするが、片腕と片脚を決められた状態では全く力が入らず、しかも、無理やり口をこじ開けられ、何たる無礼な振る舞いか舌まで闖入（ちんにゅう）して来て、口の内を暴れ回る。そうこうするうちに、アリヤーナの全身の力が抜けてきて、四肢が柔らかくなり、時折「アッ、アッ」との声が漏れ出す。

フレイは仕上げとしてアリヤーナの耳を甘噛みしながら、「降参する？」と甘い声で囁く。

「ええ、負けたわ」アリヤーナは呟いた。

フレイは彼女の手足を放してやり、もう一度正面から抱き締めて口づけたあと、暖炉の上の棚からフランス産の最高級ワインの瓶を開け、二つの杯になみなみと注いだ。

「喉が渇いただろう？　二人でワインでも飲もう」そう言うと、意外なことを口にする。

「白燕、実はこれが本当の賭けだ。この杯のどちらかに毒が塗ってある。果たしてどちらがそうなのか、それは私にも分からない。だから五分と五分だ。君に運があれば私が死んで君はここから逃げられる。しかし運が無ければ君の魂は神に召されてしまう。さあ、どちらの杯を選ぶ？」

「そう、これを飲めば運が良ければ死ねるのね、先に私に選ばせてね」

そう言うと手前の杯を呷(あお)った。そしてニコリと笑うとフレイが止める間も無く、もう一つの杯も一気に呷る。

「あなたのことだから、妹さんの方へ向かった私の手下も、今頃とっくに片付いているんでしょ？死ぬ前に拷問で自白させられているはずね。完敗だわ、フレイ・ウイリアム・ド・モルヴィア。でも、冥途の土産に私の計画のどこに手落ちがあったのか、お聞きしても良いかしら？」

「君の計画は完璧だった。しかし、こちらにはそれ以上の策が整っていたんだよ。それだけの話さ」

「そう……。ひとつだけ死ぬ前に教えて上げる。あのキスが私の初めてのキスよ。ああ、もう眠くなって来たわ、苦しまずに死ねるなんて、なんて素敵な毒なのかしら。次に生まれて来るなら、平凡なお百姓や漁師の子供が良いわね。ああ、眠い。お願いフレイ、もう一度死ぬ前にキスして、好きよ！」

フレイが唇を重ねると、アリヤーナの両腕はフレイの首に絡まり、両の目はしっかりとフレイの顔を見定めるように一度大きく開くと、そのまま静かに閉じて深い闇の世界へと沈んで行った。

アリヤーナが次に目覚めたのは二日後の朝である。熟睡後の爽快感に浸りながら、窓から入る眩しい朝日に目を開けると、そこには美しい天使の顔があった。

ああ、ここは天国だわ、本当は地獄へ行くべき罪深い女なのにね。神様が間違いを犯したのかしら。

そんなことを考えていると、その天使が言った。

「やっと起きたのね、アリヤ。ワインの飲み過ぎで一日半も眠り込んでいたのよ。いくらなんでも寝過ぎだと思わない？　お蔭でジブラルタル回りの商船隊も出ちゃったわ。次の便は早くても半年後よ、それまではお父様の話し相手になって上げてね。あのナイフの使い方も教えてもらえると嬉しいわ。それにね、お兄様ったら一時間おきにあなたが起きたか見に来るのよ。あなた達二人がそんなに仲良しだなんて、今の今まで知らなかったわ」

アリヤーナは仰天する。間違った、ここは地獄だ。それが証拠に、魔女が自分より美しいあの天敵の女に化けて自分を覗き込み、ニコニコと嘲笑っているではないか！　私はこれからもずっと、辱めという厳罰を与えられるのだ。

「分かったわ、やっぱり私はあの毒ワインを飲んで、地獄に居るのね。それで魔女にからかわれているんだわ。さあ好きにしなさいよ、二度死ぬことはないんだから怖くはないわ」

「まあ、まだ酔っ払っているのかしら、地獄とか魔女とか毒ワインとか、怖い夢でも見たのかしら？　いずれにしても、もうお陽様が昇っているから、朝餉でも食べないとね」

朝餉と聞くと途端にお腹がギューと声を上げる。死んだのにお腹が鳴るなんておかしいわ、いやいや、この場合は恥ずかしいと言うべきよね。

「あのう、ここは間違い無く地獄で、あなた様は魔女ですよね？」

「あらあら、大変だわ。私よ、フレイヤよ、しっかりしてアリヤ。今お兄様を呼んで来るわね、私よりお兄様に説明してもらった方が良いかもね」

エッ、フレイは厭よ、恥ずかしいから呼ばないでと言う間も無く、フレイヤは出て行ってしまった。

「アリヤ、ようやく起きたか。ワインを二杯も一気飲みするから、酔い潰れて寝てしまって、あとが大変だったぞ。家政婦のベスが私の部屋より、客室の方が良いと言って手配してくれて助かったよ」

優男の若様が優しく語り掛けてくれる。

アリヤーナの瞳からはなぜか涙が溢れて来た。あの夜自分が何をしたのか、そして何が起こったのか、いやそれよりも、このフレイに自分が最後に何を口走ったのかも、はっきりと思い出したのだ。だがこの兄妹は一言もそれに触れず、非難もしない。自分が殺そうと思って失敗した男から、逆に労わりの言葉を掛けられているのだ。

「フレイ、もう誤魔化しは良いのよ。私は敵であるあなたに負けたの、そして、捕えられて拷問で罪を白状するくらいなら死ぬ方がましだと思って、毒を呷ったはずなのに死ねなかった、きっと毒が薄かったのね。死ねなかった私を慰めてくれる必要はないわ、でも、私は絶対喋らないわよ」

「分かっているよ、君はそういう女だ。だが、君が喋ろうが喋るまいが、真実はもう既に明らかになっているんだよ」

「真実が分かっているって？　ではやっぱり手下達を拷問したのね」

「いや、そんなことはしていない。妹の飼い犬に少しばかり噛まれたけどね。ランダースの手から解放してやると言ったら、喜んで自分から全てのことを喋ってくれて、宣誓のサインまでしてくれたよ。今は妹の別館で手厚い看護を受けて、人生の春を満喫しているらしいが。君が会いたいと言えば、いつでも会えるはずだから、一度会って自分の目と耳で確めたら良いよ」

なんと言うことだ！　あの口が堅い男達が犬に噛まれただけで、秘密をベラベラと喋るなんて、とても信じられない。でも、この人が嘘を言っているとも思えないわ。こうなったら手下達に会ってこの目で無事を確認しなきゃ。

「もちろん、確めるわ。嘘だったらただじゃおかないわよ。あんな男達でも私に忠誠を誓って、長い間力を合わせて、共に暮らして来た男達なのよ。犬なんかに負けるような弱虫の馬鹿じゃないわ」

「そうか、じゃあ早速行ってみるかい。その前に食事をしないとな」

まだ少し足のふら付くアリヤーナを支えながら客用食堂へ付き添った。

「まあ、アリヤ。もう大丈夫なの？　フレイ様とダンスの練習のあと、ワインで悪酔いして寝込んだって聞いたからみんなで心配していたのよ」

すれ違うメイドや下僕達は皆心配そうにアリヤーナを気遣って声を掛けて来る。ダンスの練習？　そんな話になってるの？　なぜ？

「妹がそう言って触れ回ったのさ。君のことを大事に思うからだよ」

フレイの言葉に、アリヤーナは無言である。こんな話は信じられない、処刑されても当然なのに責めもしないなんて。

フレイが席を外し一人で食事をしていると、ウイリアムが執事を従えて食堂へ入って来た。今度こそ罵倒と死の宣告を受けるのだとアリヤーナは覚悟して身構える。

「おお、アリヤ。やっと起きて来たか。深酒はいかんぞ、あまり飲んだことがないから加減が分からないのだろうが、そなたが寝ている間に船は出てしまったぞ。まあ、お蔭で儂は引き続きそなたの作ってくれるムーア料理を喰えるから、内心は喜びで一杯じゃが。ワハハハハ」

「アリヤ殿、何でまたそんなに無茶飲みされたのですかな？」と、不審げなニールセン。

「ええ、死のうと思いまして……」

堪らずアリヤーナは言った。もう厭だ、この場で穴を掘って飛び込んで死んでしまいたい！

ウイリアムとニールセンは顔を見合わせると、再び大爆笑。アリヤーナはますます身を縮める。

「今のジョークは最高だったぞ、アリヤ。我が家に馴染んで来た証拠じゃな、ウンウン」

「旦那様、あの夜もアリヤ殿は、お別れの挨拶をとわざわざ部屋まで訪ねて来られたのですよ」

そうかそうかと、当主はアリヤーナの肩をポンポンと叩いて、嬉しそうに出て行った。

何なのこの邸の人達は！　他人を疑うってことを知らないの？　私が悪党だったらどうするのよ！

三人は手下が看病されて居るという別館へ着き、侍女のアルグリードに迎えられた。

「まあ、アリヤ。もう加減が良くなったの？　心配してたのよ」

「ええ、なんとか」

ここでも真実は知らされていないらしい。

「アルグリード、あの三人のお客様達は元気で居るかしら？」

「もう、噛まれた傷は塞がりましたが、手首の骨が折れた二人は時々呻いていますわ。でも、親衛隊の子らが手厚く看てますから、天国に居るようだと言って喜んでいます。アリヤの顔見知りの水夫達らしいですけど、犬をからかって反撃されて噛まれたなんて、可哀想過ぎますわ」

「傷病兵の看護訓練にちょうど良いわね。今は何交代なの？」

「六人ずつの三交代です。若い娘ばかりですから、三人共それはもう嬉しそうで、ハイ」

フレイヤとフレイは苦笑、アリヤーナの方は、どうしてくれようかとばかりに、ブンむくれだ。

三人の臥せっている広間へ入ると、確かに三人は若い娘達に囲まれて、幸せそのものといった顔で、目をトロンとさせて匙で食べ物を与えられていた。

フレイヤが指をパチンと鳴らすと、アルグリードやアマゾネス達は一礼して退室する。手下達はアリヤーナに気付くと、慌てて目を逸らし身を縮めながらも恐る恐る訊ねる。

「お頭。ご無事でしたか、安心しました。ひどい目に遭わされませんでしたか？」

「ひどい目に遭ったわよ！　ただの眠り薬を毒薬だと騙されて飲まされ、さっきまで眠らされていたのよ、腹の立つ！」

「エッ、そりゃ何のこって？　毒薬だと死んじまうでしょうが」

「死ぬほど恥ずかしかったから、死にたかったのよ！　悪い？」

　手下達は互いに目配せし頷き合う。若い娘が死にたくなるほどの恥ずかしさとは、アレしかない。だが、お頭は並みの女じゃないぞ、剣やナイフの稀に見る使い手で、格闘の技にかけても天下無敵だ。そのお頭がなぜかそこの優男に負けて、ついにアレされてしまって、もう死にたいと。

「馬鹿！　何を考えているんだい？　この人はあんた達とは違うんだよ、私は、私達は、その……」

　フレイヤは横の兄の顔を見上げた。真っ赤だ。アリヤーナの顔も負けずに赤い。フーン、そういうことなの。なんて素敵なの、素敵過ぎるわ、お兄様！

「アリヤ、私からの贈り物は随分気に入ったみたいね」

　そう言って笑いながら語り掛けて来るフレイヤの、から̇か̇うような、また探るような目付きに、アリヤーナはますます赤くなり、小さな声でそっと囁いた。「キスだけよ」

「お、お前達。侍従長様を裏切ったのか！　べらべらと今までのことを喋りまくって、供述書を録られて、実名で宣誓するなんて、いったいどうしたわけだ。地獄の鬼に痛め付けられても口を割らないのが、お前達じゃなかったのか？」

　供述書を見せられたアリヤーナは、今の自分達の立場を忘れるほど激怒して、手下達を罵倒する。

「お、お頭。それがそのう、地獄の鬼よりも恐ろしい犬に散々痛め付けられまして」

「本当です、お頭。その犬が、怖いのなんのって、あれは犬じゃなくて悪魔ですよ、お頭」

「その上、その悪魔は、俺達が嘘をつくとすぐに看破って噛み付きますんで」

本当は影の色を読んだフレイヤが横で合図したのだ。だがそれを知らぬ手下達は、嘘を見抜く悪魔の犬だと信じ込んで、それぞれ必死で訴える。

「たかが犬コロに脅されて、自分の本名までも残さずに綺麗さっぱり白状したのか？」

「お頭は、あの悪魔の犬を見ていないから……」

「お、お黙り！　そこまで言うなら、ぜひともその犬コロをここへ呼んでもらおうじゃないか」

フレイヤは、「本当に良いの？」と笑いながら扉を開けて、可愛い犬達を呼ぶ。

「グルル」「ガウウッ」低い唸り声を上げながら、牛のように巨大で獰猛な顔をした黒い魔獣が二匹、のそりのそりと入って来たではないか。

「こ、これは何！　い、犬なんてものじゃないわ、ライオンよ、黒いライオンだわ！」

アリヤーナが仰天して叫ぶと、「アゥオオオーン」と、窓も天井も突き破るようにイーハが吠え声を発した。途端にアリヤーナは身が竦み、思わず身近にいる最も頼りになる人物（当然フレイのこと）にひっしと縋り付いてブルブルと震え出す。

もう一匹のドーブの方はと言えば、一番近くに寝て居た手下の顔を、旨そうなご馳走のようにペロリペロリと舐め出した。

「お、おっ母あ～」

その男は、赤子のように悲鳴を上げ、大仰に足をバタバタさせて泣き喚く。

「お頭あ、早くお犬様に詫びて下せい！　ホセが喰われっちまう」

三人の中でも年長格の手下が叫ぶが、アリヤーナは犬と目を合わすのを拒み、フレイに縋り付いたまま固く目を瞑り、首を振って嫌々を繰り返すばかり。

「お下がり」フレイヤの命令に犬達は、のそりのそりと退散して行った。

ドーブもイーハも大した役者だわ、見てよ、あのアリヤーナの怖がりぶり。おまけに兄への恋心まですっかり暴露してしまったじゃない。

手下達も未だにフレイにしがみ付いて震えている自分達の親分の姿を、まるで凶暴な雌ライオンが急に子猫になってしまったかのように、信じられぬ思いで眺めている。

フレイヤは、兄貴分の男を手招きした。

「あなたの名は？」

「へい、フェルナンドと申します」

あの猛獣を自在に操る怪力の女主人に対して、反抗の気力も失せて従順そのものだ。

「フェルナンド、そろそろ彼女にランダースからあなたが指示されている極秘指令の中身を教えて上げるべきだと思わない？　今なら彼女も素直に聞くはずよ」

その言葉にギョッとしたフェルナンドは、目が飛び出んばかりにうろたえる。

「ど、どうしてその話を知っていなさるので？　俺達三人しか知らねえはずだ」

「それはどうでも良いのよ。肝心なのは彼女が父親のように信じている男の本性を、彼女が知る時が来たってことよ。あれを見なさいな、恋をする乙女そのものでしょ？　そろそろ彼女にも幸せが訪れても良いと思うのよ」

フェルナンドはしばらく考えていたが、決心したように言った。

「分かりました。俺も内心腹が立ってしょうがなかったんだ。スペインからスコットランドまで辿り着いて飢えて死ぬ寸前だった俺達を拾ってくれたお頭を、奴隷商人に売り飛ばすなんて非道なことを考える侍従長なんざあ、俺は許せねえ。お頭には全てお話します」

「そうして上げて、その代わりあなた方の今後は私達が保証するわ。彼女の方は誰に面倒をみてもらいたがっているかは、言わなくても分かるわよね？」

「へい、そりゃもう、あの様子を見れば丸分かりですとも。俺はさっきから暑くて暑くて」

「嘘をつくな、侍従長様がこの私をアラブのカリフに売り飛ばすなど、信じられるものか！　いい加減なことを言うと、たとえお前達でも許さんぞ」

アリヤーナは激怒する。

「俺は息の根を止められても構いませんが、お頭がカリフのハーレムに売り飛ばされるのだけは、なんとしても我慢がならねえ」

他の二人も大きく頷く。

「証拠があるのか、奴隷商人に私を売るという？　あるなら言ってみろ」

「ランダースはアイルランドの傭兵達からゆすられているんですよ、三年前の出兵の費用をまだ払っていないんでね。だからあの後手足の骨を折られたんですよ、払わなきゃ次は命で償えという警告ですぜ。今、ランダースは以前ほど国費を自由に使えないから、奴隷商人と組んで奴隷売買に手を染めようとしています。俺の知り合いの闇の連中の話では、既に三人の別嬪さんが誘拐されて、アバディーンの古城に監禁されてますよ。この仕事が無事片付いたら、お頭も証拠の隠滅と金のために監禁されて売られる予定だったんです。俺達はあいつから脅されて、お頭がこのことに気付いて逃げないように厭々見張らされていたんですが、もう我慢ができなくなって、お知らせしたわけです。嘘だと思うのならアバディーンの古城の地下牢に行けば、三人の娘さん達が閉じ込められているのが、きっと見れますよ」

フェルナンドは本当に悔しそうに、アリヤーナの目を見て、キッパリと答える。

「本当か、本当なのか！　あの侍従長様が、金のために娘さんをさらって、カリフに売るなどと」

「俺達も嘘であって欲しいですけど、残念ながら事実です」

「よし、その城へ行く。行って本当に娘達が居たなら解放して、侍従長のお命を頂く、嘘ならこの手でお前達の命をもらう。もちろんお前達も一緒に来るんだ、途中で逃げても必ず見つけ出す」

元の非情な暗殺者の目に戻り、手下達を睨み付けた。

「待て、アリヤ。そう殺気立つな、私も同行しよう。そなた一人を危ない目に遭わせたくない。微力だが応援するよ、少しは役に立つだろうからな」

「あなたが？　これは私と手下達の仕事なのよ！」

言ったあと、少し言い過ぎたと気付いたのか、慌てて「もちろん嬉しいけど」と付け加える。

「分かっているよ、だが、黒幕がランダースだとなると話は別だ。それに、若い娘が何人も暗い地下牢で泣いているのは可哀想じゃないか？　助け出したら感謝されて、甘いキスの一つもしてくれれば最高だしね」

まっ、なんて策士なの、お兄様って。でもほら、恋人の目が嫉妬でメラメラと。さあ、この後はどうなさるのかしら、お兄様？

「やっぱりあなたは来てくれなくても良いわ、ええ、邪魔ですとも！　ここで町の尻軽娘のお相手をしている方が、浮気なあなたにはお似合いだわ」

金輪際、あなたとはおさらばよとばかり睨み付ける。

「冗談、冗談。君が心配なんだよ。ただそれだけの話さ、後ろの方でそっと隠れて見ているだけだよ。それでどうだい？」

「まあ、後ろで見ているだけならね。だけど、助け出した娘さん達の世話は手下達に任せるから、あなたは近づかないでよ！　分かった？」

君が心配だからと聞いてアリヤーナはたちまち機嫌を直したが、早くも未来のライバル達を彼に近付けまいと牽制する。

手下達は気の毒そうにフレイを見た。明らかに、今がこれなら先はどうなると言っている目だ。

三日後の深夜、アバディーン城の海側の裏門の隅に、黒い衣装に覆面をした五人の人影があった。フレイ達の一団であるが、三人の手下のうち二人はいまだ手首の負傷が治っていないので、見張り程度の役割しかできないが、それでも行くと固執した。

妹のフレイヤもなんとしても行くと主張したが、身重の体に何かあったらどうするんだとフレイが制止し、アリヤーナも次の冒険には必ず誘うからと慰め、しぶしぶ諦めさせたのだ。

この古城は二〇〇年ほど前の時代に、入り江の畔に建てられた城で、今はめったに人が寄り付かない鄙びた城となり、フェルナンドの話では、二〇人ほどのランダース派の傭兵達が、密かに誘拐された娘達を監視しているらしい。

「どうやって城の中へ入るつもりだい？」

呑気そうにフレイが問う。

「今それを考えているところよ、内側に歩廊があるはずだから、なんとかこの胸壁をよじ登って歩廊に降りて、門の潜り戸を開けないとね。でも石の壁だから、アンカーは打ち込めないし、高さも六メートル以上はあるから肩車って訳にもいかないわね。錨付きのロープでも持って来れば良かったわ」

「壁の上まで行ければ、なんとかなるのかい？」

そうよと言ったアリヤーナの両脇腹を掴むと、一度振り子のように大きく振って、「そうれっ」と天に向かって放り投げた。

「ちょっとお～」

アリヤーナは絶叫と共に胸壁を越えて飛んで行き、どうやら無事に歩廊へ到着した模様だ。手下達は目の玉が飛び出さんばかりにフレイを見詰め、てんでに喚き出す。

「お頭を あんなに高く放るなんぞ、人間じゃねえ！」

「お頭も強いが、まだ人間だ。この男は、優男の顔をした化物だ。いや悪魔そのものだ」

「こんな男に立ち向かえなんて、ランダースの野郎は何を考えていたんだ」

そんなことを喚いていると、潜り戸が内側から開き、怒りに燃えたアリヤーナが出て来た。

「どういうつもりなの、私を殺す気？　いつ私が空を飛びたいと言った？」

怒ってる、かんかんだ。

「とにかく地下牢へ行こう、話し合いはその後だ」

無理やり全員の背を押して城内へ入り、手負いの二人は見張りに残し、鍵のかかった扉を一撃で蹴破って建物の中へ入った。


その音で目を覚ました傭兵達は、剣を手に喚きながら次々と押し寄せて来る。

「ここは私に任せて、二人は地下室へ向え」

「大丈夫なの？　二〇人は居るわよ」

「たったそれっぽっちか？　まあ、居ないよりましだが、少しばかり遊んでやるか」

「フフ、任せたわ」

アリヤーナは壁の松明を手に取って、地下への階段を下りて行った。

「さあ、誰が最初に死にたいのだ？　誰でも良いが、死にたい奴だけかかって来い」

外国の傭兵隊であろうか、言葉が分からない様子でも、挑発されていることは分かったと見えて、全員で押し包み小間切れだとばかりに、「ワッ」と一斉に剣を打ち込んで来た。

フレイは受け太刀の技は使わない、打ち込んで来た剣にそのまま身を打たせ、傷一つ付けられず血も吹き出ない無反応ぶりに仰天する相手の首筋を、次々と撫で切りにする。二〇人ばかり居た敵の傭兵達はたちまちのうちに二、三人を残すのみとなってしまった。

残った男達も戦意は消え失せ、腰を抜かして血の海となった床にへたり込んで、意味の分からぬ言葉をブツブツと呟く。たぶん不死身の悪魔とか魔王とか化け物とか言っているのだろう。

フレイが、掛かって来いと手招きするが、皆呆けたように涙を流し、首を嫌々と振るばかりだ。

ほどなくアリヤーナとフェルナンドが、四人のすすり泣く娘達を支えながら階段を上がってきた。

囚われた娘は一人増えて、最後のアリヤーナが捕まるのを待ってカリフのハーレムへ送る予定だったと見える。

「まっ、これを一人でやったの？　騒ぎが静まったから、どうしたのかと思ったけど、少しは残しておいて欲しかったわ。下にも二人ばかり居たけど全然物足りないし。まあ、今回は救出が目的だから我慢はするけど……」

「まだランダースが残っているじゃないか、あの男は君の獲物だから任せる」

「そう？　なら良いわ。手下達のお蔭ではっきりと目が覚めたわ、今まで信じて騙されていた私が馬鹿だった。あの男は人間の屑よ、屑はなるべく早く地獄へ送らないとね。でも、いったんこの子達を家族に返さないといけないから、ランダースのところへ押し掛けるのは少しばかり先ね」

誘拐されていた娘達は、由緒ある貴族の家の娘であった。さらに言えば、ランダースの反対派の貴族の娘達だ。既に凌辱の果てに殺されたか、国外へ奴隷として売られたに違いないと、悲しい覚悟を決めて沈んでいた家族達は狂喜して娘を迎えた。

救出したフレイやアリヤーナ達は、下へも置かぬ大歓迎を受けたが、どんなに乞われても名を告げることはなく、謝礼も受け取らずに去ったそうな。


ランダースのもとへ、アバディーンの古城に囚われて居た四人の貴族の娘達が、何者かの手によって救出され親元に戻されたとの驚くべき情報がもたらされたのは、救出劇から半月後のことであった。

仰天した彼は真相を調べて報告するように闇の配下に指示し、配下は古城に赴いたが、城内に人影はなく、血で染まった床と破壊された扉、さらにはもぬけの殻の地下牢を確認して帰って来ただけであった。遺体は逃げ去った下男下女達が始末したのであろうが、ランダースの宛名が書かれた包みが、血塗られた床にぽつんと置かれていたので、それを持ち帰りましたと渡された。

不審げに包みを開いたランダースは思わず「アッ」と叫ぶ。血の気は一瞬で引いて鳥肌が立ち、手はブルブルと震え出す。包みの中にあったのは、子飼いの暗殺者である白燕の仮面であった。

　これが意味するところはただ一つ、モルヴィアの一族を滅ぼせと送り出した白燕が、彼の裏切りを知り、手下と共にアバディーンの城に乗り込んで傭兵達を皆殺しにし、娘達を救出して親元に返したのだ。そしてそれは、彼の命運が尽きたことをも意味していた。

　間も無くあの非情な暗殺者の白燕が、彼の首を求めてやって来るはずだ。あいつにはミスなどあり得ない、あらゆる武器を用いて必ず標的を仕留めるよう、高額で指南役を雇い技を仕込んだのだ。

　遅くともこの月のうち、いや、もう既にこの部屋の扉の前に立って居るかも知れぬ。そう考えると震えが止まらなくなった。

　サーソーのウイリアムのもとへ、パースのアライアスからランダース狂死の知らせが届いたのは、六月末のことであった。ある晩、高い城壁から裸で飛び降りて、自ら命を絶ったという。

　王宮の噂によると、少し前から彼の奇行が目立ち始め、夜中に城内を徘徊し、女官や貴族の妻達を指差しては「燕だ、燕が来た！」などと喚き散らし、泣き叫ぶこともあったらしい。

　典医の推測では、数年前の暴行事件の後遺症で精神に異常をきたし、自分を天使か鳥だと思い込んで城壁から飛んだのではなかろうかとのことであった。

　それからひと月ほどが経ったが、別館でフレイヤ達と同居しているアリヤーナは機嫌が良くない。標的であったランダースが勝手に死んでしまったこともあるが、邸のメイドや町の娘達が、フレイを見る目付きが気に入らないからだ。

そのフレイは隊員の訓練が忙しいとかで、あれ以来たった八回しか会いに来てくれない。手下達は「八度も来てくれれば上等じゃないですかい」と薄情なことを言うが、好きなら少なくとも毎日会いに来るのが普通ではないのだろうか？　キスだってあのときだけで、それからは一度もしてくれない。絶対に私が綺麗じゃないからだ！

そんな不満を、手をペロペロされて仲良しになった猛犬達に語っていると、領主のウイリアムが家政婦のベスと共にやって来た。

「おお、アリヤ。ここに居たか、犬とも仲良くなって結構、結構。一度そなたに折り入って話があるのじゃが、まずはフレイヤの様子を先に見るとするか」

「お早うございます。領主様。フレイヤは居間だと思いますが、元気ですよ」

「アリヤさんも以前より元気で綺麗になって、恋でもしているのかしら？」

ベスの褒め言葉に、エッ、私が綺麗？　アリヤーナの顔は途端にバラ色に輝く。

「ふむ、そう言えばベスの言う通りじゃ。恋の相手はきっとこの儂だな、儂ならいつでも良いぞ」

ワハハハハと得意の大笑いをして、領主は別館に入って行った。

「娘よ、エリック殿からの便りじゃ。先ほど港に着いたノルウェーからの船員が届けてくれた。何か知らぬが、急に商売が忙しくなってまだこちらへは戻れぬそうじゃ。土産も山ほど届いたぞ」

フレイヤは父の手からもぎ取るように文を受け取る。


愛しのフレイヤ、健やかでおるだろうか？　俺は元気だが、例の慣れぬ仕事に毎日振り回されていて、心苦しいが、そなたと約束した出産までに戻る話は、とても果たせそうもない。どうか、この不実な夫を許して欲しい。

その埋め合わせという訳ではないが、友人の毛皮商人に、生まれて来る子への祝いの品と、この文を託した。年内には必ず一、二度帰るようにするから、どうかそれまで元気で待っていてくれないか。　最愛の妻へ、北欧の地にて

フレイヤは文を読むうちに、涙が溢れて止まらなくなった。思いがけなくも早くに国王となってしまった夫の愛情に満ちた文、ああ、エリック、今すぐ戻って来て私を抱きしめて。

そう思って泣きながら読んでいると、お腹の子も外で思い切り泣きたくなったのであろうか、一気に下腹が痛くなって、どうも破水もしたようだ。待ちに待った来るべき時が来たのだ。

「べ、ベスおば様。子が、私の子が出たがっているみたい！」

さあ、それからは上を下への大騒ぎが始まった。ウイリアムは領主館へ素っ飛んで行き、マリアンヌやニールセンを引っ張って来て産褥（さんじょく）の支度に没頭、馬丁頭のエルリックは馬車を飛ばして産婆を迎えに走り、侍女のアルグリードは湯を沸かしたり、アリヤーナはフレイヤの顔を扇いだりで、誰も彼

もが汗まみれの大奮闘だ。

やがて、すったもんだの騒ぎの中、「エリックの馬鹿、私にこんなに痛い思いをさせて、自分はのうのうとしているなんて、なんてずるい男なの」と、フレイヤの罵りの声と共に、レディ・エリカ・ロバートソンはその日の夕刻に誕生した。

広間に待機していた男達は、寝室から聞こえて来た「フンギャー」と泣く盛大な声と、ベスの「元気な女の子ですよ」との喜びの声に肩を叩き合って乾杯し、詰めていた女達は皆涙を流して喜び合う。

産湯を使い、お包みに包まった娘を抱いたフレイヤの顔は幸せに輝き、幼馴染のカーレンやマリオンとアリヤーナや侍女のアルグリード達も抱き合って泣いていた。

「ミニョンヌが、ミニョンヌが」と泣きながら繰り返すマリアンヌとベスも抱き合っている。いや、気絶して倒れないようにと、ベスが泣きながら支えているようだ。

「爺や、望み通りに私の子を抱けたわね、でも、まだまだ長生きしてね」

フレイヤがニールセンにも娘を抱かすと、「もちろんでございます、フレイヤ様。私はエリカ様の子供を抱くまでは、何があっても生きておりますとも。他の孫達の子も早く抱きとうございます」と胸を精一杯反らして、潤ませた目をマリオンやカーレン達に向け、声を弾ませた。

新兵の訓練が長引いて、少し遅れて別館へ駆け込んで来たフレイは、幸せそうな妹の笑顔を見て胸が熱くなる。妹が母親となったのだ！　赤子は妹が予見した通り女の子で、名はエリックの希望通りにエリカにしたとか。父も涙目で産着に包まった孫娘を抱いている。本当に良かった。

そう思っていると、フレイに気付いたアリヤーナが素っ飛んで来て、周りの目も憚らずにフレイに抱き付いて叫ぶ。

「フレイ、あなた！　フレイヤが女の子を産んだのよ、褒めて上げてちょうだい。随分苦しそうだったけど、産まれた子は可愛くて賢そうよ」

そして、そのまま恋する男の首に腕を絡めて唇を引き寄せ、自分の唇と合わせた。自分の心をそのまま表すムーア人特有の激情的な言動である。呆気に取られた周りの者達は、呆然と言葉もなく見入るばかり。

無論、当人のアリヤーナでさえ、今自分が何をしているのか考えもせず、ただただ心の底から迸る激情に突き動かされているのだ。

だが、これはフレイにも責任の一端はある。彼女に記念すべき最初のキスをしたのはフレイだからで、今も昔もムーアの純情な乙女達は、最初に熱いキスを交わした男と結ばれるのが自然の理で、アッラーの定めた運命だと信じて疑わないのだ。

だからあの夜アリヤーナはフレイに言ったではないか、「これは私の最初のキスだ」と、そして、「好きよ」とも。

驚きから醒めて最初に口を開いたのは、当主のウイリアムである。

「なんと、儂が言おうとしていたことを、当人達が既に実行しているではないか！　結構、結構、大いに結構じゃぞ。フレイ、見事にアラブの真珠を手に入れたではないか。今日はなんというめでたい日じゃ、孫娘が生まれて、フレイの嫁まで決まるとは。これで天国の妻も大満足じゃろ。そうじゃな、ニールセンよ」

「さようでございますとも、旦那様。ここまで二人の心がはっきりしているのなら、町中に婚約を触れ回って、盛大に結婚式を執り行って祝わねばなりませんぞ」

ニールセンも密かに想っていた願いが、思いも掛けずに叶って手放しの喜びよう。

「おお、そうじゃとも、そうじゃとも。皆の衆、二人の恋を祝ってやってくれ。ガハハハハ」

一日のうちに娘と義姉を得ることとなったフレイヤの喜びも尋常でなく、出産の直後にもかかわらず、ガバと跳ね起きて二人に駆け寄り、頬に口づけて抱き締める。

その場に居た全員からも、熱い抱擁と祝福の言葉を受けて、アリヤーナは喜びの涙に咽ぶが、フレイはプロポーズの言葉さえも言わせてもらえぬ事態に、若干の困惑はあるが、紅潮した顔で男達からの肩叩きと女達からの祝いの言葉に返礼の暇もなかった。

きっかり一ヶ月後、サーソー教会の鐘の音と共に、サザーランドとケイスネスの領主嫡男でノルウェー王国からもケイスネス伯爵に叙されたるフレイ・ウイリアム・ド・モルヴィアと、アリヤーナ・ビンツ・ハルシンド・ヨルハムの結婚式は執り行われた。

今回は周知期間もあったので、ベルゲンやフランドルの親戚達、ハイランドのモルガンを始めとする同盟氏族の族長達、およびノルウェー国王代理としてエルドレーンと王母代理としてエストリーネ、英国王代理としてウイリアム・マーシャルが列席した。

花嫁の介添えはマリオンとカーレンが担った。花嫁と介添え役の身を装うムーア風の民族衣装は、イングリッドが三週間を費やして、東洋の紗をふんだんに使い、丁寧に縫い上げた婚礼衣装だ。列席の女達は残らず溜息を付きながら見惚れている。

花婿の介添えは友人という触れ込みで参加を希望した毛皮商人二人（実体はマリオンとカーレンに会いたい一心のハーコンの護衛）が担い、ノルウェーの民族服を身にまとっている。フレイ自身はいつもの飾り気の無い白い鎧と「神の衣」と呼ばれている赤いマントだ。だが、その赤い不死身のマントこそが、今や奇跡の衣として名を馳せ、サーソーの民の自慢と誇りの根源となっているのだ。

父親である司祭の手により滞りなく進行し、無事に終わるかと思われた式は、最後の「汝らを夫婦と認める」との宣告が下った途端、幼き頃より密かに夢見てきた、自分を打ち負かすほどの強き男と、願い通りに結ばれた嬉しさで、「ウェーン」と感極まった花嫁の大号泣が礼拝堂内に轟き、その微笑ましくもあり、羨ましくもある出来事は、後々までの長きにわたり女達の語り草となった。

三日間に及ぶ婚礼と披露宴も無事終わり、疲れてへたり込む邸の者達を尻目に、フレイとアリヤの新婚夫婦はなぜか元気が良く、疲れた様子はどこにも見えない。従僕達は、あの馬力では半年もしないうちに、たちまち二、三人の子供に恵まれるに違いないと、ジョークを飛ばし合っていた。

その若様とレディ・モルヴィアは、新居が完成する三ヶ月ほどの間、港に停泊中の商船エリザベス号を仮の住まいとして寝泊まりすることにしていた。

　今宵は実質的な二人の初夜、母代りを自認するベスは、船室係のメイド達を下がらせ、自ら褥を整えた。明かり窓からはわずかながら月の光が入り、波のうねりによる揺れも小さく、却って心地よく感じる静かな宵である。

「シェール、疲れただろう？」

　フレイは妻をシェールと呼ぶことにしたようだ。

「いいえ、あなた。私は嬉しくて仕方ないのよ。だって、みんなが私達を祝福してくれるんだもの、疲れている暇などないわ。これからはあなたとお義父様のお世話が私の仕事よ」

「うん、その件だが、妹が子育てをしなきゃならなくなったから、少しアマゾネス達の面倒を見てくれるとありがたいのだが、無理かな？」

「エッ、本当にその仕事をさせてもらえるの？　もしフレイヤが承知してくれたら、手下達も訓練の手伝いをさせてもらえないかしら？　今は馬の世話をしているけど、退屈でしょうがないとぼやいていたから、ちょうど良いわ」

「それは、問題無いと思う。妹はまだ何も言っていないけど、どう考えても無理だろう。もし言って来たら考えてやってくれないか？」

「もちろんよ、あなたとお義父様とフレイヤのためなら何でもするわ」

　フレイは感謝の気持ちを具体的に示すべく、妻の唇に軽く口付けて耳元で甘く囁く。

「シェール、私の奥さんになってくれてありがとう。一生大事にするよ」

「愛しいあなた。少し言葉が短すぎるような気がするの。一生君だけを愛し続けて、大事にするって言ってみて」

「おお、焦って間違えたようだ。一生君だけを愛し続けて大事にするよ」

「とても良くなったわ、あなた。私がその言葉を忘れないように、朝起きた時と寝る前に必ず言って頂けるかしら？」

「もちろんだよ、シェール。もし言い忘れることがあったら、何か忘れてないかと訊いてくれ」

「ウフフ、分かったわ。で、今夜はこれから私をどうなさるおつもりかしら？」

「ウン、二人でエデンの、アダムとエヴァの真似事をしてみようじゃないか」

「ウフフ、良いわよ」

フレイは妻の夜着の帯を解き、掌は露わになった滑らかで輝くように美しい肌を優しく撫で、肩先から腕指先と丁寧に巡り、中指を巻き毛の中の谷間に埋めて、ゆっくりと前後左右に動かす。同時に唇は左右の胸乳を交互に捉え、舌先で頂点を刺激すると、「ウウウ、アア」とアリヤーナの口からは切れ目なく吐息が漏れ出した。大胆不敵なフレイの中指はその声に励まされて、さらに熱心に谷間の周辺を探索して動き回る。

いつしかアリヤーナは夫が自分から離れないようにと、夫の頭と背中をしっかりと掴み、「好きよあなた、愛しているわ」と口走っていた。自分の胸にのし掛かるこの重みも、温かきぬくもりも、これからは全て私一人のものなのだ。幸せすぎて涙が溢れて来る。

フレイは忠実な中指を撤退させ妻の両脚を広げると、強張りを徐々に沈めて、抽送を続けながら囁いた。

「愛しきシェールよ、少し痛いだろうが、我慢してくれ。すぐに治まるから」

「いいのよ、あなた。これで本当に私はあなたのものになったのね」

痛さを隠し健気に平静を装って応える妻が愛しくて堪らず、フレイは唇を重ねた。


遠くに渚の波音を聞きながら、アリヤーナは夫の腕を枕に寝入っている。愛を交わし合う度に、例のあの呪文を唱えさせられ、結局五回も言わされたフレイもまどろんでいる。明かり窓からは月に代わり陽光が燦々と差し込んでいる。

船室の扉を何度ノックしても返答も無いので、ベスはウフフと頷くと、朝の食事をそっと扉の外に置いて微笑みながら去って行った。

エピローグ

レディ・エリカ無事誕生の報は、ほどなくして耳役エルドレーンを介してエリックに届けられ、彼からは感激の文と共に、大量の祝いの品々が送られて来た。

その文の中に「次は何日頃に帰宅する」という文字が無い事に、覚悟はしていたが、やはり一抹の寂しさを拭え切れぬフレイヤは、エリカを育てる事で、その寂しさを乗り越えようと努める。

父ウイリアムの、「乳母を付けて育児を任せろ」という助言を、「いいえ、お父様。この子は私がこの手で育てます」と、やんわりと断り、慣れぬ育児に専念するが、必然的にアマゾネス達の訓練などはおろそかになる事となり、熟慮した彼女は、ある朝、兄嫁となりレディ・モルヴィアとなったアリヤーナを領主館に訪ねた。

「お義姉様(ねえ)、ご相談というか、お願いが有りますの」

「なあに、何でも言って。それに水臭いわよフレイヤ。今まで通りアリヤって呼んでよ。私もこれからはレイヤって呼ばせて貰うから」

「嬉しいわ、是非そう呼んでねアリヤ。実はねエリカは私が直接育てようと思って頑張っているんだけど、でも子育てって結構手が掛かるのよね。だからそのう、親衛隊の女の子達の面倒までは、とても見られないの。それでねアリヤに……」

「まっ、あの子達の面倒をみさせてくれるの」

フレイヤに、みなまで言わせず、待っていたかのように感激の言葉を発するアリヤーナ。

「ええまあ、ご負担でなければの話だけど……」

アリヤーナはフレイヤに飛びついて抱き締め、喜びを全身で表して、「負担なんてとんでもない、是非ともさせて頂戴。ついでに手下達にも手伝わせても良いかしら？　だって馬の世話ばかりで退屈でしょうがないって、いつもボヤいているのよ」そう言うなり、表へ飛び出して行き、例のスペイン三人組を引き連れて戻って来た。

「さあ、お前達からもレイヤに、是非とも娘達の訓練の手伝いをさせて欲しいとお願いしろ」

三人組は、「へへエ～」と一斉に身体を「く」の字に折って頭を下げる。

アリヤーナの影も、どの男達の影も喜びで煌めいていた。

そして、その日からアリヤーナ達は、嬉々としてアマゾネス達と共に訓練に励み、隊内には緊張が戻り、肩の荷を下ろしたフレイヤは、こうして一日の大半を愛娘と共に過ごし、愛しい夫と会えぬ寂しさを紛らわせる日々が続くこととなった。

だが、それから一、二ヶ月も経たない内に、スペイン三人組が喜んだ真の意味を、知る事になるとは、さすがのアリヤーナとフレイも知る由も無かった。

あとがき

中世のヨーロッパを舞台にしたヒストリカル・ロマンスとスペース・ファンタジーが融和した新感覚のノベル「聖星からの指輪・指輪誕生」をお送りいたします。

銀河の彼方にある聖星から惑星調整官として飛来したバイオロイドであるタマヤが、サーソーの山中で水難に遭い、フレイとフレイヤの兄妹に救われて命拾いし、終生の友情を誓い合い、聖星の遥かに進んだ技術で造られた指輪を贈られます。

この信じられない指輪は、フレイとフレイヤのＤＮＡにのみ適合して疑似生命体として成長する特性を有し、フレイは熱や衝撃のエネルギーを吸収する不死の身体と、十人力を与えられ、フレイヤには相手の思考を読み取り、自在に操れる力を与えられ、フレイの妻となった【白燕】ことアリヤーナと共に様々な試練に立ち向かい、男女が平等で平和に暮らせる世を築くべく活躍するのです。

続く第二部として、フレイヤの娘であるエリカと放浪の民であるロマの族長の息子との衝撃的な恋の出会いや、カトリックの総本山バチカンの辛辣なる枢機卿との対決など、胸躍るエピソードを中心に、筆を進めておりますので、楽しみにお待ち下さい。

永木屋　あきら

著者プロフィール
永木屋 あきら（ながきや あきら）
福井県生まれ。工学関係の専門学校を卒業後、地元や都内の企業に勤務。現在は福井市に在住。
幼少より文学に興味を持ち、文学サークルに所属し、主に童話などを執筆しているが、専門分野の解説文などの依頼も受けている。
近年はサイエンス・フィクションやヒストリカル・ロマンスの分野に没頭、今回の作品が第一作目となった。

聖星からの指輪 指輪誕生

2023年1月15日　初版第1刷発行

著　者　永木屋 あきら
発行者　瓜谷 綱延
発行所　株式会社文芸社
〒160-0022 東京都新宿区新宿1-10-1
電話 03-5369-3060（代表）
03-5369-2299（販売）

印刷所　株式会社フクイン

ISBN978-4-286-23938-5